AF074415

Charles Sealsfield
Werkausgabe in Einzelbänden
Herausgegeben von Günter Schnitzler und Waldemar Fromm

Charles Sealsfield

Morton oder die große Tour

Herausgegeben von
Günter Schnitzler und Waldemar Fromm

Zugl. Jahrbuch der Charles-Sealsfield-Gesellschaft e. V., München
Band 19, 2007

Weitere Informationen über den Verlag und sein Programm unter:
www.allitera.de

Bibliographische Information der Deutschen Bibliothek

Die Deutsche Bibliothek verzeichnet diese Publikation
in der Deutschen Nationalbibliographie;
detaillierte bibliographische Daten sind im Internet
über <http://dnb.d-nb.de> abrufbar.

Juni 2008
Allitera Verlag
Ein Verlag der Buch&media GmbH, München
© 2008 Buch&media GmbH, München
Umschlaggestaltung: Kay Fretwurst, Freienbrink
unter Verwendung einer Vorlage von Christina Scherer, München
Herstellung: Books on Demand GmbH, Norderstedt
Printed in Germany · ISBN 978-3-86520-319-9

Inhalt

Erster Teil

I. Der verlorene Hut. 19
II. Die deutschen Emigranten. 27
III. Das Nachtquartier. 51
IV. Der Abschied. 54
V. Pennsylvanien. 60
VI. Das Lever des alten Stephy oder *We are in a Free Country*. . . 68

Zweiter Teil

I. Der Geldmann. (London.) 105
II. Der Geldmann. 128
III. Die drei Lords. 155
IV. Eine Nacht in Westend. 162
V. Eine Nacht in Westend. 171
VI. Die Zauberphiole. 181

Günter Schnitzler: Nachwort. 199
Zu dieser Ausgabe. 223

Erster Teil

Zuschrift des Herausgebers an die Verleger der ersten Auflage

ie erhalten hiermit ein neues Werk aus derselben Feder, die, wie Sie in Ihrem letzten Schreiben schmeichelhaft bemerken, bereits so viele Sensation bei Ihnen und in Deutschland erregt. Es sind Bilder des Lebens aus beiden Hemisphären, die wieder auf eine ganz neue Weise dargestellt sind, weshalb es nicht überflüssig sein dürfte, etwas über die Tendenz des Buches vorauszuschicken, um so mehr, da der Herr Verfasser sich hierüber in einem Schreiben ausgesprochen, und mich ermächtigt hat, Ihnen dasselbe im Auszuge mitzuteilen. Es bezeichnet dem Leser den Standpunkt, aus welchem er die vom Verfasser auf seiner schriftstellerischen Laufbahn eingeschlagene Richtung leicht übersehen kann.

– – – – »Bis auf die letzten Jahrzehnte hat die Romanenliteratur, obwohl sie zur Richtung und Bildung des öffentlichen und häuslichen Lebens der bürgerlichen Gesellschaft nicht wenig beigetragen, nur eine untergeordnete Rolle in soferne gespielt, als sie weniger, als die übrigen Zweige der schönen Künste und Wissenschaften, von wahrhaft gebildeten und durch ihre sittliche sowohl als bürgerliche Stellung ausgezeichneten Charakteren betrieben wurde, und wenn dies auch der Fall gewesen, doch nur als Nebensache betrieben wurde. Sehen Sie die Liste der Schriftsteller durch, die sich diesem Literaturfache widmeten, und Sie werden finden, daß nur wenige dasselbe zu ihrem Hauptstudium gemacht, und wenn auch einige der größeren Geister sich herbeigelassen, Romane zu schreiben, sie diese mehr als Nebensache, als eine Art Zeitvertreib, auf das Papier hinwarfen, in einer Weise, die *einer Herablassung* nicht unähnlich sah. Bis auf Sir Walter Scott war Romanschriftstellerei eine nichts weniger als geachtete Beschäftigung, und, wie gesagt, nur wenige, durch Geist und wissenschaftliche Vorbildung und politische oder bürgerliche Stellung ausgezeichnete Männer ließen sich herab, diesen als frivol betrachteten Zweig der Literatur zu kultivieren. Erst dieser wahrhaft große Mann erhob ihn dadurch, daß er ihm einen geschichtlichen Anklang gab, zu dem, was er gegenwärtig ist, einem Bildungshebel, der sich mit den mächtigsten der Gesamtliteratur messen darf. Wenn heut zu Tage der amerikanische und englische Staatsmann in seinen Kongreß- und Parlamentsreden Walter Scott eben so zitiert, wie Horaz oder Tacitus, so ist dieses der geringste Vorteil; der größere ist der Umschwung, den dieser gewaltige Geist der Denk- und Urteilskraft seiner Nation, ja der Welt, dadurch gab, daß er die Geschichte der Vergangenheit des für die moderne Zivilisation wichtigsten Reiches der Erde gewissermaßen in das Bereich der Küche, des Kaminfeuers gebracht hat; daß er die Tausende und abermals Tausende von unzüchtigen, albernen, phantastischen und dummen Büchern verdrängte, die die Toiletten unserer Damen bedeckten und ihnen die Köpfe verdrehten. Diese geistig so wohltätige Revolution, die Walter Scott vorzüglich in den beiden Schwesterreichen bewirkte, kann nur derjenige einigermaßen würdigen, der das englische Volk und besonders seine Mittelklassen vor dem Erscheinen der Walter Scottischen Werke gekannt, und sie so mit dem heutigen zu vergleichen im Stande ist. Ich habe England zu diesen verschiedenen Zeiten besucht, und obwohl damals noch sehr jung, steht mir doch John Bull vom Jahre 1816 und 1817 noch lebhaft vor Augen. Er war ganz das Bild, wie es Washington Irwing so unübertrefflich in seinem Skizzenbuche schildert, – eine Schilderung die auf den heutigen Engländer nicht ganz mehr passen würde. Zu seiner Umwandlung, und gewiß vorteilhaften Umwandlung hat anerkanntermaßen Walter Scott mehr beigetragen, als irgend ein Schriftsteller der neuern Zeit, und die englische Nation ehrt sich nicht weniger als das Schwesterreich dadurch, daß sie ihn nach Shakespeare für ihren kräftigsten schönwissenschaftlichen Geist erklärt. In der Mannigfaltigkeit seiner Charaktere ist ihm nur Shakespeare überlegen, in der ruhig klaren Weltanschauung erreicht ihn nur sein Zeitgenosse, der deutsche Goethe.«

»Es hat dieser Letztere wieder Etwas, das ihm eigentümlich ist, Etwas, das ihn, wie echten, zweimal die Linie passierten Madeira, zu einem wahren Wollustschlürfen macht. Ich meine natürlich seinen Faust. Mir kömmt dieser Torso vor wie jener Wein, der durch die eigene Last der Trauben von der Kelter abfließt, ohne Presse, ohne Bemühung. Die klarste, ruhigste Weltanschauung mit einem Geiste auf das Papier hingeworfen, so zart und wieder so kräftig, so wild und so fein, einem Geiste, der, möchte ich sagen, so spielend ins Göttliche und wieder Teuflische eingedrungen ist, als einem die Welt und sich selbst vergessen macht. Man sieht, daß die Bruchstücke, aus denen dieser genialste aller Torsos besteht, zu verschiedenen Zeiten entstanden, daß der Autor sich mit dem eigentlichen Plan nur wenig Mühe gegeben, daß der Faden, der dem Ganzen Einheit verleiht, zart durch dasselbe sich hinzieht; aber gerade das ist das Schöne des Werkes, denn nichts ist dem Leser peinlicher, als die zu Tage liegende Mühseligkeit des Autors. Man glaubt, den Satan Hiobs,

Anklänge von Youngs nächtlicher Muse zu hören, aber sie sind es nicht; es sind die herrlichsten, originellsten Leierklänge, die je durch Apollos Harfe tönten. – Schade, daß dieses Meisterwerk so unübersetzbar ist; die vier englischen Übersetzungen, die bisher erschienen sind, zeigen nur, wie wenig die Übersetzer den durch das Ganze wehenden Geist aufgefaßt haben. Es ist dieser Faust unstreitig das glänzendste Geistesprodukt, das seit Shakespeare und Miltons Dichtwerken erschienen ist, und Lord Byron hat keines geliefert, das ihm die Palme streitig machen könnte; denn in Byron beleidigt uns der gräßliche Egoismus, der im Zerrblicke aus jedem seiner Werke hervorleuchtet, und uns immer und immer wieder seine Individualität zu schauen bemüssigt. Von dieser Individualität merkt man bei Goethe wieder nichts, höchstens eine gewisse epikuräische Indolenz, oder einen indolenten Epikuräismus, wie Sie es nehmen, der ihm zuweilen ungemein wohl ansteht, zuweilen beleidigt. Man sieht, daß er *à son aise* ist, ein allseitig gebildeter, tief in alle Zweige des menschlichen Wissens eingedrungener, in allen Richtungen hinwirkender, gleichsam Richtung gebender Geist. Er schreibt ganz wie der Premierminister, der bloß Umrisse zeichnet, die sein untergeordnetes Personal auszuführen hat. Unter allen Schriftstellern, die ich kenne, hat er seine Stellung als Schriftsteller zu den Großen der Erde mit dem scharfsinnigsten Egoismus aufgefaßt. Er regiert so wie sie. Er schrieb als *quasi* Alliierter – *en souverain*. Als solcher diktierte er seiner Nation – dies ist eine Beleidigung, welche die Nation ihm nicht hätte hingehen lassen sollen. Nirgends Geistesanstrengung in der Anlage seiner Werke, eine gewisse Herablassung – Dilettantismus – der aber nicht berechnet ist, der Nation, für die er schreibt, Selbstachtung beizubringen. Selbst in seinem besten Romane, Wilhelm Meisters Lehrjahren, ist der Rahmen untergeordnete Sache, ja Flickwerk. Aber wieder gibt es in diesem Buche *so herrliche Sachen*, die Mignon ist so originell gezeichnet, dieses verkrüppelte, durch Schläge und Mißhandlungen aller Art so eigenwillig gewordene Geschöpf ist bei all seiner physischen und moralischen Verzerrtheit ein so anziehendes, unübertreffliches Bild ihres Landes, wo die Zitronen blühen, daß es wieder viele der Sünden dieses Buches bedeckt. Wie haarscharf ist nicht der Charakter Hamlets, wie klassisch nicht die Zergliederung dieses Shakespearischen Meisterwerkes? Aber, wie gesagt, das Buch hat der Sünden viele, und wenn in dem so eben angeführten Punkte der Deutsche dem Schotten überlegen ist, so steht er wieder in andern weit hinter ihm zurück, und unendlich in sittlich-patriotischer Hinsicht.«

»Es war kurz, nachdem die Rezension über dieses Buch in einem der britischen Reviews 1827 erschienen, ich weiß nicht bestimmt, ob im Quarterly oder Edinburgh, daß ich mit einem der ersten Gelehrten Philadelphias über dasselbe zu reden kam, und zwar mit R. W–sh der N–l G–tte, zugleich Redakteur des *American Review*. Er erzählte mir, er sei mit diesem Buche übel angekommen. Er hatte es einer unserer gebildetsten und achtungswertesten Damen als ein Buch voller Schönheiten empfohlen, ihr jedoch begreiflich gemacht, daß es wieder Dinge enthielte, die exzeptionell wären. Die Dame wurde begierig, und er sandte ihr das Werk. Am folgenden Tage erhielt er es mit einer Note zurück, in der sie ihr Befremden zu erkennen gab, wie M. W–sh es über sich bringen konnte, einer achtbaren Frau ein Buch anzupreisen, dessen Verfasser so ganz aller Achtung Hohn spreche, die jeder Gentleman für das weibliche Geschlecht haben solle. Darauf las ich es; und ich muß gestehen, daß der Vorwurf nicht unbegründet ist, und daß der Verfasser, so groß er als Schriftsteller steht, von der Heiligkeit seines Berufes nur sehr gemeine Ansichten hat. Ich habe in keinem Buche alle Klassen des weiblichen Geschlechtes, von der Dienerin bis zu den höchsten Ständen der bürgerlichen Gesellschaft hinauf, so verworfen, so leichtfertig, so grundsatzlos dargestellt gesehen. Anfangs schien es mir, als ob der Verfasser dabei eine Satire gegen seine eigene Nation beabsichtigte; allein näher betrachtet, stimmte ich der Ansicht der Reviewers bei. Es riecht wirklich, wie in dem Quarterly bemerkt ward, so übermäßig nach den Gewürzläden und den weniger einladenden Düften eines zu sehr zugänglichen *Actrice-Boudoir*, daß wohl Damen ein eigener Geschmack zugemutet werden muß, dessen nähere Bekanntschaft zu machen. Die neue englische Romanenliteratur besitzt gleichfalls Werke zu Dutzenden, die im Grunde nicht weniger unsittlich sind; aber diese Schriftsteller, mit aller ihrer Erbärmlichkeit, bergen doch das Laster, verschleiern es, und bringen so, mit Rochefoucauld zu sprechen, der Tugend die Huldigung des Lasters; die öffentliche Meinung zwingt sie dazu, und dies ist ein wenigstens nicht ganz zu verwerfendes Surrogat. In Amerika oder England würde ein Werk, wie das so eben besprochene, den Autor, und stände er noch so hoch, proscribiert haben, und wäre er selbst Byron gewesen; man würde es ihm als eine Nationalentwürdigung schwer oder nie verziehen haben.«

»Ich kenne wieder keinen Schriftsteller, der von der Heiligkeit seines Berufes mehr durchdrungen gewesen wäre, als Walter Scott es in seinen ersten dreizehn Romanen war, worunter ich natürlich seine sechs *Tales of my Landlord, Ivanhoe, Rob Roy, Waverley, Guy Mannering, the Antiquary, Woodstock*, und den herrlichen Roman, in dem die unglückliche Amy Leicester so unübertrefflich gezeichnet ist, verstehe. Welche Selbstachtung, welche Achtung für das Vaterland weht nicht durch diese Werke! Wie meisterhaft weiß er uns nicht selbst mit schottischer Engherzigkeit zu versöhnen! Wie unübertrefflich sind nicht seine weiblichen Charaktere! Welch' eine Zartheit, Reinheit, hohe Sittlichkeit, z. B. in der ältern Deans! Mit welchem Meistergriffel ist nicht eben die Huldigung, die die jüngere Deans der Tugend zu bringen bemüßigt ist, dargestellt! Wie furchtbar zieht sich nicht die zerfressende Heuchelei eines verfehlten weiblichen Daseins durch ihr elendes glänzendes Leben hin! Der Verfasser der Briefe eines Verstorbenen sagt irgendwo, daß Goethe von dem großen Unbekannten eine nichts weniger als hohe Meinung hege, und daß er nicht begreifen könne, wie ein Mann, wie Walter Scott, ein Mann von seiner Stellung und Talenten, sich mit so langweiligen Darstellungen befassen könnte. Wenn der große Goethe dies gesagt hat, so hat er ein Urteil ausgesprochen, das grell gegen die feststehende Meinung der anerkannt am richtigsten beurteilenden europäischen Nation anstößt. Nicht bloß die englischen und schottischen gelehrten Autoritäten, die London- und *Edingburgh-Quarterlies*, die ganze Nation ist es, die Walter Scott als ihren ersten belletristischen Schriftsteller, nach Shakespeare, anerkennt, und zwar eben wegen seiner Romane anerkennt. In seinen in gebundener Rede geschriebenen poetischen Werken hatte Walter Scott bekanntlich nichts weniger als reüssiert; in seinen vermischten und geschichtlichen gleichfalls nicht. Es waren seine *Waverleys*, seine *Tales of my Landlord*, sein *Ivanhoe*, die die allgemeine Aufmerksamkeit auf ihn lenkten, die ihn zum Liebling der Nation, zum Gegenstand ihrer Zärtlichkeit machten, ihm Auszeichnungen verschafften, die nur den um das Vaterland verdientesten Männern zu Teil werden. Und das war nichts als billig an dem Manne gehandelt, der sein Vaterland zum klassischen Boden erhob, die Jungfrauen desselben veredelte, die konstitutionelle Erziehung desselben beförderte. Goethe vermochte viel; aber es ist leichter gesagt als getan, Romane von dem Gehalt der *Bride of Lamermoor* oder *The Heart of Midlothian* zu schreiben, und selbst der Premierminister eines deutschen Großherzogtums würde einige Schwierigkeit gefunden haben, in einem Lande, wo die Preßfreiheit auf sehr zweideutigem Fuße steht, mit Hilfe literarischer Schüler klassisch-historische Romane zu liefern; denn der Roman kann nur auf ganz freiem Boden gedeihen, weil er die freie Anschauung, Darstellung der bürgerlichen und politischen Verhältnisse in allen ihren Beziehungen und Wechselwirkungen bedingt. Aus eben diesem Grunde haben die Franzosen erst in den letzten Jahren Romane erhalten, die klassisch genannt werden können. Vor der Thronbesteigung Louis Philipps war ein Roman, wie Victor Hugos »Notre-Dame de Paris«, kaum gedenkbar. Das mag paradox erscheinen; aber es ist doch wahr.«

»Ich habe oben gesagt, daß Sir Walter Scott die konstitutionelle Erziehung seines Landes beförderte, ich hätte sagen sollen, mehr als irgend ein anderer Schriftsteller beförderte, und zwar gerade dadurch, daß er Tory war. Man hat ihm dies zum Vorwurfe gemacht. Das mindert nicht seine Verdienste. Shakespeare schmeichelte in seinen *Midsummernight's dreams* der unliebenswürdigsten aller Königinnen; und wer wird ihn deshalb einen Schmeichler nennen? Als Walter Scott geboren wurde, war ganz England und Schottland torystisch. Die Whiggery hatte sich in einige Köpfe gleichsam geflüchtet. Tory sein, war nicht Modebekenntnis; es war Volksglaube, den Walter Scott von seinen Voreltern ererbt, den er beibehielt, den seine romantische Muse als eine Hauptbedingung forderte. Ihm deshalb Vorwürfe zu machen, ist nicht bloß unbillig, ist ungerecht. Ich bekenne Ihnen, daß ich früher von Chateaubriand keine sehr günstige Meinung hatte. Die außerordentlichen Hyperbeln, die er sich auf Kosten der Wahrheit bei jeder Gelegenheit zu Schulden kommen läßt, z. B. in seinem Natchez, wo er von Louisiana und dem Hauptstrome der Vereinigten Staaten eine in jeder Beziehung unrichtige Schilderung gibt, schien mir selbst für einen Dichter zu viele Freiheit genommen, – seine Urteile ferner über Shakespeare, der Geist, der durch seine *Martyrs* weht, überzeugten mich, daß er seine Zeit nicht richtig aufgefaßt, daß er in das Jahrhundert der Madame Maintenon gehöre, für die auch sein *Génie Du Christianisme* in ihren alten Tagen ein wahrer Trost gewesen wäre. Es ist im Christentume etwas Göttliches, das eine männlichere Beurteilung und Sprache recht wohl erträgt, – und nur durch diese könnte bei seiner Nation Gutes gestiftet werden. Aber der Mann hat bei mir unendlich gewonnen durch seine Festigkeit gegen Charles X., durch seine ritterliche Anhänglichkeit, nachdem dieser Monarch gefallen war, und die kühne Verteidigung der Rechte des königlichen Enkels. Es ist etwas Theatralisches dabei, selbst Charlatanerie ohne Zweifel, eine chevaleresque Rache an seinem Souverän, der ihn zurückgestoßen; aber ist diese kleine Eigenliebe nicht Grundstoff unserer schönsten und größten Geister? begleitet sie nicht uns selbst auf allen Schritten und Tritten? *Nur die niedrig gesinnte Seele wird unnötiger Weise diese Eigenliebe kränken.* Konsequenz ist achtbar, wo sie sich immer findet, und wir müssen selbst Gegnern jenen konstitutionellen Spielraum einräumen, ohne welchen der Begriff der Freiheit zur Absurdität wird.«

»Eben daß Walter Scott Tory war, gibt seinen Werken den gediegenen klassischen Charakter. *They are Standard works*. Ihre Grenzsteine stehen fest da – seine Charaktere sind scharf nuanciert, haarscharf gezeichnet. Wir erkennen das Leben des Großen, sehen das Treiben im Feudal-Schlosse, in der Königsburg, als wenn es uns vor Augen gerückt wäre. Durch diese bestimmte Zeichnung hat er freilich oft sein eigenes

Urteil umgestoßen, aber zur politischen Erziehung, zur Feststellung der Begriffe in allen Klassen der Nation beigetragen. *Knowledge is power.* Und er beförderte das Erste dadurch, daß er getreu darstellte, ohne Tendenz den Toryismus zu befestigen; seine Charaktere sind wahr, aber nicht übertrieben, wie dies beim Verfasser des *Last of the Mohicans* der Fall ist. Charaktere, wie die des Caleb, der Douglasse, des Guy Mannering, des *Antiquary*, finden Sie, *with due allowance for the difference of the times*, noch heutigen Tages in England und Schottland, ja alle Nuancen der Aristokratie und Oligarchie, wie sie der Baronet geschildert; aber Sie finden in den ganzen Vereinigten Staaten keine Tröpfe, die sich so herumzerren lassen, wie Leatherstocking, keinen Kentuckier, der so, *quasi* die Kappe in der Hand, vor dem Kapitän dastehen würde, wie es in der Prärie der Fall ist. Der Verfasser, ein Seemann, hatte die Seedisziplin auf das feste Land übertragen, und darin hat er gefehlt; denn der Amerikaner des festen Landes ist ein ganz verschiedenes Wesen von dem Amerikaner, der auf einem Schiffe eingezwängt ist. Ich habe alle Achtung für die Seeromane dieses ausgezeichneten Schriftstellers. Das war sein Kreis, innerhalb dieses war er mehr als bloßer Nachahmer Walter Scotts, er war Original, – und hat genützt, sehr viel genützt, denn er hat den seefahrenden Geist der Nation gekräftigt, und eben durch die neue Richtung, die er eingeschlagen, gewissermaßen dargelegt, daß die amerikanische – die erste seemännische Nation ist. Am wenigsten bin ich mit seinem *Travelling Bachelor* einverstanden. Ein solches Buch fordert eine wissenschaftliche Vorbildung, die dessen Verfasser nicht besitzt, und deren Mangel er durch eine unausstehlich exklusive Tournure nichts weniger als ersetzt. Er ist hier absoluter Aristokrat, stocksteifer Aristokrat, und so steif unsere Geldaristokratie ist, so, wie sie der Autor gerne haben möchte, ist sie zum Glücke noch nicht; – so sehr auch im Punkte der Humanität gegen die Schwarzen gesündigt wird, so ist es doch niemanden, Gott sei Dank, eingefallen, zu glauben, wie der *Travelling Bachelor* es tut, daß endlich Mühseligkeiten, Anstrengung und dergleichen diese unglückselige Race aufreiben werden. Es weht durch diese Bücher, wie gesagt, ein so starrer, unliebenswürdiger, ja inhumaner, exklusiver Geist, wie ich ihn selten gefunden, und der zur Ehre der Vereinigten Staaten auch durch eine allgemeine kalte Aufnahme des Buches gewissermaßen mißbilligt wurde.«

»Wie ganz anders tritt wieder der Verfasser des liebenswürdigen Pelham auf. Sie sehen den Gentleman, mit seinem hühnergefütterten Bedos oder Bedo, wie er ihn heißt, wie er seine glacierten Handschuhe anzieht, so oft er mit einer nicht ganz fashionablen Hand in Berührung kommt; wie er den schweren Überrock überwirft, und seine *canvassing Tour* beginnt, hier lispelnd, dort die personifizierte Treuherzigkeit spielend. Er ist Aristokrat durch und durch, ja Geck; aber man verzeiht ihm das Kokettieren mit der Demokratie gerne, denn im Grunde fühlt er warm für das Volk, für sein Land. Seine Romane sind achtbare und in achtbarer Absicht geschriebene Bücher, die viel Schönes enthalten.«

»Doch ich werde zu weitläufig für die Grenzen eines Schreibens; aber indem ich Ihnen meine, jedoch keinesweges apodiktisch aufgestellten Ansichten über Schriftsteller und Schriftstellerei gebe, bezeichne ich zugleich die Grundsätze, nach denen ich selbst verfahren bin, und trage das Meinige bei, Urteile festzustellen oder zu berichten, was ich besonders in Hinsicht auf den eigentlichen Stifter des klassisch-geschichtlichen Romanes für Pflicht halte; denn er ist es, der den Roman auf die hohe Stufe gehoben, die er gegenwärtig behauptet, der den Besten, den Aufgeklärtesten, den Ersten des Landes, so wie den Mittelklassen, den weniger Gebildeten, ein Lesebuch zur Erholung und Belehrung an die Hand gegeben; der einem der wichtigsten Zeitbedürfnisse abgeholfen hat. Von seinen zahlreichen Nachahmern ist wohl der Verfasser des *Last of the Mohicans* der einzige, der wahrhaft von seinem Schriftstellerberufe durchdrungen war; seine Natur ist größer, als die Walter Scotts, seine Seestücke unübertrefflich, aber, wie gesagt, man vermißt an ihm wissenschaftliche Bildung, und unglückseliger Weise ahmt er Walter Scott auch in der Sünde des Zuvielschreibens nach. Ich halte überhaupt wenig von Nachahmung. Nach meiner Ansicht muß die Natur des Gegenstandes, den wir behandeln, auch die Form und Weise der Behandlung bedingen, die Darstellung muß naturgemäß, so viel als möglich natürlich sein. Und nach diesem Grundsatze bin ich meinen eigenen Weg gegangen. So haben die »Transatlantischen Reiseskizzen«[1]

---

[1] Die »Transatlantischen Reiseskizzen« enthielten in der ersten Auflage: Teil 1 und 2: George Howards Brautfahrt; Christophorus Bärenhäuter; Teil 3: Ralph Dougbys Brautfahrt; Teil 4 und 5: Pflanzerleben; Die Farbigen; Teil 6: Nathan der Squatter-Regulator; und zugleich war dem dritten bis sechsten Teile der »Transatlantischen Reiseskizzen« der weitere Titel: »Lebensbilder aus beiden Hemisphären, vierter – sechster Teil«, beigegeben. In der zweiten und der gegenwärtigen dritten Ausgabe sind dagegen die vorstehenden Schriften, mit Ausnahme von »Christophorus Bärenhäuter«, unter dem Titel: »Lebensbilder aus der westlichen Hemisphäre« vereinigt.

Den ersten und zweiten Teil der »Lebensbilder aus beiden Hemisphären« bildete in der ersten Auflage »Morton oder die große Tour«, was in der zweiten und dritten Auflage ohne Kollektivtitel als selbstständige Schrift erschienen ist.

Wir führen diese Abänderungen der Titel der ersten Auflage hier an, um mögliche Irrungen zu verhüten.

Die Verlagshandlung.

gewissermaßen gar keinen Grundplan; sie sind leicht hingeworfen, oft an Ort und Stelle hingeworfen, und durch eine wirkliche Begebenheit zur Einheit verbunden. Sie haben richtig bemerkt, daß in dem »Legitimen« ganz andere Prinzipe gegen einander streiten, als in Walter Scott. Wieder andere im »Virey«; in diesem letztern ist das Deskriptive, die Geschichte, Hauptsache, obwohl der Faden, der vom »Legitimen« ausgeht, durch den »Virey und die Aristokraten« fortgeführt wird, aber noch nicht bis zu Ende gesponnen ist. Die Tendenz dieses Buches ist eine höhere, als die des eigentlichen Romanes; sie nähert sich der geschichtlichen. Ich wünsche das meinige beizutragen, dem geschichtlichen Roman jene höhere Betonung zu geben, durch welche derselbe wohltätiger auf die Bildung des Zeitalters einwirken könne; mitzuhelfen, daß die tausend albernen, schädlichen, dummen Bücher, Moderomane genannt, und geschrieben, um die bereits unnatürlich genug gespannten, gesellschaftlichen Verhältnisse noch unnatürlicher straffer zu spannen, durch eine kräftigere Geistesnahrung ersetzt, durch ein Gegengift weniger schädlich werden. Es verhält sich mit der bürgerlichen Gesellschaft wie mit dem einzelnen Individuum, das nur dann vollkommen gesund ist, wenn es keines seiner Glieder fühlt, wenn ihm keines derselben sein Dasein auf eine unangenehme oder schmerzliche Weise zu erkennen gibt, wenn alle Funktionen des Körpers ungehindert und leicht vor sich gehen. Wenn der Magen durch stetes Vollpfropfen sein Dasein durch Schwere zu erkennen gibt, dann ist es Zeit zur Abhilfe; aber diese ist am leichtesten möglich, wenn der Kranke selbst seinen schlimmen Zustand durch und durch erkennt; dann kann er durch leichte Mittel abhelfen. Ihn zur Erkenntnis dieses Zustandes zu bringen, ist aber wieder keine ganz leichte Sache; denn der Kranke ist reizbarer als der Gesunde; es muß ihm seine mißliche Lage so schonend als möglich, und doch wahr beigebracht werden, und wird sie ihm dies, dann haben wir freundschaftlich an ihm gehandelt, human, weit humaner, als wenn wir ihn sich selbst überlassen, und er so gezwungen wird, bei einem Arzte Zuflucht, ja Hilfe zu suchen, die immer prekär ist, da sie von der Einsicht eben sowohl als der Rechtschaffenheit dieses Letztern abhängt.«

»Dieses Prinzip der Aufklärung des geistigen Fortschrittes habe ich zum Gesichtspunkte genommen und werde ihm treu bleiben. Ich habe deshalb vorgezogen, Tatsachen, lebende, ja geschichtliche Personen zu zeichnen, nach dem anerkannten Grundsatze, daß öffentliche Charaktere auch offen behandelt werden dürfen. Daß dieses mit Zartheit von mir geschieht, muß Ihnen klar sein, wenn Sie auch nur ein einziges öffentliches Blatt oder irgend eine Flugschrift über eben diese von mir dargestellten

Personen zur Hand nehmen. Zwei dieser Lebensbilder sind zuerst in einer amerikanischen Zeitschrift erschienen, und später in einer Londoner abgedruckt worden, wo sie, wie ich höre, mit Beifall aufgenommen wurden. Was den Charakter des merkwürdigen Franzosen betrifft, der lebend eine so wichtige Rolle gespielt, und durch seinen letzten Willen einen so gewaltigen Einfluß auf die künftige Geistesbildung der Union sich gesichert hat, so sind seine Grundsätze zu sehr bekannt, als daß sie auf Rechnung irgend jemandes gebracht werden könnten. Welches das Ende sein wird des großen Prinzipien- oder vielmehr Interessen-Kampfes, der nun vor unsern Augen mit so vieler Hartnäckigkeit gekämpft wird, ist eine Frage, deren Beantwortung nicht in das Bereich der Literatur der schönen Wissenschaften gehört; aber insoferne diese das gesellschaftliche Leben in allen seinen Nuancen darstellt, und so zum großen Hebel ihrer Gestaltung wird, ist es allerdings ihr Geschäft, das eigentümliche Wesen der neuen Macht, die in der neuen gesellschaftlichen Umgestaltung eine so große Rolle zu spielen berufen scheint, näher zu betrachten.« – –

Nach dieser Darstellung des Herrn Verfassers Ihnen noch weitere Bemerkungen zu machen, halte ich ganz überflüssig; denn das Buch selbst spricht für sich. Ich bin vollkommen überzeugt, daß es Ihr Publikum überraschen wird. Auch ist Hoffnung vorhanden, daß wir die Fortsetzung dieser Lebensbilder erhalten werden.

Den 1. Jenner 1835.

I.

Der verlorene Hut.

raußen heulte der Sturm – auf der Bühne donnerte Richard: »Ein Pferd, ein Pferd: mein Königreich für ein Pferd!« und der rasende König überschrie den Donner des Sturmes, und die schöne Welt von Philadelphia horchte in atemloser Stille dem großen Zauberer, der ihr den gekrönten Bösewicht ihrer Vorwelt mit so furchtbarer Wahrheit vor die Sinne rief; – da ließ sich aus einer der glänzendsten Mittellogen ein düsteres Gestöhne vernehmen, und aller Köpfe wandten sich in der Richtung, in der die Schmerzenslaute hörbar wurden; eine der Türen des Korridors flog rasch auf, und ein junger Mann stürzte durch dieselbe, murmelnd: »*She is lost, my Mary is lost*[2].«

Die Nacht war, was wir ein *galy*[3] nennen. Der Nordosten heulte in so rasenden Stößen von *New Jersey* herüber, daß die tausend Schiffe des Hafens wie gepeitschte Sklaven auf ihren Ankertauen tanzten und gleich belebten Wesen Klagelaute von sich gaben, die weit hinauf in die Straßen – wie die zu Tode geängstigter Tiere erklangen; dazwischen krachten die Masten, klapperten und pfiffen Segelbäume und Taue, und Regen und Hagel schmetterten wie Pelotonfeuer aus hunderttausend Musketen im kalten Nebelwetter aus dem schmutzig grauschwarzen Himmel herab. – Der junge Mann stürzte unaufhaltsam die Walnut Street hinab, dem Strom zu, der Stadt und Land verschlingen zu wollen schien.

Es waren nicht Schritte, es waren Riesensätze, mit denen er dem Werfte zusprang, von welcher er nur noch durch eines jener Vorwerke getrennt war, die sich in und vor die sogenannte Water Street[4] hingenistet haben, um die Ansicht einer unserer schönsten Städte zur häßlichsten zu verunstalten.

Ein fahler Lichtstreifen öffnete sich am chaotischen Himmel, durch den der Mond bleich und gespenstisch durchschaute, wie, um den furchtbaren Abgrund in seiner ganzen Gräßlichkeit erscheinen zu lassen. Nicht fünf Schritte vor ihm raste der Delaware. Die mannshohen Wogen, vom entsetzlichen Sturme aufgepeitscht, schienen aus der Tiefe der Hölle aufzuzischen,

---

[2] Sie ist verloren, meine »Mary« ist verloren!
[3] Sehr stürmisch, mit heftigen Windstößen.
[4] *Water Street*, die dem Delaware entlang laufende Straße, in die sowohl die Walnut als Chesnut Street auslaufen.

und ihr Opfer mit schrecklichem Lachen anzugrinsen. Der tobende Sturm kochte, heulte und brüllte, und sandte die tobenden Wasser mit so rasender Gewalt über die Werfte, daß die Framehäuser dröhnend aus ihren Fugen gehoben wurden. – Ein entsetzliches Lachen entfuhr ihm, als er diesen Greuel der Zerstörung schaute und den Fuß zum letzten Sprunge hob.

»Herr!« rief es auf einmal aus der halbgeöffneten Türe der schmutzigen Kneipe mit rohem Gelächter, »habt Euern Hut verloren!« Und ein Dutzend Stimmen fiel mit Roßgewieher ein: »Hat seinen Hut verloren.«

Und Köpfe streckten sich zugleich durch die Türe und Fenster, um den merkwürdigen Mann zu schauen, der es wagen konnte, in der geregelten Bruderstadt ohne Hut auf dem Kopfe in den Straßen umherzulaufen.

Wir Philadelphier sind nämlich ein sehr ordnungsliebendes geregeltes Volk, das seinen Hut fest auf dem Kopfe trägt, und es war daher kein Wunder, wenn der Zuruf den Jüngling auf einmal wie festbannte. Er stand, als wäre er von einer unsichtbaren Zauberhand berührt; dann zuckte er zusammen und schwankte einen Schritt seitwärts.

»Fest Steuerbord, mein Mann! Seid einen ganzen Strich aus Eurem Laufe«, schrie der eine der Kneipengäste.

»*D–n jour eyes Jim*[5]!« fiel ein anderer ein; – »geht Südost bei Ost; gerade zur Hölle.«

»Ein Verdeckpassagier, dem der Faden ausgegangen«, brüllte ein dritter.

Diese laut gebrüllten Worte machten den Jüngling laut aufschaudern. Er trat wieder einen Schritt zurück.

»*Pshaw*!« gellte eine frische Stimme, und ein Kopf streckte sich abermals aus der Türe der Rumkneipe. – »Ich wette fünf Smallers; der spließt sich mit der Salzbraut zusammen.«

»Sauft ein paar Gallons Erbsenwasser«, schrie ein anderer.

»Er sauft nicht«, überschrie sie ein dritter, der aus der Türe und dem Jüngling näher getreten war, dem er, ohne ein Wort zu sagen, die Hand auf die Schulter legte. »Seid auf der Leeseite[6], mein Mann! Wollt Euch mit der nassen Braut zusammenschließen? *May I be d–d to hell, if you shall.*[7] – Und er sauft nicht«, schrie er, indem er dem Jüngling beide Hände auf die Schulter legte.

Dieser stand, ohne ein Wort zu sagen; aber seine Brust hob sich hörbar, und ein grausiges Stöhnen verkündete den entsetzlichen Kampf, der in seinem Innern tobte.

---

[5] Verdammt seien Deine Augen. James.
[6] So viel als links, in falscher Richtung.
[7] Mag ich zur Hölle v–t werden, wenn Ihr dürft.

»Er sauft nicht«, rief der Mann wieder. »Was gilt's? Zehn Smallers.«

»Es gilt, er sauft«, brüllte es aus der Türe mit rasendem Gelächter.

Und die ganze Bande der Matrosen war bei den verschiedenen Ausrufungen, die gleich Schlagwörtern aufeinander gebrüllt wurden, aufgesprungen und getaumelt und drängte sich durch die Türe an den Jüngling heran, der noch immer wie leblos da stand.

»Kürzt seine Steigbügel«, rief der eine.

»*D–n jour eyes, if it aint a gemman*[8]«, der andere.

Unter diesen Worten war ein halbes Dutzend an den Jüngling herangekommen. Eine Stimme schrie im Tone höchsten Erstaunens: »*D–n your eyes, d'ont you see, it is Captain Morton*[9].«

»*Captain Morton of the Mary*[10]«, schrie ein anderer. »*Captain of the Mary*, ein so schönes Schiff, als je im Erbsenwasser schwamm.«

»Kapitän Morton! Brauchen Sie ein halbes Dutzend Kernjungens, sind gestern von der Aspasia abbezahlt worden. Aber mit Ihnen, bei Gott! wollen wir, und sollten wir unsere Dollars noch heute versilbern.«

»Gehen wir alle!« riefen alle.

Und in demselben Augenblick hielten auch alle inne, und die Stimme war ihnen wie abgeschnitten. Die Matrosen hatten nämlich den Jüngling so umgeben, daß die Strahlen der Lichter aus den Kneipenfenstern sich in seinem Gesichte brachen. Dieser Anblick hatte ihnen die Sprache auf einmal benommen. Es war etwas in diesem Gesichte, das furchtbar sprach. Es lag eine Riesenkraft in diesem Gesichte, aber auch ein Riesenschmerz in dem gräßlichen Hohne, der sich auf Stirne und um die Lippen hingelagert hatte. In diesem stieren Blicke, diesen zusammengepreßten bleichen, blauen Lippen und ihrem kalten Hohne stand die Resignation des Todes mit entsetzlicher Deutlichkeit geschrieben.

Die Matrosen stierten ihn eine Weile an, sprachlos, keines Wortes mächtig.

»Kapitän Morton!« hob endlich einer leise und wie furchtsam an.

»*She is lost, the Mary ist lost*«, murmelte der Jüngling in sich hinein.

»Kapitän Morton, das wissen wir nicht«, sprach ein anderer in demselben dumpfen Tone, »bei G–tt! wir wissen es nicht. Haben aber unsere Hängmatten da bei Beattie aufgeschlagen, trinken unsern steifen Grog, Tom, Jones, Ned, James, Mike und Ben, und da schreit Ben etwas von einem, der seinen Hut verloren, und denken, Sie sind einer der Verdecks-

---

[8] V–t seien Eure Augen, wenn das nicht ein Gentleman ist.
[9] V–t! seht Ihr nicht, daß es Kapitän Morton ist?
[10] Kapitän Morton von der Marie.

passagiere, oder auch Kajütenabenteurer, die das Passagegeld schuldig geblieben sind und die da kommen –«

»Man weiß nicht, woher«, fiel ein anderer bekräftigend ein.

»Und gehen«, fuhr ein vierter fort, »man weiß nicht wohin.«

»Und so wetteten wir auf eine glückliche Fahrt. Hätten wir aber gewußt, daß Sie es sind, Kapitän Morton! Dann freilich –«

»Kapitän Morton fürchtet nicht's Erbsenwasser, so es gesoffen sein muß. Ist ein Seemann, und ein geborener Bürger.«

»Aber kein Bürger sauft Erbsenwasser, so lange noch Grog und Toddy zu haben sind.«

»Hast Deine zehn Smallers gewonnen, Tom«; fiel ein anderer ein. »Wer wird auf einen Bürger wetten?«

»Kein Bürger sauft Erbsenwasser, wenn's nicht sein muß, überläßt das den Franzosen und den verdammten Briten!«

Und der Jüngling sah auf einmal verlegen und wie beschämt die Matrosen an, und der Schauer fing stärker an ihn zu fassen. Es war der Todesschauer, der mit der Scham und dem Leben kämpfte.

»Morton!« riefen auf einmal mehrere Stimmen.

»Morton, um Gottes willen, Morton!« jammerte eine Silberstimme, und zwei der schönsten Hände umfaßten des Jünglings Hals, und hingen sich um ihn, und die Gestalt umklammerte ihn wie zum Leben und Sterben.

»Morton!« rief das bildschöne Mädchen. – »Morton! Was tun Sie, um Gottes willen? Und Morton, Sie wollten? – Morton! Morton! Sie könnten –?«

Und das ätherische Wesen, das kaum sechzehn Jahre zählte, hing, eine süße Last, am Halse des stierenden Jünglings und schien ihn zur Erde ziehen zu wollen, auf daß er ihr nicht von dieser entfliehe. Eine gewaltige Welle schlug über die Werfte heran, und hüllte die beiden in ihr nasses, kaltes Kleid.

Sie fühlte es nicht – ihr Auge hing an dem seinigen; dann schauderte sie zusammen. In der Todesangst um den schönen Flüchtling hatte sie Pelisse, Schal und Hut vergessen, und war im leichten Logenkleide durch Sturm und Hagel geeilt, ihn zu retten. Sie zitterte an allen Gliedern, indem sie rief: »Morton! Um Gotteswillen, Morton!«

»*She is lost*«, murmelte Morton, »*it is too late, she is lost – all is lost*[11].«

»*Who is lost*[12]?« rief einer der Begleiter der jungen Dame.

---

[11] Sie ist verloren. – Es ist zu spät. – Sie ist verloren – alles ist verloren.
[12] Wer ist verloren.

»*She is lost*«, murmelte er wieder, indem er mechanisch auf den schwarzen Strom deutete. – »*She is lost*«.

»Aber mein Gott!« fiel ein anderer ein, – »Morton, was soll das? Was träumt dir, was fällt dir ein? Sie ist kaum vor vier Tagen unter Segel gegangen, Deine Mary: ein funkelnagelneues Schiff, kaum drei Jahre alt. Was träumt dir um's Himmels willen? Morton, was ficht dich an? Zum Teufel mit deinen Träumen und Ahnungen!«

»Kapitän Morton!« fiel einer der ältern Matrosen ein, »haben Sie das Seegespenst gesehen?«

»Ist Ihnen das Seegespenst erschienen?« riefen die Matrosen alle.

Der Jüngling murmelte bloß. »*She ist lost. I tell you, she is lost.*«

»Morton!« riefen die drei Freunde; »um's Himmels willen! Morton sei ein Mann! Im entscheidenden Momente der Vorstellung läuft er davon, von wegen einer Ahnung, weil ein Gekrach und ein Pfeifen sich im Theater hören lässt, und Sturmesgeheul.«

»Was sich ganz natürlich erklären lässt; denn seit Jahren hatten wir keinen so entsetzlichen Nordoster.«

»Ist Ihnen das Seegespenst erschienen, Kapitän Morton?« fragte wieder einer der Matrosen kopfschüttelnd; »das Seegespenst? Und dachten Sie in dem Augenblick an die Mary?«

Morton sah den Matrosen starr an, und nickte in stummer Verzweiflung.

»Ich glaube, Leute, Ihr seid alle verrückt«, schrie einer der Freunde.

Die Matrosen brummten ein »*damn ye!*« und sahen den Sprecher seitwärts an.

»Soll mich die Katze kneipen«, hob einer an, »aber der Landkrebs da, Jungens?« Und er ballte beide Fäuste.

»Und wenn wir halb über Bord sind, Sir! *damn ye, Sir*[13]! so sind es unsere Dollars, Sir, und wir sind in einem freien Lande, Sir!«

»Hoffen wir, Sir!« fiel ein dritter ein.

»Und ah, die Mary war ein prächtiges Schiff«, ein vierter.

»Als je im Winde ging«, bekräftigte der erste, »schwamm wie eine Ente, war eine Freude am Rade zu stehen; konntet sie just mit dem Daumen und Zeigefinger drehen, wohin Ihr wolltet, bei G–tt!«

»Arme Mary!«

»Nun, auf meine Ehre! Ihr seid alle verrückt«, rief wieder einer der Freunde.

»Wollen dich verrücken, Du g–tt–v–ter Landkrebs«, schrien mehrere,

---

[13] V–e Sie G–tt, Herr.

und ihre Fäuste ballten sich; doch Tom und Jim nahmen zum Glück großmütig die Partei des Mannes.

»Halt, Mister Broadhend!« brüllte Jim, »glauben Sie, was Sie wollen, aber wollen Ihnen sagen –«

»Glauben, ein Schiff ist just so ein Ding von Holz und Eisen, das keine Empfindung hat? Sag' Ihnen aber«, schrie Tom, »*damn ye*, es hat mehr Empfindung –«

»Als so ein v–ter Landkrebs, wie Ihr seid«, fiel ein anderer ein.

»Und so hat es«, schrie ein dritter, »und lassen Sie sich sagen –«

»Aber, liebe Männer!«

»D–n ihre lieben Männer – Wer sind liebe Männer? Sie Gott v–ten lieben Männer!«

»Pah, könnte Ihnen mehr erzählen: als ich mit der Sarah Tompkins letztes Jahr in der Südsee war. Eine prächtige Fahrt, war zwei Jahre zwei Wochen aus. Mein Anteil betrug fünfhundert Dollar[14]. He –«

»Bei meiner Seele!« schrie der Freund.

»Halt Gentlemen!« überschrie ihn der Matrose – »doppelten das Kap Horn. Sahen da der verdammten Mutter Careys Hühner[15] und mitten unter diesen –«

»Bei meiner Seele!« riefen die drei Freunde, »da stehen wir, Narrheiten anzuhören, und Miß Georgiana erfriert uns in den Armen.«

Es war wirklich hohe Zeit, in die erstarrten Glieder des holden Geschöpfes erwärmende Bewegung zu bringen. Sie hing mehr leblos als lebendig in den Armen des Jünglings, der noch immer alles um sich her vergessend, wild auf den tobenden Delaware stierte. Die drei Freunde lösten sie von seinem Halse, hüllten sie in einen Überrock und schlugen dann so eilig, als es der leidende Zustand der beiden erlaubte, die Richtung nach Chesnut Street ein.

»Mister Broadhend. Mister Philipps, – ho! Ihr verdammten Landkrebse Ihr!«

»Seid keine Seemänner, keine Seemänner, – wollen Seemänner sein und glauben nicht an das Seegespenst. Hat Kapitän Morton das Seegespenst gesehen, gebe ich ihm keine fünf Smallers für seine Mary.«

»War aber doch ein verdammt sauberes Ding, die Mary.«

»Hing so prächtig im Wind.«

»Machte ihre dreizehn Knoten mir nichts, dir nichts, keine Fuge, kein *yard arm* wich.«

---

[14] Der Anteil der Matrosen an Südseewalfischfängen beträgt in der Regel zwischen 3-500 Dollar, öfters auch mehr.
[15] *Mother Careys chicken* – Sturmvögel

»*Halloo! Polly, Molly, dear chuckies!* Haben zehn Smallers zu vertrinken. *Holla Polly, Molly dear chuckies! Hurrah! we live in a free country*[16]!«

Die *Polly, Molly, dear chuckies* sprangen aus der Kneipe, legten ihre Arme um die Nacken ihrer Beaux und zogen sie unter dem Gebrülle: »Tom Taylor hat seinen Hut verloren«, in die Kneipe.

Zwischen den schwarz aufgepeitschten Fluten des Delaware, und den liebreizenden Hoffnungen, die sich in den tränenfeuchten Augen der holden Georgiana spiegelten, der glänzenden Chesnut Street, deren prachtvolle Marmorpaläste ihnen nun entgegentraten, und der ekelhaften Kneipe, deren schmutzige Ecke das Ziel der irdischen Laufbahn des lebenskräftigen Jünglings werden sollte, lag eine Welt von Abstand, und doch wieder nur ein kurzer Schritt. War es das Furchtbare, das in der Idee des Selbstmordes liegt, das Grausen, das bei dem Anblick des Selbstmörders selbst den Starkgeformten ergreift: die Freunde waren mit allen Symptomen unbezwingbaren Schauders und höchster Aufregung neben dem Jüngling einhergeschritten; Georgiana hatte seinen Arm fahren lassen, und schwankte halb getragen zwischen den stummen Männern hinauf, scheue Blicke auf ihn heftend, aus denen Abscheu – Entsetzen zu sprechen begannen. Sie waren an einem glänzenden palastartigen Hause in der Mitte der Straße angekommen, als sie am Fuße der Marmortreppe wie leblos zusammensank. Einen Blick der verletzten Weiblichkeit und namenlosen Leides warf sie noch auf ihn, und dann schloß sie die Augen, als fürchte sie, den Selbstmörder länger zu schauen. Er aber lächelte bitter, blickte die beiden Freunde mit stieren Augen an, wie sie die Ohnmächtige in das Haus trugen, und schritt dann weiter. Einer der Freunde war ihm gefolgt. Am obern Ende der Straße bogen sie in eine Seitengasse ein, und hielten dann vor einem kleinen Hause. Der Freund zog die Klingel, und es erschien ein alter Neger, in der einen Hand ein Licht, in der andern ein versiegeltes Billett.

»Massa[17]!« sprach der Schwarze, »Massa! Wo haben Ihren Hut gelassen? Massa! Was werden die Philadelphier sagen, wenn Massa ohne Hut herumlaufen sehen! – Massa Brown aus Merchants Kaffeehause Ihnen das gesandt.«

Der Jüngling riß das Billett auf und las: »*Lost near Cap Hatteras the fine vessel Mary, bound to Veracruz, men saved*[18].«

---

[16] He da! Polly, Molly, teure Schnählein's – wir leben in einem freien Lande.
[17] Verdorben, statt Mister oder auch Master.
[18] Ging verloren nahe am Kap Hatteras das schöne Schiff Mary, nach Veracruz bestimmt. Die Mannschaft ist gerettet.

Und ein höhnisch bitteres Lächeln zuckte wieder um seinen Mund, als er dem Freunde im wahnsinnigen Triumphe die Zeilen vor die Augen hielt.

Dieser durchlas sie kalt.

»Mache deinem Herrn starken Tee und bringe ihn zu Bette!« sprach er, und dann wandte er sich, und verließ das Haus.

Der Neger schüttelte den Kopf.

»Massa!« rief er, indem er den Herrn, der in dumpfer Bewußtlosigkeit auf die Treppe hingesunken war, aufrichtete. »Massa!« rief er nochmals. Doch dieser gab keine Antwort. Auf einmal sprang er auf, ballte die Faust, schlug sich vor die Stirne, und ein gräßliches Lächeln zuckte um seinen Mund.

»Massa!« sprach der Neger, »wo haben Ihren Hut gelassen? Und was da haben für einen Teerhut? Meiner Seele, des Tom Taylors Teerhut sein, sein Zeichen darin stehen. Tom Taylors Hut sein, den Massa in Havre just vor New-York-Hotel aus dem Wasser gezogen. Massa ehe acht Tage vergehen, einen Trip[19] nach Havre machen. Massa der Hut Glück bedeuten; Massa frisch auf – nicht alles verloren sein.«

Der Jüngling nahm den Hut mechanisch vom Kopfe.

»Sattle mir den Cyrus!«

»Massa, um's Himmels willen! Eilf Uhr sein. Was mit Cyrus wollen in diesem Wetter? Cyrus überritten werden. Wie Cyrus auf den Long Island Races[20] bestehen?«

»Wir sind in einem freien Lande; sattle mir den Cyrus!«

Der Neger ging, den Cyrus zu satteln; der Jüngling warf einen andern Hut auf den Kopf, den Mantel über den Rücken, und eine Stunde darauf hatte er die Bruderstadt zwanzig Meilen hinter sich.

»Pah, wird doch noch irgendeinen Fleck in der Union geben, wo der Enkel von –n sich ungestört ersäufen kann«, murmelte er zwischen den Zähnen.

---

[19] Trip – Ausflug.
[20] Die berühmten Pferdewettrennen, neun Meilen von New York.

II.

Die deutschen Emigranten.

Die wilde Dezembernacht war einem hellen, klaren Januarstage gewichen.
Es war ein herrlicher Nachmittag, der erste im Jahre tausend achthundert neunundzwanzig. Die Sonne ruhte bleich und kalt, wie zitternd vor Frost, nur noch auf dem Rande der Flußberge des Susquehanna, und ihre matten Strahlen verbleichten in den endlosen Schneefeldern des westlichen Flußgebietes, während die gewaltigen Bergrücken, die hehr und hoch sich im Norden emportürmen, mit ihren dunklen Fichtenwäldern und den wilden Lorbeergebüschen im prachtvollsten Kontraste das Landschaftsgemälde schattierten; dazwischen der majestätische Strom, der in nimmer ruhender Beweglichkeit seine ungeheuern Wassermassen klar und heiter dem freundlichen Harrisburg zusendet. Um die unzähligen Klippen, die sich aus dem meilenweiten Porphyrbette wie Ruinen römischer Triumphbögen erheben, hatte der kalte Winter Kränze von Eis gelegt, die ihnen in der Ferne das Ansehen von Hunderten kolossaler Büsten in van Dyks Manier gaben, und die seltsamer Weise auch zu reden begannen. So wie die Sonne die Berggipfel des Susquehanna erreicht, erhebt sich ein Gemurmel, und die Gewässer beginnen zu rauschen und zu reden mit den hundert und hundert Pyramiden und Felsen und Klippen und Büsten in der murmelnden Wellensprache, die die Sage veranlaßte, daß die Häuptlinge des riesigen Volkes der Susquehannas noch immer trauern und wehklagen über das Verschwinden ihres Volkes vor den mächtigen weißen Eindringlingen.
Es ist ein herrlicher Strom der Susquehanna, mit seinen endlosen unübersehbaren Wassermassen, und seinen Klippen und Riffen, und der süß tönenden trauernden Wellensprache; die Gegend umher eine der romantischsten des lieblichen Pennsylvaniens. Im Norden fällt der Blick auf prachtvolle waldbekränzte Inseln, die gleich ungeheuern Wasservögeln am breiten Busen des Stromes sich zu schaukeln scheinen. Im Osten türmen sich Berge auf Berge, und Klippen und Abgründe wechseln mit dunkeln Wäldern, und verleihen der Gegend einen Charakter von Wildheit, wie er in diesem Staate nicht häufig wieder zu finden ist. Auf der westlichen Seite dehnen sich herrliche Landhäuser und Höfe in ruhiger

Behaglichkeit. Im Südwesten endlich nickt, den Rahmen vollendend, das Capitol der Miniatur-Hauptstadt herüber, einfach und anspruchslos wie seine zeitweiligen Bewohner[21].

Der Straße entlang, die sich am östlichen Ufer des genannten Stromes gegen die obere Fähre hinaufwindet, die das westliche Pennsylvanien mit dem östlichen verbindet und als Anfangspunkt der sogenannten nördlichen Turnpike betrachtet wird[22], sah man während derselben Tagscheide einen prachtvoll gebauten, aber todmatten Blutrenner mit seinem Reiter langsam und erschöpft fortschwanken. Das übel zugerichtete Tier war an einem jener Felsenvorsprünge angekommen, die sich so malerisch von dem rauhen Flußgebirge herab bis in den Strom senken und durch die der eiserne Fleiß seiner Anwohner erst vor noch nicht langer Zeit einen Weg zu bahnen vermocht hat. Es hielt vor einem dieser Felsenvorsprünge, und während es sich längs demselben fortschleppte, versuchte es, die dürren Eichenblätter des Gesträppes zu erfassen, das aus den Ritzen der Klüfte sich hervorgedrängt hatte. Der Reiter, der in jener gänzlichen Geistesabwesenheit auf dem Rücken des Tieres hing, die einen Menschen verrät, dem ein fixer Gedanke im wahnsinnigen Kopfe haftet, wurde endlich durch die Bewegung desselben aus seiner Bewußtlosigkeit aufgerüttelt. Er schaute stier und verwildert um sich, und die Zügel anziehend, versuchte er vergebens, es zum Weiterschreiten zu bewegen. »Cyrus!« rief er endlich, »was treibst Du? – Bist müde? Ich auch – lebensmüde. Wollen ja zusammen gehen.« –

Und wieder stierte er um sich, und sein trübes Auge suchte in der Ferne. Allmählich schien er sich zu besinnen, zu fassen, und wie einer, in dem plötzlich ein Gedanke aufsteigt, fuhr er empor, schaute nochmals umher und stieg rasch vom Pferde. Einen Blick warf er auf das arme, edle Tier, und dann trat er vor an den Rand des Stromes und betrachtete die Gegend.

Nicht zehn Schritte vor ihm rauschte der Strom, dessen dunkelblaue Gewässer hier eine unergründliche Tiefe andeuteten. Gegenüber in meilenweiter Ferne lagen die westlichen Ufer des Susquehanna mit ihren friedlichen Höfen und Landsitzen wie Lichtpunkte, die allmälig vor den

---

[21] Harrisburg, obwohl Philadelphia und Pittsburg die größeren Städte sind, ist bekanntlich der Sitz der Regierung, nämlich des Gouverneurs und der gesetzgebenden zwei Kammern, des Senates und der Assembly; vorzüglich, weil es mehr in der Mitte des Staates liegt. Früher war Lancaster der Regierungssitz.
[22] Sie geht bei Frenchtown über die Alleghanygebirge und teilt sich jenseits derselben in zwei Arme, von denen einer nach Pittsburg, der andere nach Kittaning Buttler u.s.w. führt.

hereinbrechenden Schatten der Nacht erbleichen. Über seinem Haupte erhoben sich die Felsen der östlichen Flußberge mit ihren knarrenden nackten Eichen und dem Gelächter der weißen Wintereule, die sich so eben aus ihrem Verstecke herausgewagt. – So weit das Auge reichte, war keine Spur von Menschen zu sehen. Und als der Jüngling so mit stierem Blick eines, der die Welt zu verlassen im Begriffe steht, um sich schaute, überflog ein bitter süßes Lächeln seine schönen, aber verwilderten und bereits dem Wahnsinn halb verfallenen Züge.

»Noch fünf Minuten, teurer Cyrus«, sprach er zu seinem Rosse, »dann ist unsere Reise geendigt.«

Er hatte die letzteren Worte lauter gesprochen, wie einer, der sich in seinem Entschlusse kräftigen will; das Echo gab sie ihm zurück.

»Wer spricht da?«

Und das edle Tier schaute ihn mit seinen funkelnden Gazellenaugen so treu und traurig an, daß ihm, ergriffen vom ungeheuern Schmerz eine Träne ins Auge trat und er die beiden Arme um den Hals des Cyrus legte.

»Fürchte dich nicht, Cyrus; ein einziger Sprung, und wir liegen so tief – ein Vierundsiebziger würde hier ein ruhiges Grab finden.«

In dem ganzen Wesen des jungen Mannes lag eine entsetzliche Entschlossenheit, jede seiner Bewegungen verriet, daß er seine Rechnung mit der Welt abgetan hatte.

Die Sonne war hinter den westlichen Bergeshöhen verschwunden.

Vom Osten herüber dämmerte die Mondscheibe am klaren, wolkenlosen Himmel, wie ein milder Tröster nach harten Stürmen sein Licht ausgießend. Zugleich erhob sich ein scharfer Nordwestwind, und die Wogen des Stromes fingen an stärker zu brausen, und die Stimmen der gefallenen und entschwundenen Susquehannas begannen rauher ihren Klaggesang.

Die Kälte war schneidend geworden. Der Jüngling stand in seinen Mantel gehüllt, sinnend – verloren. Die Straße, so weit das Auge reichte, war noch immer leer, nur das Tosen der an den Klippen brechenden Gewässer und das Gelächter der Eulen und das Knarren der Eichen im scharfen Luftzuge war zu hören. Auf einmal warf er seinen Mantel ab, und einen der umherliegenden Steinklumpen ergreifend, legte er ihn auf den ausgebreiteten Mantel und schlug diesen darüber.

»Pah, ich glaube«, murmelte er halb lachend zu Cyrus. »wir haben auf niemanden zu warten.«

Und mit diesen Worten hob er den Stein und trat über die Straße an den Rand des Stromes und stierte in die Tiefe. Jetzt hob er den Stein, um ihn voraus zu senden.

»Wer Teufel ist denn das?«

Und er wandte sich rasch und zornig in der Richtung, in der er kurz zuvor die Straße herauf gekommen.

Die Klagetöne des Stromes und das Gelächter der Eule waren auf einmal durch ein widerliches Knarren auf der eisig hart gefrornen Straße unterbrochen; dazwischen ließen sich menschliche Stimmen und Wimmern und Geschrei und lautes Geheul hören, das ungemein grell, ja unheimlich in der abgeschiedenen Stille der Nacht an die Ohren schlug. Cyrus, als wüßte er um den Entschluß seines Herrn, gab ein schwaches Gewieher von sich. Der Jüngling schaute aufmerksam die Straße entlang, woher die unharmonischen Töne kamen, und trat dann hinter den Felsenvorsprung.

Es war ein seltsamer Zug, der sich nun in der Wendung der Straße näherte. Voran rollte ein Schubkarren, der von einem Manne fortgeschoben wurde, der in der magischen Beleuchtung des Mondes einer jener Karikaturen glich, welche die Meisterhand Cruikshanks uns geschenkt und die uns so oft zu einer Art rasenden Hohngelächters über uns selbst hinreißen. Die seltsame Bewegung des langen spindelbeinigen Gerippes hatte etwas so barock gräßlich Possierliches, daß der Jüngling in ein lautes Lachen ausbrach, das wieder in ein Gemurmel des tiefsten Unwillens überging, so wie die Gruppe sich hinlänglich genähert hatte.

Es war ein armseliges Häufchen von Menschenkindern, die zum Teil auf den Schubkarren gepackt waren, zum Teil hintendrein krochen und schleppten. Der Schubkarrenführer war ein sehnig knochiger, aber abgemagerter Mann, der beiläufig dreißig Jahre zählen mochte, dem aber die Mühseligkeiten des Lebens wenigstens zwanzig Jahre mehr aufgedrückt hatten. Sein Anzug war im höchsten Grade ärmlich. Ein schmutzig ledernes Käppchen, kurze Beinkleider von demselben Stoff, und dessen ursprüngliche Farbe eben so wenig zu erkennen war, ein Kittel von Zwillich und eine mit mannigfaltigen Lappen besetzte Weste. Im Fortschreiten entfuhren ihm grobe, barsche Worte, die Scheltworte sein mochten und zweifelsohne den armen Würmern galten, die vor Frost zitternd in noch elendern Lumpen staken, aus denen sie wie kleine ausgestopfte Kobolde heraushippten. Zehn Schritte hinterdrein kam eine zweite Gestalt, in eine Menge zerrissener und schmutziger Unterröcke auf eine so widrig lächerliche Weise vergraben, die schwer bestimmen ließ, zu welcher Gattung lebender Wesen sie gehörte. An ihren Röcken schleppte sich ein drittes Kind, während ein viertes an ihrer Brust lag, und ein fünftes in Fetzen gewickelt auf ihrem Rücken hockte. Die grobe Stimme des Mannes wurde häufig von den gellend kreischenden Tönen des Weibes unterbrochen, das die winselnden Würmer, die sie auf allen Seiten umgaben, auf eine nicht minder rohe Weise zu beschwichtigen bemüht war. Beim ersten Anblicke gewahrte man, daß es Kinder des unglücklichen Landes waren, die seit so vielen Jahren die Erde mit ihrem Blute zu düngen, die Welt mit ihrer Nacktheit und ihrem Elende anzuekeln bestimmt zu sein scheinen; eines jener Bilder serviler Unterwürfigkeit, wie wir sie auf den Werften unserer Seestädte häufig als Exemplare dieser Nation zu schauen bekommen und die uns bereits wider Willen gezwungen haben, der unbegrenzten Hospitalität unseres Landes Schranken zu setzen.

Als die Gruppe bei dem Felsenvorsprung angekommen, wurde das Geheul der Kinder so laut, daß die beiden Alten hielten, und nach kurzer Beratung den Hunger der armseligen Geschöpfe zu beschwichtigen begannen. Diese fielen mit der Gier junger Wölfe über die kalten Kartoffeln und die Knochen und Brotkrusten her, die der Mann aus den schmutzigen Lumpen des Korbes hervorgelangt und verteilt hatte.

Des Jünglings Wesen hatte einen Ausdruck von unaussprechlicher Entrüstung bei dem Anblick dieser elenden Menschen angenommen. Er wandte sich mit allen Symptomen des tiefsten Abscheues weg.

In der entgegengesetzten Richtung und gerade auf ihn zu kam ein Reiter getrabt, mit breitkrempigem Hute und darunter eine schwarz seidene Schlafmütze, ferner einem hirschfarbigen Überrocke und eben solchen Leggings. Eine gewisse treuherzige Behaglichkeit im Wesen des Mannes so wie die Beleibtheit des Tieres, eines braunen tüchtigen Kleppers, verrieten den ostpennsylvanischen Farmer, eine Klasse, die sich bekanntlich als den Kern der respektablen Bevölkerung des Staates betrachtet, und die mit Recht als eine der solidesten unserer Union geschätzt wird. Er war im raschen Trabe herangekommen und hatte sich bis auf Sprachweite dem Felsenvorsprunge genähert, an dessen Rande der junge Mann nachlässig lehnte, die Hand am Sattelgurt ruhend.

»Einen guten Abend«, sprach der Mann mit dumpfer Stimme, die aus einem wollenen, buntgestickten Mundtuche hervorkam, das zum Schutze des Halses noch um Kinn und Nacken gelegt war. »Etwas an Eurem Sattel gebrochen oder gerissen? Kann ich Euch in irgend etwas nützlich sein?«

»Wenn Ihr Eure Straße zieht«, war die Antwort.

Der Reiter schaute den jungen Mann einen Augenblick an und setzte dann sein Roß in Bewegung, hielt jedoch eben so schnell wieder inne, denn er war an der entgegengesetzten Seite des Felsenvorsprunges angekommen, wo die armselige Familiengruppe sich gelagert hatte.

Eine geraume Weile verstrich, ohne daß der Reiter ein Wort sprach. Die beiden Eheleute, die auf den Stangen des Karrens niederhockten, erhoben sich und kamen näher, der Mann, seine Lederkappe in beiden Händen, das Weib, die ihrigen auf der Brust gefaltet, beide in der demütigsten Stellung. Das unsägliche Elend, das aus ihren Gesichtern und Umgebungen sprach, schien den Reiter festzuhalten, obgleich in seiner Miene eben nicht besondere Teilnahme zu verspüren war.

Endlich richtete er eine Frage an den Schubkarrenführer, aber in einem nichts weniger als milden Tone; im Gegenteile, seine Stimme klang herrisch und gebieterisch, die Antwort furchtsam, bittend, demütig.

Der Mann richtete eine zweite, eine dritte Frage an ihn; er wurde weitschweifig, die beiden Eheleute immer demütiger.

Auf einmal ließ sich von der andern Seite des Felsenvorsprunges ein Zähnknirschen hören; es war ein Zähnknirschen, das durch Mark und Knochen drang.

Die beiden Eheleute sahen einander an, und ihre stupiden Gesichtszüge schienen zu sagen: Auch ein Elender, vielleicht ein Elenderer als wir. Es lag Mitleiden in den Zügen der beiden.

Der Reiter war aufmerksam geworden und hielt eine Weile inne; dann stieg er von seinem Pferde und trat einige Schritte zurück. Erst jetzt gewahrte man, daß sein Alter vorgerückt und sein ganzes Wesen achtunggebietend war, denn im Herabsteigen hatte er den Hut und Kamm verloren, und eine Fülle schneeweißer Locken hatte sich zu beiden Seiten des vollen, gesunden Gesichtes herabgeringelt. Er ließ sich den Hut vom Schubkarrenführer reichen und wandte sich, nachdem er den Kamm auf dem Scheitel befestigt, zum Jüngling, auf den er einen durchdringenden Blick heftete.

Ein Gedanke schien in seiner Seele aufzudämmern und schnell zur Gewißheit zu werden. Es war nicht sowohl der grelle Kontrast, der sich hier zu beiden Seiten des Felsenvorsprunges darbot, als der Widerspruch im ganzen Wesen des jungen Mannes, das die Aufmerksamkeit des Alten in Anspruch genommen hatte. Diese kraftvolle Antinousgestalt, mit dem stolzen, aristokratischen Gesichte, dessen vollblütige Bräune den edlen Virginier verriet, sie stach gräßlich mit den erloschenen und wieder wild funkelnden, tief blauen Augen ab, die in ihrem zeitweiligen Rollen jeden Augenblick einen andern Schmelz annahmen, nun höhnisch auf ihm ruhten, wieder in die weite Ferne schossen, so grimmig bitter, daß sich der Kampf zwischen Leben und Tod deutlich in ihnen abspiegelte. Nur die vollste, unverdorbenste Jünglingskraft, gepaart mit dem starrsten Stolze, konnte diesen Kampf kämpfen – mit so entsetzlicher Ausdauer kämpfen. Nur sie vermochten ein so furchtbares Bild von Fieberzerrüttung hervorzubringen, wie diese höhnischen Blicke malten – Blicke, in denen ein namenloser Abscheu gegen die Welt sich abspiegelte.

»Ich glaube«, nahm der junge Mann zornig das Wort, »Ihr habt mich genug besehen!«

»Und ich«, erwiderte der Alte, »die Straße sei frei.«

»Dann will ich sie Euch lassen«, entgegnete der Jüngling, und, die Zügel seines Rosses zusammenraffend, schickte er sich an, den Platz zu verlassen, hielt aber wieder inne. Sein Auge war auf den Steinklumpen und die Enveloppe gefallen.

Der Alte war unbeweglich gestanden, in der linken Hand den Zügel seines Braunen, mit der rechten auf die Einwanderer deutend.

»Deutsche Emigranten«, bemerkte er.

Des Jünglings Zähne knirschten. Seine zusammengepreßten Lippen schienen zu fragen: Was haben die in unserem Lande zu suchen?

Die beiden Eheleute hatten sich während des kurzen Wortwechsels scheu und furchtsam einen Schritt vorgewagt, waren wieder zurückgewichen, wieder vorgetreten, und endlich in derselben demütigen Stellung dem Jüngling näher gekommen; der Mann, in der einen Hand die Kappe, in der andern ein Stück Brot. Cyrus, mit instinktartiger Liebe zum Leben, streckte den prachtvollen Hals nach dem Brote aus, und der arme Deutsche reichte es ihm.

»Cyrus«! rief der Jüngling, »schämst Du dich nicht?«

Und Cyrus sah seinen Herrn so bittend an, und der Deutsche, als verstünde er die englischen Worte, schaute den Jüngling an mit einem so unbeschreiblichen Blicke, daß dieser wie beschämt die Augen zu Boden schlug. Es war der stupideste und wieder der sprechendste Blick, ein Blick, in dem sich die konzentrierten Leiden einer ganzen Nation malten, die Schläge und die Verachtung und die Fußtritte von Freunden, Fremden, Gebietern, allen. Des Mannes Gesicht war abgezehrt, abgekümmert – ein lebendes Bild der stupidesten Geduld, dem die Schläge der Schande und der Härte zahllos eingeprägt waren.

Der Jüngling schauderte unwillkürlich, wie er in dieses gräßlich stupide, niederträchtige Gesicht abermals blickte.

Der Alte war aufmerksam, beobachtend gestanden.

»Ein armer Teufel von Deutschen«, hob er endlich an, »der dem Elende seines Standes in seinem Lande entwichen, um sich eine bessere Zukunft zu suchen.«

Der Jüngling gab keine Antwort.

»Ja, so kommen ihrer viele aus diesem Lande, und leider nur aus diesem Lande. Kein Engländer oder Franzose, und selbst der elende Irländer würde nicht so schamlos sein, sein Elend da aufzudringen, wo er nichts zu suchen hat – in einem ganz fremden Lande; aber Not kennt kein Gebot.«

Und nachdem der Alte so gesprochen, hielt er inne.

»Und was weiter? Und was gehen diese Elenden mich an?« fragte der Jüngling und eine zornige Röte überflog sein Gesicht.

»Sie sind«, fuhr der Alte gleichmütig fort, »zu uns herübergekommen mit ihrer letzten Habe.«

Der Jüngling warf einen Blick auf die beiden zerlumpten Eheleute und lachte beinahe laut auf.

»Und fahren nun nach Ohio«, bemerkte wieder der Alte.

»Und fahren nun nach Ohio«, wiederholte jener im bittersten Spotte, indem er dem Sprecher den Rücken wandte.

»Er sagt«, fuhr der Alte fort, ohne sich durch die verächtliche Bewegung irre machen zu lassen, »daß es draußen nicht mehr auszuhalten sei, und deshalb verkaufte er Haus und Hof, und kam mit Not nach Philadelphia, keinen Cent in der Tasche. Endlich fand er mitleidige Aufnahme im Jackson-Hotel, Fourth Street, wo man ihm und seiner Familie vergönnte – im Pferdestalle zu wohnen.«

Die beiden Eheleute standen noch immer mit gefalteten Händen; der Alte fuhr fort:

»Sie bekamen zwar Essen im Überflusse von den Abfällen der Tafel; aber die Gäste sowohl als die Diener des Hauses mochten sie nicht mehr im Stalle leiden. Kein Wunder! Sie sind auch gar zu unflätig.«

Und sein Auge richtete sich auf das grenzenlose Elend und den Schmutz, in dem die Familie gleichsam starrte.

»Man riet ihm endlich«, fuhr der Alte fort, der abwechselnd den Jüngling, wieder das Ehepaar im Auge behalten hatte, »sich an die German auxiliary Society[23] zu wenden, was er auch tat, und von welcher er fünf Dollar empfing, mit denen er den Schubkarren kaufte und seine Familie nach Ohio zu fahren beschloß.«

»Kann man so leben und nicht lieber sterben!« entfuhr dem Jüngling unwillkürlich.

»Gott behüte!« fiel der Alte ein, »der Mann denkt, erst jetzt als Mensch zu leben; bisher lebte er bloß ein Hundeleben. Auf den hundert Meilen von Philadelphia bis hierher, nach Harrisburg, bekam er, sagt er, Lebensmittel im Überfluß und Nachtlager umsonst und Almosen, die sich über dreißig Dollar in barem Gelde belaufen, und die er noch alle beisammen hat. Wenn er so fortfährt, so hat er, bis er nach Pitts-

---

[23] Eine Stiftung zur Unterstützung hilfsbedürftiger deutscher Einwanderer. Ihre Vorsteher sind größtenteils geborene Amerikaner. Doch tragen auch in Philadelphia ansässige Deutsche bei.

burg kommt, an die hundert Dollar, und mit diesen kann er sich fünfzig Acker Waldlandes kaufen und hat noch etwas zur notdürftigsten Einrichtung übrig.«

»Viele seiner Landsleute waren schlimmer daran«, fuhr der Alte nach einer Pause fort, »denn sie wurden früher als zeitweilige Sklaven oder Redemptionisten verkauft; aber ich glaube, dem Lande war mit den damaligen Deutschen mehr gedient als mit den heutigen. Betteln erinnere ich mich wenigstens nie einen von den alten Deutschen gesehen zu haben. Sie verdienten sich ihre bürgerliche Existenz durch hartes Schaffen, wogegen die heutigen ihre Schande und ihre Blöße aller Welt aufdringen. Es ist wirklich schlimm; was würde das deutsche Volk sagen, wenn aus den Vereinten Staaten derlei Elende zu ihnen kämen?«

Der Jüngling schwieg noch immer.

»Aber die Wege der Vorsehung«, fuhr der Alte fort, »sind wunderbar, und wohl mag sich's einst fügen, daß der Erdengott, dessen Pracht dieser arme Mann länger zu frönen nicht mehr auszuhalten vermochte, oder seine Kinder, einst in demselben Aufzuge vor seine Türe kommen. Lose solcher Art sind im Glücksrade unserer verhängnisvollen Zeiten nicht selten den Erdengroßen gefallen.«

Der kühne Gedankenflug des Alten machte den Jüngling höhnisch lächeln. »Sie verdienen es, die Hunde!« murmelte er.

»Gott behüte!« versetzte der Alte wieder. »Jeder Mensch ist frei und als Ebenbild Gottes geboren; die bürgerliche Erziehung und Gesellschaft allein machen ihn zum Sklaven oder freien Weltbürger.«

Wieder eine Pause.

»In jener Welt«, fuhr der Alte in demselben gleichmütigen freundlichen Tone fort, »heißt es ja in der Heiligen Schrift, werden die Ersten die Letzten und die Letzten die Ersten sein. Und unsere Union ist ja zu Europa jenseits. Doch zieht eurer Wege«, sprach er zu den Deutschen gewendet in ihrer Sprache, indem er einen halben Dollar in die Kappe des Mannes fallen ließ. »Vier Meilen von hier trefft Ihr auf Crockers Tavern, und der wird euch für eine Nacht Unterkommen geben«.

Die beiden Eheleute dankten, indem sie die Kleider des Alten küßten, der sich ihnen aber unwillig entriß; dann näherten sie sich dem Jüngling. Dieser griff mechanisch in seine Rocktasche, die er mit einem Dollarstücke auf eine Weise herauszog, die wahrnehmen ließ, daß es sein letztes war. Er warf den beiden das Geldstück vor die Füße, und kehrte ihnen, ohne ihren Dank abzuwarten, den Rücken.

Der Alte hatte diese verschiedenen Bewegungen scharf beobachtet. Eine Weile schaute er den abziehenden Deutschen nach, und dann wandte er sich an den Zurückgebliebenen. »Ihr habt hier ein sehr edles Tier. Ein reeller Blutrenner. Welche Zucht?«

»Sehr leicht möglich«, versetzte der Jüngling auf die erste Bemerkung, ohne die Frage einer Antwort zu würdigen.

»Wo wollt Ihr noch hin?« fragte wieder der Alte.

»Dahin, wohin Ihr mir wahrscheinlich nicht folgen werdet«, war die bittere Antwort.

»Vielleicht, vielleicht auch nicht. Ihr kommt von Harrisburg?«

»Und wenn ich komme?«

»In der Richtung, die Ihr geht, trefft Ihr vier Meilen kein Einkehrhaus.«

Ein Strahl düsterer Zufriedenheit zuckte, wie der unheilschwangere Blitz am nächtlichen Firmamente, durch das Gesicht des Jünglings hin. Sein Fuß stand noch immer auf dem in den Mantel gewickelten Steinklumpen. Auf einmal ergriff er die Zügel und zog das Pferd mit sich fort.

»Halt!« sprach der Alte, einen Schritt vortretend. »Ich sage Euch, Euer Pferd ist überritten, zu Schanden geritten, mutwillig zu Schanden geritten. Es ist, man sieht es ihm an den Augen an, diese vierundzwanzig Stunden kein Haferkorn über seine Zunge gekommen. Auf der Straße, die Ihr geht, findet Ihr vier Meilen kein Einkehrhaus, und doch wollt Ihr mit Eurem halbtoten Gaule weiter. Ihr habt die Akte, erlassen behufs der Beschützung der Tiere und insonderheit der Lasttiere, und gegen die barbarische Behandlung besagter Lasttiere, übertreten. Ich büße Euch fünf Dollar.«

Der Jüngling schlug eine entsetzliche Lache auf, eine kurze, aber empörte und empörende Lache; einen Augenblick stand er sprachlos vor Zorn.

»Hört Ihr!« brach er endlich mit einer Stimme aus, deren hohler, tiefer Ton durch die ganze Tonleiter zum grausigen Gellen hinanlief – »Ihr seid ein Deutscher!«

»Das bin ich«, erwiderte der Alte ruhig.

»Dann geht Eure Wege, oder bei Gott! ich vergesse Eure weißen Haare und daß Ihr ein Fremdling, ein alter Mann seid.«

Und seine Fäuste ballend holte er zum Anfalle aus, wie der rasende Boxer zum Angriffe gegen seinen Widerpart ausholt.

Der Alte stand ruhig.

»Ich fordere Euch nochmals im Namen des Gesetzes auf, mir zu folgen«, sprach er ernst.

»Und kraft welcher Autorität?« brüllte der Jüngling mit einer Roßlache.

»Als Friedensrichter dieses County, kommissioniert seit tausend achthundert und neunzehn.« »Und wenn ich nicht folge?«

Der Alte war nun seinerseits außer sich. »Wie? Ihr, ein geborener Bürger?« fragte er mit erhobener, starker Stimme, »und Ihr wollt dem Aufrufe des Gesetzes nicht gehorchen?« Er sah den erblassenden Jüngling starr an. »Freilich«, fuhr er in leiserem Tone fort, »wenn man die Gesetze des Höchsten mit Füßen zu treten im Begriffe steht, wie sollte man sich da um die – seiner Mitkreaturen kümmern, oder um ihre gute Meinung? Aber ich sage Euch, junger Mann«, hob er wieder mit stärkerer Stimme an, »das Gesetz wird für Euch zu stark sein«.

Der Jüngling zuckte mit einem dumpf gemurmelten »Sir!« zusammen.

Während der Alte die Zügel des Cyrus ergriff, stieß sein Fuß auf den um den Steinklumpen gewundenen Mantel, und indem er sich zur Erde bückte und ihn befühlte, leuchtete ihm die gräßliche Wahrheit in ihrem ganzen Umfange ein. Einen Blick des schmerzlichsten Vorwurfs schoß er auf den Unglücklichen und dann, den Stein aus dem Mantel lösend, überreichte er ihm das Kleidungsstück. Beide schlugen nun die Richtung nach Harrisburg ein.

Sie waren eine geraume Zeit gegangen, ohne ein Wort zu reden. Endlich hob der Alte in einem Tone an, von dem es schwer gewesen sein würde zu sagen, ob er vertraulich, ernst oder abstoßend sei.

»Man muß übrigens diesen Deutschen bei ihrem Vorgeben von Armut und Blöße nicht immer trauen; denn Sklaven lügen.«

Keine Antwort.

»Ist mir selbst vor mehreren Jahren ein derlei Fall mit einem solchen Menschen passiert; war gerade vor dem Torschlusse des Redemptionisten-Unwesens.«

Der Jüngling blieb stumm.

»War in Philadelphia, wo eine ganze Schiffsladung solcher Leute vom Kapitän losgeschlagen wurde; unter andern eine Familie, die aus zwei erwachsenen Knaben, einem Mädchen und den zwei Alten bestand. Ich kaufte den Alten, Mister Howth, ein Nachbar, der sechs Meilen von mir wohnt; ein recht braver Mann, das Weib und die Tochter; die Söhne wurden gleichfalls im County ersteigert. War übrigens eine nüchterne, arbeitsame Familie; man sah es ihr an den Augen an.«

Der Alte hielt inne und fuhr nach einer Weile fort: »Wie gesagt, ich nahm den alten Simon Martin, der mir für die an seinen Kapitän bezahlte Überfahrt fünf Jahre dienen sollte. Als ich meinen Wagen bestieg, um nach Hause zu fahren, kam der Mann mit einem gewaltigen Bündel

Lumpen auf dem Rücken, das einen so unerträglichen Gestank von sich gab, daß ich ihm sofort befahl, es entweder seinem Weibe zu überlassen oder es, noch besser, in den Delaware zu werfen. Er bat aber so dringend, demütig, seine Habe, wie er es nannte, behalten zu dürfen, daß ich endlich nachgab, und ihm erlaubte, den Bündel mitzunehmen, vorausgesetzt, daß er mit dem Sitze neben einem meiner Neger sich begnügen wolle. Er war hocherfreut.

Als ich zu Hause angekommen, wies ich ihm eine meiner verlassenen Negerhütten an, denn der Akt für die Emanzipierung unserer Schwarzen war bereits mehrere Jahre in Wirksamkeit, und ein halbes Dutzend derselben hatte mein Haus verlassen, um ihrer neuen Freiheit so schnell als möglich zu genießen. Kamen aber nach einigen Wochen wieder alle zurück, aber in einem Zustande, dem man es wohl ansah, daß er nur durch die zügellosesten Ausschweifungen herbeigeführt worden sein konnte. Nahm sie nicht mehr, war froh, daß sie fort waren. Die etwas wert waren, sind geblieben und sind noch im Hause. In dieser verlassenen Hütte nun, die ich dem alten Simon Martin angewiesen hatte, deponierte er seinen schmutzigen Bündel, und, die Wahrheit zu gestehen, so diente ihm dieser wirklich statt eines Vorhängeschlosses; denn alle meine Leute wichen der Türe auf zwanzig Schritte aus; zum Hineintreten war keiner zu bewegen.

Alle schmutzige alte Wäsche, die das Ansehen nicht mehr wert war, alle alten Lumpen, Kleider und Strümpfe, abgetragene Hosen, kurz alles, dessen er habhaft werden konnte, sammelte er wie toll zusammen, um sie in seinem Lumpendepot niederzulegen.«

Der Alte hielt wieder inne.

»War übrigens mit dem alten Simon Martin wohl zufrieden, arbeitete fleißig und umsichtig, verstand die Landwirtschaft aus dem Grunde, und zeigte sich langsam, aber besonnen, so daß ich ihn wohl brauchen konnte. Seine Begriffe von häuslicher Ökonomie erlaubten ihm nie, sich von Hause zu entfernen, obgleich ich ihn öfters aufmunterte, sein Weib zu besuchen. Wozu die Schuhe zerreißen? war immer seine Antwort; und einmal, als seine Alte nach Verlauf von mehreren Jahren mit ihrer zwanzigjährigen Tochter gekommen war, um ihn zu sehen, fuhr er sie hart an, weil sie, wie er sagte, unnötiger Weise die Schuhe zerrissen.«

Der Alte hielt abermals inne, und fuhr in herzlicherem Tone fort.

»Diesen Übelstand ausgenommen, hatten wir uns an den alten Simon Martin allmälig so sehr gewöhnt, daß Mistreß Isling und ich beschlossen, ihn auch nach Verlauf seiner Dienstzeit bei uns zu behalten, und ihm ein fünfzig Ackers zu verlehnen, und ein Häuschen, das zu derselben Zeit leer werden sollte.«

»Als die Zeit bis auf acht Tage herum war – es war gerade abends vor Martini 1820, kam der Alte zu mir auf meine Office[24] und fragte mich: Squire, wollen Sie mir wohl erlauben, morgen hinüber auf die Auktion nach Harrisburg zu gehen?«

Auf die Auktion hinüber nach Harrisburg gehen? gab ich zur Antwort. Auf die Auktion, Simon Martin? Was wollt Ihr denn auf der Auktion? Es werden, so viel ich aus der Zeitung ersehe, zwei *Sheriff sales*[25] über zwei Farms morgen abgehalten, deren jede dreihundert Acker Landes und Wohn- und Wirtschaftsgebäude hat, die wenigstens auf fünftausend Dollar zu stehen kommen. Ihr werdet sie doch nicht ersteigern wollen?«

»Just um einmal eine Auktion zu sehen, Zeitvertreibs wegen, erwiderte Simon Martin.«

»Wohl, so geht in Gottes Namen! sagte ich. – Nehmt den alten Rappen, und hier ist ein Dollar als Zehrungsgeld für Euch und das Tier; aber daß Ihr nachts wieder zu Hause seid!«

Und wieder hielt der Alte inne; der Ton seiner Stimme war allmälig freundlicher, zutraulicher geworden, wie der eines Mannes, dem Wohlwollen die Worte auf die Zunge legt.

»Der alte Simon Martin«, fuhr er fort, »kam richtig abends zurück, hatte aber außer einigen Pfunden Brotes, die er von Hause für den alten Rappen mitgenommen, diesem auch nicht einen Halmen Heu zu fressen gegeben, was ich aus dem Heißhunger des Tieres sehr wohl entnahm; denn ich selbst bin, wenn mich nicht wichtigere Geschäfte abhalten, bei der Fütterung des Viehes zugegen. Er erhielt einen scharfen Verweis deshalb. Das Tier kann nicht reden, und es wegen eines Vierteldollars Hunger leiden zu lassen, ist unmenschlich und nicht wirtschaftlich, sagte ich.«

»Der alte Simon hörte mich an wie ein Block und ging, ohne ein Wort zu sagen.«

»Am folgenden Morgen kam Mister Gordon, der damalige Sheriff, zu mir, und gratulierte mir von wegen des guten Kaufes, den ich mit der Hawkes Farm getan, wobei er sich nicht wenig wunderte, wie ich in meinen alten Tagen noch mehr Land ankaufe, da ich doch mein eigenes nicht übersehen kann.«

»Ich habe die Hawkes Farm gekauft? versetzte ich voll Verwunderung. Mister Gordon, Ihr träumt.«

»Er schaute mich zweifelhaft an, wie als ob er fragen wollte, ob es in

---

[24] Schreibstube.
[25] Gerichtliche Versteigerungen von liegenden Gründen werden durch den Sheriff abgehalten.

meinem Kopfe auch richtig sei, und zeigte mir dann das Versteigerungsprotokoll; und wen sahen meine Augen als Käufer? Wen anders, als den alten Simon Martin. Ich traute meinen Sinnen kaum und wußte nicht, was dazu sagen. Noch habe ich zu bemerken, daß der Alte den Tag nach seiner Ankunft in meinem Hause sich um die Einbürgerung beim Protonotary[26] bewarb, wozu er von mir die zwei Dollar Gebühr entlehnte, so daß er den Tag nach seiner Emanzipation auch als Bürger naturalisiert wurde. Natürlich glaubten der Sheriff und die anwesenden Bürger, er ersteigere die Farm für mich, da ich ihn bereits öfter in nicht ganz unwichtigen Geschäften wegen seiner Treue und Umsichtigkeit gebrauchte; – ein Umstand, versicherte mir Mister Gordon, auf den gewiß von den Bürgern Rücksicht genommen worden war; denn mehrere Kauflustige waren abgetreten.«

»Ich ließ den Alten rufen, und fuhr ihn hart an wegen des Scherzes, denn dafür hielt ich das Ganze, den er sich mit einer Behörde erlaubt.«

»Als Simon Martin in die Office trat und den Sheriff erblickte, lächelte er auf seine eigene Weise, und antwortete mir auf meinen barschen Verweis, daß die Sache eigentlich ihn anginge, er jedoch um Vergebung bitte, daß er sich die Freiheit genommen, die Farm gleichsam *tacite* auf meinen Namen zu kaufen; was jedoch unumgänglich nötig gewesen wäre, da er als Redemptionist nicht *sui juris* und ihm die Farm besonders gefallen. –«

»Aber, Ihr verdammter alter Narr! sagte ich. Wer wird denn die Farm bezahlen?«

»Und wieder lächelte der alte Kauz, und statt aller Antwort stolperte er in seine Hütte, wo er den Sack mit den stinkenden Lumpen und Abfällen auf den Fußboden auszuschütteln begann.«

»Ich war ihm gefolgt, und sah seinem Treiben durch die halbgeöffnete Türe zu mit verhaltener Nase.«

»Es war ein Sack, der wohl an die hundert Pfund wiegen mochte, wie gesagt, Abfälle und Fragmente von allen möglichen Stoffen und Zeugen, durchgeschwitzte Hemden und Strümpfe, und Fetzen von Flanelleibchen und Westen und Wolldecken unter einander, dazwischen Stücke von altem Eisen, gebrochene Hufeisen, Nägel, Stücke Zinn, Blei, Kupfer; alles dies fiel aus dem Sacke. Nachdem er ihn geleert, kehrte er ihn um und nahm sein Taschenmesser, worauf er den Sack über einen hölzernen Trog hielt, und die Nähte öffnete. Und es fiel ein Louisdor heraus, dann ein

---

[26] Gerichtsschreiber der Grafschaft, der die Grundbücher führt und bei dem sich die Fremden zur Naturalisation melden; werden in einigen Staaten auch County Clerks genannt.

zweiter, dann drei, vier, fünf, zehn, hundert; kurz, es kamen tausend und einhundert Louisdor, Friedrichsdor und Carolins aus diesem schmutzigen Verstecke hervor.«

»Ich stand sprachlos.«

»Sehen Sie meine Schatzkammer, sprach der Alte – eine so schöne Schatzkammer, als die Bank der Vereinigten Staaten nur sein kann. Ah, sehen Sie, hätte ich gleich bei meiner Ankunft im Lande etwas gekauft, sicherlich hätte ich mich betrogen, oder wäre betrogen worden. Sind verdammt pfiffig die Amerikaner; aber ein Deutscher kann es auch sein. Habe die Überfahrt und Erfahrung umsonst und mein Haus und Hof, wo ich mich mit meinen Kindern ruhig auf meine alten Tage niedersetzen kann. Und dabei blinzelte der alte Schurke so niederträchtig verschlagen!«

»Schändlicher Kerl!« murmelte der Jüngling.

»Das war er in hohem Grade bei all seiner Verschmitztheit«, fiel der Alte ein. »Ein Mann und Familienvater, der sich auf eine solche Weise in ein Land einschleicht, sich und die Seinigen wegen elender hundert Dollar zur Sklaverei erniedrigt, und unter solchen Umständen erniedrigt, ist der Freiheit gar nicht wert, nicht würdig, Bürger eines freien Landes zu werden. Auch mochte ich ihn von dieser Stunde nicht mehr leiden, und er ist mir seit dieser Zeit zuwider, obwohl er nicht weit von mir wohnt. So sind aber die heutigen Ankömmlinge aus diesem Lande – ein seltsames Gemisch von Ehrlichkeit und Niederträchtigkeit, gesundem Menschenverstand und absoluter Verworfenheit.«

Die beiden waren unter diesen Worten vor einem Hause angekommen, dessen knarrender Schild eine Schenke bezeichnete, und in die der Alte, nachdem er sein Pferd an den Pfosten vor dem Hause angebunden hatte, eintrat. Er kam nach einigen Sekunden in Begleitung des Wirtes zurück, dem er bedeutete, eine Bouteille Madeira mit Brot und geräuchertem Fleisch zu bringen. Der letztere war seinem Gaste, die Kappe in der Hand, gefolgt; eine Aufmerksamkeit, die unsern Jüngling zu frappieren schien, und die ihn veranlaßte, einen aufmerksamern Blick auf seinen seltsamen Begleiter zu werfen, als er bisher im Wahnsinn seines zerrissenen Gemütes vermocht hatte. Dieser konnte die Sechzig überschritten haben, war aber in jeder Hinsicht noch ein schöner, lebenskräftiger alter Mann, von behaglichen, aber ausgezeichnet edlen Gesichtszügen. Er sprach mit dem Wirte freundlich, gefällig, in einem Tone, der eben so weit von Herablassung als Vertraulichkeit entfernt war. Als dieser sich entfernte, um die bestellten Erfrischungen herbeizuschaffen, wandte er sich wieder mit der Ungezwungenheit eines Mannes aus den höheren Ständen zum Jüngling. »Mir recht lieb«, sprach er, »daß unsere Farmers den Madeira dem heillosen Whisky so sehr vorziehen; es ist ein unvergleichliches Mittel in Fällen, wie der mit Ihrem Cyrus.«

»Der aber beispiellos mitgenommen ist, wenn dies der Name des Tieres da ist«, versetzte der Wirt, der mit der Bouteille Madeira gekommen war, hinter ihm drein sein Weib mit einem Teller, auf dem Schinkenschnitten und Brot lagen.

»Der Gentleman hatte eine Reise vor«, bemerkte der Alte, »hat sich aber in der Richtung geirrt, und ich fürchte, das edle Tier ist überritten!«

Der Wirt überreichte kopfschüttelnd den Wein, die Wirtin den Teller. Der Alte nahm vom Brote, schnitt es in dünne Scheiben, und legte dazwischen Schinkenschnitten, die er samt den beiden Brot-Enveloppen stark mit Madeira anfeuchtete, und sie dann dem Tiere reichte. Dieses verschlang die leckere Speise mit Heißhunger. Eine Magd war mit Wolldecken gekommen, die er mit Hilfe des Wirtes um den Rücken desselben schnallte, und erst, als Cyrus versorgt, schenkte er zwei Gläser voll und stieß auf sein baldiges Wohlbefinden an. Morton hatte das Glas ergriffen, und hielt einen Augenblick an; dann trank er, ohne ein Wort zu erwidern.

Es war etwas so human Zudringliches in dem Benehmen des Alten; die Weise, in der er das Tier behandelte, verriet so ganz den Gentleman – die verworrenen Gesichtszüge des Jünglings nahmen unwillkürlich einen Ausdruck von achtungsvoller Aufmerksamkeit an.

Der Alte hatte einen forschenden Blick auf ihn geworfen und knüpfte dann eine kurze Unterhaltung mit dem Wirte und seinem Weibe an. Während dieser waren zwei Bootsmänner gekommen, die Cyrus und seinen Begleiter in die Fähre brachten, in welche bald drauf ihre Herren, nach einem freundlichen Abschied von den Wirtsleuten und unter wiederholten Wünschen einer glücklichen Nachhausekunft, gleichfalls traten.

Der Mond war nun voll über die östlichen Bergesrücken heraufgestiegen.

Vor ihnen lag der meilenweite Susquehanna in seiner ganzen Majestät; rechts stiegen die schroffen Flußgebirge finster und drohend empor, hie und da mit einem glänzenden Lichtsaume aufgehellt, der in den vertikalen Strahlen des Mondes aufdämmerte und sich allmählig erweiterte und in endlosen Räumen verlor, so wie sie tiefer in den Fluß hinein kamen. Von jenseits funkelten die heiteren Gefilde und die lieblichen Landsitze mit ihren hell erleuchteten Fenstern wie Sterne so friedlich und freundlich herüber! Das magische Helldunkel der östlichen Felsenrücken wurde, als sie tiefer in den Strom einfuhren, so wunderbar verklärt! Die silberne Glorie, in die die ganze Landschaft gehüllt war, lächelte den Verzweifelnden so versöhnend an! Ein tiefer Seufzer entquoll seiner Brust. Augenblicklich fuhr er jedoch auf, und schaute den alten Mann mißtrauisch forschend an. Dieser war schweigend gestanden, den Blick auf das prachtvolle Nachtgemälde und den Himmel gerichtet. Auf einmal heftete er sein Auge lang und langsam auf den Jüngling. Es war ein Blick, in dem sich eine hundertjährige Erfahrung spiegelte, der Blick eines Seelenarztes, der mit Bangigkeit die Krise an seinem Patienten herannahen sieht. Sein Blick schien ihm zu sagen: in Dir, Unglücklicher, kämpft noch der Stolz des welt- und gottverachtenden Selbstmörders mit dem des Gentleman! – Welcher wird siegen?

Der junge Mann wandte sich betroffen.

»Mein Tier«, sprach er endlich, »ist nicht das erste, das Sie unter Ihren Händen gehabt?«

Das Gesicht des Alten leuchtete vor Freude auf bei dieser Frage, den ersten Worten, die sein junger Begleiter aus eigenem Drange gesprochen hatte.

»Einem alten Kavallerieoffizier, wie mir«, versetzte er, »ist es zweite Natur.«

»Sie waren Kavallerieoffizier? Im Dienste irgend eines europäischen Fürsten?« sprach er nachlässig und in einem Tone, der sich Mühe gab, artig zu klingen.

»Unter Putnam, Lee und Greene[27].«

»Putnam, Lee und Greene? Sie waren Revolutionsoffizier?« fragte der Jüngling zweifelhaft, und eine Stellung annehmend, die in achtungsvolle Aufmerksamkeit übergehen zu wollen schien.

Wieder fiel er jedoch in seine vorige Haltung, und ein ungläubiges Lächeln umschwebte seine Lippen.

»Früher unter Lee«, fuhr der Alte fort, »dem ich zugeteilt wurde. Ich kam in der ersten hessischen Division An. 76 als Lieutenant herüber, wurde bei Trenton, unter Rall, gefangen und nahm während meiner Gefangenschaft die Entlassung; erhielt ein Offizierspatent vom General *en chef* und trat als Lieutenant in amerikanische Dienste; wurde Kapitän, Major, Oberst und natürlich«, fügte er lächelnd hinzu, »auch geborner Bürger der Union, da ich vor der Erklärung der Unabhängigkeit auf ihrem Boden war. Mein Name ist Isling, Oberst in der Armee der Vereinigten Staaten.«

---

[27] Drei ausgezeichnete Generale im Revolutionskriege, von denen der zweite wegen der Gefangennehmung der englischen Armee unter Burgoigne, der dritte wegen seiner in den Carolinas erfochtenen Siege berühmt ist.

Der Jüngling verbeugte sich so tief und ehrfurchtsvoll, wie er es vor keinem Monarchen getan haben würde.

Der Oberst war wieder in Nachsinnen versunken, den Blick auf Cyrus gerichtet, der sehr lebhaft zu werden begann. Die Stille der Nacht wurde bloß von den Ruderschlägen der beiden Bootsmänner und dem Gemurmel der an den Felsen sich brechenden Gewässer unterbrochen.

»Sehen Sie«, hob der Alte nach einer Weile wieder an, »so habe ich den Possen, den mir das Schicksal gespielt, wieder verbessert. Nur Toren beugen sich unter dem, was sie Schläge des Schicksals nennen. Männer, und vor allem freie Männer, lachen dieser Schläge.«

Der Jüngling wurde wieder düster.

»Ah!« sprach der Alte, »wo sind diese Zeiten? An die sechzig Jahre sind es nun.«

»Sechzig Jahre!« rief der Jüngling; »ich hielt Sie höchstens für sechzig.«

»Und zwanzig darüber. Ich bin achtzig Jahre alt«, lächelte der herrliche, stämmige Deutsche. »Und diese achtzig Jahre sind mir eben so viele Übergänge aus dem Dunkel in die Helle; denn jedes Jahr entwickelt sich die Existenz meines Adoptivlandes glorreicher, herrlicher und großartiger. Wollte doch nach fünfzig Jahren wiederkehren, um zu sehen, auf welcher Stufe dieses mein Land ist. Gott segne es! Und behüte es vor allem Übel! Insonderheitlich aber vor der Selbstsucht, die da verzehrt, wie Rost das Eisen verzehrt. Ach, die ersten Tage, die ich im Dienste der Union verbrachte, die waren trübe.«

Der Alte hielt in tiefer Rührung inne und setzte sich dann auf das Bootbrett, seine Hände im Schoße gefaltet. Der junge Mann ließ sich gleichfalls nieder.

»Ja, trübe sah es damals aus, als ich in die Reihe amerikanischer Kämpfer eintrat, dieser Kämpfer im heiligen Kriege. Ah, unsere Leiden waren furchtbar! Wenn ich noch an diese Schlacht von Brandywine denke! – Es war ein herzzerreißender Anblick. Die ganze Straße von Brandywine hinauf nach Germantown, hinüber nach Narristown – ein ungeheures Blutfeld. – Blut, nicht von Gebliebenen, Verwundeten – nein, von Gesunden, Frisch- und Gesunden. Es fror, wie heute, eine furchtbare Kälte, und in der ganzen Armee waren nicht tausend Paar Schuhe; die Leute mußten fort, ohne Schuhe, Strümpfe, auf der hartgefrorenen Straße, die erst durch ihr Blut weich wurde. Und die Leute, sie murrten nicht. Ja, wir litten furchtbar damals; aber wir litten gerne; denn unsere Leiden waren mit hohen, mit großen Gefühlen verwoben. Was sind die heutigen Kriege, die Kriege Napoleons, gegen diesen heiligen Krieg! Gegen diesen

Krieg, der, gleich der Krippe von Bethlehem, eine schönere Zukunft über die Menschheit für tausendjährige Leiden bringen wird!«

Und bei diesen Worten wandte der Oberst seinen Blick wieder zum Himmel.

»Und die Männer, die diesen Krieg führten! Ah, lieber, junger Mann, diese Männer, was sind die Helden des Altertums gegen diese so großartigen, und wieder so einfachen Charaktere? Es waren göttliche Stunden! Ja, göttliche Stunden, junger Mann!« fuhr der Oberst fort; »Washington –«, er nahm den Hut ab, und während er ihn in der Hand hielt, schien sein Blick in die Himmel dringen zu wollen. Der Jüngling war seinem Beispiele gefolgt, und selbst die Ruderer hielten mit gebückten Leibern inne.

»Washington und Greene, und Lafayette, dieser prachtvolle Franzose! Und Steuben, dieser herrliche Preuße! Und Kalb, der gute, gemütliche Kalb! Es waren Männer, unschuldig wie Kinder; und Morton –«

»Morton!« rief der Jüngling, »General Morton, mein Großonkel«, wiederholte er mit leiser verhallender Stimme.

Der Alte nahm die Hand des Jünglings und hielt sie in der seinigen gepreßt. »Seien Sie mir gegrüßt, Enkel eines meiner ersten und teuersten Freunde«, sprach er eben so leise. »Sehen Sie«, sprach er kaum hörbar, auf einen fernen Lichtpunkt am westlichen Ufer deutend, »sehen Sie, das war eine der Besitzungen Ihres Großonkels, der Stammsitz Ihrer Familie, die sich später nach Virginien gezogen.«

Der Jüngling schauderte unwillkürlich zusammen; denn der Lichtpunkt lag in gerader Linie dem Felsenvorsprunge gegenüber, der Zeuge des Endes seiner irdischen Existenz sein sollte.

Eine Weile herrschte tiefe Stille. Der Blick des Alten war wieder gen Himmel gerichtet.

»Ah, diese Zeiten!« fuhr der achtzigjährige Seelenkenner fort, »diese Zeiten, reich an Gefahren und an großen Taten! Wenn ich mir ihn vorstelle, den löwenkühnen Morton, diesen Percy unserer Armee. Er war acht-, ich sechsundzwanzig Jahre, als wir uns kennen lernten. Ah, Morton!« und wieder hielt er inne.

»Ich war im Hauptquartier, das in Rockland County[28] stand«, fuhr der Oberst, die Hände auf den Knien zusammengefaltet, nach einer Pause fort: »Aber unter Hauptquartier dürfen Sie sich kein glänzendes Lager mit goldstrotzenden Generalen, Stabsoffizieren und all dem Luxus einer übermütigen Soldateska irgend eines Monarchen denken, oder ein

---

[28] Am Hudson, sechsundzwanzig Meilen oberhalb New York, auf der linken oder New Jersey Seite.

Lager, wie zu Boulogne, wo dieser große Schauspieler Bonaparte seine Ehrenlegion austeilte und den Grund zu seiner Tyrannei legte. – Eine Scheuer, mit ein paar Fuder Heu, Bretter statt des Tisches, Stallaternen statt der Kandelaber, Heubündel statt der Sitze, – und auf einem dieser Sitze der große, der göttliche Washington.«

»Mein Gott!« hob der alte Krieger mit gefalteten Händen an. – »In meinen jüngern Jahren, wenn mir so Zweifel über unsere künftige Existenz, über die Unsterblichkeit unserer Seele, und unsere künftige Belohnung oder Bestrafung aufstiegen, so beschwichtigten sich meine Zweifel immer in meinem Gemüte durch den Gedanken, der mir unwillkürlich und jedesmal aufstieg: Wenn es keinen Himmel, keinen Ort für Auserwählte gäbe, wo sollte denn Washington würdig aufgehoben sein! Hören Sie, wenn man so achtzig Jahre in der Welt gelebt hat, denkt man gern an einen Himmel, und noch viel früher bei manchen Gelegenheiten. – Ja, dachte ich mir, wo wäre Washington würdig aufgehoben? Einen solchen Mann hervorgebracht zu haben, wahrlich es gereicht seinem Schöpfer zur Ehre. Jeder wurde in seiner Nähe würdiger, göttlicher, selbst im rauhen Kriegshandwerk. Lassen Sie sich nur einen Fall erzählen, lieber Morton, nur einen einzigen kleinen Zug vom großen Washington. Es ist gerade aus kleinen, so zu sagen häuslichen Zügen, daß man den Menschen erkennt. Im Paradezustand weiß jeder den Großen zu spielen.«

»Wir waren, wie gesagt, zusammen, Morton und ich, zwei junge Leute, nacheinander abgesandt als Kuriere vom General Lee. Im Hauptquartier, das heißt der Scheuer, war der General *en chef* und der Generalquartiermeister, Baron Steuben, wie Sie wissen.«

»Standen so vor der Scheuer, und bissen in unsern Kautabak – das einzige, was wir zu beißen hatten; und rauchten zur Abwechslung eine Pfeife – denn Zigarren waren damals noch wenig Mode; und promenierten auf und ab, unserer Erledigung harrend, die, wie angedeutet worden war, nicht vor einigen Stunden uns werden würde. Auf einmal zupft mich Morton am Rockschoße und späht aufmerksam in eine Waldesschlucht hinein, die einige zwanzig Schritte von der Scheuer sich gegen den Hudson hinabdehnt. Steht keine Meile, diese Scheuer, von der Anhöhe, wo der unglückliche André[29] sein Schicksal fand. Ist eine traurige, öde Anhöhe,

---

[29] Major André, der Generaladjutant Clintons, des kommandierenden Generals der britischen Gesamtmacht, wurde bekanntlich als Spion durch ein Kriegsgericht verurteilt, gehängt zu werden; welches Urteil auch, ungeachtet aller Drohungen des britischen Kommandanten, vollzogen wurde. Die Überreste dieses unglücklichen jungen Mannes wurden vor einigen Jahren, mit Bewilligung der amerikanischen Regierung, ausgegraben, nach England transportiert, und in Westminster beigesetzt.

kein Baum rings herum; einige verkrüppelte Zedern sind alles. Doch, zu unserm Abenteuer zurückzukommen. Wie Morton so einige Sekunden in die Waldschlucht hineinspäht, springt er auf einmal, ohne ein Wort zu sagen, von meiner Seite den steilen Abhang hinab, und verschwindet im Dickicht. Ich schaue und schaue; und was sehe ich? Meinen lieben Morton und hinter ihm einen Bauernburschen mit ein paar fetten Enten, die ihm Morton bereits abgenommen. Ich dachte anfangs, der Junge sei ein Spion, überzeugte mich jedoch bald, daß er ein schlichter Abkömmling der Holländer war, denen unser spaßhafter Irwing übrigens ein bißchen zu wehe getan. Schickt sich nicht, Menschen, die sich die ersten Tage ihrer Ansiedlung so sauer werden lassen mußten, auf eine so leichtfertige Weise vor die Augen der Welt zu bringen. Ist wenigstens nicht patriotisch. Sollte Arnold Irwing heißen, statt Washington Irwing! Auch flattiert er mit den Engländern zu viel, dieser junge Herr, auf Unkosten seiner Landsleute, die er bei jeder Gelegenheit lächerlich macht. Ist auch eine Art Verrat, lieber Morton, mag ihn nicht leiden, den glattzüngigen, spaßhaften, leerköpfigen, geschmeidigen New-Yorker. Doch, wie ich über einen unwürdigen Federhelden den wahren Helden vergessen kann!« verbesserte sich der Alte.

»Als wir den Bauernjungen in unsere Mitte bekamen, war natürlich das erste, was wir taten, ihm die Enten abzunehmen. Kaum war dies ins Werk gesetzt, obwohl sich der Junge zehnmal hinter den Ohren kratzte, machten wir auch Anstalt, sie gebraten zu sehen. In weniger denn fünf Minuten waren die Enten geköpft, gerupft, ausgeweidet und am hölzernen Bratspieße, der lustig hinter der Scheuer zwischen zwei Felsblöcken sich drehte. Den Bauernjungen hatten wir, in der freudigen Hoffnung, uns trefflich zu regalieren, ganz und gar vergessen; er aber uns nicht.«

»Auf einmal wurden wir von unserem herrlichen *point de vue* abgerufen, und zwar in das Hauptquartier – die Scheuer, vor den General *en chef* – mit einem Worte, Washington selbst.«

»Anfangs dachten wir, unsere Erledigung sei parat; ein Blick auf den Bauernjungen jedoch, der dicht an der Scheuertüre stand, seinen Hut im Munde kauend, belehrte uns eines andern.«

»Sie haben ihn nicht gesehen, Mister Morton, den großen Washington«, fuhr der Oberst mit einem Seufzer fort, »denn er starb, ehe Sie geboren wurden; aber ihn zu sehen und nicht von inniger Ehrfurcht unwiderstehlich ergriffen zu werden, war, behaupte ich, unmöglich. Eine hohe, königliche Gestalt, eine hohe, königliche, breite Stirn; ein Auge, das in die innersten Falten der Seele drang; eine Miene, die der Tod, und ich glaube, die Hölle, mit allen ihren Schrecken nicht zum Zucken bringen konnten;

ein Gott ähnliches, allerforschendes Antlitz, mit der ganzen Würde, der vollen Kraft, der reinsten Tugend, der stärksten Vaterlandsliebe; so war Washington stets, überall, zu allen Zeiten, siegend, wenn geschlagen, im Kabinette, vor der Armee – stets sich gleich.«

»Er saß auf einem Heubündel, vor ihm lag ein höheres, auf diesem ein Brett und darauf Mappen und Pläne. Neben ihm stand General Steuben; an der Türe der holländische Bauernjunge.«

»Wir waren, wie gesagt, einigermaßen verlegen eingetreten, und diese Verlegenheit wurde nicht gemindert, als wir den Bauernjungen ersahen. Es ist für den Offizier nicht wenig demütigend, wegen zweier Enten von einem holländischen Bauernjungen zur Rechenschaft vorgefordert zu werden. Washington hatte sich bei unserm Eintritte erhoben und trat einen Schritt vor, und sprach, mit jener unnachahmlichen Mischung von väterlichem Ernste und freundlicher Milde im sanftesten Tone: Gentlemen! Sie haben die Begriffe von mein und dein über den Enten vergessen. Sie sehen, man ist gekommen, sie Ihnen in Erinnerung zu bringen. Ich ersuche Sie, künftighin nicht zu übersehen, daß wir nicht nur für die uns angeborne Freiheit, sondern auch das Prinzip des Eigentumes kämpfen.«

»Und mit diesen Worten entließ er uns wieder. Hätte er uns aber totgeschlagen, wir hätten keine zwei Dollar aus unsern Taschen gebracht. General Steuben hatte unsere Verlegenheit bemerkt, und war uns nachgegangen. Der holländische Bauernjunge wollte seine zwei Dollar und nichts als seine zwei Dollar, und wir hatten keinen halben, den General mit eingeschlossen. Endlich sandte Washington selbst die Summe. Die Enten schmeckten uns trefflich; aber von diesem Tage an machten wir keinen solchen Handel mehr, wenn wir ihn in der Nähe wußten.«

»Ja, es waren oft knappe Tage; – dieser herrliche Baron Steuben! Diese edle, kräftige, gemütliche und wieder so stolze, kühne Seele!«

»Er leibte und lebte ganz in Amerika. Er hatte einen glänzenden Dienst, die Nähe des großen Friedrich, dessen Generaladjutant er gewesen, das berühmteste Heer Europas, die ausgezeichnetsten Generale, die glänzendste Zukunft aufgegeben, um in unsern Wäldern mit Mangel und Not aller Art zu kämpfen, sein Blut für die heilige Angelegenheit der Menschheit zu verspritzen. Immer jedoch war er heiter, immer ruhig; nur als er den Kulminationspunkt seiner Wünsche erreicht, als die britische Armee bei New York ihre Gewehre streckte, und endlich der Friede die Unabhängigkeit der Staaten sicherte, da erst sah man ihn Tränen der Freude vergießen. Es war, so sagte er uns oft, der herrlichste Moment seines Lebens, der ihn selbst die Not, in welcher er mit der ganzen Armee sich befand, vergessen ließ.«

»Wir standen damals in und um New York. Die englischen und französischen Generale gaben sich Fêten über Fêten; alle Tage Fêten, zu denen natürlich auch wir geladen wurden, zu unserm bittern Schmerze geladen wurden, obwohl wir gerne refüsiert hätten; denn wir hatten kein Geld. Nie empfanden die Offiziere einer Armee den Mangel des Geldes schärfer, bitterer, lieber Mister Morton! Wir, die Sieger, die Befehlshaber des amerikanischen Heeres, die Generale, die Stabsoffiziere, hatten kein Geld; keine tausend Dollar waren in unserm ganzen Lager. Unser Sold war seit Jahren rückständig; die Regierung voller Schulden, ohne Kredit; auf die sogenannten Kongreßnoten gab keiner etwas. Es waren die drückendsten Bankette, zu denen je Männer von Ehrgefühl geladen wurden; und erscheinen mußten wir – wie Schlachtopfer. Wir knirschten vor Wut, aber keine Hilfe. Unsere Scham, Verlegenheit und Verzweiflung wuchsen mit jedem Tage; das Hohnlächeln der geldstolzen Briten war nicht mehr auszuhalten. Es war darauf angelegt, uns recht zu demütigen, und die leichtsinnigen Franzosen, unsere Alliierten, gingen nur zu gerne in die Absichten der hohnlachenden Engländer ein; denn obwohl sie mit uns gegen diese gekämpft hatten: nach dem Frieden standen sie uns gegenüber; – es vereinigte sie ein Band, das wir zerrissen hatten – sie waren beide Royalisten. Der edle Steuben endlich konnte es nicht länger mehr aushalten. Diese geldstolzen Briten, sprach er, und diese leichtsinnigen Franzosen, sie verhöhnen uns offenbar mit ihrem Aufwande, ihrer Verschwendung, weil sie wissen, daß wir es ihnen nicht gleichtun können, wissen, daß wir gar nichts tun können. Und wir müssen etwas tun, uns glänzend revanchieren, oder unsere Ehre leidet. Alle fühlten die Wahrheit, und waren bereit. Aber wir – wir hatten kein Geld, und zum Bankettgeben gehört, wie zum Kriegführen, Geld und wieder Geld. Baron Steuben half endlich. Er hatte noch einiges Silbergeschirr, Familienstücke, einige Pretiosen, ein paar herrliche Reitpferde und ein reich mit Brillanten besetztes Medaillon seiner einstmaligen Liebe. Er opferte alles – alles opferte er, junger Mann; sein Letztes, um die Ehre eines Landes, eines Offizierkorps zu retten, von denen manche ihm im Vermögen hundertfach überlegen waren; denen es nur ein Wort gekostet hätte, um einen Kredit von Tausenden zu eröffnen. Ach, junger Mann – er opferte für das Land, für das er sein Blut verspritzt, sechs Jahre verspritzt, und das ihm nicht den zehnten Teil seiner Gage bezahlt hatte, das sein Schuldner war – sein Letztes. Ah, die Fête war glänzend, aber das Miniaturbild preßte ihm doch noch manchen Seufzer aus. Herrlicher Steuben! – Und er starb – und das Land blieb sein Schuldner!«

Der alte Oberst wurde plötzlich von tiefer Rührung so sehr ergriffen, daß ihm für längere Zeit die Sprache fehlte. Jedes Wort hatte er mit dem eigentümlichen Gefühle eines greisen Kriegers gesprochen, vor dessen ermattender Phantasie sich die Bilder seiner Jugend noch einmal mit der ganzen Stärke ihres ursprünglichen Eindrucks abspiegelten. Offenbar hatte die Gegenwart des Sprossen seines Freundes und Waffengefährten ihn schmerzlich bewegt.

Sie waren in der langen Pause, die eingetreten war, am jenseitigen Ufer angekommen.

»Wir haben noch einen halbstündigen Ritt vor uns, der Ihrem Cyrus sehr willkommen sein wird«, sprach er, nachdem sie die Fähre verlassen hatten.

Und wirklich hatte Cyrus, allem Anscheine nach, sein volles angloarabisches Feuer wieder gewonnen, und tanzte mit einer Leichtigkeit die Anhöhe hinan, so fröhlich, so wild, daß sein Herr mit fortgerissen wurde von der wilden Freude seines Tieres, und vom fröhlichen Aufschwunge seines Geistes erst erwachte, als er mit seinem Begleiter vor dem Gittertor eines hell erleuchteten Landsitzes hielt.

Die Glocke weckte eine Koppel Jagdhunde, die mit freudigem Gebelle die Ankunft des Herrn begrüßten. Mehrere Neger kamen und sprangen heran, und unter dem herzlichsten Willkommen von Menschen und Tieren zogen die beiden in die Behausung des alten Obersten ein.

III.

Das Nachtquartier.

assa!« brummte ein eisgrauer Neger, der unter der Schar herbeigehinkt war, um dem Obersten vom Pferde zu helfen – »Massa lange ausgeblieben. Mistreß angst geworden; glauben, Massa wieder einmal auf die Briten Jagd gemacht.«

»Das nicht, alter Kauz; aber Deinen Renard habe ich dir tüchtig eingeschweißt. Überlaß ihn aber für heute dem Tom und Du sorge, daß dieses edle Blutpferd sogleich als überritten behandelt wird. Sieh zu, daß es am ganzen Leibe abgerieben, und zwar trocken abgerieben wird, bis es in einen leichten Schweiß gerät; dann in dicke Wolldecken gehüllt, die Füße mit warmem Wasser gewaschen, und gleichfalls in Decken gehüllt. Um die Medizin kommst Du auf die Office. Sei sorgfältig; es ist ein prachtvolles Tier. Es heißt Cyrus.«

»Und der Reiter ein erbärmlicher –« brummte der alte Wollkopf. »Der kein Gemman sein.«

»Halts Maul, Du alter Narr!« bedeutete ihm der Oberst. »Vergeben Sie, teurer Morton, der alte Cato war mein Reitknecht seit An. 76, und da sind wir natürlich so eine Art alter Kameraden. Ihr Cyrus ist aber in den Händen eines wahren Pferdenarren.«

»Sollte auf einem hölzernen reiten, mit einem Rücken, nicht dicker als eine recht dicke Säge; dann wissen der Gemman, was sein, ein Pferd so zu traktieren. Armer Cyrus!« brummte der alte Neger im Abgehen; »armer Cyrus!«

Die beiden hatten dem Neger und seinen Gehilfen eine Weile nachgesehen, und gingen dann durch den Vorhof auf das Haus zu, vor dessen Fronte eine Kolonnade dorischer Ordnung hinlief, mit einer Reverbère-Lampe in der Mitte, deren blendendes Licht eine freundlich aristokratische Helle über den Hof und seine Umgebungen verbreitete. Die Haustüre öffnete sich, und zwei Mädchen hüpften heraus, um den alten Herrn zu begrüßen. Er nahm sie bei der Hand und schritt in den Korridor ein. Dieser war, wie es in Häusern unserer wohlhabenden Bürger der Fall ist, durch ein Kamin geschützt, dessen hell loderndes Feuer die Gänge und Treppen des ganzen Hauses erwärmte. Beide waren mit eleganten Fußteppichen belegt, mit Eichenholz getäfert, und in ihren Wendungen mit

Lampen erleuchtet. Man gewahrte beim ersten Eintritte, daß der Besitzer sich eines soliden Wohlstandes erfreue, und diesen auf eine liberale, zweckmäßige Weise genieße. Als sie in das Besuchzimmer traten, kam ihnen eine Dame entgegen, die der Jahre siebenzig zählen mochte, und von einer seltenen Schönheit war – jener grau gewordenen Schönheit, die selbst mehr und wohltuender anspricht, als jugendliche Reize, indem sie das untrügliche Bild eines heiter und tugendhaft verlebten Daseins ist; ein helles, freundliches Auge, sanft leuchtend, aus dem der Friede eines glücklichen Gemütes schaute, die Stirne und Wangen nur wenig gerunzelt, leicht eingetrocknet, eine liebliche Röte auf den noch immer weißen, zarten Wangen, um den Mund das angenehme Lächeln, im ganzen Wesen jene ehrbare Matronen-Würde, die sich bewußt ist, daß sie einen guten Kampf gekämpft hat. In der Weise, wie sich die beiden Eheleute begrüßten, lag etwas ungemein Zartes, Rührendes; gegenseitig Achtungsvolles. Sie sahen sich in die Augen, wie zwei Menschen, die da fühlen, daß ihres Bleibens auf dieser Erde nicht mehr lange – und die daher am Vorabende ihrer Trennung zur weitern Reise ungemein weich gestimmt sind.

»Du bist lange ausgeblieben, teurer Adolph!« sprach die Dame, mit einem sanften Vorwurfe, als sie der Gatte, herzlich küssend, in seinem Arme hielt.

»Wohl, teure Elisabeth!« erwiderte dieser. »Ich habe dir aber dafür einen lieben Gast mitgebracht, einen sehr lieben Gast – den Enkel unsers teuern, unvergeßlichen Mortons und Großneffen unsers verehrten –ns, wie Du weißt.«

»Seien Sie mir vielmals willkommen, teurer Morton!«, sprach die Dame, »recht sehr willkommen! Oft haben wir von unsern lieben Freunden gesprochen; Ihre Großmutter war eine liebe, liebe Jugendfreundin von mir!«

Und indem sie so sprach, heftete sich ihr Blick, gutmütig forschend, auf die Gesichtszüge des jungen Mannes. Dieser wurde verlegen.

»Auch Dir, liebe Adele! wird Mister Morton willkommen sein, hoffe ich«, unterbrach die beiden der zart fühlende Oberst mit einer Bewegung, die den Weltmann verriet, der seinem Gaste jede Verlegenheit zu ersparen wünscht.

»Und Du, Emma, kleiner Schelm! Willst Du versprechen, recht artig zu sein? Dann bleibt Mister Morton recht lange bei uns.«

Adele war ein Mädchen, das zwischen fünfzehn und sechszehn Jahre zählen mochte; ein zartes, herrliches Geschöpf, in dessen regelmäßig schönem Gesichte altenglischer Adel, deutsche Gemütlichkeit und amerikanischer Verstand in seltener Harmonie gepaart erschienen. Neben ihr wiegte sich Emma, das achtjährige Schalksköpfchen, das abwechselnd bald die Schwester, bald den Großvater, wieder die Großmutter durch ihr Getändel in Bewegung setzte.

»Kennen Sie unsere Adele?« fragte der Oberst den Jüngling, der bereits mit seiner Enkelin die Unterhaltung angeknüpft hatte.

»Ich hatte die Ehre in Washington –«

»Ja, ja, sie war da mit ihrem Vater, dem Kongreßmitgliede. – Jetzt aber, liebe Adele, vor allem eine Tasse Tee.«

Es umgibt unser Landleben ein gewisses Etwas, das schwer zu definieren ist, und diesem einen eigenen Reiz verleiht. Die wirklich königliche Unabhängigkeit, die Abwesenheit von allem, was wir gemeinhin Kleinstädterei nennen, das unbeschränkte Mitwirken an den großen Angelegenheiten der Nation, und durch diese an den Weltereignissen, das jeden Tag in dem Verhältnisse großartiger wird, als die Macht und der Einfluß unserer Republik nach außenhin mehr gefühlt werden, verleihen unserm Landleben, bei der Abwesenheit aller beengenden Rücksichten, eine gewisse Würde, ja Hoheit, die etwas Souveränartiges hat. Es hat etwas ungemein Anziehendes, einen wahren Zauber, dieses Landleben, schattiert, wie es ist, durch seinen Weltton, und wieder jene Selbstachtung, die, Gott und dem Gesetze allein huldigend, auf Bewußtsein unveräußerlicher Rechte gegründet ist. Es ist dieses Landleben die wahre Grundlage, der Stützpunkt amerikanischer Freiheit, so wie in ihm allein der Bürger dieser Union groß und wahrhaft frei erscheint. Im Getümmel der Städte verschwindet seine angeborne Unabhängigkeit in jenem steifen, starren, linkisch aristokratischen Wesen, das, die Sitten und Gebräuche anderer Länder nachäffend, der Natürlichkeit ermangelt, und Bruder Jonathan nicht ganz mit Unrecht seinen hölzernen Bibelnamen erworben hat.

Hier vereinigte sich der feinste Weltton mit der anspruchslosesten Heiterkeit, die klarste, ruhigste Menschen- und Weltkenntnis mit dem gemütlichsten Frohsinne, um Morton den Abend zu einem der angenehmsten seines Lebens zu machen. Unwillkürlich ward er in die heitere Stimmung der guten Menschen mit hineingezogen, und erst nachdem die Mitternachtsstunde geschlagen, trennte sich die Gesellschaft, um der nötigen Ruhe zu genießen. Der Oberst begleitete seinen Gast einige Schritte und trennte sich von ihm mit den Worten: »Sie werden in der blauen Stube das Nötige zu Ihrer morgigen Toilette finden, und mir einen Gefallen tun, wenn Sie ohne weiteres davon Gebrauch machen.«

IV.

Der Abschied.

ls Morton am nächsten Morgen aufwachte, umschwirrten ihn die Ereignisse der letzten zwei Tage wie Traumbilder, die das Erscheinen eines alten Negers, der mit seinen Kleidern in das Gemach trat, noch immer nicht verscheuchte. Der Alte breitete diese und frische Wäsche sorgfältig auf dem Toilettentische aus, und verließ das Zimmer mit den Worten: »Massa wird in einer halben Stunde die Glocke zum Morgengebet hören.«

Der Jüngling erhob sich. Er war gestern buchstäblich dem Schlafe in die Arme gesunken, so schnell gesunken, daß auch kein Gedanke, weder ein heiterer, noch ein trüber, den instinktartigen Zustand unterbrochen hatte, von dem er seit seinem verzweifelten Aufbruche aus der Bruderstadt befangen war. Aber mit solchen Zauberfäden hatte der alte Deutsche ihn wieder ans Leben zu ketten gewußt, so unvermerkt hatte der greise Seelenkenner den düstern Wahnsinn weggescheucht, daß er jetzt umherging in seinem Kabinette, ungewiß, ob er wirklich derselbe Mensch sei, *Hughes Morton of Morton Hall*, und rasch vor den Spiegel trat, um sich seiner Identität recht deutlich zu vergewissern.

»Aber Morton!« murmelte er sich zu. »Wolltest Du denn nicht?« – – –
Er schüttelte das Haupt, und trat zum Fenster.

Dieses ging auf den Susquehanna, den man durch mehrere Baumgruppen erblickte, die am Abhänge des Hügelrückens parkähnlich zerstreut waren, und so rechts und links eine ungemein malerische Ansicht des Stromes darboten, dessen ungeheure Wassermassen gebrochen und seenartig erschienen. Weiter hinauf war die Anhöhe in Gärten, Wiesen und Felder eingeteilt, die, statt der gewöhnlichen hölzernen Einfriedungen, mit lebendigen Zäunen eingefaßt waren. Der ungewöhnlich harte Frost der letzten zwei Tage hatte die aus dem Flusse aufsteigenden Dünste auf die Zweige der Bäume und Gebüsche gefesselt, die nun, mit Myriaden von Kristallen geschmückt, von der östlich herübersteigenden Sonne erleuchtet, gleich ungeheuren Brillantenkronen erglänzten. Blau- und Grünmeisen und Robins hingen auf den Zweigen und zwitscherten ihren schrillen Morgengesang herüber. Das Ganze bot ein ungemein heiteres Bild ländlicher Winterruhe.

Der Jüngling wurde nachdenkend, wie sein Blick auf die prachtvollen Wasser- und Landpartien und wieder auf die häusliche Behaglichkeit des reichen Landsitzes fiel. »So«, murmelte er sich zu, »so, ja, so könnte auch ich noch glücklich sein. Und wer hindert mich, es zu sein? Der – alte Stephy, der ist es!« rief er mit hohler Stimme. »Ah, Georgiana!« Er seufzte tief. – »Die Buchten des Mississippi sind schön«, fuhr er gedankenvoll fort, »schöner als die des Susquehanna. Und Georgiana! Ah, Stephy! – Ah! Wollen es versuchen, unserem Schicksal noch eine Weile zu trotzen. Ah, Georgiana! Adele!« murmelte er kaum hörbar.

»Massa wird erwartet«, sprach der grauköpfige Neger zur Türe herein.

Er folgte.

In einem mäßig großen Kabinette, das an das Tafelzimmer anstieß, und in dem sich mehrere gepolsterte Fußschemel mit Sitzen befanden, harrte die Familie, mit einigen männlichen und weiblichen Negern, des Eintretenden, den sie mit freundlichem Kopfnicken bewillkommte. Der Oberst stand vor einem Pulte, auf dem eine Bibel mit dem Gebetbuche der bischöflich englischen Kirche aufgeschlagen war. Er winkte seinem Gaste, auf einem der leeren Sitze Platz zu nehmen, und begann dann das Morgengebet nach dem Ritus der Hochkirche. Alle stimmten mit ruhiger Andacht ein, und das Morgengebet wurde, zwar ohne auffallende Symptome von Devotion, aber mit jener würdevollen Gelassenheit vollendet, die da bezeugte, daß es ein wesentlicher Teil der täglichen Familienbeschäftigung war. Nachdem der Oberst seinen erhabenen Standpunkt verlassen hatte, nahm er den Arm Adelens und folgte Morton, der den seinigen der Dame des Hauses angeboten hatte, in das Tafelzimmer, wo bereits das Frühstück aufgetragen war. Immer derselbe anspruchslose, würdevolle Ton; nur schienen die Blicke der ehrwürdigen Matrone und Miß Adelens wehmutsvoll auf ihrem Gaste zu ruhen. Auch der Oberst war weniger heiter, und die Damen entfernten sich, so wie das Mahl aufgehoben war.

»Oberst Isling, um Gotteswillen!« rief der Jüngling, plötzlich auf diesen losgehend, »Sagen Sie mir, wissen die Damen –?«

Seine Lippen waren konvulsivisch zusammengepreßt; er zitterte.

»Und wenn sie wissen, lieber Morton! Ist es nicht besser, sie hören es aus dem Munde eines Freundes Ihrer Familie, dem an Ihrer Ehre gelegen ist, als –«

Der Jüngling knirschte mit den Zähnen.

»Alles zu ungestüm, zu wild, zu zerrissen, lieber Morton! Wir sind nun mit Mistreß Isling einundfünfzig Jahre bereits vereinigt, in Freud und Leid vereinigt. Keine Falte in dem Gemüte des einen ist dem andern verborgen. Meine Elisabeth hat Schmerzen und Wonnen mit mir geteilt. Können Sie sich es auch nur möglich denken, daß der alte Oberst Isling hier ein Geheimnis vor seinem Weibe haben, sie so das erstemal in seinem Leben seines Vertrauens unwürdig erklären sollte? Doch, wäre dies auch möglich gewesen? Hier lesen Sie!« –

Er nahm bei diesen Worten einen Pack Philadelphier Zeitungen vom verflossenen Tage.

»Mister Morton!« begann er wieder, und seine Brust hob sich beklommen. »Sie haben Ihren Freunden trübe Stunden verursacht.«

»Meinen Freunden?« lachte Morton mit Bitterkeit. »Der Arme hat keine Freunde, Oberst!«

»Nicht so ganz, als Sie glauben. Ihre Vorfahren haben ein Kapital niedergelegt, das für Sie hohe Interessen trägt, bereits getragen hat. Sie waren Midshipman in ihrem einundzwanzigsten, Schiffslieutenant im dreiundzwanzigsten Jahre. Als solcher wissen Sie, daß verlorene Masten noch kein Schiff zu Grunde richten. *Don't give up the ship*, schrie Kommodore Percy[30], als ihm der Arm weggeschossen wurde. Ihrem Großvater wurde vom Feinde Haus und Hof weggebrannt – er geächtet – das Todesurteil war über ihn ausgesprochen, und er verzagte nicht und triumphierte.«

Der Jüngling schwieg.

»Ihre nächtliche Flucht hat alle Ihre Freunde mit Entsetzen erfüllt. Der Artikel hier in der Zeitung ist so schonend als möglich abgefaßt. Natürlich; man will Ihrer Familie nicht wehe tun. Es ist Nationalsache; denn Ihre Familie ist Nationalgut, möchte ich sagen, mit der Nationalehre verschwistert. Sie dürfen diese Ehre nicht beflecken, und die Weise, in der Sie dies taten, ist entsetzlich für einen Amerikaner. Ja, lieber Morton! Entsetzlich, zweifeln Sie nicht daran; denn unter allen Dingen verabscheut der Amerikaner am meisten Feigheit; und Feigheit ist es, in einem Lande, das seinen Bürgern königliche Ressourcen darbietet – zu verzweifeln, wenn eine dieser Ressourcen versagt hat.«

»Sie müssen –«

Der Jüngling fuhr auf.

Der Oberst, ohne es zu bemerken, fuhr fort: »Ja, lieber Morton, Sie müssen sogleich handeln, um ein Gerücht zu widerlegen, das gewissermaßen als Attentat gegen die Nationalehre betrachtet werden wird.«

»Aber wie?« fragte dieser kaum hörbar.

---

[30] In der berühmten Seeschlacht auf dem Erie-See, wo die englische Flotille von der amerikanischen unter Kommodore Percy besiegt und gefangen genommen wurde.

»Ich selbst will schreiben, daß Sie bloß verschwunden sind, um mich zu besuchen, bei einem alten Freunde Ihres Großvaters Hilfe zu suchen.«

Der Oberst hielt inne.

»Also Ihr ganzes Vermögen haben Sie auf die Mary gesetzt?« fragte er nach einer Pause. »Ja.«

»Und sie nicht assekuriert?«

»Sie war ein neues Schiff. Meine Partner selbst widerrieten es. Aber mein armer Großonkel –«

»Das ist schlimm, Ihr Großonkel Bürge, das ist sehr schlimm. Seine Besitzungen sind freilich zweimal hunderttausend Dollar unter Brüdern wert; aber fünfzigtausend Dollar Bürgschaft haben schon oft bedeutendere Realitäten verschlungen.«

Der Alte hielt wieder inne und ging, in tiefes Nachdenken versunken, auf und ab.

»Und wer ist Gläubiger?«

»Stephy«, sprach der Jüngling.

Der Oberst seufzte und schüttelte mißmutig das Haupt.

»Hart«, sprach er nach einer Weile, »für einen der Hauptgründer amerikanischer Freiheit – der Mann, der einer halben Welt Gesetze gab; sehr hart, in seinem Alter, seinem achtzigjährigen Alter, einem reich gewordenen entlaufenen Franzosen zu Gnaden kommen zu müssen. – Hart, sehr hart!«

»Vielleicht im Schuldenturme!« stieß der Jüngling heraus.

»Nein, das nicht; das würde die Nation nicht zugeben.«

»Die Nation«, lachte der Jüngling, »diese Nation, die den herrlichen M–e schon seit Jahren schmachten läßt, um seine gerechten Forderungen schmachten läßt – die Nation!«, lachte er bitter, »die für die bankerott gewordene Familie Fultons gleich wie für Bettler blecherne Armenbüchsen an Bord der Dampfschiffe setzen läßt, auf daß jeder einen Cent beisteure! Wissen Sie, daß dieselbe Nation – ah!«

»Ah, und was?«

»In Philadelphia wiesen sie die Schriften seiner Korrespondenz aus ihrer öffentlichen Bibliothek weg.«

»Wirklich?« sprach der Oberste mit einem bittern Lächeln. »Dann scheint also ihren schwachen Rosinenmägen die Kost, an der sich ihre Väter satt und kräftig aßen, nicht mehr zu munden. Machen Sie sich jedoch nichts daraus, lieber Morton! Philadelphia ist nicht die Union, nicht einmal Pennsylvanien; aber erbärmliche Wichte sind und bleiben sie. Also wirklich haben sie die Schriften –«

Der Oberst schwieg. Es war ein Kapitel, das gegenüber dem pompösen

Empfang Lafayettes einen erbärmlichen Kontrast bildete, einen wahren Yankee-Kontrast. Er war einige Male im Saale ungeduldig auf- und abgegangen und wandte sich dann kurz an Morton:

»Bleiben Sie, teurer Freund; ich will sehen, was sich tun läßt.«

Und wieder drängten sich chaotisch neblichte Bilder vor die Phantasie des Jünglings, wie der dem Alten nachstarrte, und sein Auge dann halb schloß, wie um den schrecklichen Abgrund, der sich vor seinem Blicke öffnete, nicht zu sehen.

Der alte Deutsche war zurückgekommen und hielt einen offenen Brief in der einen Hand, in der andern einen versiegelten. Er setzte sich zu dem Jüngling und las diesem vor:

»Wenn mit dem Gentleman, bezeichnet auf der vierten Kolonne der N– G– vom 31. Dezember v. J. der achtungswerte junge Mann bezeichnet ist, der nachts eilf Uhr Philadelphia verließ, und die Straße über Germantown, Norristown, Reading, Bethlehem, nach Harrisburg einschlug, so mögen seine Freunde sich beruhigen; denn er befindet sich wohl in der Familie eines alten Freundes seines Großvaters.«

Der Jüngling drückte die Hand des herrlichen Alten.

»Ich sende«, fuhr dieser fort, »diesen Artikel sogleich mit meiner Unterschrift an die kleine Kreuzspinne – den Redakteur der N– Gazette, mit der Bitte, ihn unverzüglich einzurücken. Morgen wird er bereits erschienen sein.«

Und wieder verließ er den Speisesaal.

»Sie haben aber noch Land von Ihrer mütterlichen Seite?« fragte er in der Türe.

»Noch zehntausend Acker am untern Mississippi, oberhalb Point Coupé, die aber gleichfalls in der Bürgschaft eingeschlossen sind.«

»Das ist böse, sehr böse, und leicht hätten Sie bei dieser Gelegenheit um Ihr ganzes Vermögen wegen fünfzigtausend Dollar kommen können. Mein Gott, wie sich nur der weise I–n zu so etwas hergeben konnte!«

Und mißmutig warf er die Türe zu, so daß Emma laut schreiend in den Saal stürzte, zu sehen, was Großonkel so außerordentlich in Bewegung gesetzt.

»Der alte Stephy«, mit diesen Worten trat er wieder in den Saal, »ist ein ganz eigentümlicher Mensch, ein Franzose, und zwar ein Original. Großmütig, großartig, wenn es ihm gerade in den Sinn kommt, ist er wiederum ein wahrer Teufel, ein Filz, der hartherzigste Wucherer, wenn ihm etwas quer durch den Weg läuft. Er ist im Stande, und zieht Sie und Ihren Großonkel rein aus, und nimmt für seine fünfzigtausend Dollar den Wert von dreimalhunderttausend an Ländereien. Unsere Gesetze sind in diesem Punkte wie alle Gesetze, die gegeben wurden von denen, welche Haben, und nicht von Leuten, die Sollen. Am besten ist es immer, man braucht sie so wenig als Advokaten, deren Apotheken sie sind. – Wollen jedoch sehen –«

Und wieder entfernte sich der nun sehr unruhig gewordene Alte, und kam erst nach Verlauf einer Viertelstunde zurück.

»Sie lassen«, sprach er, »Ihren Cyrus zurück; denn er kann vor vierzehn Tagen nicht aus dem Stalle, ohne für immer zu Grunde gerichtet zu werden. Er ist zweitausend Dollar wert, die ich Ihnen entweder gebe, oder Ihnen das Tier wieder sende. Schreiben Sie mir deshalb. Einen dritten Vorschlag werden Sie in dem Briefe an den alten Stephy finden. Ich hoffe, dieser wird alle Schwierigkeiten lösen. Stephy wird Ihnen das weitere sagen. An Ihren Großonkel will ich selbst schreiben.«

Der Oberst hielt eine Weile inne, und fuhr in ernstem Tone fort.

»Von Ihren düstern Todesgedanken, junger Mann, sind Sie nun einstweilen geheilt – aber nicht für immer. Ein Antidotum will ich Ihnen jedoch dagegen raten: es ist Vertrauen auf Ihren Schöpfer und die Ihnen von ihm verliehenen Kräfte. Ich werde Sie bis Bethlehem begleiten.«

»Und jetzt zum Abschiede von meiner Familie!«

Dieser Abschied war stille, aber ergreifend. Die alte Dame nahm die beiden Hände des Jünglings zwischen die ihrigen, schaute ihm mit ihren klaren, frommen Augen in das Gesicht, und wandte dann den Blick himmelwärts. Sie betete leise und brünstig. Dann legte sie ihre Hände auf sein Haupt, und segnete ihn, und Adele und Emma waren die Cherubim, die um Erfüllung des Segens zum Höchsten flehten. »Gott«, sprach die fromme Dame, »wird unser Gebet erhören und den Sprossen einer Familie, die den Grundstein zum Glücke von Millionen und Millionen legen half, nicht zu Schanden werden lassen.«

Der Jüngling drückte mit Ehrfurcht die Hand der Dame an seine Lippen, und als er sein schönes Antlitz hob, standen Tränen in seinen Augen. Der alte Oberst ergriff seinen Arm und führte ihn der Türe zu.

Draußen stand die Reisekalesche, in welche beide stiegen. Ein Neger in Livree schwang sich auf den Kutschbock, und im schnellsten Trabe ging es der endlosen[31] Brücke über den Susquehanna zu.

---

[31] Sie ist bekanntlich eine Meile lang.

V.

Pennsylvanien.

in freudiges Lächeln überflog die schönen Züge des herrlichen alten Deutschen, als der Wagen die letzte Bergeshöhe hinab rollte, welche die prachtvolle Niederung, in der Bethlehem liegt, von dem hügeligen Dauphin County trennt.

Es ist diese Landschaft – der Garten Pennsylvaniens – für den deutschen Amerikaner ein erhebender Anblick. Eine wellenförmige Ebene, oder wie wir sie nennen – Niederung – so weit sie das Auge fassen kann, mit zahllosen Landhäusern besprenkelt, die aus Hainen von Fruchtbäumen empor steigen, so friedlich, so ruhig, so wohnlich! Als ob der menschenbeglückende Geist des edelsten aller Sektierer[32] noch immer über ihnen schwebte, sie zum Frieden und zur Eintracht ermahnend. Noch haben – die häusliche Betriebsamkeit zerstörende Spinnmaschine und die Bürgerhabe fressende Feueresse nicht vermocht, sich Bahn in diesen beglückten Fluren zu brechen. Das Spinnrad und der Webstuhl herrschen noch immer unbeschränkt, abwechselnd mit dem Pfluge und der Egge. Überall trifft das Auge auf Spuren des rastlosesten Fleißes, der unverdrossensten Tätigkeit. Herrliche Triften von frisch grünenden Weizenfeldern, die im heitern Kinderkleide aus dem verhüllenden Schleier der Schneedecke hervorlachten; sanft ansteigende Bergesrücken mit üppigen Waldungen gekrönt, die sich parkähnlich auf den nördlichen Abhängen erhoben und der Landschaft durch ihr dunkles Grün den nördlich starken, kräftigen Relief gaben; überall Spuren der regsten Selbsttätigkeit, und doch der übereinstimmendsten Harmonie. Es ist diese ganze Landschaft – und wir verstehen darunter den Landstrich, der sich von Harrisburg über Bethlehem und Reading nord-, und Carlisle und Lancaster südöstlich gegen Philadelphia in einer Strecke von hundert Meilen hinzieht, eine der herrlichsten Partien im großen Tableau unseres Volkslebens. Es hat diese Partie einen Anstrich von republikanischer Gleichheit, wie er selbst in diesem unserem Lande der Freiheit nicht häufig wieder zu finden ist. Man gewahrt beim ersten Anblicke, daß es nicht bloß dem Namen nach, sondern in der Tat ein freies Bürgerland ist, bei dessen Entwick-

---

[32] William Penn, der Gründer von Philadelphia.

lung und Kultur auch nicht der mindeste Zwang von oben vorgeherrscht hat. Keine Burgen und Schlösser, deren Zinnen stolz und weit ins Land hinein funkeln, aber auch keine Hütten, die unter ihrem Schutze seufzen – nicht einmal die höhnende Villa des steifen, frommen Yankee, der da in seinem Herzen Gott dankt, daß er nicht ist wie sein südlicher Nachbar; einfach wohnliche Yeomenssitze[33], die zu Hunderten, ja Tausenden, gleich Gliedern einer unermeßlichen Kette aneinander gereiht, das Auge um so wohltuender ansprechen, als sie in der Regel durch Felder, Wiesen und häufig kleine Waldpartien unterbrochen, einem ungeheuern Park ähneln, in dem Hunderttausende von Menschenkindern sich ihres Daseins freuen. In Zwischenräumen von je zehn zu zwölf Meilen begegnet der Blick Städten und Städtchen; keine Städte, aus denen Regierungs- oder Aristokratenpaläste empor starren; einfach schlichte Bürgerhäuser, die, gleich auf ihren Putz eifersüchtigen Dorfschönen, nur darauf bedacht sind, recht frisch und rot in ihrem Backstein-Kolorit in die Augen zu fallen.

Es ist diese Partie die Prosa, die gediegene, lebenskräftige Prosa unserer Union.

»Ah, teurer Morton!« sprach der Oberst, und seine Brust hob sich auf eine Weise, die wahrnehmen ließ, daß der Anblick dieser, selbst in ihrer winterlichen Nacktheit noch immer herrlichen Landschaft ihm einen seltenen Genuß gewähre. – »Ah, teurer Morton!«, wiederholte er, »Sie handelten da wie ein Eroberer, der alles auf einen Wurf setzt; so eine Art Waterloo-Wurf: ist er verloren, so ist alles verloren. Ei, das alte Sprichwort sagt: *Festina lente.*«

»Und Sie hatten ja nichts zu verlieren, wenn Sie *festina lente* gingen«, setzte er nach einer Weile hinzu. »Sind ja erst dreiundzwanzig, nicht wahr?«

»Ja.«

»Und welch eine Karriere! Mit sechzehn in der Akademie von Westpoint, mit einundzwanzig Midshipman, mit dreiundzwanzig Lieutenant auf einem Kriegsschiffe. Hätte das nicht getan, eine Lieutenantsstelle in unserer Seemacht aufzugeben, um Kapitän auf einem Paketschiffe zu werden, obwohl diese Anstellungen sehr einträglich sein sollen. Und warum auch dies wieder so plötzlich aufgeben, kaum nachdem Sie eine Fahrt nach Havre getan? Und dann ein Paketschiff auf eigene Rechnung zu kaufen, das war ein Fehler; aber der allergrößte, es in die See stechen zu lassen, ohne es zu assekurieren. Die Prime war doch nicht so sehr hoch?«

»Zwei Prozent.«

---

[33] Freigüter.

»Aber Sie wollten schnell reich werden. Ei, und das ist ein Nationalfehler, alles rennt wie wahnsinnig dem Gelde nach; und die da reich werden wollen fallen in die Versuchungen und Fallstricke des Teufels. – Und Ihr Land«, fuhr er im gutmütig schmollenden Tone fort, »hat Ihnen doch ein so herrliches Beispiel des langsamen Wirkens und Vollbringens gegeben. Rom ward nicht in einem Tage erbaut, und die Vereinigten Staaten sind nicht in einem Jahre geworden, was sie sind.«

Der Jüngling gähnte. Kein Wunder! Er hatte die letzten sechs Monate abwechselnd in Philadelphia und New York gelebt, die Bachelorsbälle, die M–gbälle, die Wistarpartien besucht, und seinen Tilbury und Racer als erster Fashionable gehalten.

»Langsam, sehr langsam ging es mit uns«, fuhr der Oberst in der etwas geschwätzigen Manier des Alters fort. »Wir waren nach der Revolution wie ein Schiff ohne Ruder, ohne Kompaß, ohne Masten und ohne Segel. Überall fehlte es; die Offiziere über Bord geworfen; die neuen, wenn auch des nötigen Ansehens nicht ermangelnd, doch ohne den sogenannten Regierungstakt. Und es ist ein großes Ding um den Regierungstakt. – Weil ihn die Whigs von England nicht haben, kommen sie nicht in den Besitz der Gewalt; und kommen sie dazu, so sind sie nicht lange in derselben. – Wir waren damals wahre Whigs; hatten die Tories zum Weichen gebracht, das heißt, England; aber bald war es wieder im Besitz seiner verjährten Gewalt. Wir waren frei *de jure*, aber *de facto* mehr als je in den Schlingen Englands; – und das volle zwanzig Jahre nach der Anerkennung unserer Unabhängigkeit.«

Der Jüngling schüttelte das Haupt.

»Ah, Mister Morton! Die Nachwehen unserer Revolution waren eine wahre Seekrankheit – besonders schrecklich für Neulinge, wie wir waren; schrecklicher, als die Krisis, der Kampf selbst. Keine Achtung von außen, ein Gehorsam von innen; eine meuterische Armee, die Bürgerkrieg drohte, weil man ihr die Zahlungen nicht leisten konnte; die wirklich den Kongreß im Staatshause zu Philadelphia blockierte, diesen Kongreß ohne Geld, und was schlimmer ist, ohne Kredit; und was am schlimmsten ist, ein durch einen siebenjährigen Krieg verwildertes Volk, das von Industrie keinen Begriff hatte. Mister Morton, wir mußten bis vor fünfzehn Jahren nicht bloß unsere Hüte, unsere Messer und Gabeln und Röcke, wir mußten selbst unsere Besen von England kaufen – von demselben England, das seine Kriegsschiffe höhnend an unsere Küsten sandte, unsere Kauffahrer ohne weiteres konfiszierte und, wenn darüber Klagen entstanden, unsere Bürger, unsere Obrigkeiten zwang, an Bord ihrer Kriegsschiffe Gerechtigkeit zu suchen. – Die Ausländer schüttelten die Köpfe, so oft sie unser

Land betraten. Wissen Sie, was Talleyrand, der in den neunziger Jahren bei uns war, seinem Herrn sagte, als dieser ihn über uns befragte?«

»Und?«

»*Ces sont des cochons fiers et des fiers cochons*, antwortete er Bonaparte; und im Grunde hatte er so unrecht nicht; denn es war ein Greuel.«

»Ah, sehen Sie diesen Landstrich«, – er wies auf die Niederung hin, aus deren Mitte Bethlehem mit seinem eleganten Courthouse hervor schimmerte; – »er ist ein Paradies. Aber ich kannte ihn, als er noch eine Wildnis war; als noch keine Straße, kein Haus, kein Weg, kein Steg, höchstens Karrengeleise und Fußwege sich durch die dichten Wälder hindurch schlängelten. Als ich mir meine Hütte auf meiner Schenkung erbaute, die ich von der Regierung, zur Belohnung meiner Dienste während des Krieges, erhielt, so wie alle übrigen Offiziere, und auch Gemeine – zweitausend Akker, die noch in meiner Familie sind, denn ich habe den größten Teil meinen Söhnen und Schwiegersöhnen abgetreten; – als wir mit dem alten Cato zusammen eine Hütte auf dieser meiner Schenkung bauten, kamen täglich Rudeln von fünfzig bis sechzig Hirschen vor meine Tür. Es war eine wahre Wildnis. Alles Wald und wieder Wald; nur hie und da ein Lichtpunkt, das heißt, ein paar hundert geringelte Eichenstämme, die nackt und verdorrt da standen, und unter welchen ein paar Bushel Weizen oder Welschkorn angepflanzt waren. Aber die Wohnung der Menschen selbst zu finden, würde Ihnen schwer gewesen sein; – Höhlen, nicht einmal Hütten, ohne Türen und Fenster, von rohen Baumstämmen aufgezimmert, den Kamin durch ein paar auf und über einander gelegte Steine gebildet, von Menschen bewohnt, die Wilden ähnlicher sahen, als Bürgern einer großen Republik, die sich so eben von dem mächtigsten Reiche der Welt frei gemacht; – im Winter in Tierfelle gehüllt, von Rauch und Ruß angeschwärzt, im Sommer halb nackend. Alles fand sich da zusammen, Amerikaner, Engländer, Schottländer, Irländer; vorzüglich aber Deutsche.«

»Dank sei es unserem übel verstandenen Kosmopolitismus, der allem Auswurfe Europas Türen und Tore öffnet«, entgegnete Morton.

»Geduld!« versetzte der Oberst. »Unser Pennsylvanien kam mir wirklich vor wie ein Kramladen, wo alles sich findet: Schwefelhölzer, Stiefel, Schuhe, Butter, Nankin, Kaffee, Zucker, mit Speck und Käse; kurz, wie jener Franzose sagt, wir hatten *de rebus omnibus et quibusdam aliis*. Wir nahmen, wie Krämer, alles in unserem Laden auf, die Zeit abwartend, es wieder an Mann zu bringen. Und, Mister Morton, diese Krämerpolitik war so schlecht nicht, als Sie glauben mögen; gar nicht. War eine gesunde Krämerpolitik, und ein Glück für uns, daß wir sie nicht für das Großhandlungssystem aufgaben.«

»Wie verstehen Sie dies, Oberst?« fragte Morton.

»Sehen Sie, die Adams, die Hamiltons und Kompanie wollten eine Großhandlung etablieren, das heißt, eine Zentralregierung. Washington, der von einer sehr angesehenen Familie abstammte und sich bereits vor dem Ausbruche des Krieges unter Braddock[34] ausgezeichnet hatte, dessen Erziehung und Neigungen daher gleichfalls aristokratisch waren, lehnte sich stark auf diese Seite, die, wie gesagt, eine starke Regierung wollte, die fähig wäre, dem Auslande zu imponieren und im Innern mit dem nötigen Ansehen aufzutreten.«

»Ein Wunsch, den auch ich –«

»Geduld!« sprach wieder der Oberst. »Sie wollten stark sein die Adams, Hamiltons und so fort; – nicht umsonst ihr Gut und Blut aufgeopfert haben, verstehen Sie, sondern ihre Verdienste um das Land auch auf ihre Nachkommenschaft zu vererben Gelegenheit haben. Dazu bot natürlich eine starke Regierung die beste Gelegenheit dar; denn durch sie konnte man Ämter begründen, festen Fuß in der Gewalt fassen, allmählich eine Aristokratie des sogenannten Verdienstes gründen, aus der sich die Aristokratie der Geburt hernach von selbst ergab.«

Der Jüngling schüttelte ungläubig das Haupt.

»Ich hatte Gelegenheit, ihr Spiel zu beobachten, besonders das von Hamilton, der, so wie der Krieg vorbei war, auf einmal zu einem außerordentlichen Ansehen gelangt war. Das war ihr Held – war eine Importation von England, ein verkappter Tory und Liebling der sogenannten guten Familien; sein erstes und letztes Wort war: eine starke Regierung, oder wie wir es jetzt nennen, Zentralität. Nun ist aber eine Zentralregierung eine, wo die Leute tun müssen und lassen müssen, nicht was sie wollen, sondern was die Regenten wollen, und eine demokratische hinwiederum, wo die Regenten tun müssen und lassen müssen, was den Regierten, dem Volke, der Nation gefällig ist. Sehen Sie, in diesen zwei Partizipien, das eine aktiv und das andere passiv, und ihrem wechselseitigen Tun und Wollen, liegt der ganze Unterschied der verschiedenen Regierungen. Glücklicherweise hat das Aktiv im Volke den Sieg errungen. Wäre dies nicht der Fall, glauben Sie, die Vereinigten Staaten, und Pennsylvanien insonderheitlich, würden sein, was sie sind. Pah, es würde sein, was die innern Steppen Rußlands noch heut zu Tage sind, und würde es bleiben;

---

[34] Bei Pittsburg, wo der englische General Braddock mit seinem ganzen Korps von den vereinigten Indianern und Franzosen erschlagen worden. Washington, der als Oberst die Arrièregarde kommandierte, und gegen dessen Rat Braddock in das heute so genannte Braddocksfeld hinabgezogen war – rettete seine Abteilung durch einen geschickten Rückzug.

denn merken Sie wohl, wenn ich zwischen Regenten zu wählen habe, dann will ich lieber einen, und zwar einen starken, nicht aber dreihundert; will lieber Russe als Irländer sein.«

Der Oberst hielt inne.

»Unter einer Regierung nach dem Plane Adams und Hamiltons würden die großen Familien größer geworden sein, das ist wahr; aber auf Unkosten von tausend, von Millionen kleinern. Es würden Paläste, Regierungssitze erstanden sein; aber von lauter Fronen würden die Leute nicht Zeit gehabt haben an ihr eigenes Haus zu denken. Dieser Hamilton wurde erschossen[35], freilich von einem schlechten Manne; aber um das Volk hat er nichts Besseres verdient, war ein englischer Tory; und von England kommt für Amerika nichts Gutes. Diese Herren wollten die Vereinigten Staaten zu einer Art Domäne erheben, die sie und ihre sogenannten guten Familien ausbeuten möchten; da kam aber Ihr Großonkel und der große Franklin und seine verbündeten großen Geister – und die Kartenhäuser zerstoben, und Amerika wurde, was es sein sollte, ein Land der Freien, das frei zu machen die ganze zivilisierte Welt mitgeholfen hatte, und das nun zu sehen eine wahre Wollust für den Menschenfreund ist.«

»Ja, lieber Morton!« fuhr der Oberst fort. »Eine Freude ist unser Land für den Menschenfreund, für den denkenden Beobachter jeder Nation, ohne Unterschied – ein Triumphbogen – eine fortlaufende Kette von Triumphbögen, gegen welche die der alten Römer, die der gekrönten Häupter in Schatten versinken.«

Der Jüngling sah den alten Deutschen starr an; denn seine Miene hatte einen Anflug von Begeisterung angenommen.

»Ja, lieber Morton«, fuhr der Oberst in demselben Tone fort; »Tausende von Amerikanern ziehen, fahren, reiten auf dieser – und der südlichen Straße durch Pennsylvanien, ohne daran zu denken, daß sie auf einer Triumphstraße wandeln, auf einer Straße, auf die sie stolzer sein mögen, als der alte Römer auf sein Pantheon und Kolosseum, der Franzose auf sein Louvre und Museum.«

Und abermals sah der Jüngling den Alten befremdet an. Die ex tempore Ekstase stand dem Manne mit seinen schneeweißen Locken so seltsam.

»Sehen Sie«, nahm der Oberst wieder das Wort; »diese Tausende von Landhäusern, diese Städte und Yeomenssitze kannte ich wie sie noch Wald und Wildnis waren, in die sich hie und da eine Hütte hingenistet hatte. Diese Hütten waren von armen deutschen Redemptionisten bewohnt, die

---

[35] Im Duell, vom Obersten Burr, später Vizepräsidenten der Vereinigten Staaten, und des Hochverrats angeklagt.

ihre Dienstzeit ausgehalten, und sich nun ein Stück Landes auf eigene Rechnung anbauten. Es waren blutarme Leute, die ihre Passage nicht bezahlen konnten, und deshalb verkauft worden waren; die großenteils in demselben entblößten Zustande herüber kamen, in dem Sie gestern die armselige Bettlerfamilie sahen.

Ihre Herren, denen sie treu gedient, unterstützten sie, als ihre Dienstzeit vorüber war; und sofort begannen sie eigene Wirtschaft. Aber wären sie auch noch tausendmal mehr unterstützt worden, es würde nichts in einem zentralen Lande geholfen haben. Nur in einem Lande, wo jeder gänzlich frei die Früchte seiner Arbeit auch ganz zu eigenem Gebrauche verwenden kann, nur da arbeitet es sich mit Freuden. Und mit Freuden arbeiteten diese Deutschen. Ich sah es. Sie arbeiteten wie die Tiere, und die Früchte ihres Fleißes wurden sichtlich gesegnet. Aber doch würde ihnen dies nicht zum amerikanischen Bürgertume verholfen haben; denn auch in den Ländern des alten Europa gibt es Kolonisten, die reich und deren Kolonie blühend geworden, die aber dessen ungeachtet Kolonisten bleiben, Untertanen bleiben, an der Staatsgewalt keinen Anteil haben. So würden diese armen Deutschen in jedem andern Lande der Welt, selbst der sogenannten freien Schweiz, geblieben sein, als was sie ankamen: Kolonisten, Untertanen, die sich nie zur Gleichheit mit angesehenen Staatsbürgern, den Großen – Baronen des Reiches aufschwingen können. Hier aber, Mister Morton, konnten die armen deutschen Redemptionisten dies; hier wurden sie freie Bürger der Staaten; nicht nur Bürger, sondern Mitteilhaber an der souveränen Gewalt des Staates; nicht nur Mitteilhaber, sondern wirkliche Staatslenker und Regenten. Der Großvater meines Schwiegersohnes, eines Mitgliedes des Kongresses, war ein solcher Redemptionist, und sein Enkel hat die Tochter eines deutschen Freiherrn zur Ehe, die sich geehrt in diesem Verhältnisse fühlt. Hundert ähnliche Beispiele könnte ich Ihnen anführen.«

Wieder eine Pause.

»Diese lieblichen Landsitze, mit allen Bequemlichkeiten des Lebens ausgerüstet, die Sie zu Tausenden hier sehen, diese gehören Amerikanern, deren Väter und Großväter arme deutsche Redemptionisten waren, und die heute aus ihrer Mitte den Gouverneur, die Senatoren und Repräsentanten eines Staates wählen, der an Macht und Reichtum mit vielen europäischen Königreichen wetteifert. Wohlverstanden, Mister Morton, sie, die Abkömmlinge dieser Redemptionisten, wählen und geben nach dem Prinzipe der Majorität den Ausschlag, während die Söhne derselben amerikanischen Väter, denen die ihrigen als Sklaven dienten, ihrem Ausspruche und den von ihnen gegebenen Gesetzen gehorchen. Junger

Mann! In diesem Wechsel liegt etwas Großes, etwas Erhabenes, etwas, das die Geschichtsblätter der Menschheit nicht zweimal aufweisen können! Es ist dies der Triumph der amerikanischen Staatsphilosophie, der wahren und einzigen Staatspolitik, gegen welche die gerühmte Politik der Alten Tyrannei ist. Und das war die Politik eines Franklin, eines J–n, Ihres Großonkels, ihre Schöpfung dieses prachtvolle Land, durch sie zur Triumphstraße erhoben, auf welcher die Humanität über die in uns inwohnende Selbstsucht den Sieg davongetragen hat.«

»Ja wohl mag Amerika auf sein Pennsylvanien stolz sein. Das ist ein anderes Versailles, als das von dem prunkliebenden, eiteln *grand monarque* gebaute.«

Der Oberst hielt inne und faßte während der Pause die Hand des Jünglings.

»Sehen Sie, lieber Morton; und wegen dieser Verleugnung der uns so tief ins Herz gegrabenen Selbstsucht – dieser Verleugnung zum Besten der Menschheit – wegen dieser großherzigen Politik des Großonkels ist mir der Großneffe auch dann noch teuer – wenn er – strauchelte.«

»Aus dem Chaos hat sich die Harmonie des Weltalls entwickelt, und aus dem Chaos unserer ursprünglichen bunten Bevölkerung erstand die glorreiche Harmonie, die wir nun schauen. Wehe uns aber, wenn wir in erstarrender Selbstsucht unsere Gestaltung vergessen! Wehe unsern Kindern, wenn sie von dieser großartig humanen, wahrhaft christlichen Staatspolitik sich entfernen!«

Sie fuhren jetzt in Bethlehem ein und stiegen vor dem Hotel gleichen Namens ab.

»Nehmen Sie dies«, sprach der Oberst. »Der Brief ist an den alten Stephy. Er wird Ihnen nützlich sein. Dieses kleine Andenken von Mistreß Isling wird Ihnen Reisegeld liefern. Und nun leben Sie wohl! Sie sehen, die Mail für Philadelphia ist vor dem Posthotel. *Und wenn Sie wieder einem armen Einwanderer begegnen, wie dem gestern, so schenken Sie ihm einen freundlichen Blick um des alten Obersten Isling willen.«* –

Und ehe der Jüngling ein Wort erwidern konnte, war der alte Deutsche wieder im Wagen, der rasch wandte und auf der Straße nach Harrisburg zurückrollte.

VI.

Das Lever des alten Stephy oder
We are in a Free Country.

as soll also der Talisman sein, der uns mit dem Leben wieder versöhnt?« murmelte Morton, als er den folgenden Tag um neun Uhr morgens halb gerädert von der Mail stieg und seinen Reisegefährten – zwei Freunden[36], einer Freundin, drei Farmers und eben so vielen Farmerinnen – mit verbissenen Lippen seinen Abschiedsgruß zunickte und dann das Sendschreiben aus der Tasche zog, das den griesgramigen alten Stephy freundlich umstimmen sollte.

»Pah, wollen sehen – wird uns doch nicht fressen? Leben ja in einem freien Lande!«

Und so sagend, schlenderte er, den Hut tief in die Stirn gedrückt, beide Hände an den Rocktaschen haltend, wie Failliten zu tun pflegen, der Bank zu. Er hatte Market Street durchschritten und bog nun in Chesnut Street ein.

»Georgiana!« rief er auf einmal, und beide Hände ausbreitend, stürzte er auf die holdselige Gestalt zu, die in purpurfarbiger Robe, Prünellschuhen und Hermelin-Pelisse vor ihm hinaufschwebte, und bei seinem Anblicke mit einem lauten Schrei in dem Eckhause verschwand.

Er ihr nach.

»Aber Mister! Was ist nur gleich Ihr Name?« kreischte ihm eine klapperdürre sogenannte Help[37] entgegen, die einen Korb mit Gemüse und Fleisch in der einen Hand, einen mit Fischen in der andern, den letztern auf dem Korridorteppiche niederließ, und sich mit wahrer Philadelphia-Grazie den Spitzenschleier aus dem Gesichte schlug.

»Was mein Name ist? Ihr alte Närrin!«

»Alte Närrin! Seht einmal – da den Mister Morton; Alte Närrin!« schrie die Help, indem sie des zweiten Korbes sich gleichfalls entledigte, und nachdem sie den Schleier nochmals über den Hut geworfen, beide Hände in die Seite gestemmt, dem unglücklichen Morton zu Leibe rückte.

»Alte Närrin! und das von einem, der sich im Delaware –«

---

[36] Quäker – nennen sich selbst *friends*, Freunde.
[37] Help – Aushelferin, wie sich die amerikanischen Dienstmägde selbst nennen.

Der laute Wortwechsel hatte die Dame vom Hause aus ihrem *Drawingroom* gezogen. Sie erschien mit einer schwarzseidenen Schürze angetan, in der einen Hand die Sticknadel, in der anderen ein Kinderhäubchen für die benevolent Society[38] haltend.

»Aber mein Gott! Welcher Lärm, Sir oder Mister! Wie soll ich Ihr Benehmen verstehen? Finde dies wirklich sehr sonderbar, außerordentlich sonderbar, Sir oder Mister!« sprach Mistreß M–gh.

Der Jüngling stand wie versteinert; ohne ein Wort hervorzubringen, glotzte er die Mistreß an, schlug dann die geballte Faust vor den Kopf, trat einen Schritt zurück, und die Mistreß warf ihm mit milder Gelassenheit und den sanften Worten »Miß Georgiana ist für Sie nicht ferner zu Hause«, die Türe vor der Nase zu.

Er lachte so laut, daß die Vorübergehenden vor dem Hause stehen blieben.

»Habe ja vergessen, daß ich arm bin!« murmelte er sich zu. Und es wurde ihm so trübe und weh vor den Augen und in der Seele, und Sehnsucht und Schmerz zerrissen so wütend sein Inneres, daß er besinnungslos an der Ecke des Hauses hinfiel.

»Morton, Du noch am Leben! Alle T–l! Dachte, wärest bei dieser Zeit von einem Dutzend Porpoisen in Besitz genommen oder einem Seeadvokaten[39]!« schrie es auf einmal ihm zur Seite, und der prächtige John Smith stand vor ihm, ihm in das Gesicht lachend, einen Pack Banknoten in der Hand, die er, der Sohn des steinreichen Schuhmachermeisters Samuel Smith, so eben aus der Bank gelöset hatte. »Höre Morton«, rief der Abkömmling des Leisten, »sind heute bei Blackstones, prächtige Gesellschaft, die ganze Wistarpartie mit Ihren Familien. Schade! Verteufelt schade! daß Du nicht mit kannst. Sind so verdammt religiöse Leute, die Blackstones; Deine Delaware-Geschichte – sie degoutiert sehr, auf Ehre! Deine Delaware-Geschichte – sehr.«

»Geh' zur Hölle mit Deinen Blackstones, verdammter Schusterjunge!« schrie Morton.

»Beim Teufel, der hat Feuer im Leibe! Ist aber arm, bettelarm; wäre nicht der Mühe wert, ihn zu fordern«, meinte Smith, der sich schneller zurückzog, als er gekommen war.

»Morton!« rief es abermals von *United-States-Hotel* herauf, »Morton! Willst Du Deinen Cyrus verkaufen? Gebe dir zweihundert Dollar Cash[40],

---

[38] Damen-Komitee zur Unterstützung Hilfsbedürftiger.
[39] Haifische werden in der Seemannssprache *sealawyers*, Seeadvokaten genannt.
[40] Bares Geld.

auf Ehre. Armer Junge, brauchst ohnedem Geld. Zweihundert Dollar, willst Du? Cash!«

»*God d—n ye to hell*!« murmelte Morton, und ohne den Anbietenden eines Blickes zu würdigen, rannte er wie wahnsinnig die Straße hinab.

Er war an der Ecke von Second Street angekommen, als ein schallendes Gelächter, das nur einige Schritte von ihm zu hören war, ihn abermals festbannte.

»Und was treibt denn Ihr da beide? Gentlemen! Gentlemen! Tagdiebe, sollte ich sagen«, trompetete eine schrille, barsche Stimme mit französischem Akzente zwei konfiszierten irischen Physiognomien zu, die sich dem beliebten Farniente vor einer der besuchtesten Whiskyschenken in besagter Second Street überließen.

Die sonderbare Anrede mit dem ausländisch pikanten Akzente, der sich nicht einmal die Mühe geben zu wollen schien, seinen exotischen Ursprung zu verhehlen, hatte die Emeraldssöhne recht possierlich aus ihren irischen Träumen aufgerüttelt. Sie sahen den Mann mit einem Blicke an, der in Zweifel ließ, ob er von einem bloßen Faustkniffe, oder einem regulären Ausfalle begleitet werden würde.

Der Mann sah sonderbar aus. Ein kastanienbraunes, olivengrünes Ledergesicht, mit einer scharfen, einigermaßen geröteten Nase, und einem Paar Augen, die dem leibhaftigen Gottseibeiuns anzugehören schienen; denn sie bohrten euch in das Mark und die Knochen hinein. Ein alter Mann, aber rührig, in einem blauen Mitteldinge zwischen Seemannsjacke und Rock, ein paar Matrosen-Inexpressibles, einem vielseitigen Hute; die ganze Garderobe wie eine Windfahne um sein Ich spielend, und nichts weniger als zierlich oder sorgfältig gehalten, sonst aber von den feinsten Stoffen, und für einen Schiffsmäkler nicht übel passend. Er hielt mehrere offene Briefe in der Hand, die er wechselweise las, und wieder die beiden Iren anschaute.

»Wird's werden mit der Antwort?« fragte das Original die beiden Iren, die sich um die Wette hinter den Ohren kratzten.

»*Nathing, Master — Nathing Master to ye*[41]«; knarrte der eine und dann der andere der beiden Erinssöhne, in barschem Dialekte von Kildare.

»*Hein! Notting?*« wiederholte der Mann im Französischen, »*Notting?* sagt Ihr?« schrie er ein drittes Mal, und seine barschen schwarz braunen und olivengrünen Gesichtszüge nahmen einen Ausdruck von Laune

---

[41] Im irischen Akzent statt *Nothing Master*, — nichts, Meister. Nichts, das Euch anginge.

an, der schwer zu beschreiben wäre. »*Notting?*« wiederholte er, »wißt Ihr aber auch, daß Notting weniger als wenig, gar nichts ist, und daß aus nichts wieder nichts wird? Wißt Ihr, daß Ihr für nichts hier auch wieder nichts erntet, nicht einmal eine Gill Whisky? Und daß Ihr folglich stehlen müßt, und daß wir – obwohl wir keinen Galgen für Diebe – doch eine neue und eine alte Penitentiary, oder vielmehr eine Staatsprison[42] haben, die, im Vorbeigehen sei es gesagt, uns mehr Geld gekostet, als alle solche Taugenichtse in der Welt, wie ihr seid, wert sind. Mein Gott! Der alte Lafayette hatte ganz recht, als er sagte, unsere Galgenvögel sind kostspieliger logiert, als die Fürsten des alten Europa. *Hein, Sirs!* Und wißt Ihr, daß wir Nichtstuer nicht brauchen können, und daß Ihr zu Hause geblieben sein solltet, wenn ihr stehlen und nichts tun und gehängt werden wollet? *Hein!*«

»*Now by Jasus!*« rief der eine Ire, »*by all the powers*[43]!« der andere, indem sie ihre Arme in die Seite stemmten und drohend gegen den Alten anrückten. »*Now by Jasus!*« schrien sie stärker, und ihre Augen begannen auf irisch trunkene Weise zu glotzen, und sie stierten den Mann an mit einer Miene, die diesen laut auflachen machte. »*Now by Jasus!*« riefen die beiden zum dritten Male. »*Now we are in a free country.*«

Und der Alte brach bei diesen Worten in ein unbändiges Gelächter aus.

Wohl an die zwanzig Personen hatten sich um den sonderbaren Alten gesammelt; sie waren nicht mit der Hast gekommen, mit der müßige Gaffer von den Ecken der Straße herbeieilen, um lieben Zeitvertreib umsonst zu haben; im Gegenteil, es waren meistenteils sogenannte gesetzte Männer, die schmunzelnd sich genähert hatten, mit all dem gelassenen Anstande, den wir an Bewohnern der Bruderstadt kennen. Auch hatte sich keiner dem Gesichtskreise des unruhigen Alten genähert, ohne dem seltsamen Manne seine steife Begrüßung darzubringen, die dieser annahm, wie ein Souverän die Huldigungen seiner lieben Getreuen annimmt.

»*In a free country?*« lachte der Alte fort. »*In a free country? Free to starve I say*[44]. Ich sage – ah, Mister Morton! – Kapitän Morton! sollte ich sagen, haben noch ein- bis zweihundert Dollar bei uns. Ein Haben, verstehen Sie – in unsern Büchern, von ein- bis zweihundert Dollar; dagegen ist ein fatales Soll auf der andern Seite, so ein fünfzigtausend. *Hein!*«

---

[42] Das schloßartige Staatsgefängnis eine Viertelmeile oberhalb der Schuylkill-Wasserwerke.

[43] Nun bei Jesus und allen Mächten! – ein gewöhnlicher irischer Ausruf.

[44] In einem freien Lande? In einem freien Lande? Frei vor Hunger zu sterben, sage ich Euch.

Diese Worte sprach der Alte im reinsten Französisch.

»Tut mir leid, sehr leid«, hob er wieder an; »kann aber nichts weiter tun – nichts weiter tun, haben nichts mehr in unserer Bank. Tut mir sehr leid, sehr leid.«

Und während der Mann so sprach, glänzten und funkelten die nußbraunen Augen in so höllischer Freude, und ein dämonisches Lächeln überflog so grausig die bleichblauen Lippen, daß der Jüngling das dargereichte Schreiben scheu zurückzog und den Mann entsetzt anschaute. Es kam ihm vor, als ob ihn die Dämonen der Hölle aus diesem dämonisch lachenden Gesichte angrinsten.

Der Alte hatte ihn fest im rollenden Auge behalten, und jede seiner Zuckungen schien seinen höllischen Triumph zu steigern. Auf einmal haschte er nach dem Briefe, warf einen Blick auf die Adresse und riß ihn auf.

Wie Blitze durchzuckte es das Gesicht des Alten, als er das Schreiben überflog. »Halt, Mister Morton!« raunte er dem Jünglinge in französischer Sprache zu. »Wir haben ein Wort mit einander zu reden.«

Dieser antwortete durch eine mechanisch zustimmende Verbeugung.

»Haben ein Wort mit einander zu reden«, raunte ihm der Mann nochmals zu. »Vielleicht läßt sich etwas für Sie tun, wenn Sie nämlich selbst tun wollen. Zweifle nicht – ist Tätigkeit, Tatkraft in diesem Gesichte; verspricht viel, sehr viel; zwar rasch, waghalsig, lordmäßig, alles auf einen Wurf gesetzt; aber vielleicht läßt sich irgend etwas ausfindig machen, wo ein solches Temperament gerade taugt – vielleicht, vielleicht. *Hein!* Wollen sehen, wollen sehen!«

Und indem der alte Franzose die Worte so mehr herausstieß als redete, ruhte das pfeilartige Dämonsauge wieder mit einem Ausdrucke von Wohlwollen auf dem jungen Manne, der selbst den Umstehenden nicht entging. »Ah, Mister Morton!« flüsterten ihm der eine und der andere zu, »der alte Stephy ist in guter Laune, in guter Laune der alte Stephy. Ist ein Teufelskerl der alte Stephy, wenn er in guter Laune ist. Hämmern Sie das Eisen, so lange es glühend ist. Schneiden sie Pfeifen, solange Sie im Rohre sitzen. Er kann einen aus dem Schlamme ziehen.«

Und wieder bohrten des Alten Augen in das Schreiben, und dann musterte er mit einer Art Wollust im Blicke die herrlichen Formen des Jünglings.

»Pah«, und er wandte sich auf einmal zu den beiden Irländern, »wollt Ihr arbeiten?«

Die Bewegung war so abrupt echt französisch, daß die Irländer mit offenen Mäulern vergebens Worte suchten.

»Wenn wir etwas zu arbeiten bekommen, *Your anar*⁴⁵!«

So schnarrte endlich der vorderste, indem er die eine Hand an den Hut legte, und sich mit der andern wieder hinter den Ohren kratzte.

»Wie lange seid ihr im Lande?« fragte der Alte barsch und mit herrischer Stimme. Die freundliche Laune hatte einer finstern Wolke Platz gemacht.

»Nicht lange genug, um verhungert zu sein, wohl aber, uns einen tüchtigen Schnupfen auf nüchternen Magen zugezogen zu haben«, knarrte der eine Irländer.

»Nüchternen Magen, Ihr versoffenen Schweine!« entgegnete der Alte, indem er mit einer Tournure, die einem Tanzmeister Ehre gemacht haben würde, sich dem nächsten der beiden Iren unter die Nase drehte, augenblicklich aber wieder mit allen Abzeichen von Ekel zurückprallte. »Pah, mit Dir wird nicht viel werden, das sehe ich schon; mit Deinem Kameraden vielleicht. Nun – wollen es versuchen.«

»Davy!« sprach der halb über Bord schwebende Irländer, »Davy!« wiederholte er, wie träumend sich bald hinter dem rechten, wieder hinter dem linken Ohr kratzend. »*By Jasus, Davy, and arr we rially in a free cahntry*⁴⁶?«

Und der Alte lachte wieder laut und winkte dann den beiden, ihm zu folgen. Er selbst schritt voran, bald im Doppelschritte, bald wieder stille haltend und wechselsweise eines der Schreiben lesend, ihm zur Seite Morton, hintendrein die Irländer, einer am Schlepptaue des andern, verblüfft die Grüße der Vorübergehenden links und rechts erwidernd und laut schreiend:

»*By Jasus! if them Philadelphians arnt the civillest, gentillest people? Thank ye, gentlemen! Many thanks to ye*⁴⁷!«

Es war ein drolliger Zug.

Der Alte hielt endlich vor einem ansehnlichen Hause, das, nahe am Werfte gelegen, mit diesem selbst in Verbindung stand. Auf der einen Seite war eine starke Bootsladung Backsteine aufgeschichtet, auf der andern Ballen und Fässer, Campeachyholz und Kolonialwaren aus allen südlichen Weltgegenden. Er setzte seinen Fuß auf die Backsteine und stand einige Zeit in Nachdenken versunken. Auf einmal wandte er sich herum zu den beiden Irländern.

---

⁴⁵ *Your honour* – Euer Wohllehren.
⁴⁶ Bei Jesus, David! und sind wir wirklich in einem freien Lande?
⁴⁷ Bei Jesus! wenn die Philadelphier nicht die höflichsten, artigsten Leute sind! Dank Ihnen, Herren! Vielen Dank!

»Pah, Ihr wollt arbeiten? *Hein!* Wollen sehen. Tragt diese Backsteine hier auf die andere Seite des Hauses; berührt mir aber die Ballen und Fässer nicht!«

Die beiden Iren sahen sich einander verdutzt an. »Und ist das alles?« fragte endlich der eine kopfschüttelnd.

»Tragt diese Backsteine hier auf die andere Seite des Hauses, berührt mir aber die Ballen und Fässer nicht«, wiederholte der Alte und, als hätte er den beiden Irländern nun bereits zu viel von seiner Zeit gewidmet, wandte er sich von ihnen, ohne sie eines fernern Blickes zu würdigen.

Sie zogen die Fragmente ihrer Röcke vom Leibe, und begannen ihre Arbeit.

Der Alte war rasch in das Haus eingetreten, in dessen Vorhalle und Korridor Kisten, Päcke und Päckchen, Fässer und Fäßchen in Unzahl lagen und standen; dazwischen Kommis und Handlungsdiener von allen Farben und Größen, die wie in einem Bienenschwarm zu- und abliefen. Er warf einen flüchtigen Blick in einen geräumigen Saal, in dem mehrere Schreiber saßen, in einen zweiten und dritten, rannte wieder zurück, und trat in eine Türe auf die entgegengesetzte Seite des Korridors. Sie führte in ein geschmackvoll solid – aber nichts weniger als reich ausmöbliertes Pariour, mit türkischen Teppichen, Acajou-Möbeln, mehreren Sofas und Tischen, auf denen wohl an die vierzig Zeitungen, Broschüren, Courantzettel und andere Papiere lagen. Mehrere Personen saßen und standen um den Tisch herum und in den Fensterbrüstungen, lesend und sich unterhaltend. Alle unterbrachen jedoch ihre Unterhaltung bei dem Eintritte des Alten, den sie auf eine gespannt achtungsvolle Weise begrüßten. Er selbst hatte auf seine Gäste kaum einen flüchtigen Blick geworfen, als sich sein, ganzes Wesen auch auf einmal veränderte. Seine beweglichen Züge, aus denen französische Raschheit nicht ganz undeutlich herausgeleuchtet, hatten etwas ernst Stolzes, ja Steifes, etwas Höfisches angenommen, und die wenigen Schritte, die er durch den Saal machte, geschahen ganz mit der Bewegung eines Mannes, der sich außerordentlicher Gewalt bewußt ist. Er warf den Kopf leicht in die Höhe, als er an die Türe eines Kabinettes kam, und, mit einer kurzen Verbeugung an seine Gäste, öffnete er die Türe, machte Morton ein Zeichen, einzutreten, und winkte ihm auf einem Fauteuil vor dem Kamin Platz zu nehmen.

»Auf meinem Fauteuil, Mister Morton!« sprach er in das Kabinett hinein; »verstehen Sie – nicht auf diesem da; der ist für andere Leute.«

»Und Sie, Gentlemen!« wandte er sich an die Gäste, »treten Sie ein, in der Ordnung, in der Sie angekommen sind.«

Und mit einer nochmaligen Verbeugung in den Salon hinein, ließ er die Türe offen und trat in das Kabinett an die Seite Mortons. Ihm folgte ein Mann in den sogenannten gesetzten Jahren; ein sonn- und wetterverbranntes Gesicht, mit der schweren, aber freien Seemannsphysiognomie, voll von jener Kraft, Stärke und Härte, wie wir sie auf unsern Werften sehen.

»Ah, Kapitän Bullock! Seien Sie mir willkommen!« begrüßte ihn der Alte.

Der Kapitän trat festen, zuversichtlichen Schrittes an ihn heran und verneigte sich mit einem »Guten Morgen, Mister G–d!«

»Guten Morgen, Kapitän Bullock! Guten Morgen! Alles abgemacht in dem Customhouse[48] – haben Sie, Kapitän?« fragte der Alte freundlich. »Ah, Kapitän!« fuhr er in demselben zutraulich-schmeichelhaften Tone fort; »sind sechs Jahre in meinen Diensten – Anstellung, sollte ich sagen; vergeben Sie; sind wohl zu gebrauchen gewesen. War zufrieden. Waren einer meiner besten Ostindienfahrer, einer meiner besten Ostindienfahrer; haben mir in fünf Fahrten nicht mehr als drei Mäste und ein Ruder ruiniert, und das will viel sagen. Ist sehr stürmisch die See um das Kap der Guten Hoffnung.«

»Und böse Winde«, fiel der Kapitän ein.

»Böse Winde, richtig Kapitän. Waren, wie gesagt, einer meiner besten Ostindienfahrer.« Und indem er so sprach, zog er an der Klingel.

Es trat ein Buchhalter ein, die Feder zwischen den Ohren.

»Ah, Mister Cartwright!« sprach er zu dem Eintretenden. »Bringen Sie mir etwas für den Kapitän Bullock?«

Und so sagend, kreuzte er die Hände, und ging rasch einige Male im Kabinette auf und ab.

Der Buchhalter war wieder gekommen, ein offenes Papier in der Hand.

»Ah, Mister Cartwright! Da bringen Sie also etwas für Kapitän Bullock.«

»Mich freut es«, erwiderte der Seemann, »wenn Mister G–d wohl zufrieden ist.«

»Ganz zufrieden, wohl zufrieden, bis auf einen Punkt. Wohl, Buchhalter, Sie haben gebracht – haben Sie? Nehmen Sie, Mister Bullock; nehmen Sie, es ist Ihre Abfertigung. War mit Ihnen zufrieden, sehr zufrieden, bis auf einen Punkt. Sie waren in meinem Dienste.«

Diese Worte waren betont gesprochen. Der Kapitän schaute hoch auf.

»Kann Sie nicht mehr brauchen, Mister Bullock. Brauche Leute, die

---

[48] Zollhaus.

meinen Orders und Instruktionen pünktlich nachleben, die Räson gelernt haben, und nicht tun, was sie wollen. *We are in a free country*, aber meine Schiffe sind nicht *a free country*; und wären sie es, würde ich sie heute noch alle zwanzig verbrennen lassen.«

»Aber, mein Gott, Mister!« –

»Pah, Mister – Jeder Teufel ist hier Mister. – Ich bin aber Meister – Meister meiner zwanzig Schiffe. *Hein!* Können sich um eine andere Anstellung umsehen. Hier ist Ihre Abfertigung auf Cent und Dollar.«

»Aber, Master!« schrie der vielleicht zum ersten Mal in seinem Leben geängstigte Seemann.

»Pah, Master und wieder Master – wer hat Ihnen erlaubt, mir da einen Schwarm Nichten und Neveus und Basen, und wie all das Gesindel heißt, von Bordeaux herüber zu bringen? *Hein!* Glauben diese bourbonischen *sujets*, ich hause für sie, und habe mich für sie geplagt? *Hein!* Ich glaube, ganz Bordeaux und die Gascogne dazu würde kommen, und das Vendéer Gesindel obendrein. Passagiere mochten Sie annehmen, wenn sie ihre Passage bezahlen; dann gehörte Ihnen die Hälfte, mir als Schiffsherrn, die andere; – aber, wo sind die Passagiere? Mußte den Pack auf meine Kosten wieder zurückspedieren. Müßte mich ihrer ja schämen hier, in Philadelphia.«

»Aber, Mister – bei Gott! Ich dachte Ihnen eine Freude zu machen.«

»Freude zu machen mit Niecen und Neveus, lachenden Erben? – Sie, verdammter! – bald hätte ich etwas gesagt – Freude wollten Sie einem alten Manne machen, der sich sein bißchen Geld und Gut sauer erworben hat – dadurch wollten Sie ihm Freude machen, daß Sie ihm lachende Erben zuführten? Daß sie nach echter Gascogner Weise sein bißchen Habe durch die Gurgel jagen; *pour manger sa fortune*, wie es in unserer Sprache recht passend heißt, Mister Morton. – Nein, Mister Bullock, das ist wahrlich zu arg. Adieu, Mister Bullock!«

Der arme Kapitän stockte und suchte Worte; der Alte hatte ihm aber den Rücken gewendet.

»Ah, Mister Morton!« sprach er, heftig gestikulierend, und ungeduldig im Kabinette auf und ab laufend, »ah, lieber Morton! Merken Sie sich das, einen Punkt muß man im Auge haben, ein Ziel; obwohl die Wege danach verschieden sind. Verschreiben Sie sich dem T–l und dienen Sie ihm, aber nicht dem T–l und G–tt zugleich, sonst sind Sie von beiden verlassen; – entsteht nichts als Pfuschwerk. Hein!«

Der Buchhalter hatte unterdessen den widerstrebenden Kapitän zur Türe hinaus bugsiert. An seine Stelle war ein ansehnlicher Mann getreten, im schwarz seidenem Amtskleide der Geistlichen der bischöflichen

Kirche, eine milde Physiognomie, mit dem vornehm gelassenen Schmunzeln, wie es bei Damen beliebte Prediger dieser quasi herrschenden Kirche gerne zur Schau tragen.

»Mister G–d!« sprach der Eingetretene mit einer anstandsvollen, aber nichts weniger als tiefen Verbeugung, und dem so eben bezeichneten sanften Schmunzeln – »wir hoffen, Sie werden etwas beisteuern zum Baue unsers Gotteshauses.«

So sagend, überreichte er zwei Papiere, deren eines den Plan einer gotischen Kirche, das andere die Subskriptionsbeiträge der Gläubigen zum Baue enthielt.

Der Alte hatte das Gesuch mit zu Boden gerichteten Augen angehört. Jetzt warf er seinen funkelnd durchbohrenden Blick auf einmal auf den Prediger, der stand, im Gesichte jene Zuversicht, die die Diener dieser Kirche, bei solchen Gelegenheiten so geschickt anzunehmen wissen, und die bekanntlich zum Emporkommen derselben in den höhern Zirkeln weit mehr beigetragen, als das kriechende, zudringliche Wesen der übrigen Sekten.

»Ihr Name?« sprach der Alte.

»James R–n, Rektor der –kirche, das heißt, die gebaut werden soll, wenn der Eifer unserer guten und achtungswerten Familien ihrem Wollen gleicht.«

»Sind also Prediger der guten und achtungswerten Familien?« fragte der Alte. »Haben Recht, ehrwürdiger Mister R–n, sie bezahlen auch am besten, und das ist denn doch bei Ihnen, so wie überall, die Hauptsache.«

»Wir sollten glauben, die Verbreitung des Reiches Gottes –«

»Ei, und seiner Diener auf Erden versteht sich von selbst – nicht wahr?«

Der Prediger sandte einen Blick gen Himmel.

Ohne ein Wort weiter zu sagen, trat der Alte zum Schreibtische, nahm eines der Papiere, schrieb einige Zeilen darauf, und überreichte es dem Prediger mit einer anständigen Verbeugung, aber einer Miene, die eigentümlich genannt werden konnte. Es lag Spott und Hohn in dieser Miene und wieder etwas wie Bedauern – Verachtung. Er wandte sich plötzlich vom Prediger, der lächelnd den Scheck in sein Portefeuille gesteckt hatte, und sich eben so entfernte.

»Pah!« raunte der Alte dem Jünglinge in die Ohren, »pah, mit ihrem freien Lande, das sich Zwanghäuser baut für Geist und Körper! Hol' sie der Henker! Käme es auf mich an, alle müßten sie auf die New-Foundlandsbänke, oder in die Südsee, Stockfische und Seerobben zu fangen.«

»Aber es muß doch eine Religion sein, Mister G–d!« bemerkte Morton.

»Und wer hat etwas dagegen? Und haben die Quäker, oder, wie sie sich nennen, die Freunde, nicht auch ihre Religion? Haben sie aber Priester? Hein! Und sind sie nicht die ruhigsten, ordentlichsten, solidesten Leute der Union? Die reichsten noch dazu? – Ich kenne nichts Dümmeres, als in seiner Unterhaltung mit dem Schöpfer einer Mittelsperson zu bedürfen, die uns da alte Geschichten von einem Volke vorliest, das jüdisch von Anbeginn seiner Tage war. Wenn ich zu Gott bete, brauche ich keinen Priester; noch brauche ich ihn, um Gott kennen zu lernen. Ich schaue in den Himmel, und da ersteht mir sein Bild so groß, so hehr, wie alle Bildhauer und Maler der Welt mir ihn nicht vor die Augen bringen können. – Ah, die Stockfische!«

»Ah, Messieurs Maclure, Macdonough, Villiers, Broadwell und Shadewell! Seien Sie mir willkommen! Bitte um Vergebung, daß Sie so lange warten mußten. Was verdanken wir die Ehre eines so vornehm guten Besuches?«

Und indem er so sprach, hatte er auf einmal wieder seine feinste aristokratisch sardonische Laune aus der Tiefe seines unergründlichen Innern heraufbeschworen.

Die fünf eingetretenen Personen waren Gentlemen im vollen Sinne des Wortes; sehr elegant gekleidet, mit spitzigen Nasen, grau blauen scharfen Augen, wie wir sie in Philadelphia lieben, ein bißchen ins Schottische schillernd, und eingetrockneten Gesichtern, in denen die tiefen Forschungen der Menschen beglückenden Wistarpartien mit leserlichen Zügen geschrieben waren. Sie hatten mit einer Art Herablassung dem Alten ihre flachen Rechten gereicht, der ihnen seinerseits die Palme der seinigen gleich flach entgegenstreckte, so daß die Hände zwei Steinplatten ähnlich, aufeinander zu liegen kamen. Während dieses sonderbaren Händereichens schwebte ein boshafter Zug um die Lippen des Alten.

»Mister G–d«, sprach der vorderste der fünf, einen Sessel nehmend, »macht sich so selten, und gibt uns die Ehre seines Besuches so wenig, daß wir schon selbst kommen müssen, auf die Gefahr hin, lästig zu werden.«

»Lästig zu werden?« erwiderte der Alte. »Sie scherzen, Mister Maclure. Was kann für einen so simpeln, unbedeutenden Mann, wie wir sind, angenehmer sein, als der Besuch von Männern von so gutem Hause, wie wir sagen, die die gute Gesellschaft von Philadelphia par éminence konstituieren?«

»Wir wissen, Mister G–d«, hob der Zweite an, »daß Ihre Zeit kostbar ist, so wie auch die unsrige beschränkt ist, und glauben daher, Ihnen so kurz als möglich die Veranlassung dieses unsers Besuches auseinander setzen zu müssen.«

»Bin ganz Ohr, Gentlemen – ganz Ohr«, versetzte der Alte, der, mit einem Seitenblick auf Morton, gleichfalls einen Sitz nahm.

»Sehr schönes Wetter«, fing Mister Macdonough an.

»Unvergleichlich«, bekräftigte Mister Villiers.

»Haben aber doch sehr stürmische Nächte letzthin gehabt«, bemerkte Mister Shadewell mit einem Blinzeln auf Morton hin. »Haben Sie alle Schiffe zur See, Mister G–d?«

»Bis auf den Ozean nach Kanton bestimmt, und Swiftfoot, nach Havre.« Und der Alte warf den Kopf auf vor Ungeduld.

»Ihr letzter Ostindienfahrer, die Philadelphia, hat eine prächtige Ladung heimgebracht«; bemerkte Mister Broadwell.

»So ziemlich«, versetzte der Alte ungeduldig.

»Vorzüglich Nanking und Tee«, meinte Mister Villiers; »nicht wahr? Glauben Sie, der Artikel wird Preise halten?«

»Wollen ihn Preise halten machen«, erwiderte der Alte, der sich vor Ungeduld auf seinem Sessel vorwärts und rückwärts schob. »Brauchen Sie ein paar hundert Kisten?«

»Gott behüte!«

»Wissen Sie, Mister G–d!« hob Mister Maclure wieder an, »daß mir alle meine Rebstöcke im Garten erfroren sind. Ich fürchte, die Ihrigen hatten gleiches Schicksal.«

»Sie sind gütig«, versetzte der Alte. »Ich habe sie eingewintert.«

»Sind vorübergekommen vor Ihrem neuen Hause in Arch Street; wird mit dem Theater eine Zierde der Straße werden«, sprach Mister Shadewell.

»Wir haben jetzt drei Theater, Mister Girard!« setzte Mister Macdonough hinzu.

»Weiß es«, versetzte der Alte, vor Ungeduld zappelnd; »eines in Arch Street, das andere in Chesnut Street, das dritte in Walnut Street.«

»Eben so«, bekräftigten alle im emphatisch gedehnten Tone. »Und da Mister G–d«, meinte Mister Maclure mit derselben Emphasis, »zur Verschönerung dieses unsers Philadelphia so vieles bereits beigetragen; so sind wir gekommen, anzufragen –«

Der Alte stutzte auf einmal.

»Der Plan ist nicht übel, Mister G–d!« versicherte Mister Broadwell.

»Und da ohnehin Mister Stephy – Vergebung! wollte sagen Mister G–d, den Fleck Landes nicht zu benutzen gesonnen scheint –«

Des Alten Gesicht überflog ein sardonisches Lächeln.

»So würden wir gerne die Kaufsumme, die Sie nämlich Major N– bezahlt haben, erlegen, wenn nämlich Mister G–d –«

»Ihn uns überlassen wollte«, setzte Mister Shadewell hinzu.

»Für den Kaufschilling von?« fragte der Alte gespannt.

»Je nun, von siebzigtausend Dollar, die Sie Major N– dafür gegeben haben.«

»Ah, nun versteh' ich Sie«, brach der Alte auf einmal in der fröhlichsten Stimmung aus. »Sie möchten gerne das Square zwischen Tenth und Eleventh Street haben, mein sogenanntes Pennsquare[49]. Und was möchten Sie denn tun mit diesem Square? Hein!« fragte er mit einem Gesichte, das einen Satyr nicht übel vorstellen konnte.

Die fünf Aristokraten hatten ihr freundlichstes Lächeln heraufbeschworen.

»Maßen, Mister G–d, wie weltbekannt, für die Verschönerung dieser unserer Stadt Philadelphia so sehr passioniert sind«, hob wieder Macdonough an.

»So, so«, meinte der Alte.

»So hatten wir im Sinne, unsererseits auch nicht zurückzubleiben, und –«

»Dieses Square anzukaufen«, ergänzte der Alte, mit der Miene einer Katze, die nun mit der gefangenen Maus ihr Spiel beginnt.

»Anzukaufen«, fiel Mister Broadwell ein, »um dasselbe in einen Park umzugestalten oder vielmehr, da es bereits Park ist, nachzuhelfen.«

»Ja, ja, gar nicht übel«, versicherte der Alte. »Chesnut Street auf der einen Seite, Market Street auf der andern; für das Publikum wäre dieses gar nicht übel.«

»Nicht so ganz für das Publikum«, meinte Mister Villiers. »Wir würden vielmehr wünschen, es –«

»Ja, ja«, fiel der Alte ein, »der Baumschlag ist gar nicht übel. Buchen, Ulmen, Akazien, Ahorn, Hickory, lauter herrliche Waldbäume, echt amerikanischer Schlag; nur wenige Pappeln. Und Sie würden Alleen anlegen?«

---

[49] Dieses Viereck – Philadelphia ist bekanntlich in Vierecke eingeteilt – wurde von der Regierung von Pennsylvanien den Erben Penns (mit mehrern andern Landstrecken, z.B. der Halbinsel, auf der Pittsburg steht) als Entschädigung für ihre Ansprüche auf Pennsylvanien gegeben. Von diesen ging es an Major N– über, und endlich auf den außerordentlichen Mann – der in einem Zeitraume von weniger als fünfzig Jahren wahrscheinlich das größte Vermögen erwarb, das je von einem Privatmanne gesammelt wurde. Gegenwärtig erhebt sich auf demselben das große Stiftungsgebäude nach dem bekannten testamentarischen Willen des Erblassers, demzufolge nie und unter keiner Bedingung irgend ein Geistlicher, welcher Konfession er auch sein möge, die Schwelle dieser Stiftung betreten darf. Das derselben angewiesene Kapital beträgt zwei Millionen Dollar.

»Eben, eben – Alleen, eine Art geschlossenen Park oder Garten, mehr für unsere Familien und die respektable Nachbarschaft, die Bewohner von Chesnut Street, und einige von Arch- und Walnut Street – lauter gute Familien.«

»Mit Lauben und Grotten, und einem eisernen Geländer«, bemerkte der Alte kopfnickend.

»Was noch immer auf die dreißigtausend Dollar kommen würde; aber zur Verschönerung der Stadt würde uns keine Auslage –«

»Zu viel dünken«, lächelte der Alte. »Natürlich! Natürlich!« setzte er immer freundlicher hinzu.

»Wir sehen, Mister G–d versteht uns«, bemerkte Mister Villiers.

»Ganz, ganz; das heißt, fange an zu begreifen; so respektable Messieurs lassen sich nicht auf einmal durchblicken«, meinte er wieder lächelnd. »Und da wollten Sie also für Ihre Familien eine Art Morgen- und Abend Promenade, für Ihre Fräulein Töchterchen und Herren Söhne – damit sie nicht mit dem gemeinen Volke, der Kanaille, in Berührung kämen?«

»Etwas dergleichen«, bemerkte Mister Broadwell.

»Und der alte Stephy G–d sollte seinen Teil beisteuern, daß Ihre Herren Söhne und Fräulein Töchterchen –?«

»Da Sie denn für die Verschönerung dieser unserer Stadt so sehr portiert sind«, meinten alle.

»Und so wollten Sie, weil wir für die Verschönerung dieser Ihrer Stadt Philadelphia, wie Sie sie nennen, so sehr portiert sind«, fuhr der Alte mit derselben spielenden Katzenmiene fort, »unser Eigentum«, hob er plötzlich laut lachend an, »in das Ihrige konvertieren, um Ihre Herren Söhnchen und Fräulein Töchterchen ein paar Jahre in den Alleen und Grotten und Lauben dieses Pennsquare girren und kosen und schnäbeln zu lassen, und nach ein paar Jahren Zeitvertreibes es in reelle Dollars umzusetzen? Prosit die Mahlzeit! Wie Sie gescheit sind! Pah! Hein!«

Und sofort erhob sich der Alte und brach in ein unbändiges Gelächter aus. »Pah, Gentlemen! Und Sie konnten wirklich glauben, der alte Stephy würde ein solcher Narr sein, und ein Square, das ihm dreimalhundertsechzigtausend Dollar angeboten worden, und das unter Brüdern fünfmalhunderttausend wert ist, um siebzigtausend hergeben, auf daß Ihre Söhnchen und Töchterchen sich da schnäbeln mögen, und kosen und girren, wie Turteltäubchen?«

Und wieder lachte der Alte aus vollem Halse. »Und Sie konnten dies glauben? Hein? Pah! Haben die Rechnung ohne Wirt gemacht!«

»Aber, Mister G–d!« schrien wie aus den Wolken gefallen die fünf Aristokraten. »Aber, Mister G–d!«

»Gentlemen!« schloß der Alte, noch immer laut lachend, »wir kennen uns ganz und gar, Gentlemen. Wird nichts draus! Hein! Hein! Sind alle herzlich willkommen zu einem *dejeûner à la fourchette*, wenn Sie bleiben wollen; aber aus Ihrem Vorschlage wird nichts; – leben in einem freien Lande.«

Das Philadelphia-Aristokratentemperament ist bekanntlich eines der zähesten, das es wohl geben kann; aber diesem Ausbruche von toller Laune und Gelächter konnte es nicht widerstehen, und unsern fünf Gentlemen war der Faden der Gelassenheit ganz und auf einmal gerissen. Mit den Worten, »dann wollen wir Sie nicht länger aufhalten« retirierten alle fünf so eilig, daß Morton selbst das Lachen nicht verbeißen konnte.

Der Alte lachte noch immer; auf einmal horchte er.

Draußen im Besuchsaale waren laute Verwünschungen zu hören; Mister Shadewell schrie: »Wer hätte das von dem alten Tagdiebe geglaubt!«

»Pah!« wandte er sich zu Morton, dessen Miene hohe Zufriedenheit über die so eben stattgefundene Niederlage und den Rückzug der sogenannten Aristokraten ausdrückte. »Pah, Mister Morton! Sehen Sie, diese *Wouldbe*-Aristokraten[50] sind bei alle dem doch bloß niedrig aufgeschossene Glückspilze, *Mushroom*-Aristokraten[51], wie sie in New York die *Grandees* von Bowlinggreen nennen. Erbärmlicher Stoff! Söhne entlaufener Irländer und Schotten, die Schuster waren und Schneider. Ein virginischer, englischer oder französischer Aristokrat wäre schon so leicht nicht in die Falle gegangen, und das in die Falle eines Mannes, den sie vor noch nicht zehn Jahren in allem Ernste ruinieren wollten. Ah, wie prächtig ist es, in einem freien Lande zu leben! Hein!«

»Hören Sie, war das eine Geschichte, als diese Messieurs, drei von ihnen sind Präsidenten von bedeutenden Banken, wie Sie wissen, – alle meine Banknoten refüsierten, um mich – doch ich bekam sie in die Klemme – mußten zum Kreuze kriechen. Ich konnte zum Glücke damals bereits über ein zehn Millionen eigenes Vermögen disponieren. Ah, die Schleicher!«

Und während der Alte sich seelenvergnügt die Hände rieb und lachend im Kabinette auf- und abschritt, war ein frischer Besuch eingetreten.

Diese Personage war zäh und ledern, und wandelte in das Kabinett ein, abgemessen, im schwarzen, oxfordfarbigen Rocke, mit langen Schößen, kurz und steifem Kragen, einem Hute mit niedriger Krone und breiter Krempe, silbernen Schnallen an den glänzend gewichsten Schuhen; zu die-

---

[50] *Wouldbe*-Aristokraten. Gerne Aristokraten seinwollende.
[51] *Mushroom*-Aristokraten, wie Schwämme aufgeschossene Aristokraten.

sen eine spitze Nase, die Gesichtsfarbe ein sogenanntes Fallkolorit, mit den im winterlichen Froste gefallenen Eichenblättern harmonierend, dünnen, langen, grau grünen Augen, und einem de- und wehmutsvollen Blicke, der aber wieder zu Zeiten einen ungemein lauernden Ausdruck annahm.

»Mister Wainscott?« fragte der Alte.

Der Eingetretene verbeugte sich bejahend.

»Drogist«, fuhr der Alte fort, »und Apotheker in G–gh.«

»Derzeit unwürdiger Bischof der heiligen bischöflichen Methodistenkirche«, näselte der Mann mit demütig stolzen, gen Himmel erhobenen Augen, die jedoch erschrocken in demselben Augenblicke wieder zu Boden schlugen.

Der Alte hatte den andächtigen Schauder im Gesichte des frommen Methodisten-Bischofs bemerkt, und sprach, an den Plafond deutend, im hingeworfenen Tone: »Skandalisieren Sie sich nicht, ehrwürdiger Herr. Es ist bloß die Venus, wie sie aus dem Ozean steigt. Ist von Carter gemalt, einem recht tüchtigen jungen Künstler, den man auf alle Weise patronisieren muß! Ist gar nicht übel.«

Der bischöfliche Apotheker seufzte.

»Freut mich übrigens Euer Hochehrwürden zu sehen«, fuhr jener fort in einem Tone, der nichts weniger als Freude verriet.

»Haben beschlossen, ein Versammlungshaus für die frommen Gläubigen zu bauen, und sind mit Hilfe des Allerhöchsten und der Unterstützung seiner frommen Heiligen in diesem Tränentale dahin gelangt, den Grundstein zu legen«, versetzte der Methodisten-Bischof, während seine Arme regelmäßig stiegen und fielen, ähnlich den aufschwellenden Bewegungen eines Telegraphen.

»Sind jedoch im erbaulichen Werke stecken geblieben«, fiel ihm der Alte ein, »und deshalb gekommen, allenfalls unsere unwürdige Nachhilfe in Anspruch zu nehmen?«

Der Bischof lächelte fromm und mild, und warf einen demutsvollen Blick auf den Alten, und dann wieder gen Himmel; dann überreichte er seine Beglaubigungsschreiben.

»Pah!« versetzte der Alte, indem er einen flüchtigen Blick auf diese warf, und mit einem zweiten der tiefsten Verachtung zum Schreibtische trat, von dem er ein Papier nahm, einige Zeilen niederschrieb, und sie dem Bischof-Apotheker überreichte. »Pah, da ist etwas für Sie.«

Dieser nahm die Note, und sah sie einige Augenblicke mit gesenktem Haupte wehmütig an; dann richtete er seinen Blick wieder gen Himmel.

»Nun, Mister Wainscott! Ich wollte sagen, hochehrwürdiger Bischof. Hein! fehlt etwas?« fuhr ihn der Alte ungeduldig an.

»Dachte nur«, bemerkte Mister Wainscott, und sein Haupt senkte sich wieder schmerzensvoll auf die Brust, »was wir wohl verschuldet haben mögen, daß wir aus der Gnade und dem Wohlwollen Mister G–ds so sehr gekommen?«

»Gnade, Wohlwollen? Mister Wainscott. Was meinen, was faseln Sie? Hein!«

»Maßen Mister G–d dem ehrwürdigen Mister R–n von der –kirche fünfhundert Dollar subskribiert, und wir mit bloßen vierhundert abgefertigt werden.«

»Sieh' da: das habe ich vergessen«, rief der Alte recht fröhlich. »Dank' Ihnen für ihre Aufmerksamkeit, sehr ehrwürdiger Herr. Danke sehr«, wiederholte er mit einem ominösen, sardonischen Lächeln. »Wollen unsern Fehler verbessern; wollen, wollen –«

Und mit diesen Worten langte er nach dem Scheck[52], den ihm der Apotheker-Bischof mit seinem demütigst-verschlagensten Lächeln darreichte.

»Ist richtig«, fuhr er fort, indem er einen Schritt zurücktrat, die Note in zwanzig Stücke zerriß und diese in das hell lodernde Kaminfeuer warf.

Und der Mann wandte sich jetzt mit seiner kältesten Miene zum Apotheker, der erwartend vor ihm stand, ein verklärtes Lächeln auf dem Ledergesichte spielend.

»Wollen Sie noch etwas, hochehrwürdiger Herr?« fragte er nach einer Weile.

Der Apotheker sah ihn mit großen Augen an.

»Sie waren, wie ich sah, nicht zufrieden mit vierhundert Dollar? Sie sehen, ich habe meinen Fehler verbessert.«

»Aber –«, stockte der Apotheker.

»Meinen Fehler verbessert«, wiederholte der Alte. »Nun bekommen Sie gar nichts. Adieu, hochehrwürdiger Herr Wainscott!«

»Aber, Mister G–d!« sprach dieser mit einem drollig verlegenen Lächeln.

»Aber, Mister Wainscott!« entgegnete der Alte. »Wer das wenige nicht ehrt, ist mehr nicht wert.«

Und der Mann wurde auf einmal so ernst, und sah so scharf darein, daß dem Apotheker-Bischof sichtlich der Mut sank, sein Anbringen nochmals zu erneuern. Das lächerlich weinerliche Gesicht hatte einen Ausdruck angenommen, den wir an Kindern bemerken, welchen die Mama das Butterbrot genommen. Erst als ihn der eintretende Buchhalter versicherte,

---

[52] Anweisung auf die Bank.

daß für ihn gar nichts mehr zu erwarten stehe, zog er sich schneckenartig zurück.

»Ah, Mister Morton!« sprach der Alte. »Sehen Sie, wie die giftigen Spinnen das herrliche Werk Ihres Großonkels vergiften, verderben? Wie sie um alle Klassen dieser bürgerlichen Gesellschaft, die sich freie Männer nennen, ihre Fäden spinnen? Wie sie ihnen alles Selbstdenken nach und nach verlernen machen, indem sie ewig und ewig ihr Gewäsch von der Gnade und dem Sündenfalle und der Unzulänglichkeit der Werke wieder kauen. Ja, ja, lieber Morton! Es ist ein wunderbares Ding um das sogenannte Menschengeschlecht; ein sehr wunderbares Ding! Ein verächtliches Ding, sollte ich sagen. Napoleon hatte Recht in diesem Punkte; aber auch wieder Unrecht. Ja, ja, sehr unrecht. Es gibt göttliche Funken in diesem Geschlechte. Ah, die Duckmäuser. Lassen Sie fünfzig Jahre ohne Krieg hingehen, und sie sind – Doch halt –«

Und während er die letzten Worte leise und bedeutsam mehr zu sich als zu seinem Zuhörer gesprochen, war er in der Tür des anstoßenden Parlours verschwunden.

Der Jüngling aber überließ sich seltsamen Gedanken. Es kamen Phantasien über ihn, die wie Träume seine Augen halb schlossen. Ihm kam es vor, als ob plötzlich eine unsichtbare überirdische Macht ihn ergriffe und fortschleuderte in die fernsten Sphären; und als wenn seine Proportionen, durch Zeit und Raum ins Ungeheure gesteigert, zu einem feurig drohenden Meteore würden, das auf einmal mit einem entsetzlichen Knalle zerplatzte.

Aus diesen Phantasien wurde er durch ein unheimliches Geflüster im anstoßenden Parlour aufgerüttelt, das sich zeitweilig hören ließ und durch die gellend kreischende Stimme des Alten unterbrochen wurde, worauf eine eben so unheimliche Stille eintrat. Das Geflüster ließ sich abermals hören; es war im bittenden Tone, stockend, stotternd an den Alten gerichtet. Jetzt ließ es sich in einer eigentümlichen Tonleiter stärker hören. Auf einmal brach der Alte mit starker, gellender Stimme aus.

»Zulage? Mister Cartwright! Zulage wollen Sie? Zulage zu sechzehnhundert Dollar Gehalt, die Sie jährlich von mir haben! Wissen Sie, daß der dritte Clerk von der Treasury[53] nicht sechzehnhundert Dollar hat?«

»Wenn Mister G–d, in Anbetracht meiner sechzehnjährigen Dienste, und bei dem Umstande, daß ich auf dem Punkte stehe –«

»Das Sie auf dem Punkte stehen, Mister Cartwright, auf dem Punkte stehen zu heiraten? Hein! Aber Ihr Heiraten, was geht das mich an? Hein!

---

[53] Dritte Finanzsekretär.

– Heiraten? Hein! Kinder zeugen? Hein! Wissen Sie aber, daß unter allen möglichen Zeugen und Fabrikaten diese Art Zeuge am wenigsten gelten, am schlechtesten bezahlt werden, und doch die kostspieligsten sind? Hein! Heiraten, sagt der Apostel Paulus, ist gut, aber ledig bleiben ist besser. Und, glauben Sie, Paulus war ein gescheiter Kerl, war ein getaufter Jude, ein doppelt destillierter Jude. Pah!«

Vom Buchhalter war kein Wort mehr zu hören.

»Und als lediger Buchhalter – Hein! Wo Sie mir mehr wert waren, mehr arbeiteten als zwei Verheiratete, wo Sie alle fünf Sinne bei meinem Geschäfte hatten und nicht bei Ihrem Weibe, da gab ich Ihnen sechzehnhundert Dollar, und nun Sie Tag und Nacht bei Ihrem Weibe stecken werden, soll ich Ihnen Zulage geben? Da wird nichts daraus. Wenn Sie mit den sechzehnhundert Dollar nicht zufrieden sind, so – *we are in a free country*. Zulage gebe ich ein für allemal keine.«

Ein hörbarer Seufzer entstieg der Brust des Buchhalters; dann ward es wieder stille.

Auf einmal ging die Türe auf, und der Alte trat rasch auf Morton zu.

»Pah, Mister Morton! Wollten Sie wohl so gut sein, und mir für eine Stunde die Schlüssel Ihrer Koffer anvertrauen?«

»Die Schlüssel meiner Koffer anvertrauen?« fragte dieser befremdet.

»Das heißt, wenn Sie Vertrauen genug in mich setzen, wenn nicht – so nicht.«

»Gerne; aber wozu, Mister G–d?«

»Werden es sehen, werden es sehen. Respektiere Ihr Eigentum; kommt mir aber just so die Laune. Wollen Sie? kurz – ja oder nein?«

Und bereits hatte er die dargereichten Schlüssel ergriffen, mit denen er zur Türe hinaus rannte, sogleich aber in Begleitung eines seiner fünfzig Handlungsdiener zurückkam, der unter anderem anmeldete, daß die beiden Irländer so eben die Bootsladung Backsteine auf die andere Ecke des Hauses übergetragen.

»Sagt ihnen«, unterbrach ihn der Alte, »sie sollen sie auf der Stelle wieder an denselben Ort zurückbringen, woher sie selbe genommen.«

Und der Diener wandte sich und lief, um den beiden Irländern die Weisung zu überbringen, die Backsteine an ihren vorigen Ort zurückzutragen.

Jetzt rannte der Alte zur Klingelschnur, und zog diese dreimal heftig. Eine wohl aussehende Frau trat ein.

»Mistreß Coulter!« sprach der Alte. »Ist das *déjeûner à la fourchette* fertig?«

»Ja.«

»Eine Bouteille Cherry, zwei Chambertin und Lafitte, eine East India Madeira und eine Champagner.«

»Wohl und gut.«

»Vier Kuverts.«

»Richtig.«

»Alles in Bereitschaft?«

»Ja.«

»Mister Morton! Lassen Sie uns zu Tische«, und, die Türe öffnend, rief er, »Mister Cartwright! Kommen Sie gleichfalls, einen Bissen Vormittag zu essen! Können *petite bouche* machen, wie Sie wollen.«

Der Buchhalter hob sein bekümmertes Antlitz, und sah den Alten forschend an. Nichts war jedoch auf diesem impassablen Gesichte zu lesen.

Die vier Kuverts waren richtig auf dem Tische, der mit dem feinsten Tafelzeuge gedeckt, ein sehr elegantes coup-d'oeil darbot. Das Geschirr war Sevres-Porzellan von der feinsten Qualität; alles reich und geschmackvoll. Den Anfang machten zwei Suppennäpfe, der eine mit Schildkrötensuppe, der andere mit Bouillon, der vor dem Gedecke des Alten stand.

»Nicht wahr, Mister Morton«, hob dieser an, »Sie finden mein *déjeûner* etwas *hors de façon*? Es ist aber so meine Art, mit der Suppe zu beginnen; auch bei *déjeûners* kann ich die Unart nicht lassen. Wir Franzosen lieben die Suppe, wie Sie wissen; sind wahre Suppennarren; die Wahrheit zu gestehen, haben wir es aber in diesem Punkte weit gebracht«, fuhr er beinahe geschwätzig fort. »Nehmen Sie, lieber Morton; nehmen Sie eine tüchtige Portion – sie wärmt den Magen, und ist eine vortreffliche Stärkung gegen Seedünste.«

»Die jedoch eben nicht sehr in Philadelphia fühlbar sind«, bemerkte Morton, indem er der deliziösen Turtlesuppe Gerechtigkeit widerfahren zu lassen begann.

Der Alte aß mit außerordentlicher Schnelligkeit, und sein Teller war bereits gewechselt, während der Buchhalter noch immer an seiner Serviette zupfte, die er kaum vom Teller bringen zu können schien. Jetzt hob er diese endlich, und ein versiegeltes Papier fiel heraus. Der Mann wurde totenbleich, und sah den Alten sprachlos an.

»Meinen Abschied also«, wisperte er mit einer Stimme, die keinem Lebenden anzugehören schien. Des Jünglings Wangen hatten sich vor Zorn gerötet; diese zwecklose Härte, diese Ertötung, Verhöhnung einer der edelsten Tugenden des geselligen Lebens, dies verruchte Spiel am gastlichen Tische! Es war empörend! Er legte rasch den Löffel weg und seine beiden Hände auf den Tisch, wie einer, der im Begriffe steht, diesen zu verlassen.

Der Alte saß ganz ruhig und versuchte von der Turtlesuppe.

Jetzt öffnete Mister Cartwright mit zitternden Händen das Papier. Es fiel ein zweites kleineres heraus, und die Ecke fiel in den Teller, und wurde von der Suppe benetzt.

»So geben Sie doch acht, Mister Cartwright«, grollte der Alte. »Sie werden doch nicht eine Sechzigtausend-Dollar-Suppe essen wollen?«

Der Buchhalter warf einen Blick auf das Papier, und konnte bloß stammeln. »Mein Gott! mein Gott! es sind wirklich sechzigtausend Dollar! Sechzigtausend Dollar Hochzeitgeschenk!« las er kaum hörbar, »für Mister Cartwright. Mein Gott! mein Gott! Wofür habe ich dies verdient?«

»Für Ihre getreuen Dienste, Mister Cartwright«, versetzte der Alte. »Ich halte mein Wort. Zulage gebe ich keine. Sie verdienen sie nicht; denn Sie können mir nicht mehr arbeiten, als Sie getan, aber ein Hochzeitgeschenk, das ist etwas anderes. Jetzt aber essen Sie Ihre Turtlesuppe, denn kalt ist sie Gift, wie Sie wissen, und Mister Morton will Ihretwegen nicht hungrig vom Tische aufstehen.«

»Mein Gott! Mister G–d – diese Güte!«

Und Tränen quollen aus den Augen des überraschten Mannes.

»Wenn's beliebt, Mister Cartwright, so halten Sie jetzt das Maul, und essen Sie, oder lassen Sie es bleiben, wie Sie wollen.«

Eine Viertelstunde herrschte Stille. Die Schildkrötenpastete, die Fische waren vortrefflich. Zwei Neger kamen und räumten die erste Tracht ab. Zwei andere brachten die zweite.

»Die Baltimore Ducks[54] tragt zurück und tranchiert sie über dem Feuer; so wie sie tranchiert sind, so bringt sie; müssen warm gegessen werden«, bedeutete er den beiden Negern, auf eine bedeckte Schüssel weisend.

»Mister G–d«, sprach Morton, »Ihre *déjeûners* –«

»Nicht wahr, sind *diners*? Aber auch nicht immer. Heute ist jedoch eine Ausnahme, und zwar wegen Ihnen, Mister Morton. Eilen Sie aber mit dem Essen; denn Sie –«

Es trat ein zweiter Buchhalter ein, der dem Alten etwas in die Ohren wisperte.

»Sehr gut«, bedeutete ihm dieser. »Freut mich sehr«, fuhr er, zu Morton gewendet, fort, »daß Ihre Papiere in Richtigkeit sind. Warten Sie, Mister Banks. Müssen auf alle Fälle noch mit Mister Morton ein paar Worte sprechen, ehe wir dezisiv handeln können.«

Mister Banks, ein eleganter junger Mann, der gegenüber dem Alten

---

[54] Baltimore Ducks. Eine Gattung Enten, die in der Chesepeak-Bay gefangen und erlegt werden.

sich ausnahm, beiläufig wie der britische Herzogssohn sich neben seinem Unterpächter ausnehmen würde, stellte sich in ehrfurchtsvoller Ferne auf, der Befehle seines Herrn harrend.

»Ihre Papiere, Mister Morton«, fuhr dieser fort, »sind, wie gesagt, in Richtigkeit. Sie sind in dieser Hinsicht ein ganz zuverlässig junger Mann, obwohl, wie bereits bemerkt, zu rasch und waghalsig. Ist aber der Fehler von mehreren großen Männern. Werden schon besonnen werden. Kommt alles mit der Zeit. Das altadelige Blut wird sich schon abkühlen, wenn nur der Geist bleibt.«

»Ich weiß eigentlich nicht –« bemerkte Morton mit Befremdung.

»Pah!« und er wandte sich wieder zum Buchhalter, der wechselweise den Scheck, wieder die Figuren auf seinem Porzellanteller anstarrte. »Sie mögen also Miß Helen zu Frau nehmen; habe natürlich nichts dagegen einzuwenden. Das – auf die Anweisung deutend – ist ein kleiner Beitrag zur Hauseinrichtung und Versorgung der Dinge, die da kommen werden; aber verstehen Sie, Mister Cartwright, so Sie mir ein einziges Mal Ihre Officestunden versäumen, so wissen Sie, wo der Zimmermann das Loch offen gelassen hat. Versteht sich von selbst – Krankheitsfälle ausgenommen.«

Der Alte hielt inne; denn es waren zwei Neger eingetreten, von denen einer die Baltimore Ducks, der andere einen Hirschziemer brachte.

»Und nun, Mister Morton, greifen Sie zu, diese Ducks, wissen Sie, sind ein Leckerbissen, um den uns die Monarchen der Alten Welt beneiden würden, kennten sie sie. Sind wirklich einzig. Nur schade, daß sie den Transport gar wenig vertragen.«

»Wann klärt der Swiftfoot, Mister Banks?« wandte er sich auf einmal an diesen.

»Schlag fünf Uhr.«

»Der Wind ist günstig«, bemerkte der Alte. »Nordwest bei West. Die Koffern des Gentleman sind auf dem Dampfschiffe?«

»Alles richtig«, antwortete der Buchhalter.

Morton beschäftigte sich, trotz seiner Verzweiflung, sehr ernstlich mit den deliziösen Baltimore Ducks, so ernstlich, daß er die Worte des Alten überhörte, und seinen Seitenblick übersah.

»Mister Morton!« wandte sich nun dieser an ihn. »Sie haben noch achtundfünfzig Minuten Zeit, wenn Sie in meinem Swiftfoot nach Havre mitfahren wollen? Habe zum Unglück kein größeres Schiff, das in dieser Richtung abgeht.«

»Ich mit dem Swiftfoot nach Havre gehen?« fragte der Jüngling im höchsten Grade erstaunt.

»Und von da nach Paris, wo Sie weitere Verhaltungsbefehle empfangen werden; und von Paris nach London, wo Ihnen Ihr Quartier angewiesen werden wird, und Sie wieder das weitere erfahren werden.«

»Nach London?« rief der Jüngling, wie außer sich.

»Zuvor, wie gesagt, nach Havre im Schoner Swiftfoot, dann nach Paris. Daselbst werden Sie die nötigen Instruktionen erhalten.«

Des Jünglings Miene nahm einen Ausdruck an, der Zweifel zu verraten schien, ob der Alte auch bei Sinnen sei. Er sah wechselweise diesen, wieder die beiden Buchhalter an. Beide waren ungemein ernst, gespannt, feierlich.

»Essen Sie, lieber Mister Morton!«

»Aber Mister G–d!«

»Sie haben noch fünfundfünfzig Minuten Zeit. Gehen im Baltimore-Dampfschiffe bis Chester, und von da im Swiftfoot nach Havre. Aber wir leben in einem freien Lande.«

»Unmöglich!«

»Ah wenn das der Fall ist, dann ist's freilich etwas anderes. Wenn es unmöglich ist, dann bitte ich um Vergebung, von wegen der Freiheit, die ich mir mit Ihren Koffern und Papieren und Ihrem alten Neger genommen. Werden aber alles in Ordnung finden; ist alles auf dem Dampfschiffe, das nach Baltimore geht, und Sie in Chester absetzen sollte, wo nämlich der Swiftfoot vor Anker liegt, zur Abfahrt bereit. Aber da es dem Gentleman unmöglich ist, so geben Sie Ordre, Mister Banks, daß seine Sachen vom Maryland wieder in seine Wohnung zurückgebracht werden. Gegen Unmöglichkeiten läßt sich nicht ankämpfen, und wir leben in einem freien Lande.«

»Und Sie haben?« fragte der Jüngling.

»Ihre Sachen bereits auf den Maryland bringen lassen. Besorgen Sie aber nichts; auch kein Stäubchen soll Ihnen von Ihrem Eigentum verloren gehen. Und essen Sie, lieber Morton, obwohl Sie, wenn es unmöglich ist, den ganzen Tag Zeit haben, so lange Sie nur immer wollen. – Steh'n zu Diensten. Wir leben in einem freien Lande.«

Mister Banks stand an der Türe, den Drücker in der Hand.

»Diese Baltimore Ducks sind unvergleichlich, lieber Mister Morton. Mit Extrapost angekommen. Sie müssen aber warm gegessen werden; warum essen Sie nicht?«

»Mister G–d! Ich soll nach London?«

»Wenn Sie nämlich wollen. Wir leben in einem freien Lande. In diesem Falle haben Sie noch zweiundfünfzig Minuten Zeit.«

Und mit diesen Worten schoß der Alte einen funkelnden Blick in das hochrote Gesicht des jungen Mannes. Es war ein Blick, der in die Seele bohrte und die verschlossensten Falten des undurchdringlichsten Gemütes zu enthüllen im Stande gewesen wäre. Und dann mit einem zweiten, in dem sich die Erfahrung von zehn Menschenaltern abspiegelte, legte er bedeutungsvoll den Zeigefinger auf den Tisch, gegen das kaiserliche Geschenk gerichtet, das er so eben dem treuen Vollbringer seines Willens in den Schoß geworfen.

Der beiden Buchhalter Augen fielen auf den Jüngling, wie bittend.

»Werden auf dem Schoner Swiftfoot ein wenig knapp sein; der Kapitän hat aber Befehl, seine Kajüte mit Ihnen zu teilen. Ein wenig knapp; tut aber nichts; dafür geht es schnell. Werden schon mehr Ellbogenraum in der Folge erhalten, Mister Morton. Sind noch jung, Mister Morton. Wird schon besser werden; freilich ist es kein *United-States* Kriegsschiff.«

Und so sagend, winkte er dem zweiten Buchhalter, der ein offenes Papier vor Morton hinbreitete.

»Sie erhalten einstweilen für Ihre Tour nach Havre und Paris zehntausend Franken, und zwar vorzüglich für Ihren Aufenthalt in Paris. Sie sind mein Reiseagent, und haben ferner als solcher an freiem Gehalte zweitausend Dollar exklusive die Reisegebühren, versteht sich, wenn Sie wollen. Essen Sie, Sie haben noch fünfundvierzig Minuten Zeit.«

Der Jüngling aß kräftig.

»Treten Sie ab, Mister Banks, und Sie, Mister Cartwright, gleichfalls, bis ich Sie rufe.«

»Sie schreiben«, bemerkte der Alte, nachdem die beiden Buchhalter sich entfernt hatten, »regelmäßig alles, was auf Politik und merkantile Geschäfte, besonders auf Staatspapiere Bezug hat. Mittelst der Schreib- und Preßmaschine senden Sie eine Kopie an mich persönlich ein, die andere an einen gewissen Lomond in London, wo Sie Quartier nehmen werden. Alles schreiben Sie kurz, bestimmt und deutlich. Da Sie durch Ihre Familie und meine eigenen Bemühungen in den guten Zirkeln und – setzte er lächelnd hinzu – auch in den besten und höchsten, Zutritt erhalten dürften, so werden Sie dieses auf eine Weise benützen, die Ihnen später angegeben werden wird. Mister Lomond wird Ihnen hierüber die nötigen Winke geben. Derselbe Lomond wird auch die nötigen Kapitale zu Ihrer Verfügung stellen, im Falle sich ein annehmliches Geschäft tun läßt.«

»Sobald Sie in den hohen Zirkeln Englands und Frankreichs eingeführt sind, wird Ihr Gehalt so vermehrt werden, daß Sie auf eine standesmäßige Weise leben können. Merken Sie sich, daß Sie Gesandter des alten Stephy sind, und daß Sie in gewissen Punkten keinem Ambassadeur des ersten Ranges weichen dürfen.«

Der Alte klopfte dreimal auf den Tisch.

Wieder erschienen zwei Neger; die zweite Tracht wurde weggeräumt und das Dessert in goldenen Geschirren aufgestellt. Der Alte befahl, Champagner zu bringen.

»Es lebe die Union und ihre Stifter!« rief er. »Es lebe Ihr Großonkel lange und froh, um das Große, das sein Enkel leisten soll, zu sehen! Denn nicht Kleines ist's, zu dem ich Sie bestimme, Mister Morton!« sprach der Alte ungemein ernst. »Nicht Zeitvertreibs wegen, daß ich Sie sende. Genießen Sie aber das Leben, genießen Sie es bis auf die Hefe, – betrinken Sie sich aber nicht darin, verstehen Sie. Haben Sie stets ein Auge auf den alten Stephy gerichtet, der Ihnen klein erscheinen mag, der aber in seinem Kopfe Ideen und Pläne hat, die, wollte ihm sein Schöpfer nur fünfzig Jahre länger gönnen, den Erdkreis umgestalten sollten – ja, junger Mann! den Erdkreis umgestalten sollten. Pah!« wandte er sich auf einmal wieder, indem er abermals auf die Tafel klopfte.

»Sagt Mister Cartwright, ich ersuche ihn, einzutreten.«

Dieser kam, und mit ihm ein schmächtig zartes Wesen von etwa vierundzwanzig Jahren, das furchtsam bei den Flügeltüren stehen blieb. Der Alte erhob sich, bot ihr galant seinen Arm an und führte sie zum vierten und leeren Sitz. »Miß Helen Lovely! Ich wünsche Glück, und trinke Ihre Gesundheit!«

Die beiden Brautleute wechselten Blicke, und Freudentränen begannen über ihre Wangen herabzuperlen.

»Trinken Sie, Mister Morton, Sie haben noch vierzig Minuten Zeit. Doch, kommen Sie, wir wollen die beiden Brautleute nicht länger im Genusse der Süßigkeiten stören; ohnedem tun Sie dem Magen zur Seereise nicht zweimal wohl.«

Und mit diesen Worten erhob sich der Alte, haschte nach seinem Hute, warf ihn auf den Kopf, und schritt ins anstoßende Besuchzimmer.

»Nicht wahr, Mister Morton, Sie werden wunderliche Dinge von mir denken? Nicht wahr? Hein!«

»Die Wahrheit zu gestehen, Mister G–d –«

»Mich so für eine *espèce* eisernen kaufmännischen Napoleon halten, der alles ins Feuer jagt, und zu Maschinen zieht?«

»Sie werden am besten wissen –«

»Nun, wir wollen das dahingestellt sein lassen. Verstehen Sie, sehen Sie! Die Menschen sind wirklich nur größtenteils Puppen, lebendige Puppen, die durch eine Menge Fäden geleitet und am Gängelbande geführt, das heißt, regiert werden. Je dümmer die Menschen, desto leichter sind sie am Gängelbande zu führen; darum sind die Kosaken und Russen die allerbesten Untertanen; und an diese schließen sich dann stufenweise die andern Völker und Nationen an. Verdammt schwer hält es mit den Franzosen; aber für einige Zeit parieren sie so gut als andere, nur muß man recht theatralisch ihrer Eitelkeit zu schmeicheln wissen. Noch schwerer ist John Bull zu regieren, weil er urteilt. Eine urteilende Nation ist schwer zu regieren, oder, was dasselbe sagen will, zu bezähmen. Am allerschwersten die Amerikaner. Und doch würde einer, der die Fäden alle oder wenigstens die meisten, in seiner Hand zu vereinigen wüßte – weiß nicht – ich glaube, er würde auch die Amerikaner zähmen – darüber wahrscheinlich zugrunde gehen; aber doch zähmen, wenigstens, wie Cäsar, den Grund legen, auf dem dann ein kalter Augustus fortbauen könnte. Habe viel erfahren; aber wollte es doch nicht mit Gewißheit behaupten. Seid verdammt gescheite starre Leute, Ihr Amerikaner. Als Republikaner waren die Griechen und Römer bloße Hasenfüße gegen euch; denn sie erkannten die Prinzipe des Eigentumsrechtes und der persönlichen Freiheit nicht so richtig, wie Ihr sie kennt. Aber doch die Fäden, sehen Sie, lieber Morton, diese Fäden, sie sind verschiedenartig. Sie sind der blinde Glaube, Dummheit, Mangel an Nachdenken, Gewohnheit, Leidenschaft, vorzüglich aber das liebe Geld. Haben Sie diese Fäden gesponnen, und mit den Menschen selbst in Verbindung gesetzt, und sie an ihre Leidenschaften und Bedürfnisse gekettet, dann können Sie sie hinziehen, wohin Sie wollen. Es ist eine eigene Sache um diese Fäden und die Bedürfnisse, an die man sie knüpfen, oder die man mit ihnen erzeugen kann. Ihr Amerikaner nun werdet durch Bedürfnisse regiert, die wieder ganz das Gegenteil von denen der barbarischen Kosaken sind; je mehr ihr Bedürfnisse habt, desto weniger seid Ihr frei, desto mehr werdet ihr Untertanen. Sehen Sie, merken Sie, das ist beiläufig, was ich Regierungskunst nenne. Wir haben die Fäden oder vielmehr den Hauptfaden in der Hand, wissen sie und ihn mit den Menschen in Verbindung zu bringen, regieren so auf unsere eigene Weise. Doch wir haben keine Zeit zu philosophischen Erörterungen. Müssen jedoch alles hören, alles wissen. Pah! haben mir da einen Brief vom wackern Obersten Isling gebracht, einem alten Freunde von mir, und herrlichen Deutschen. Allen Respekt vor alten Deutschen, sind wie ihre alten Weine; sind aber, höre ich, alle von den Franzosen ausgetrunken worden, ihre alten Weine, und die jungen taugen nichts oder nicht viel. Aber ein alter Franzose – Hein! –«

Er lächelte und hielt inne.

»Wird einem alten Deutschen doch noch den Rang ablaufen? Hein!«

Morton sah ihn gespannt an. Des Alten Gesicht hatte etwas Leuchtendes, Phantastisches angenommen.

»Hat Ihnen da, der alte Isling, einen Wechsel von zehntausend Dollar mitgegeben, zum Anfang Ihrer Pflanzung am Mississippi mit der Bedindung jedoch, daß Sie sogleich in den Westen gehen. Will ferner die Bürgschaft statt Ihres Großonkels für die fünfzigtausend Dollar übernehmen, und dafür soll ich ihm die Realitätenurkunden ausliefern. Für die zehntausend Dollar nimmt er bloß vier Prozent. Ein Spottgeld; denn er kann zehn in Dauphin County haben.«

»Wie?« fragte der Jüngling im höchsten Erstaunen. »Oberst Isling sollte das getan haben?«

»Da, lesen Sie«, sprach der Alte; »wissen Sie das nicht? Ah, Oberst Isling ist ein prächtiger Deutscher. Und die alten Deutschen waren immer brav, schon von den Römerzeiten her – wenn sie nämlich nicht schlecht waren. Dachte wahrscheinlich, der alte Isling, würde da über Ihren Großonkel herfallen, den edelsten Staatsmann, der je gelebt, und der eigentlich Ursache ist, daß wir Ausländer, wie Ihr uns nennt, es in euerm Lande aushalten können vor euerm schmutzigen Hochmute und eurer schäbigen Selbstsucht. Er konnte glauben, ich würde einen solchen Mann drängen! Pfui, alter Isling! Glaubtest Du denn, ich sei ein Yankee, ein derlei doppelt destillierter Jude, oder ein hypokritischer Presbyterianer, oder ein winselnder Methodist? Hein!«

Der Alte war, während er so sprach, einige Male scharf im Salon auf- und abgelaufen. Morton stand, den Wechselbrief des Obersten in der Hand haltend, und seine Brust hob sich in dem Gedanken an die herrliche, fromme Familie und die entzückende Adele, deren verklärte Holdseligkeit ihm nun im vollen Zauberlichte der reinsten Jungfräulichkeit vor Augen stand. Eine unnennbare Sehnsucht zog ihn zurück zu den Ufern des Susquehanna.

»Sie haben also die Wahl«, unterbrach ihn der Alte in seinen Träumereien, »ob Sie sich Oberst Isling anvertrauen wollen, oder mir. Er ist ein Ehrenmann. Sie gehen ganz sicher. Vier Jahre läßt er Ihnen die zehntausend Dollar zu vier Prozent, die bereits bezahlt sind; denn er nimmt den Cyrus zu zweitausend Dollar an.«

»Gerade das kostete er mich auch«, bemerkte Morton gedankenschwer.

»Mit Ihrem Großonkel würde er großmütig verfahren, darauf können Sie sich gleichfalls verlassen. In vier Jahren können Sie Ihre Pflanzung eingerichtet haben, und ein wohlhabender Mann sein. Bei mir sind Sie Reiseagent – werden, so ich sehe, daß Sie zu gebrauchen sind, bevollmächtigter Agent – mein Abgesandter – aber sind mein Werkzeug. Wählen Sie. Ihre Mitbürger wenden sich von Ihnen; zwei Ausländer, wie sie uns nennen, bieten Ihnen ihre hilfreiche Hand; was wählen Sie?«

Noch stand Morton unentschlossen.

»Sie haben noch fünfundzwanzig Minuten Zeit, Mister Morton. Vor vier Tagen wollten Sie in den Delaware springen, vor dreien in den Susquehanna«, sprach der Alte mit durchbohrendem Blicke und einem dämonischen Lächeln. »Glauben Sie, es mit Ihren bissigen Landsleuten aushalten, ihr frommes Hohnlächeln ertragen zu können?«

Der Jüngling lächelte bitter.

»Auch ich bin mit Füßen getreten worden, von Vater, Mutter, Brüdern, buchstäblich mit Füßen getreten worden; mit meinem Mädchen, das ich wie ein fünfzehnjähriger Narr liebte – denn wir Gascogner fangen zeitlich an, und hören spät auf, machte sich ein alter Vicomte einen Zeitvertreib, der sie ins Lazarett brachte. Darüber bekam ich *la belle France* satt, bis zum Halse. Starke Seelen krümmen sich nicht, sie brechen lieber, und die stärksten biegen sich wie Damaszenerklingen, und schnellen auf und schneiden. Ah, die Zeit meiner Rache ist gekommen. Könige müssen vor mir zittern.«

Der junge Mann lächelte nicht mehr.

»Ich habe mehr als hundert Millionen im Gelde meines Geburtslandes. Mehr als hundert Millionen stehen mir zu Gebote. Ich brauche keine hunderttausend für mich; aber ich brauche die hundert Millionen zu meinen Endzwecken. Wollen Sie diese fördern? Wollen Sie der Meinige werden?«

»Und diese Endzwecke?« fragte der Jüngling.

»Fragen Sie nicht, junger Mann!« versetzte der Alte mit starker Stimme. »Wollen Sie mir gehören? Antworten Sie. Sie sollen Großes wirken, groß werden.«

»Ich will.«

»Sie wollen also die Bombe sein, die sich erhebt in dunkler Nacht, und hinüber steigt auf die sichere Festung, und niederstürzt auf das Pulvermagazin, und es aufschnellt, daß eine Welt erbebt? Ah – Sie wollen sich also französischer Großmut anvertrauen?«

»Das will ich.«

»Ah, sie glauben drüben, der alte Stephy sitzt im phlegmatisch-quäkerischen Philadelphia! Ah, und er sieht nichts und hört nichts auf seinen Gold- und Silbersäcken. Ah, sie sollen sehen und hören, daß ich sie nicht vergessen habe, nichts vergessen habe. Ah, ihr Amerikaner habt Großes bewirkt, aber der Lichtstrahl, die Explosion, die auffuhr, war mit französischem Kredite endossiert. Verstehen Sie mich? So endossiert sollen Sie in die Alte Welt. Verstehen Sie?«

»Ja.«

»Ihren Cyrus nimmt also der Oberst für zweitausend Dollar, die Ihnen bei mir ins Haben geschrieben sind«, sprach der Alte mit einem seltsamen Gedankensprunge. »Ah, junger Mann! Wo wären Sie, ohne Oberst Isling oder den alten Stephy? Ah, der alte Stephy!« murmelte er mit leuchtenden Augen; »Isling ist doch nur ein Deutscher; wir aber sind ein Franzose. Der Teufel sind wir. Wollen Sie dem Teufel angehören, Morton? Hein! Dann unterschreiben Sie.«

Und es leuchtete ein wirklich teuflisches Feuer aus des Alten glühenden Augen, als er dem Jüngling das Papier zur Unterschrift vorlegte.

Dieser übersah es, und schrieb, wie es schien, freudig überrascht, seinen Namen darunter.

»Und nun kommen Sie, Sie haben noch fünfzehn Minuten Zeit.«

So sagend, legte er den Arm Mortons in den seinigen und zog ihn rasch durch den Korridor der Haustüre zu. Einer der beiden Irländer kam wie toll an ihn heran gesprungen.

»Ah, Master!« rief der Ire, »treiben Ihre Tricks[55] mit uns, verdammte Tricks; wollen Ihnen aber zeigen, daß Phelim keine Tricks mit sich spielen läßt. Sind in einem freien Lande. Lassen uns da Ziegel hin und her tragen, vorwärts und rückwärts, wie Narren. Eine Schande und ein Spott. Meinen Sie, wir sind Juden, und in Ägypten – *damn ye*! Sind in einem freien Lande, Sar. Und verstehen Sie, Sar! Und *damn ye, Sahr! you old tyrant, Sahr! And we are in a free cahntry, Sahr*[56]!«

»Ah, Jungens, Ihr seid fertig? Recht schön«, lachte der Alte – »recht schön. Nun, so tragt sie nur wieder auf ihren vorigen Platz, von dem Ihr sie so eben weggetragen, zurück auf die linke Ecke; versteht ihr mich?«

»*Master! you anar!*« schrie der Irländer, und die Unterlippe des Mannes streckte sich so weit in der ausbrechenden Wut, daß er kein Wort hervorzubringen im Stande war.

»Wie ich sage«, bedeutete ihm der Alte gelassen. »Ihr tragt die Ziegel wieder an den Ort, von dem Ihr sie genommen.«

»*Now by saint Patrick and Jasus*! und möge ich – werden, wenn ich dem alten Tyrannen da nicht den Hals umdrehe. *Davy, my Darling*[57]!« rief er seinem Gefährten mit drollig einschmeichelnder Stimme zu, »komm', und laß uns dem alten Tyrannen da das Genick umdrehen!«

Und der tolle Irländer war auch vollkommen willig, seine Worte in Erfüllung zu bringen, und mit einem Satze sprang er an den Alten heran,

---

[55] Possen.
[56] Und v–t seien Sie Herr – Sie alter Tyrann; und wir leben in einem freien Lande.
[57] David, mein Schätzchen.

der kaum Zeit gehabt hatte, dem Anfall durch eine geschickte Wendung zu entgehen. Morton erfaßte jedoch den Irländer, eben als er seinen Fehlsprung durch einen zweiten verbessern wollte, und schleuderte ihn zu Boden.

»Möge Sie G–tt v–n, alter Tyrann!« schrie der Irländer wieder dem Alten zu. »Glauben Sie, wir sind Ihre Narren – Ihre verdammten Narren? O weh, Davy, der Gentleman, glaube ich, hat mir ein paar Rippen gebrochen, oder wenigstens das Genick. *Davy, my darling!* komm, mir aufzuhelfen, um dem alten Tyrannen eines zu versetzen. O weh! Ah, *Sahr*, als Gentleman hätten Sie auch ein wenig genteeler sein können«; schrie er drollig maulend Morton an.

Und wieder ballte er auf den Alten die Fäuste und fletschte die Zähne; und als er endlich mit Hilfe Davys auf die Beine gebracht worden, hinkte er abermals heran, um dem alten Tyrannen, wie er sich ausdrückte, das Genick umzudrehen.

»Sehen Sie«, sprach der Alte ruhig zu Morton, »sehen Sie, was man mit den Leuten für eine Plage hat, ehe man sie abrichten kann. Zehnmal möchte man vor Zorn und Ungeduld aus der Haut fahren. Ist schwer, lieber Morton, diese Maschinen in Gang zu bringen, sehr schwer, gehört viele Seelenstärke und Ausdauer dazu. Man darf Kontenance absolut nicht verlieren. Pah!« wandte er sich auf einmal zu dem tollen zähnefletschenden Irländer: »Du willst also nicht länger Ziegel tragen, Paddy?«

»Möge mich G–tt v–n, wenn ich's tue, Du alter Tyrann!« schrie ihn der Ire an. »*By Jasus*, ich will nicht!«

»Ah, bist ein braver, und wie ich sehe, ein studierter Kerl, dem es freilich zu gering sein muß, wie die Juden in Ägypten Ziegel hin und her zu tragen. Wo dachte ich nur hin, einem solchen Burschen, wie Du, dergleichen zuzumuten? Hein! Wollen unsern Fehler verbessern. Hein! Hast netto einen halben Tag gearbeitet – Hein!«

Der Irländer gab keine Antwort.

»Zwar nicht ganz einen halben Tag, bloß drei Stunden; aber sollst für einen halben Tag bezahlt sein. Halt, da ist ein halber Dollar.«

Der Ire stutzte und langte nach dem Silberstücke.

»Und Du?« wandte sich der Alte zu dem zweiten Irländer, der sich vergebens bemüht hatte, seinen tollen Kameraden zur Ruhe zu bringen.

»Ah, by Jasus!« lachte dieser, »meinethalben trage ich Backsteine bis ans Ende der Welt, wenn mich Euer Wohlehren bezahlen.«

»Und es Whisky gibt, nicht wahr? Mister Bell!« – er wandte sich zu einem seiner Kommis, der auf der Marmortreppe der Haustüre dem seltsamen Auftritte zugesehen hatte – »Mister Bell! sagen Sie Mister Banks, er möge diesen Mann für den nächsten Monat in Dienst nehmen. Mag ihn am Werfte einstweilen anstellen; dreißig Dollar per Monat. Bist Du zufrieden, Paddy?«

Der Irländer warf vor Freuden seinen Hut in die Höhe und tanzte wie närrisch um den Alten herum.

»Und nach Verlauf dieser Zeit«, fuhr der Alte fort, »mag mir Mister Banks über das Betragen des Mannes Bericht abstatten; vorzüglich im Punkte seiner Nüchternheit.«

»Und Du«, wandte er sich zu Phelim, der, den Hut in der Hand da stand, nicht unähnlich dem Hunde, der den Knochen so eben ins Wasser versinken gesehen; »so Du Dich noch einmal in meiner Nähe blicken lassest, so lasse ich Dich von wegen *assault and battery*[58] verhaften. Merke Dir das! Ah, Mister Morton! kostet viele Mühe, die Leute zu ziehen«, seufzte der Alte. »In diesem Punkte ist es ein wahres Elend in Ihrer Republik; zum Glücke sind noch Irländer, Deutsche und Engländer genug auf der Welt; aber mit euch Amerikanern ist es eine gar schwere Sache. – Man muß jedoch Gutes mit Bösem nehmen. Eine Kapitalsache ist die Sicherheit des Eigentums bei Ihnen. – Jetzt sehen Sie, die Schlingel da haben uns so lange aufgehalten, daß wir die Zeit zur Abfahrt beinahe versäumten. Wir haben noch eine Minute Zeit.«

Und während der Alte so sprach, tönte auch die Schiffsglocke vom Chesnutwerft herüber, und die kurz abgebrochenen Dampfstöße ächzten und zischten wie rasend vor Ungeduld, die nahe Abfahrt verkündend. Er ging in tiefes Sinnen verloren. Als sie in Market Street ankamen, hörten sie die Schiffsglocke ein zweites Mal. Wieder hielt er inne.

»Ja, ja, lieber Morton, in London werden Sie etwas von meinem Geiste kennen lernen. Ist ein eigenes Leben in London. Ist da gewissermaßen deponiert mein Geist. – Sind ganze Kaufleute, die Engländer!«

»Ihr Geist in London deponiert?« fragte Morton. »Ich glaubte, er sei ganz in Philadelphia, Mister G–d. Aber das Dampfschiff, Mister G–d? Wir verspäten uns.«

»Da irren Sie. Der Geist eines Großhändlers muß die Welt umfassen. Er ist eine souveräne Macht, dieser Großhändler, der unabhängig vom Staate nur gehörig gedeiht, so wie einst die Kirche nur gedieh, als sie unabhängig vom Staate war – und bei Ihnen jetzt gedeiht, weil der Staat gar nichts mit ihr zu tun hat. Der Großhändler ist eine souveräne Macht, merken Sie sich das, Mister Morton – in gewisser Beziehung so souverän, wie der Monarch, der ein Land regiert. Pah! es ist nicht das Land, das die

---

[58] Angriff und Schlägerei.

Macht verleiht, es sind die Menschen – verstehen Sie; und der Großhändler hat so gut seine Untertanen, seine Regierungsbeamten, sein Reich, seine Allianzen – selbst seine Heilige Allianz – wie die großen Mächte Europas. Ah, in London beim alten Lomond werden Sie, ohne es selbst zu wissen, Ihre *Examen rigorosum* bestehen müssen.

Ah, da sind wir ja«, sprach er, auf das Dampfschiff deutend, von welchem die Schiffsbrücke so eben abgezogen wurde. Man hörte den Ruf des Kapitäns: »*All hands on board?*« und das »*Yes Sir!*« des Oberbootsmanns, worauf sich das Schiff in Bewegung setzte.

Der Alte schien Dampfschiff und Reise vergessen zu haben; die Hand des Jünglings fest in die seinige gepreßt, schweiften seine Augen in die Ferne, während er murmelte: »Sollte am zwanzigsten Januar nach Paris abgehen, heute haben wir den dritten; Lomonds Brief datiert vom neunzehnten Dezember. Diese Baltimore-Schoner sind nicht mit Geld zu bezahlen, fliegen wie die Schwalben. Ah, Mister Morton! Am zwanzigsten müssen Sie in Havre sein. Am fünfzehnten künftigsten Monats in London.«

»Haben Sie nur die Gefälligkeit, den Winden zu befehlen.«

»Sie gehen mit dem Glücke des alten Stephy; das ist der beste Wind«, versetzte er ernst, die Hand des Jünglings noch immer in der seinigen haltend.

»Kapitän Morton, adieu!« schrie es vom Dampfschiff herüber.

»Master!« heulte Pompey, der vor Ungeduld wie toll auf der Quarterdecke umhersprang.

Der Alte schien nichts zu bemerken. »Ah, der Geist Ihres Großonkels«, hob er wieder an, »endossiert vom alten Stephy – er geht in Ihnen ab, junger Mann. Vergessen Sie nicht, daß ich Ihren Geist in Anspruch nehme, daß ich keine Maschine brauche, daß Sie der Repräsentant des alten Stephy werden sollen, der rasch handeln muß, wenn es Zeit und Umstände erfordern. Ah, da haben Sie noch etwas. Es ist Ihr Kreditiv für Mister Lomond.«

Das Kreditiv war eine kleine, schmutzige Karte, zusammengefaltet und versiegelt.

»Master!« schrie Pompey nochmals aus der Ferne herüber.

»Und nun, Freund! Es ist selten, daß der alte Stephy jemanden Freund nennt; leben Sie wohl! Und wenn Sie sich nicht an Ihrem Schicksal rächen, so ist es Ihr Fehler. Wenn Sie nicht mit einer Million französischen Geldes wiederkehren, es ist mehr als Fehler.«

»Tom, John, Mike und Ben! Bringt den Gentleman sogleich an Bord des Maryland. Jedem von Euch einen Dollar!«

Den vier Bootsmännern war ein »Damn« entfahren, dem jedoch, als sie den Nachsatz hörten, ein Hurra folgte. Mit einem Satze waren sie alle im nächsten Boot, das wie durch einen Zauberschlag an den Werft und mit dem Jüngling davonflog.

Der Alte warf ihm Kußhändchen zu.

Das Dampfschiff war hundertundfünfzig Yards im Strome und holte nun mit seiner hundertundzwanzig Pferdekraft zum gewaltigen Zuge aus. Die ungeheuern Wellen, die es auffurchte, warfen das so eben vom Lande gestoßene winzige Fahrzeug bei jedem Ruderschlage in die Höhe, und wieder in die Tiefe, während gewaltige Massen Treibeises krachend sich heranwälzten, und es jeden Augenblick in tausend Stücke zu zertrümmern drohten.

»Greift aus, Ihr Jungens, und zeigt, daß Ihr den Whitehall-Buben[59] nichts nachgebt. Zehn Dollar für euch!« schrie der Alte hinüber.

»Hurra, für den alten Stephy!« brüllten die vier Bootsmänner, und durch die Sechs Dollarkraft verstärkt, flog das Boot durch die sich nach einander kräuselnd auftürmenden Wogen des Riesenstromes, wie der Delphin durch die blaue Tiefe fliegt. Das interessant gefährliche Wagestück hatte Hunderte von Zuschauern auf der Werft gezogen, der Kapitän des Dampfschiffes in seiner Fahrt eingehalten und ein zweites Mal gerundet, um dem Boote Zeit zu seiner Annäherung zu geben; dieses war bis auf fünfzig Yards an das Schiff herangekommen. Während dessen kam ein Schoner mit vollen Segeln den Strom herab, das Boot in die Mitte nehmend.

»*To leeward! to leeward!*« rief es aus hundert Kehlen.

Und in demselben Augenblicke riß eine gewaltige Woge das leichte Fahrzeug mehrere Klafter hoch empor und warf es mit derselben Schnelligkeit in die Tiefe, und während es hinabgleitete, kam eine zweite Woge, und auf dieser reitend ein ungeheurer Klumpen Treibeises, der über das Schiffchen hinfuhr und es mit seinem eisigen Schilde bedeckte, wie das Leichentuch den Sarg bedeckt.

Das Boot war verschwunden.

Ein Schrei des Entsetzens stieg von dem Werfte und dem Quarterdecke des Maryland und von hundert Schiffen in die Lüfte, und tausend Stimmen schrien, und dann versagte ihnen die Sprache, und sie starrten

---

[59] Whitehall, der Standpunkt der Bootsleute im Hafen von New York, von wo die Boote bei Wetten in der Regel auslaufen; diese finden beinahe stets zwischen amerikanischen und englischen Matrosen statt, wenn Kriegsschiffe der erstem Nation sich im Hafen befinden. Hohe Summen werden bei diesen gewonnen und verloren.

sprachlos auf den Fleck hin, in den sich bereits frische Eisklumpen und Wogen geteilt hatten.

Der Alte hatte eine Zigarre aus seiner Rocktasche genommen und ganz gemächlich Feuer geschlagen. Nachdem er seine Zigarre in Rauch gebracht, warf er wieder einen Blick auf den Strom.

Jetzt hob sich ein Kopf, dann ein zweiter, ein dritter, zuletzt ein vierter. Es waren die Köpfe der Matrosen. Der Alte sah schärfer hinüber. Die Hand eines fünften wurde nun sichtbar, dann der Kopf. Es war Morton, der sich an der Bootswand des wieder aufgetauchten Fahrzeuges hielt, an der nun die fünf Schwimmer, wie Blutegel am menschlichen Halse, hingen.

Das Boot des Maryland hatte sich mittlerweile Bahn bis zu den fünf um ihr Leben Kämpfenden gebrochen. Der Alte schrie mit einer Donnerstimme hinüber: »Tom, John, Mike und Ben! Jedem von euch fünfundzwanzig Dollar. Habt acht auf Mister Morton.«

»Ein Hurra dem alten Stephy!« brüllte es wieder zurück, und mit einem Schwünge waren sie in der Yawl des Maryland. Morton hielt sich noch mit der einen Hand an der Bootswand, mit der andern ergriff er ein vom Dampfschiffe ihm zugeworfenes Seil.

»Ah!« lachte der Alte, während der Jüngling die Schiffswand hinankletterte. »Hat noch ein Bad vor seiner Abfahrt genommen. Der ersäuft nicht mehr. Der ist sicher.«

Einige der Zuschauer schauderten, andere stießen Verwünschungen aus; die Mehrzahl aber meinte – »*Ah, old Stephy has plenty of money*[60].«

Bei uns vertritt nämlich *money* die Stelle der Liebe; sie bedeckt der Sünden viele, oder vielmehr alle.

---

[60] Ah, der alte Stephy hat die Fülle Geldes.

Zweiter Teil

I.

Der Geldmann. (London.)

erade drei Monate fünf Tage nach der Abfahrt des Swiftfoot, um vier Uhr zwanzig Minuten nachmittags, waren Seine Herrlichkeit Lord Arbuthnot im Begriffe, ein kleines Gäßchen zu durchsegeln, das von Broad Street Buildings tiefer hinein in das Labyrinth von –street führt.

Seine Herrlichkeit hatten Ihren Wagen am Eingange von Broad Street buildings vor einem der sogenannten *achtbaren* Handlungshäuser stehen gelassen und bemühten sich so eben nach Kräften, das Ziel ihrer Reise zu erreichen; ein Vorhaben, das für Ihre Herrlichkeit mit einiger Schwierigkeit verbunden war, da Ihre Herrlichkeit bereits drei Male in diesem fatalen Jahre einen Gewaltangriff vom Zipperlein auszustehen gehabt hatten; eine Folge der übeln Gewohnheit, behaupteten Seine Herrlichkeit, die gediegenen englischen Weine mit allzuviel Kognak zu versetzen, welche Behauptung aber Seine Herrlichkeit eigentlich von Sir Halford zu entlehnen beliebten, welch' genannter Sir Halford in diesem, so wie in vielen andern Punkten Ihre Autorität war. Seine Herrlichkeit beeilten sich auch um so mehr, zu dem Ziele ihrer Wünsche zu gelangen, als eine unheilschwangere Wolke sich über dem Haupte Seiner Herrlichkeit zeigte, die Ihre Herrlichkeit zu durchnetzen drohte.

Ein Lakai. mit einem vollkommen zwei und einen halben Yard langen goldbeknopften spanischen Rohre, hatte Seine Herrlichkeit ins Schlepptau genommen, und es war nicht ohne einige Schwierigkeit, versicherten Sie, daß es Ihnen allmählich gelang, sich in die Querwindungen dieses heillosen Labyrinthes hinein zu finden; ein Umstand, der um so verdrießlicher war, als die ganze hohe Bemühung nur eine Visite zum Zwecke hatte; eine Angelegenheit, die Seine Herrlichkeit Ihren Getreuen zu überlassen um so mehr gesonnen gewesen waren, als der Gegenstand dieser Aufmerksamkeit ein bloßer Amerikaner war; dem aber einige Attention zu bezeugen Seine Herrlichkeit wieder um so mehr bewogen wurden, als derselbe von hoher Familie, mit einigen der ältesten Pairsgeschlechter in Verbindung, auch bereits mehrere Lords, Viscounts und selbst Marquise das Exempel eines solchen exzeptionellen Besuches statuiert, auch Seine Herrlichkeit noch einen besondern Beweggrund zu diesem Besuche hatten. Seine Herrlichkeit waren nämlich von jener großherzigen Partei, die die schwere Bürde, das Volk der drei Königreiche zu beglücken, auf Ihre Schultern geladen hatte. Sie waren eigentlich nicht selbst im geheimen Rate, aber sie hatten die Anwartschaft auf einen der wichtigen Posten, die, in diesem glücklichen Land der Freiheit, Sinekuren genannt werden, und Seine Herrlichkeit hatten daher, um Seine Gnaden den regierenden Herzog zu verbinden, Sich sehr gerne herbeigelassen, diesem jungen, stolzen Republikaner um so mehr die Ehre einer Preliminar-Visite zu erzeigen, als es hieß, daß derselbe auf eine ganz besonders ausgezeichnete Weise vom Präsidenten dieser fatalen Republik berücksichtigt werde; einem wirklich recht fatalen Manne, geruhten Seine Gnaden der regierende Herzog, und mit ihm, als einer sehr respektablen Autorität, die ganze Peerage zu sagen; einem recht fatalen Manne, der von seinen inconvenanten Gesinnungen gegen die Hauptmacht der fünf großen Mächte nur zu eklatante Beweise gegeben hatte.

Der junge Amerikaner war, so hieß es ferner im John Bull und der Morning Post, zweien bekanntlich sehr respektablen, zuverlässigen Blättern, in einer der prachtvollsten Fregatten der jungen Republik herübergekommen, und man wisperte sich gleichzeitig in die Ohren – in einer sehr epineusen Angelegenheit herübergekommen.

Nun hatte es mit der Fregatte zwar seine Richtigkeit; nur mit dem kleinen Unterschiede, daß es nicht der junge Amerikaner, sondern von seiner Regierung abgesendete Depeschen gewesen, die auf diese Weise in das alte England befördert worden waren.

Die Voraussendung dieser Umstände dürfte notwendig sein, um dem Leser die Unwahrscheinlichkeit wahrscheinlich zu machen, daß zwei Marquise, vier Earls, sechs Viscounts und sieben Barone, oder wie sie schlechthin genannt werden, Lords, einem unserer Mitbürger in London und, was noch weit mehr sagen will, in einem der entlegensten Gäßchen der City, nicht sehr weit von Smithfield, selbst eigene Besuche abgestattet haben sollten.

Seine Herrlichkeit waren nun das Gäßchen durchgesegelt, und aus diesem in jenes Chaos trostloser Backsteingebäude gelangt, das von Broad Street Buildings nördlich und nordwestlich hinaufzieht; eine wahre Wüste von Mauermassen, aus denen der belebende Geist des Menschen gewichen, und nur das Haben und Soll zurückgeblieben zu sein scheint; wo eine ewige Grabesstille herrscht, die nur selten durch den bedächtigen Tritt eines Bankdieners, oder den ächzenden Keuchhusten einer lahmen Haushälterin unterbrochen wird. Selbst der in Gold vergrabene Handelsmann, der hier einen Teil seiner Tageszeit verbringt, kommt nicht im raschen Cabriolet angefahren, er schleicht mit zur Erde gesenktem Blicke, als wollte er durch diese *quasi* Parade von Ökonomie lauernden Rivalen seine Kreditwürdigkeit recht anschaulich vor Augen bringen.

Der Lakai Seiner Herrlichkeit, Lord Arbuthnots, hatte bereits vor zehn Häusern gehalten, und an die trostlos erblindeten Fenster hinaufgestiert, vergebens bemüht, ihre innern Bewohner zu erspähen. Kein Kopf war zu sehen in den Fenstern, keine Stimme zu hören in der Straße; kein Schornstein, aus dem der Rauch sich heimisch in das blaue Himmelsgezelt hinaufringelte; die Drücker an den Türen waren vom Grünspan angefressen, die Fenster gebrochen oder erblindet; dem dienstbaren Geiste Seiner Herrlichkeit schien bei hellem Tage unheimlich zu werden in diesem gruftartigen Viertel. Er war im Begriffe zu verzweifeln, als er auf einmal, wie der Matrose an der Spitze des Mittelmastes, laut aufschrie: »Wir haben es – gefunden, Herrlichkeit!«

Und Seine Herrlichkeit kamen mit einem leise gemurmelten »*d–n that yankee*« heran, und schauten empor zu den Fenstern, hinter deren hohen Brüstungen, die den Zeiten Karls II. angehören mußten, weiß und rot seidene Vorhänge auf einigermaßen christliche Appartements schließen ließen, – bemerkten Seine Herrlichkeit.

Fünf bis sechs rasende Schläge mit dem Klopfer kündigten den vornehmen Besuch an. Die Haustüre wurde durch ein seltsames Gesicht eröffnet.

»*Mister Morton of Morton Hall* zu Hause?« fragte der Lakai.

»Er ist«, war die Antwort, und dabei deutete das Wesen, das die Haustüre geöffnet hatte, auf die ersten Flügeltüren des Korridors, und wandte Herrn und Diener den Rücken. Und während der Lord den Türsteher mit einem befremdenden Blicke anschaute, öffnete der Diener die Flügeltüre.

Es war ein sonderbares Gesicht, dieses Türstehergesicht. Die Farbe war nicht grau, und war nicht grün, und nicht rot und auch gelb nicht; aber es war ein Schmelz von allen Farben, etwas zauberartig Unheimliches war in dieser Farbe. Am meisten ähnelte sie dem drei Jahre im Salzwasser gelegenen Heringe, mit dessen Form auch die des Subjektes viele Ähnlichkeit hatte. Eine scharfe, lange Adlernase, die so spitzig auslief, daß man in Versuchung kam, sie für nachgemacht zu halten, wenn die rot glänzenden Punkte an der Spitze nicht ihre Verbindung mit der übrigen Persönlichkeit des Mannes dargetan hätten. Über dieser Nase war eine Stirne, die sich fuchs- und wieder löwenartig zusammenzog und ausbreitete, und darunter ein paar Augen, die ursprünglich graugrün gewesen sein mochten, aber nun ins Rötliche schillerten, entsetzlich schillerten. Diese Augen schienen ruhig in ihren Kreisen zu liegen; aber bei näherer

Besichtigung hatte man Ursache, diese Ruhe der des Tigers zu vergleichen, der, zusammengerollt in einem Knäuel, auf die herannahende Beute lauert. Vom Munde war alle Sinnlichkeit gewichen; denn die Lippen waren ein bloßer Strich, höchstens von der Breite einer Linie. Kinn und Wangen waren ausgetrocknet, von einer seltsamen Form. Das ganze Wesen des Mannes hatte etwas eigentümlich Unheimliches. Er hatte sich zwischen die Türe in den Korridor hineingestellt, offenbar mit der Absicht, den zurückgebliebenen Diener aus dieser hinauszuschieben, und dann die Türe zu verschließen; doch dieser behauptete seinen Posten mit echt englischer Dickköpfigkeit und stand, den Rohrstock mit dem Goldknopfe vor sich hingepflanzt, den Alten eine Weile von Kopf zu den Füßen besehend, worauf er ihm den Rücken wandte.

Dieser schoß einen giftigen Blick auf den dickköpfigen Jungen, und zog sich dann in die Tiefe des Korridors zurück.

»Seid der Portier?« fragte der goldbordierte Junge nach einer Weile, indem er mit dem Kopfe eine rückwerfende Bewegung machte, und die Lippen schnauzenartig verlängerte, dem Alten jedoch fortwährend den Rücken zuwandte.

»Jetzt, ja«, sprach der Mann.

»Muß ein sonderbarer Kauz sein, der Amerikaner. Man sagt, er sei ein Gentleman? – Hier zu wohnen? Kein Gentleman wohnt in der City; bloß das Volk.«

Der Alte gab keine Antwort.

»Hat er Geld?« fragte der Junge.

»Beiläufig vierzigtausend *per annum*.«

»Vierzigtausend? Wißt Ihr auch, was vierzigtausend sind? Viel Geld ist's, Mann. Mehr als Ihr und ich je zusammen haben werden«, schnarrte der Junge. »Mein Herr, der Viscount Arbuthnot, hat nur zehntausend –«

»Schilling«, versetzte der Alte. »Seht Ihr, Maulaffe, da den Franzosen?« fuhr der *quasi* Portier in zischendem Tone fort, auf einen zweiten Livreebedienten deutend, der so eben aus der hintersten Ecke der Straße herauf kam, »der steht nicht an der Türe und läßt sich von aller Welt begaffen, während sein Herr eine diplomatische Visite ablegt.«

Der Alte hatte, während er so sprach, sich wieder der Türe genähert.

»Wer ist sein Herr?«

»Der Prinz – a –. Und da kommt ein dritter, der mehr in seiner Rocktasche hat, als Dein Herr in seinem ganzen Vermögen.«

Und wirklich kam aus dem Gäßchen herauf ein junger Fashionable, dem man es auf tausend Schritte absehen konnte, daß er hochgeboren auf die Welt gekommen. Hohn und Stolz, und die raffinierteste Selbstsucht hatten sich auf diesem Gesichte in der behaglichsten Breite hingelagert. Seine Augen blinzelten links und rechts an die Häuser hinan, mit einer ganz eigentümlich englischen *fastidiousness*. Als er die Stiege hinan schritt, entfuhr ihm ein leiser Ausruf des Ekels, der nicht gemindert wurde, als er den Alten ersah, bei dessen Anblick er wie erschrocken zurückprallte, mit unnachahmlicher Unverschämtheit jedoch sein Lorgnon hob, ihn einen Augenblick maß und dann mit den Worten: »*Cut that villain face*[1]«, mit dem Stiele seiner Reitgerte auf die Seite schob.

»Morton nicht zu Hause?« wisperte er endlich mit einer seitwärts schnellenden Bewegung des Kopfes, ohne aufzublicken.

»Da kommt er selbst.«

Und es traten aus den Flügeltüren eines reich verzierten und möblierten Besuchzimmers drei einfach, aber nach der letzten Mode gekleidete Gentlemen.

»Ah, Morton!« rief der Fashionable. »*My Lord Arbuthnot, and Your Excellency my Prince – a –*, sehr erfreut, Sie zu sehen. Helfen Sie mir doch unseren lieben Morton aus diesem heillosen Schlupfwinkel nach Westend hinüber transportieren.«

»Versuchen alles, Mylord Flirtdown«, versicherte Lord Arbuthnot.

»Sind sehr entêtiert von dieser *solitude*, wollen nicht lassen – von ihr«, fügte diplomatisch lächelnd der Prinz hinzu.

»Pah!« versetzte der *quasi* Portier. »Die Amerikaner ziehen es vor, mit kleinen Kugeln, achtundzwanzig auf das Pfund, ihre Rifles zu laden; treffen dabei eben so richtig, und kommen länger mit dem Blei aus.«

»*'pon honour*!« lächelten die beiden Lords.

»Ihr Portier, Mister Morton«, versicherte der Prinz –

Und in demselben Augenblicke hielt der hochgeborene Mann auch inne, und sah den Alten mit seinem starrsten undiplomatischsten Blicke sprachlos an. Einmal holte er noch tiefen Atem, starrte den Mann nochmals an, als wollte er sich auch überzeugen, ob keine optische Täuschung statt finde, und dann empfahl er sich so rasch, daß Lord Flirtdown kopfschüttelnd Morton ansah.

»Alle Teufel!« rief er, »wo ist Lord Arbuthnot?«

»Bereits gegangen; haben Sie ihn nicht gesehen?«

»*'pon honour*! Seltsam. Die Welt ganz verkehrt. Mylord nimmt auf französische Weise Abschied – und *mon Prince* auf englische. Was soll das? Doch kommen Sie, Morton. Haben wichtigere Dinge zu reden.«

»Kommen Sie, Flirtdown«, rief Morton in sorgloser Heiterkeit, und

---

[1] Hasse dies niederträchtige Gesicht.

beide tanzten fröhlich durch die offenen Flügeltüren in das Besuchzimmer.

Es war Morton – derselbe Morton, den wir bereits kennen, aber nicht der Morton, der sich am Werfte der Walnut Street in den Delaware, und an der Nordstraße in den Susquehanna stürzen wollte; es war der aristokratische Sprosse des alten Virginiens, der, mit dem ganzen Stolze seines Mutterstaates[2] bewaffnet, nun im Lande seiner Ahnen angekommen, wie einer, der dem edeln Vaterhause einen Besuch abstattet. Der kalte Sarcasm des selbstmörderischen Wahnsinnes hatte einem fein um die Lippen spielenden Hohne Platz gemacht, durch den der aristokratische Brite so unvergleichlich seine Erhabenheit über alle gemeinen Dinge dieser Welt an Tag zu legen pflegt. Es war eine ungemein geistreiche Physiognomie, die aber mehr Kraft und altgriechische Schlauheit als Geist zu bergen schien; selbst Härte lag in der vollkommen griechischen Bildung dieses Gesichtes, den dunkelblauen, schwimmenden Augen – die, so wie sie einen Gegenstand fixierten, im eigentümlichen Feuer auflodorten – der feingeformten Nase, und der vollblütigen Röte; es leuchtete eine ungemeine Stärke aus diesem Gesichte, und wieder eine Kälte und ein Feuer, die wechselweise anzogen und abstießen. Es war eine ganz eigentümliche Physiognomie, noch eigentümlicher durch die herrlichen Formen der kräftig unverdorbenen Gestalt.

»Wissen Sie, Morton«, rief der Lord, der sich auf ein Sofa geworfen hatte, und, sein Lorgnon ins Auge gedrückt, die beiden Hände malerisch in die Seite gestemmt, sich wieder erhob, um einen jungen Mann näher zu besehen, der auf einer gegenüberstehenden Ottomane in eine Morgenzeitung vertieft schien. »Wissen Sie, Morton? – doch, was wollte ich sagen – oh, Morton! Mir ist der Kopf so voll. Denken Sie sich, dreitausend, sage dreitausend, gestern. Pshaw! In einer Viertelstunde verloren. Verdammtes *écarté*! – Ja, was wollte ich sagen – ja, jetzt fällt mir's ein. Wissen Sie, daß Sie mit mir müssen. Kommen eben von Tattersalls, ein prächtiges Tier gekauft, lumpige neunzig Sovereigns. Geht herrlich im Curricle. Müssen mit, wollen ihn im Hydepark probieren.«

»Erlauben Sie mir zuvor, lieber Flirtdown, Ihnen meinen Landsmann *Ferrol of Ferrolton* aufzuführen. Auf der großen Tour; Mister Ferrol! Lord Flirtdown.«

Und *Mister Ferrol of Ferrolton* erhob sich gravitätisch von der Otto-

---

[2] Es ist kaum nötig zu bemerken, daß in der amerikanisch-englischen Sprache unter Mutterstaat, *native State*, stets der Geburtsstaat, hier Virginien, gemeint ist, – unter Mutterland, *mother country*, England.

mane, und trat einen Schritt auf den Lord zu, und dieser einen Schritt wieder auf ihn zu, und die beiden Jünglinge standen ernst und steif vor einander und verbeugten sich eben so.

»Seht erfreut, die Ehre zu haben, *Mister Ferrol of* – wie sagten Sie lieber Morton –?«

»*Ferrolton, my Lord Flirtgown*«, sprach der junge Amerikaner mit starker Betonung.

»*Flirtdown, Mister Ferrol of Ferrolton!*« rief der Lord mit drohender Miene.

Und die beiden rückten sich abermals näher, und schauten sich an, und maßen sich, wie zwei Vierundsiebenziger, die auf Pistolenschußweite sich nähernd, ihre metallenen Schlünde plötzlich gähnen lassen.

»Alle Teufel! Was fällt Euch ein?« fuhr Morton auf, zwischen die beiden Antagonisten springend. »Sie Flirtdown – wissen Sie wohl, daß unser Ferrol von einer unserer ältesten Carolina-Familien ist, mit Ihren Morvilles verwandt, daß ihr Urahn wirklich von einem zweiten Sohne der Earls von Morwich abstammt, daß sein Haus ein sehr gutes Haus ist? Und Du Ferrol, wirst doch Dein Entrée nicht mit Kugeln machen wollen?«

»Vergebung! Mister Ferrol of Ferrolton!« sprach der besänftigte Lord, »aber die Spezimina Eurer Yankees, die wir hier zu schauen bekommen, *'pon honour!* Sie glauben, weil sie Yankees sind, können sie sich mit unser einem messen. Pshaw!«

»Pah! Habt recht«, versetzte Morton. »Wir geben selbst nicht viel um unsre lieben Brüder aus dem Norden. He! Wie steht es nun mit unserem lieben *W–d S–tt*?«

»Ja, das lassen Sie sich erzählen, lieber Morton«, lachte der Lord. »Sehr amüsant, *'pon honour*; kam da hinaufgeschlendert von Crockfords gegen Albemarle Street; war just eine Broschüre über das Katholikenwesen erschienen. Wer kommt mir entgegen? Wer, als Euer General *W–d S–tt*, der uns in New York eine so heillose Zeche bezahlen ließ.«

»Und ich glaube, alle Keller im City-Hotel und bei Niblos geleert haben würde, so Ihr länger bezahlt hättet«, bekräftigte Morton lachend.

»Der gute General«, lachte Flirtdown, »mußte in der vollen Überzeugung herüber gekommen sein, unsern Docks auf gleiche Weise zuzusprechen; denn just an der Ecke von Albemarle Street kommt er, mit seiner Reitgerte spielend, auf mich zu, streckt mir seine Bärentatzen entgegen, und frägt, ob wir nicht einem Dutzend heute die Hälse brechen wollten? Pah! Und Flirtdown? Flirtdown verbeugt sich mit seiner aristokratischen Contenance, und spricht: sehr erfreut, General *W–d S–tt*, Sie zu sehen. Sehr erfreut, daß Sie unserem alten England die Ehre erzeigen; hoffe, Sie werden es nach Ihrem Geschmacke finden, und habe die Ehre, mich Ihnen zu empfehlen.«

»Alle Teufel!« lachte Morton.

»Pst, Morton! Erlauben Sie mir, Ihnen just *en passant*, zu sagen, daß die fashionable Welt derlei Ausdrücke geschnitten hat, und sie nur bei gewissen Gelegenheiten erlaubt. Fluchen kann jeder, verstehen Sie; es ist deshalb gemein. Aber auf Euern Yankee-General zurückzukommen. Wissen Sie, Morton – Wer wird sich da mit jedem Yankee-General einlassen? Hat da in irgend einem Boardinghouse in Baker Street oder Regent Square sein Hauptquartier aufgeschlagen.«

»Pah! Ist von gar keiner Familie«, bemerkte Morton.

»Ich glaube aber doch, sein Vater war Assembly-Mitglied«, meinte Ferrol.

»Was ist das, Morton?« fragte Lord Flirtdown.

»Die Kammer der Repräsentanten in den einzelnen Staaten.«

»Pah!« erwiderte der Lord gähnend. »Aber nun, mein teurer *Mister Ferrol of Ferrolton*, erlauben Sie mir, Ihnen unsern Freund Morton zu entführen.«

»Und Sie erlauben, Flirtdown, daß ich die Motion auf den Tisch lege«, erwiderte Morton sich lächelnd vorbeugend, »für heute wird nichts daraus.«

»Das ist wieder einmal eine Ihrer steifen republikanischen Repliken; wird nichts daraus; hasse das Wort. Sie müssen mit mir; wir essen im Klub, gehen dann zu Crockfords, wo der Herzog Sie kennen zu lernen wünscht; und – was reden wir weiter, Sie sind ja zur Reitpartie angezogen.«

Morton lag nachlässig im Fauteuil, die eine Hand auf die Lehne gestützt, mit der andern sich über die Stirne fahrend. »Beschäftigt, lieber Flirtdown, sehr beschäftigt.«

»Beschäftigt und im Reitkostüm! Hören Sie, lieber Morton – wenn Sie das nochmals tun, *'pon honour!* Sie sind mein Cousin, aber ich muß Sie beim Board unserer *Exclusives* verklagen. Sind verdammt streng in diesem Punkte, versichere Sie, *'pon honour!* Wette Ihnen fünfzehn gegen eins, daß Sie von den Almacks-Damen keine Karte zum nächsten Ball erlangen. Ist nicht zu spaßen, *'pon honour!*«

Und indem der Fashionable so sprach, drehte er sich mit seiner wichtigsten Miene von Morton weg, der Türe zu, deren Knopf er mit solcher Entschlossenheit erfaßte, daß Morton in ein lautes Gelächter ausbrach.

»Bei meiner Seele! Wären Sie nicht so ein prachtvoller Junge, Morton«, schrie der Lord. »Aber so sagen Sie mir nur, warum Sie nicht wollen?«

»Morgen ist Pakettag[3]. Eine Menge Briefe.«

»Der alte Gesang, – Briefe, Pakettag, Depeschen. Ihr Minister kann nicht mehr Geschäfte am Halse haben, als Sie. So möge mich G–tt – – wenn Sie für einen Ableger von Diplomaten nicht wie geboren sind. Lauter Wichtigkeiten, Geheimnisse. Man kann aus Ihnen nicht klug werden. Kömmt da herüber, wie ein General-Gouverneur von Ostindien, in der prachtvollsten Fregatte, die Bruder Jonathan je in seiner Prahllust in die Welt gesandt, mit Empfehlungsschreiben an die halbe englische Nobility, was, *by the by*[4], gar nicht vonnöten war, da Sie als Zweig unserer Familie ohnedem von uns eingeführt worden wären; – hat Geld, wenn mich nicht alles täuscht, wie Stroh.« Die letzten Worte waren mit einem lächelnd schlauen Seitenblicke begleitet.

»Und weiter?« fragte Morton in derselben nachlässig malerischen Attitude, der linke Fuß auf einem Sessel ruhend.

»Und«, fuhr der junge Lord fort, »verkriecht sich in den schmutzigsten, schäbigsten Winkel des verlassensten Stadtviertels, in gleichweiter Entfernung von Billingsgate und Smithfield.«

»Nicht ganz so verlassen, wie Sie meinen, Flirtdown«, entgegnete Morton, mit graziöser Gedehntheit sich erhebend, und auf ein Trio vagierender Musikanten deutend, die unterdessen ihr ambulierendes Orchester unter dem Fenster etabliert hatten.

»So sehen Sie doch nur«, rief der Exclusive, »aber der Henker mag da sehen; nichts als feuchte, schwarz und grün geräucherte Mauern. Ich versichere Sie auf Ehre, der lieblichste Morgen, den Sie je über London heraufdämmern gesehen.«

»Ein allerliebster Morgen, Ferrol«, lachte Morton. »Es ist halb nach vier.«

»Aber bei uns noch immer Morgen, wissen Sie? Morgen, solange *diner* nicht vorüber ist«, belehrte ihn der Lord, »und sollten auch der Lichter vier Stücke auf dem Tische stehen.«

»Ist aber Eure hohe Welt doch noch eine Ewigkeit hinter der unsrigen zurück«, lachte Morton, »denn bei uns ist es netto acht Uhr morgens.«

»Pah«, gähnte der Lord, »haben Sie noch mehrere derlei philosophische Bemerkungen im Vorrate, Morton?«

Und alle drei lachten hellauf und unmäßig.

Während des schallenden Gelächters hatte das Trio sein Konzert begonnen. Eine invalide Geige, eine gichtbrüchige Harfe und eine asthma-

---

[3] Abfahrt eines Paketschiffes.
[4] Im Vorbeigehen sei es bemerkt.

tische Flöte, die eine Espèce von kakophonischen Omnibus zu Tage förderten, zur großen Belustigung einer Herde Gassenbuben, die ihnen auf den Fersen gefolgt waren, und mit der einen Hand die Fragmente ihrer Inexpressibles hielten, mit der anderen ihre Nasen säuberten.

»*'pon honour*! Wie kommen die hierher?« fragte der Lord.

»Das ist nun bereits das dritte Morgenkonzert, mit dem heute meine Ohren regaliert werden«, erwiderte Morton lachend. »Wie ich sehe, Gentlemen, so ist John Bull ganz musikalisch geworden. Eine deutsche Drehorgel, ein schottischer Dudelsack gingen voran, und das Schönste hat auf Sie gewartet. Auch kostet es höchstens *six pence*. Bleiben Sie noch eine halbe Stunde, so hören Sie sicherlich noch ein viertes.«

»Morton, Sie sind unausstehlich«, gähnte der Lord. »Sehe, Sie wollen, daß ich abziehe. Sagen Sie mir nur ums Himmelswillen, was Sie eigentlich festhält? Erwarten Sie jemanden, etwas Liebliches zu schauen, und Lieblicheres zu betasten, wie unsere Freunde von ihren Deborahs sagen?«

»Weit entfernt.«

Das Trio hatte sich mittlerweile durch ein Skeleton von Webers Jagdchor durchgearbeitet und schaute nun sehnsüchtig zu den Fenstern hinauf. Eine schmutzige, einer *Seminola squaw* vergleichbare Schöne zog ihre Kappe vom Kopfe, und hielt sie mit lange ausgereckten Händen empor – als ein elegantes Cabriolet die enge Gasse herauf kam, und mitten durch den Haufen passierte. Ein junger Fashionable sprang aus demselben und klopfte dreimal an die Hauspforte.

»*By Jove*! das ist Sir Edward«, rief Lord Flirtdown. »Kommt der zu Ihnen, Morton?«

»Nicht daß ich wüßte.«

»Wohin will der? *Good bye, Morton*[5]! Da Sie nicht wollen, muß ich ihn haben. Ihr Diener, *Mister Ferrol of Ferrolton*.« Und der Lord war aus der Türe.

»Gilt der Besuch Dir?« fragte Ferrol.

»Ich zweifle.«

»Wem also mag er gelten?«

»Es gibt mehr Dinge zwischen Himmel und Erde, als Deine und meine Philosophie ermessen können.«

Jetzt wurden die Stimmen der sich in dem Korridor Begegnenden gehört. Der Baronet weigerte sich entschieden, mitzukommen, und schützte ein dringendes Geschäft in dem Hause vor, versprach jedoch den Lord im Hydepark zu treffen, worauf dieser kopfschüttelnd leichtsinnig die

---

[5] Wünsche Ihnen viel Gutes, Morton.

Treppen des Hauses hinablief, der Baronet, mit schwerem Herzen, wie es schien, die Treppe hinanstieg.

Das Trio hatte eine frische musikalische Jeremiade begonnen; aber kaum daß sie angeschlagen, so wurde ein Schrei über die Töne der Musik gehört, so gräßlich, so entsetzlich! daß er Himmel und Hölle durchdringen zu wollen schien, und den Musikern buchstäblich die Töne in den Händen und Kehlen stecken blieben. Der Schrei war furchtbar, unnatürlich; es war der Schrei eines Verdammten, er war gellend, Mark und Knochen durchschauernd; er erstarb endlich in einem Gestöhne, das einen erschütternden Nachklang von sich gab. Dann trat eine Todesstille ein. Musiker und Zuhörer streckten ihre Hälse empor und stierten an die unheilbringenden Fenster hinauf, dem Weibe fiel die Kappe aus der Hand, und wie sie schaute und stierte, schien ihr wüstes, von Elend und Mangel und Lüsten und Lastern verzerrtes Gesicht zu sagen: da oben gibt es noch etwas Grausigeres, als selbst ich erfahren. Die Musiker schlichen sich alle vom Trottoir und dem Hause weg – aus dem Gäßchen.

Gleich darauf kam der junge Stutzer, aber nicht mehr raschen Schrittes – langsam, gebückt, schleichend, schien ein halbes Jahrhundert zwischen seiner Ankunft und Abfahrt verflossen zu sein; seine Füße schleppten am Boden, er schwankte dem Cabriolet zu, ohne Leben, totenbleich, wie ein Gespenst. Er bedurfte der Hilfe des Jockey, um in den Wagen zu gelangen.

»Das ist seltsam«, sprach Ferrol. »Wo sind wir, Hughes? Dieses Haus birgt gräßliche Dinge, deucht mich.«

»Hush«, wisperte Morton – denn Fußtritte waren zu hören, aber so leise, die Blindschleiche hätte nicht mehr Geräusch auf den Teppichen, mit denen die Treppe bedeckt war, verursacht.

Eine kaum merkbare Bewegung des Drückers verriet, daß jemand vor der Türe stand. Sie ging auf, und ein Kopf streckte sich herein. Es war die verwitterte, harsche, aber unbeschreiblich geistreiche Physiognomie des *quasi* Portiers.

»Ah, Mister Morton!« wisperte der Alte mit kaum hörbarer Stimme, »Sie haben Geschäfte, Besuche – dachte, wären alle fort. Vergebung! Ein andermal!«

»Ein Freund und Landsmann. Mister Lomond!« sprach Morton, der aufgesprungen war, einen Pack amerikanischer Zeitungen ergriff und dem Alten nacheilte.

»Gerade jetzt, das ist fünf Uhr, geschieht das große Werk«, wisperte er dem Jüngling in die Ohren.

»Welches?« fragte dieser.

»Es gibt nur eines gegenwärtig«, versetzte der Alte verweisend. »Die Lords passieren die Emanzipationsbill mit zweihundertzehn gegen hundertzehn.«

Morton schüttelte ungläubig den Kopf. »So eben«, flüsterte er dem Alten zu, »haben mir Lord Arbuthnot und Prinz –l– gesagt, die Tories seien fest entschlossen –«

»Pah! Werden sehen, wie fest sie entschlossen sind!« versetzte jener, indem er die Treppe hinanstieg.

»Wer ist der Mann, Hughes?« fragte Ferrol mit einer Miene und in einem Tone, die Grauen und innern Schauder verrieten. »So oft ich ihn erblicke, rieselt es mir kalt über den Rücken.«

Morton stand in Nachdenken versunken. »Mein Hausherr«, war die endliche Antwort.

»Das weiß ich; aber was ist er, was treibt er?«

»Stille; ein andermal mehr von ihm! Willst Du mit in den Regentspark?«

»Gerne.«

»Wohlan, dann laß uns gehen.«

Die beiden verließen das Haus und bogen um das Gäßchen herum in eine Hinterstraße ein, unter deren halb öden und verlassenen Bauwerken ein sogenannter *livery stable*[6] sich befand. In einigen Minuten waren die Vorbereitungen zur Fahrt getroffen, und sie bestiegen einen Tilbury von der elegantesten Bauart, und reich verziert, dem ein prachtvolles Tier vorgespannt war.

»Aber, sage mir ums Himmelswillen, Morton – bei G–tt! Ich habe des alten George Tilbury gesehen, aber das Deinige –«

»Überbietet ihn, nicht wahr? Zähme Deine Ungeduld noch eine Weile.«

Sie fuhren langsam und schweigend die öde Straße hinauf und gegen die Hinterseite der Bank zu. Am Ende von Cornhill angelangt, schlugen sie die Richtung nach Holborn ein.

»Morton«, nahm wieder Ferrol das Wort, »Dein Hausherr ist ein seltsamer Mann. Sollte mir verleiden, unter einem Dache mit ihm zu wohnen.«

»Glaube es gerne.«

»Warum also bei diesem verdammten Seelenverkäufer bleiben?«

»Das ist eine andere Frage; doch höre:«

Morton zog die Zügel des Pferdes stärker an und die Freunde rückten einander näher.

---

[6] Mietstall, wo Pferde vermietet und in Pflege genommen wurden.

»Du hast gehört von der Katastrophe, die mich, und durch mich meine Familie, insonderheitlich aber meinen Großonkel getroffen. Du weißt, daß der großartige Stil, in dem er die Honneurs der Nation machte, die Grundursache unserer Verlegenheit war, welche durch die großen Summen, die er zur Realisierung seines Lieblingsprojektes, der Errichtung der neuen Universität, darbrachte, noch um ein Bedeutendes vermehrt wurden. Sie zwangen mich, die Karriere in unserem Seedienst aufzugeben und mich im Handel zu versuchen, um so unseren Verlegenheiten abzuhelfen, und den drohenden Verkauf unserer Familiengüter zu verhüten. – Ja, lieber Ferrol, eine zweimalige P–r wäre imstande, das Vermögen eines Krösus zu erschöpfen. – Und dann unsere republikanische Dankbarkeit!« –

Und der Jüngling knirschte mit den Zähnen, und stieß einen schrecklichen Fluch aus.

»Genug«; fuhr er fort, »das Erbteil unserer Familie, in Ländereien allein dreimalhunderttausend Dollar wert, war durch die Hospitalität eines der Hauptgründer amerikanischer Freiheit und des Hauptgründers der heutigen Demokratie so herabgekommen, daß er, um seinen Großneffen in das Handlungshaus P–r und Comp. zu bringen, sich in die Hände des alten Stephy werfen mußte, der mit seltener Bereitwilligkeit sich herbeiließ, fünfzigtausend Dollar vorzuschießen, zu denen ich zehntausend, die ich eigentümlich besaß, hinzu tat. So trat ich als jüngster Partner in die Firma P–r und Comp. ein. Großonkel jedoch mußte für die fünfzigtausend Dollar gut stehen und nicht nur seine eigenen Besitzungen in Virginien, sondern auch ich die mir von meiner Mutter zugefallenen Ländereien am Mississippi in die Bürgschaft aufnehmen. So war ich, und mit mir meine ganze Familie, in den Händen des reichsten, aber auch des eigensinnigsten, despotischsten Mannes der Union – der Erde. Dafür war ich Kompagnon des Hauses P–r, hatte aber den mexikanischen Handel für mich exklusive.«

»Um das Unglück vollzumachen, übernahm ich die Mary, die als Paketschiff den Anfang einer Kommunikation mit Veracruz machen sollte, ganz auf eigene Rechnung. Der Teufel, glaube ich, verblendete mich.«

»Was weiter geschah, weißt Du; die Mary mit einem Kargo von mehr als hunderttausend Dollar im Werte, von denen dreißigtausend mir eigentümlich gehörten, das übrige mir auf Kommission anvertraut war, ging an dem vermaledeiten Kap Hatteras, kaum drei Tage nach ihrem Auslaufen, verloren; und da sie erst drei Jahre alt war, so hatte ich nichts, gar nichts assekuriert. Gelang der Trip, so hatte ich fünfzigtausend Dollar rein gewonnen; so wie die Sachen standen, war ich ein Bettler, – und hatte meinen Großonkel in die Gewalt eines ausländischen Abenteurers gegeben; eines zwanzigfachen Millionärs, aber doch nur eines Abenteurers.«

»Zum Überflusse hatte ich eine sentimentale Verbindung mit Georgiana M–gh angefangen, dem schönsten, – üppigsten und – herzlosesten Geschöpfe von Chesnut Street. Ah, Ferrol! Lache Du; aber dieses Mädchen, sie weiß Dir die Hohe zu spielen – so herrlich die Hohe zu spielen; und Du weißt, das ist unsere schwache Seite. Ich haßte sie in Momenten, und wieder – doch fort mit ihr! – Es war nicht eigentliche Liebe, es war ein Sinnenkitzel – ein epikuräisch geistiger Sinnenkitzel; – aber er trug dazu bei, meinen Seelenzustand gräßlich zu machen – er war unbeschreiblich – meine Leiden entsetzlich. Zwei Tage war ich fest entschlossen, diesem verdammten Leben ein Ende zu machen. Ich ritt hundert Meilen, um mich auf eine unbemerkte Weise aus der Welt zu schaffen – Du kennst das Vorurteil unserer Landsleute in diesem Punkte. Bei jedem Versuche wurde ich auf eine Weise gehindert, die, so empörend sie für meinen Stolz war, mich wieder den Finger des Schicksals oder der Vorsehung, wie Du es nennen willst, erkennen ließ. Am vierten Tag traf ich auf den alten Stephy, der mich mit dem eisernen Griffe seines furchtbaren Despotismus erfaßte, mich zu dem Seinigen machte, und sofort in die Welt hinaus schleuderte.«

»Was er mit mir vor hat, weiß ich noch immer nicht. Er sandte mich im Schoner Swiftfoot ab, wo ich im Angesichte von Philadelphia, und kaum hundert und fünfzig Yards von ihm, beinahe ertrunken wäre; doch Du weißt –«

»Ich mußte nach Havre, nach Paris, von da nach London. – Noch immer weiß ich nicht, was ich soll.« –

»Als ich hier in London ankam, war ich nicht wenig verwundert, meinen Pompey, den ich in Chester zurücklassen mußte, bereits zu treffen. Er war in der B–e angekommen und brachte mir Empfehlungsschreiben an beinahe alle Peers der drei Königreiche, die natürlich den Großneffen J–ns und den Enkel eines Unterzeichners unserer Unabhängigkeitserklärung mit um so größerer Achtung aufnahmen, als er zugleich mit den ältesten und ersten Geschlechtern ihres Landes verwandt ist. Drei Tage blieb ich in der hohen und höchsten Welt. Am vierten mußte ich auf die Change. Ich ging dahin in Begleitung mehrerer Landsleute, und blieb bis zum Schlusse der großen Geldgeschäfte da. In meinem Portefeuille herumstöbernd, fiel mir das schmutzige, kleine Handbillett des alten Stephy, das er mir als Empfehlungsschreiben an einen gewissen Lomond mitgegeben, in die Augen. Ich beschloß sofort, dasselbe abzuliefern, und bei dieser Gelegenheit mir den Mann genauer zu besehen, bei dem ich Quartier nehmen sollte. Auch war es hohe Zeit, der eigensinnigen Grille des despotischen Alten Genüge zu leisten. Als ich einen der Diener in Lloyds Kaffeehause nach Mister Lomond fragte, sah mich der Halbmann scharf und, wie mir schien, mitleidsvoll, und dann wieder höhnisch an; dann sandte er einen Aufwärter mit mir. Allein hätte ich den Versteck des Alten wohl schwerlich gefunden; – denn Du mußt wissen, daß er bloß während der *season* hier in –street wohnt; – den Sommer verlebt er auf einer prachtvollen Villa, und kömmt in einem eleganten Cabriolet zur Stadt.«

»Denke Dir mein Entsetzen, als mich der Mann durch eine Unzahl Gassen und Gäßchen und Winkel in das horrible kirchhofartige Schreibstubenviertel brachte, wo ich meine Londoner Residenz aufschlagen sollte; mir wurde grün und blau vor den Augen, als wir vor dem Hause hielten.«

»Es war gerade sechs Uhr abends, als ich die Schwelle seines Hauses betrat, und das versiegelte Zettelchen abgab. Er kam selbst an die Haustüre und hatte kaum einen Blick auf die Adresse geworfen, als er das schmutzige Papier auch mit allen Zeichen tiefer Ehrfurcht öffnete, dann mich bei der Hand nahm, und, ohne ein Wort zu sagen, in das Appartement einführte, das ich gegenwärtig bewohne, und das, aus drei Piecen nebst einem Zimmer für Pompey besteht, wie Du gesehen hast, und das kein Carl verschmähen dürfte; immer die Nachbarschaft abgerechnet. Mit den Worten: Dies ist Ihre Wohnung; Sie bezahlen wöchentlich achtzehn Schilling *six pence* für sich und Diener, und haben heißes Wasser zu Kaffee und Tee, – verließ er mich. Ich stand und wußte nicht, wie mir geschah; aber des Mannes Physiognomie und ganzes Wesen hatte etwas Eigenes, etwas unbeschreiblich Eigenes für einen Mann in meiner Lage. Er kam mir vor wie das Verhängnis, dem mich entziehen zu wollen Torheit wäre. Ich zog ein. Drei Tage nach meinem Einzuge nahm er mich bei der Hand, führte mich aus dem Hause; durch die Straße nach –street einem *livery stable* zu, wo er mir diesen prachtvollen Tilbury, der mit dem Tiere wenigstens fünfhundert Pfund kostete – zu meiner Verfügung stellte. Seine Worte waren: steht ganz zu Ihrem alleinigen Gebrauche während Ihres Aufenthaltes in London, wofür Sie wöchentlich einen Sovereign bezahlen.«

»Ein Spottgeld. Die Unterhaltung eines Reitpferdes kostet fünfundzwanzig Schilling«, bemerkte Ferrol.

»Jeden Samstag abends, fünf Uhr, fünf Minuten, fünf Sekunden, kommt er um seine achtunddreißig Schilling, die ich, um ihm alles überflüssige Reden zu ersparen, in die Ecke meines Schreibtisches legen wollte. Wir sprachen, außer dem *Good evening to you*, noch kein Wort.«

»Merkwürdig! Ich war noch nicht acht Tage in meiner abgelegenen Einsamkeit, als auch bereits meine Freunde mich ausfindig gemacht hatten, und doch war ich kein einziges Mal hinüber nach Westend gekommen. Bereits waren die Marquise von L–e und C–e und die Carls G. und W. mit mehrern Viscounts und Lords bei mir. Stelle dir meine Verwunderung vor, als mir neulich A– zu verstehen gab, ich könne ihm recht wohl allenfallsige Eröffnungen machen, da ich denn doch von Seite unserer Regierung beauftragt wäre, den kitzlichen Punkt der noch immer schwebenden Differenzen wieder aufzunehmen; er würde sie als vertrauliche Mitteilungen betrachten, und auf diese Weise ließe sich vielleicht die Diffikultät am ehesten heben, was er selbst recht sehr wünsche. Ja, er stellte sich gewissermaßen beleidigt, wegen meiner zu weit getriebenen diplomatischen Reserve. Meine Verwunderung minderte sich nicht, als ich dieselben Insinuationen in mehreren der ersten Tagblätter las, und sie stieg auf das höchste, als mir wirklich vor wenigen Tagen der Auftrag von unserm Kabinette zukam, in betreff dieser Angelegenheit, die nun schon über die zwanzig Jahre zwischen unserer und dieser Regierung schwebt, vereint mit unserm Minister Unterhandlungen anzuknüpfen.«

»Seltsam!« fiel ihm der Freund ein.

»Mein Großonkel ist nicht im Spiele, eben so wenig meine Familie«, fuhr Morton fort.

»Was nun den alten Stephy betrifft, so hat er, sowohl bei unsern Mittel- und höhern Klassen, als der Regierung, beinahe gar keinen Einfluß; denn der alte Hickory haßt, wie Du weißt, alle Geld- und Bankmänner. Der Umstand, daß ich Marinelieutenant war, und diese wirklich kitzliche Angelegenheit vorzüglich unsere Marine angeht, könnte zwar beigetragen haben; immer jedoch ist mir das Ganze unerklärlich.«

»Doch um auf meinen Hausherrn zurückzukommen. Jeden Tag sah ich ihn einmal, nämlich wenn er kam, die Zeitungen abzuholen; jeder Tritt, jeder Schritt, ist und bleibt bei ihm derselbe. Jeder Zug bleibt sich gleich auf diesem blei- und aschfarbigen Gesichte mit gelbem Grunde; keines seiner sparsamen weißen Haare legt er anders; alles an ihm ist so unveränderlich, so unleserlich, wie die Hieroglyphen Ägyptens vor Champollion; der leibhafte Kronos, der seine Kinder frißt. Aber diese dünnen, blauen Lippen, so bleiblau, als ob der Frost sie erfroren hätte, diese Adlernase, so scharf, so spitzig, diese Augen, so durchbohrend, daß sie in die innersten Tiefen der Seele dringen, dieser furchtbare, Gott ähnliche Blick, ich gestehe Dir, ich sah jeden Tag mit Ungeduld der Stunde entgegen, in der der Mann zu kommen pflegte. Er war mir interessant geworden. Sein Auge hat etwas brennend Höllisches; es ist höllisches Feuer darin. So stelle ich mir den Blick Satans vor, wenn er die Verdammten ergreift, und hohnlächelnd die Schöpfungen seines Gottes zerstört. Eine verdammte Absurdität, *by the by*, lieber Ferrol, ist sie's nicht? Aber wieder – wenn ich betrachte, wie jedes geschaffene Werk zu Grunde gehen muß, nachdem es seinen Zweck erreicht. – Pah!«

Der Jüngling hielt eine Weile inne, und fuhr dann fort:

»Ja, es ist ein wahrer Herrscher-, ein wahrer Königsblick, der seinen übertretenden Sklaven die Vorqualen der Folter fühlen läßt. Du hast heute die Wirkungen dieses Blickes gesehen und gehört. Sie sind Grausen erregend. Er hat viele Besuche, – ich sollte glauben, die Höchsten des Landes. Sie kommen aber immer *incognito*, allein, häufig zur Nachtzeit, Dandies jedoch auch bei Tage. Du hörst auf ihre Bitten, auf ihr Flehen nie eine Antwort; er spricht nur durch Blicke, aber diese Blicke beschwichtigen auch den Zudringlichsten, den Kecksten. Du hörst oft lautes Geschrei, Flüche, starke Reden; aber dann folgt immer eine Grabesstille, die dem ersterbenden, verhallenden Gestöhne der Wogen gleicht, nachdem sie ihre Opfer verschlungen haben. Es ist der absoluteste, aber auch der großartigste Egoist, den ich in der Union oder in England je gesehen, und das ist, wie Du weißt, ein Metier, in welchem wir beide exzellieren, die Tochter und die Mutter«

»Ich landete, wie gesagt, in Havre, und ging, infolge der Instruktionen, die mir gegeben worden waren, nach Paris. Natürlich besuchte ich unsere Freunde, die Söhne des Marschalls N–, und des Herzogs von O–, und alle die prächtigen Franzosen, mit denen wir zu Hause so herrliche Tage verlebt hatten. Höre! Es sind Dir prachtvolle Jungens, diese Franzosen; verglichen mit ihnen, sind Dir diese Lords bloße Puppen und Kälber; aber im vorgerückten Alter gewinnen diese wieder. Ist sonderbar! Ein alter Franzose ist Dir ein zähig schleimiges, intrigantes Tier ohne Saft und Kraft. Leben zu geschwind, die Franzosen. Ein alter Engländer ist wieder wie seine Eichen.«

»Und der Amerikaner schlägt sie beide«, fügte Ferrol hinzu.

»Versteht sich von selbst«, fiel Morton ein; »aber zu unsern jungen Franzosen zurückzukommen. Sind Dir prachtvolle Jungens, diese Franzosen, besonders die bei uns aufgetaut haben. Und Mut haben sie Dir. Sie schießen sich mit Dir im brüderlichsten Zeitvertreib, wenn Du ihnen zum Spaße auf die Zehen trittst, oder Dich weigerst, ihnen in eines ihrer B–lle zu folgen. Ich hatte wirklich deswegen ein Duell, und leider flügelte ich den armen Teufel; sagte ihm es aber vorher. Alles ging aber in der herzlichsten Freundschaft ab. Kernjungens! Sie zogen mich in – und durch alle Salons, und erst jetzt habe ich eigentlich eine Idee von diesem göttlichen Paris. Natürlich sah ich mich auch ein bißchen weiter um; denn erhaben wie wir sind über das Getreibe europäischer Prinzipfragen, beurteilen wir ihren Gang kühler, und deshalb schärfer und richtiger. Bei dieser Gelegenheit lernte ich die finanziell-politischen Verhältnisse der dortigen großen Häuser kennen, den Hof selbst genau kennen, dem ich natürlich durch unsern Gesandten vorgestellt wurde. Der alte Charles ist Dir ein Gentleman im vollen Sinne des Wortes, aber auch gar nichts weiter, und kennt sein Volk nicht mehr, als er die Hottentotten kennt. Gefiel mir sehr, dieser Hof, sprach oft mit dem versoffenen, blöden D–n, der aber ein sehr gescheites Weib hat. Überhaupt herrscht in der dortigen hohen Welt, selbst die ultra-royale nicht ausgenommen, ein frivoler und wieder starker, auch genialer Geist, die Folge der Vereinigung und Vermischung so verschiedenartiger Berührungen und Interessen. Ich kenne nichts Anziehenderes, als einen Salon beim alten ultra-royalistischen Herzog von N– oder dem Marquis N–. Die Zirkel bei L–tte sind zu revolutionär, gemischt, alles beisammen. Man ahnte bereits damals etwas von der Katastrophe, die das Ministerium M–c jetzt trifft, und über welche Katastrophe ich von Herzog von E–n vor acht Tagen bestimmte Daten erhielt. Als Abkömmling von einem altadeligen englischen Hause hatte ich freien Zutritt bei den Royalisten, als virginischer Aristokrat bei den großen Landbesitzern, und als Günstling des alten Stephy bei den Geldmännern; und ich sage Dir, meine Nachrichten sind richtiger, als die W–n selbst erhält, zusamt seinem P–c, den Du so eben gesehen. Es ist jetzt darauf und daran, den lieben P–c an die Spitze der Geschäfte daselbst zu bringen. Die Mine ist seit sechs Monaten gelegt, jetzt soll sie springen, und mich sollte es gar nicht wundern, wenn der alte Ch–s darüber spränge. Würde mir leid tun um ihn; denn was könnte wohl besseres nachfolgen? Aber die Leute haben das Gehirn verloren.«

»Den Tag, nachdem ich das Schreiben des jungen Herzogs von E–n erhalten, kam der alte Lomond zu mir auf das Zimmer, und zwar außer seiner gewöhnlichen Stunde; das erste Mal, daß er außer der Zeit zu mir kam. Er komme, sagte er, um meine amerikanischen Zeitungen, die ich kurz zuvor durch den Hannibal erhalten, zu übersehen. Der Brief wurde während meiner Abwesenheit abgegeben, und lag auf meinem Tische, und ich vermute, er hatte in der Adresse die Hand eines französischen Großen erkannt. Sie haben eine eigene Hand diese sogenannten französischen Großen; obwohl ich in der Größe wieder mit ihnen nicht tausche. Höre, nach fünfzig Jahren wird es etwas sagen wollen, ein amerikanischer Großer zu sein. Glaube, wenn einem von uns in diesem ihrem Frankreich heute etwas geschähe, die ganze Nation wäre auf. – Würde unsere Flotte saubere Geschichten mit ihren Vierundsiebenzigern und Hundertzwanzigern anrichten. Sind zwar ihre Schiffe brav gebaut, aber ihre Offiziere taugen nichts; haben absolut keinen Seemannsgeist. Unsere zwölf

Linienschiffe können es getrost mit vierundzwanzig der ihrigen aufnehmen. Höre, es ist wieder etwas Schönes, ein Dutzend oder mehr Millionen verbündeter Mitsouveräne zu haben. Unsere ist doch die beste Welt!«

»Doch zu unserem Lomond zurück zu kehren. Er komme, sagte er, um unsere Zeitungen zu lesen. Er lese unsere Zeitungen ungemein gerne. Sie wären der wahre Spiegel unseres Lebens, und gäben ihm so viel Aufschluß über unser öffentliches Treiben, wogegen die Blätter der übrigen konstitutionellen Welt bloße elaborierte und von den Machthabern diktierte Artikel enthielten, eine Art Köder und Angelhaken und Netze, in denen die Aristokraten und Bürokraten die Simpelvölker, und alle nennt er sie so, bis auf das unserige – wie Kinder und Robins einfangen, und mittelst ihrer Trabanten dann treiben und lenken. Bei dieser Gelegenheit erzählte er mir eine Anekdote vom alten Friedrich dem Großen, die recht charakteristisch ist. Muß ein verdammt gescheiter Mann gewesen sein. – Wenn nämlich in einer der vielen Schlachten, die er lieferte, um ein Stück Land von Österreich wegzukapern, auf das er gerade so viel Recht hatte, als ich – seine Soldaten zum Weichen gebracht wurden, pflegte er sie immer wieder mit dem Zurufe ins Feuer zurück zu treiben: Ihr Racker, wollt Ihr denn ewig leben!«

Und beide brachen über diesen wirklich charakteristischen Zug in ein hell lautes Gelächter aus.

»Ich wundere, was unsere Milizen sagen würden, wenn unser alter Hickory ihnen eine solche Aufmunterung gäbe«, bemerkte Ferrol.

»Also der Alte fragte mich wie gelegentlich einiges über die kommerziellen Verhältnisse von New York, und kam dann auf Paris zu sprechen. Ich gab ihm Aufschlüsse, so gut ich vermochte, und spielte dann auf den großen Kabinettsstreich an, der hier noch immer tiefes Geheimnis für alle ist, den Herzog von W– und vielleicht die Gesandten der größern europäischen Mächte ausgenommen. Der Mann wurde aufmerksam, und, wie es mir schien, betroffen. Er zuckte sichtlich zusammen. Ich ging einen Schritt weiter, gab ihm Beweise, zeigte ihm endlich den Brief. Er griff danach, wie der in der Sandwüste Verschmachtende nach dem Wasserschlauche greift; und ehe ich noch die Hand zurückgezogen hatte, war er verschwunden. In einer Viertelstunde kam er wieder, und legte den Brief schweigend auf den Tisch. Ohne ein Wort zu sagen, entfernte er sich. Endlich vor drei Tagen kam er ungemein heiter auf mein Besuchzimmer. Sie hatten recht, zischte er, ganz Recht. Ihre Nachrichten waren ein prachtvolles Stück Geldes wert, sind es noch immer wert. Wirtschaften Sie damit, Sie werden dabei nicht verlieren. Können Sie über zehntausend Pfund disponieren? Meine Antwort war: Könnte ich über zehntausend

Pfund disponieren, wäre ich nicht in London. Ah, der alte Stephy, meinte er, hält Sie knapp. Wird aber schon besser werden. Verlassen Sie sich darauf – ist ein großer Mann, der alte Stephy, ein wahrer Napoleon. Aber die Aktien werden in einer Woche einige Prozent herunter sein. In einem Monate wollen wir sie wieder hinauf heben. Ich sage Ihnen dieses, als einem der Unsrigen. Kaufen Sie – aber nein, lassen Sie mich sehen. Mein Wort ist besser, als Ihr Geld, und wenn Sie zweimalhunderttausend in der Hand hätten, und ich bin Ihnen Dank schuldig.«

»Und er erstattete gestern diesen Dank auf eine großartige Weise. Er brachte mir ein Transfer von fünfzigtausend Pfund, mit dem Hause D–, das in Zeit von vier Wochen wenigstens tausend Pfund abwerfen mußte; ja, er ließ mir die freie Wahl zwischen tausend Pfund bar und vier Wochen Warten. Ich nahm die tausend Pfund bar, die er mir auch in einer Tratte auf das Haus D–d & Comp. anwies. Aber zugleich nahm er richtig die achtunddreißig Schillinge von der Ecke des Tisches und gestand mir lächelnd, daß es absolut gegen sein System wäre, irgend jemanden etwas zu schenken; es bringe um alles Glück. Seit gestern ist sein Vertrauen gegen mich bereits so weit gestiegen, daß er mich selbst zu einem Besuche in seinem Appartement abholte, das, wie Du weißt, gerade über dem meinigen ist. Es besteht aus beinahe dürftig möblierten drei Piecen mit grünen und aschgrauen Tapeten, von denen das zweite sein Sitz- und Schreibzimmer, das dritte sein Schlafgemach ist. Dieses ist mit eisernen Fensterladen stark verwahrt. Die Einrichtung dieser drei Zimmer ist eine wahre Raritätensammlung. Du findest alle Jahrhunderte, alle Zonen, alle Länder, alle Teile der Welt, im einen oder dem andern Stücke repräsentiert, die er während seines frühern vagabundierenden Lebens gesammelt haben muß, oder die ihm von Geldbedürftigen zugetragen worden; denn auf Pfänder verleihen war sein ursprüngliches Geschäft gewesen, obwohl er es gegenwärtig nicht mehr treibt, besondere Fälle ausgenommen.«

Die beiden waren nun in Tottenham Courtroad angekommen.

»In diesem Appartement nun lebt und webt er«, fuhr Morton fort, »obwohl er noch fünf bis sechs und darunter mehrere prachtvolle *Mansions*[7] in London, nebst mehreren Landsitzen, besitzt, auf deren einem, nicht fern von Chelsea, er auch einen großen Teil des Sommers weilt. Hier, wie gesagt, bringt er die eigentliche *season*, wie der Bär in seiner Winterhöhle, zu.«

»Möchte doch wissen, welches der drei Königreiche dieser Anomalie Leben und Dasein gegeben hat.«

---

[7] Stadthäuser der Großen.

»Nach seinen hervorstehenden Backenknochen zu schließen und dem harten Akzente, würde ich ihn für einen pfiffigen Nordländer halten; aber die Adlernase mit den seltsamen Nasenlöchern machen mich zuweilen irre. Zudem herrscht in seiner Aussprache ein stark ausländischer Akzent vor.«

»Hat er keine Freunde und Verwandte?«

»Nicht, daß ich wüßte.«

»Fahre fort.«

»Sein Leben ist für die Welt ein absolutes Geheimnis. Sein zweites und drittes Zimmer betritt niemand. Er selbst reinigt beide, und wirft die Bettwäsche und Teppiche ohne Umstände durch die Fenster auf den Hof hinab, wo sie die Haushälterin aufzuheben und zu lüften hat. Sein Besuchzimmer dient ihm zugleich zum Speisesaal, und selbst in dieses kommt die Haushälterin, die zugleich seine Aufwärterin ist, bloß, um es zu säubern. Was aber das Seltsamste ist, so hat er auf seinen Villas mehrere Diener, die aber nie in dieses Haus kommen dürfen, bei Verlust ihres Dienstes; so wie die Haushälterin wieder nicht aus der City darf.«

»Um acht Uhr macht er seinen Kaffee, wozu ihm die einzige Person, die nebst mir und meinem Pompey im Hause wohnt, heißes Wasser, Milch, geröstetes und frisches Brot und Butter bringt. Schlag zehn Uhr übersieht er die Zeitungen, deren Inhalt er mit Falkenaugen durchspäht. Seine Kenntnis von allem, was Handel und Kredit betrifft, übersteigt allen Glauben. Schlag eilf Uhr verläßt er das Haus, und kehrt erst halb nach sechs Uhr zurück. Heute machte er eine Ausnahme, da kein Börsetag war. Auf dieser Börse wird er mit Scheu und mit einer Art von Grauen betrachtet. Selbst die Exklusiven der Börse – Du kennst das Zimmer, aus dem jeder Uneingeweihte mit zerrissenem Rocke und einer Tracht Schläge oder dem Inhalte des Tintenfasses auf dem Gesichte hinausgetrieben wird – stehen Dir bei seiner Annäherung wie die Grenadiere der Garderegimenter, wenn sie der alte W–n die Revue passieren läßt. Während dieser verhängnisvollen drei Stunden ist der Mann ganz Staatspapier, und er lebt in einem Zustande der Verzückung, die ihn wie die Magnetnadel bloß nach einem Punkte hinzittern läßt. Alles, was nicht die Konsols und die Cinq betrifft, ist für ihn in dieser Zeit nicht vorhanden. Um vier Uhr erst beginnt er allmählig wieder den Menschen anzuziehen. Er sieht wieder Gegenstände und hört auf Worte, auch wenn sie sich nicht auf Stocks und Bills beziehen. Dann kannst Du ihn zuweilen sehen, wie er sich die Hände reibt, aber nicht zu stark, als fürchte er, die Haut sei Papier; und dann zieht sich ein unheimliches Lächeln über seine erstarrten verwitterten Grabeszüge, diese scharf trockenen Minoszüge. Er ist in solchen

Augenblicken ein wahrhaft unterirdisches Wesen, und erschien er mir auf einer der Klippen in der Nähe des Ursitzes unserer Familie, am Ben Lomond, ich hielt ihn zweifelsohne für eines der Mitternachtsgespenster dieses Sees.«

»Schlag sieben Uhr bringt ihm die Haushälterin sein Mittagessen, das sie auf einen Tisch vor der Türe setzt, ganz leise Schläge an diese tut, und endlich den Tisch in das Zimmer trägt. Ein einziges Mal wagte sie es, einzutreten, ohne das *Walk in!* abzuwarten, war aber nahe daran, ihren Dienst zu verlieren, der nichts weniger als schlecht sein muß; denn bei einer unmenschlichen Härte, einer über alle Begriffe gehenden Geld- und Selbstsucht, läßt er sich wieder Züge von Großmut entwischen, eine Verachtung des edlen Metalles, die nur seiner Verachtung gegen das Menschengeschlecht gleichkommt.«

Der Tilbury rollte nun die Ulster-Terrasse hinan, die dem Blicke so prachtvolle Reihen von palastartigen Häusern zur Linken und Rechten und hinab gegen die St. Katharinenkirche darbietet. Es war einer der lieblichsten Apriltage. Die Sonne lächelte in jugendlicher Frühlingsschüchternheit so verschämt aus dem silbernen Wolkenschleier hervor, gleich dem scheuen fünfzehnjährigen Kinde mit ihrem Schleier spielend und ihr Antlitz wieder verhüllend, und Pflanzen und Blüten brachen hervor aus ihren zarten Gehäusen, und in der feuchten, duftenden Atmosphäre erglänzten Stadt und Landschaft so prachtvoll! Und wieder schaute die Sonne durch ihren Wolkenschleier so schmachtend, schwellend! Wie die Schöne, deren feuchtes Auge noch in Wollust schwimmt, in glühend matter tränender Wollust; denn Tränen begleiten die Wollust. Es war eine Szene, ein Anblick, der die beiden Amerikaner mit stolzem Entzücken erfüllte; denn es war ja das Geburtsland ihrer Väter, die Wiege des ihrigen.

Als sie sich Clarence-Terrasse näherten, schlugen die Turmuhren fünf. Ein lang und langsam von Südost heraufrollender Donner kam wie auf den Fittigen der Windsbraut von Portland-Place herüber und Pentonville herauf.

»Was hat das zu bedeuten?« fragte Ferrol.

Morton gab keine Antwort. – »Sollte es sein, wie mein alter Hausherr gesagt? Es sind Kanonen-, und zwar Freudenschüsse, entweder die Parkkanonen oder vom Hafen herüber.«

»Und weswegen?«

»Ich glaube, die Emanzipationsbill ist wirklich passiert.«

»Du scherzest. Hast Du die Winke des gichtbrüchigen Tory und des grauen Prinzen über die Stimmung der Majorität des Oberhauses vergessen?«

»Nein; aber wir wollen auf alle Fälle hinab.«

Und sie fuhren um die Ecke von Clarence-Terrasse Portland Place zu.

Verwunderung, Staunen, ja Verwirrung auf allen Gesichtern; hinab nach Regents Street wurden starke Volkshaufen bemerkbar, die sich verdichteten, je näher sie Whitehall kamen. Es war wirklich, wie der Alte vorhergesagt hatte. Der Adel Großbritanniens, der stolzeste und mächtigste, der je ein Reich regiert, der unbeugsamste, der einen Kaiser entthront und seine eigenen Könige Jahrhunderte hindurch unter der drückendsten Obervormundschaft gehalten; – dieser Adel hatte sich gebeugt vor einem aus seiner Mitte – gebeugt auf das Macht- und Kommandowort eines Compeers. – Aus tausend irischen Kehlen brüllten wütende Hurras für W–n und »zweihundert dreizehn gegen hundert und neun!«

»Dieses Oberhaus hat heute sein und seiner Nation Todesurteil gesprochen«, brach Morton aus, als sie vor dem Parlamentshause ankamen.

»Du kommst doch mit zu Trelauney's?« fragte Ferrol den Freund. »Finden da ein Kleeblatt Landsleute beisammen, wollen eins auf die Gesundheit des alten W–ns trinken.«

»Nicht ich«, sprach Morton gedankenvoll. »Ich bin auf ein halbes Dutzend Bälle geladen, und den in D–ehouse darf ich um keinen Preis versäumen. Ich führe Dich aber zu Trelauney's.«

Und so sagend lenkte Morton den Tilbury und fuhr rasch hinauf zu Trelauney's. Er sprach kein Wort auf dem Wege. »Kannst Du schweigen, Ferrol?« fragte er, als sie vor dem Kaffeehause angekommen waren.

»Eine sonderbare Frage, Hughes!«

»Wohl, so schweige, denn sonst« – er hielt inne – setzte den Freund rasch ab, und ohne umzublicken fuhr er schnell der City zu.

Ferrol sah ihm kopfschüttelnd nach.

II.

Der Geldmann.

Der Kopf des Jünglings war voll von seinem Alten. Wo hatte er die Gewißheit von dem Resultate dieser in ihren Folgen so unendlich wichtigen Maßregel, einer Maßregel, die die geschriebene Konstitution der drei Reiche eben so über den Haufen warf, als jenes *untoward event*, zu dem der präsumtive Thronerbe durch sein drolliges Postkript[8] Veranlassung geworden, ein Kaiserreich halb über den Haufen geworfen? Als der Alte mit seiner Bestimmtheit die Majorität und Minorität der Votierenden angab, wußten diese vielleicht selbst noch nicht ihren endlichen Entschluß. Der Mann hatte eine ominöse Wichtigkeit in den Augen Mortons erlangt. Er stand wie eine Zaubergestalt vor ihm, wie der Wächter an der Pforte, die vielleicht auch sein Geschick verschloß. Es trieb ihn mit Riesenkraft die City hinauf; die ganze übrige Welt war für ihn in den Hintergrund getreten. Und als er nun den Stand hinan und Ludgatehill hinauf rollte, und Cornhill durchfuhr, und in das Chaos von schmutzigbraunen und roten Gebäuden einlenkte, aus dem die Vergangenheit mit all ihrer Härte und Rauhheit und Unwissenheit und Beengtheit so grausig herausleuchtete, wurde es ihm düster zu Mute, und düsterer, als er endlich in die Einöde von Backsteingebäuden gelangte, in deren letztem Verstecke der Alte gleichsam wie die Spinne lauerte, um in seinem Netze den unvorsichtig leichtsinnigen Schmetterling des Hochlebens zu umgarnen. Auch keine Seele war in diesem Grabesviertel zu sehen. Er stellte Pferd und Wagen ein, und schlich sich wie ein Schatten längs den Eisengittern der Häuser zu seiner Wohnung hin.

Die Turmuhr von St. Paul schlug sechs. Zwischen die nackt und kahl und gespenstisch empor strebenden Häuser der engen Gasse hatten sich bereits die Schatten der Nacht gelagert. Ihm kam es vor, als ob die Riesengeister jener Männer, die Englands merkantile Herrschaft gegründet und über alle Teile der Welt verbreitet hatten, nun aus diesen ihren düstern, verlassenen Wohnungen heraus schritten, an ihrer Spitze der alte Lomond, den sie zum Wächter ihrer Interessen erkoren, zum Repräsentanten ihres Wirkens. Er trat die Treppen zur Haustür hinan, die sich wie

---

[8] Des Herzogs von Clarence, als Großadmiral, an Codrington.

der Eingang zur Unterwelt, bereits beim ersten Schlage mit dem Klopfer öffnete.

»Mister Lomond zu Hause?« fragte er seinen alten, so eben mit dem Decken des Tisches beschäftigten Neger.

»Pompey gerne beten, daß alten Lomond Teufel holen möge«, brummte der Alte, eine jener gedrungenen Figuren, die durch Umfang ersetzen, was ihnen an Höhe abgeht, und in deren komfortabler Leibesbeschaffenheit und launig keckem Wesen unsere virginischen Aristokraten häufig jenen Zeitvertrieb wieder finden, den die Schalksnarren verflossener Jahrhunderte ihren feudalen Gebietern gewährten. Die eisgraue Wolle am Kopfe, die, wie die Haare eines Widders, zapfenartig empor stand, die Gußeisenfarbe des Gesichtes und ein unerschütterliches *laissez-aller* im ganzen Wesen des Alten verrieten, daß er als ein treues und bewährtes Hausmöbel betrachtet und behandelt wurde.

Morton hatte sich schweigend auf das Sofa geworfen.

Der Neger hatte das Kuvert seines Herrn aufgesetzt und stellte sodann einen Suppennapf vor dasselbe.

»Da Englischen«, brummte er, »kommen, und eine solche Mockturtlesuppe auftischen, kostet *six*, nein, kostet *five*, nein, kostet eilf Pence«, brummte er weiter. »Massa Hughy, essen, und dann fortziehen aus diesem verdammten Hause, Pompey es sagen.«

»Muß es gleich sein?« fragte der Herr.

»Je eher, desto besser sein für Massa«, erwiderte Pompey.

»Pompey ein Narr sein.«

»Und Pompey nicht von seinem Madeira nehmen, obwohl er befohlen; lieber Dünnbier trinken Pompey, und so Massa tun.«

»Tue, wie Du willst; ich glaube, in diesem Punkte hast Du Recht.«

»Glauben Sie dies?« fragte eine dritte Stimme, und das greise Haupt des Alten streckte sich zur Türe herein, und dann folgte er selbst, und schaute abwechselnd Morton, und wieder den Neger an.

Der Kontrast zwischen dem bildschönen, lebenskräftigen Jüngling und dem in seiner Art nicht minder anziehenden Alten schien ihn anzusprechen. Er lächelte.

»Und Sie glauben, das Anerbieten von meinem Madeira nach Belieben annehmen oder von sich weisen zu können?«

Morton war überrascht aufgestanden; aber die sonderbare Frage brachte ihn zu sich.

»Ich glaube«; sprach er.

»Sie sind noch jung«, sprach der Alte, »sonst würden Sie nicht glauben; nur Toren und Kinder glauben. Übrigens sage ich Ihnen, der stolzeste Bankier Englands würde es sich zur Ehre rechnen, eine Bouteille mit Lomond trinken zu können; doch, ich sehe, Sie sind im Begriffe, Ihr Mittagessen einzunehmen, und ich habe das gleiche vor. Wenn Sie fertig sind, dann kommen Sie, Ihren Wein mit mir zu trinken, aber nicht zu frühe. Sie wissen, ich bin ein alter Brite, und die lieben es, ihr Mittagsmahl ungeniert und behaglich zu verzehren. Vergessen Sie das Anziehen der Klingel nicht, – nie – nach sieben Uhr.«

»Wein mit ihm trinken?«, brummte der alte Pompey, als der Alte kaum den Rücken gewandt hatte; »der die Peitsche bei einem Kreolen oder dem T–l selbst geführt; der kein Christ sein.«

»Halt das Maul, Pompey!« schrie ihm sein Herr zu, der sich am Tische niedergelassen hatte, den Kopf gedankenvoll in die Hand gestützt.

»Pompey glauben, der Alte Mockturtlesuppe auch haben wollen; – d–n – *him*!«

»Halt das Maul, Du alter Narr!« schrie Morton, der einen Löffel voll von der Suppe versuchte.

»Pompey es ja halten; nur sagen, daß gerne beten, wenn der Teufel den Alten holen.«

»Und wenn Du's Maul nicht hältst, so sollst Du die Reitpeitsche – bei meinem Worte –«

»Massa Hughy Pompey die Katze geben? Massa Hughy Pompey die Katze geben? Der Massa und Ma auf den Armen getragen?« heulte der Neger zähnefletschend und wie toll umherlaufend.

»Bist doch ein verdammter alter Narr, Pompey; komm her und nimm Deine Mockturtlesuppe; – ich kann nicht essen.«

»Alles der G–tt verdammte Alte daran schuld sein«, brummte Pompey wieder.

»Pompey, kannst Du denn das Maul nicht halten?«

»Pompey ja 's Maul halten; nur sagen, daß G–tt den Alten in die Hölle v–n möge, und das ja nichts Übels sein.«

Morton lachte laut auf, und der alte Pompey brummte kopfschüttelnd: »Massa halb verrückt sein; denn Pompey nicht wissen, was da du lachen sein.«

Des Negers bittere Laune gegen den Alten hatte seinen Herrn in eine Stimmung versetzt, die eben nicht die zuvorkommendste genannt werden konnte. Das verächtlich aristokratische Hohnlächeln hatte sich wieder um die gekräuselten Lippen gelegt, als er den Weg zu seinem Appartement antrat. Er klopfte an die Türe.

»Halt!« rief es von innen. »Wer ist's?«

»Morton«, war die Antwort.

»Sie haben meine Erinnerung vergessen, das Zeichen zuvor zu geben. Es ist sieben Uhr lange vorüber. Zum Glücke wußte ich, daß Sie kommen; sonst hätte es Unglück geben können.« Und wie der Mann so sprach, drückte er an eine Feder, und ein Knarren und Gerolle wurde hörbar. Darauf trat er mit dem Licht aus der Türe, und beleuchtete den untern Gesimsepfosten des Treppengeländers.

»Sie haben gute Batterien«, lächelte Morton, der mit Verwunderung ein Dutzend Pistolenläufe abgezählt hatte, die aus dem Holzwerke des Geländers ihre kleinen Schlünde vorstreckten.

»Merken Sie sich das, damit kein Unglück arriviert. Ihnen möchte ich es vor allen am wenigsten gönnen.«

»Sehr verbunden«; erwiderte Morton lachend.

Der Alte schien es nicht zu hören und leuchtete seinem Gast ins zweite Zimmer, wo er auf ein Sofa neben dem Kamin deutete, und selbst auf einem Fauteuil vor diesem Platz nahm, auf den er sich halb liegend, halb sitzend hinlagerte, die Füße auf einem gepolsterten Fußschemel ruhend. Dann heftete er die Augen auf den Kaminbalken, auf dem Bills, Schecks, Quittungen und andere Papiere zerstreut lagen, daneben einzelne Preziosen, untermengt mit Kupfer- und Silbermünze. Ohne Regung, ohne Bewegung saß er mehrere Minuten, nicht unähnlich einem morgenländischen Idole.

Morton war gleichfalls schweigend gesessen; endlich schaute er schärfer in das erdfahle, unheimliche Gesicht des Alten. Es traf ihn sein durchbohrender Blick, und seine Augen leuchteten dabei so seltsam auf, daß er unwillkürlich zusammenzuckte.

Der Alte lächelte.

»Sie sind nicht vergnügt, Mister Morton«, hob er endlich an.

»Ich weiß nicht, wie ich das sein könnte. – Man hat mich gesandt, aber fürwahr –«

»Ist es Ihrem amerikanischen Stolze gerade nicht angenehm, als Ball aus einer Hand in die andere überzugehen, aus der des alten Stephy in die des alten Lomond?«

»Die Wahrheit zu gestehen, ja.«

»Das ist frei und männlich gesprochen, wie es einem Amerikaner wohl ansteht. Ich achte Sie deshalb nicht minder. Aber trösten Sie sich. Unser Heiland hatte seine Jünger drei Jahre herumgeführt, und doch fand sich ein Verräter. Das Gebäude, das wir aufführen, ist nicht von geringerer Wichtigkeit. Und Ihre Prüfung soll bald am Ende sein, ich verspreche es Ihnen.«

»Mister Lomond, diese Parallele!« rief der Jüngling innerlich empört.

»Ah, Sie sind ein guter Christ, wie Amerikaner von guten Häusern es gewöhnlich sind – auch Briten sind es – das heißt, *pro forma*, des guten Beispiels wegen für den Pöbel, auf daß dieser sehe, daß man nicht *above that very useful thing, religion*, seie. Ah, die Religion ist eine prächtige Sache für reiche Leute, aber, so wie sie wieder ist, ein verdammt unbequemes Ding für Arme. Für alle künftigen, ewigen Seligkeiten, die sie ihnen vorspiegelt, gebe ich keine *six pence*; will lieber mit reichen Leuten verdammt als mit armen selig werden. Ei, eine wahrhaft aristokratische Religion, verspricht, wie alle die großen Herren tun, das Halten steht auf einem andern Blatte.«

Wieder ward er stille.

»Haben Sie gehört, Mister Lomond?« fragte der Jüngling, dem man ansah, daß er der Unterhaltung eine andere Wendung zu geben wünschte.

»Ich habe, und weiß, was Sie sagen wollen.«

»Und was sagen Sie?«

Er zuckte die Achseln. »Ich wußte es diese vier Wochen.«

»Diese vier Wochen!«

Der Ton, in dem diese Worte gesprochen waren, mochte dem Alten zweifelnd geschienen haben. Er nahm ein Blatt aus dem Fache eines nahe stehenden Pultes heraus und hielt es seinem Gaste hin. Es war ein Aktienverkauf, der sich auf eine Summe belief, die das Gesamtvermögen einer mäßig großen Stadt des europäischen Kontinentes übersteigen konnte. Wieder legte er das Papier in das Fach zurück, und fiel wieder in sein voriges Sinnen.

»Denkt dieses Wesen gleich andern, gottgeschaffenen Kreaturen mit warmem Blute?« murmelte der Jüngling sich selbst zu, »oder ist seine Seele bei seinen *Stocks*, und Verschreibungen und Urkunden, in den Koffern der Börse, wo sein besseres Selbst sicherlich hauset?«

»Sie haben ein gutes Geschäft gemacht, Mister Lomond«; bemerkte er, auf das Papier deutend.

»Beiläufig fünftausend«, erwiderte dieser trocken. »Nicht wahr?« fuhr er mit einem seltsamen Hohnlächeln fort – »fünftausend Pfund Sterling in einer Stunde, vielleicht in fünf Minuten gewonnen, durch bloßen Verkauf – was sage ich Verkauf, imaginäre Übergabe – eine Art Wette, bei der ein paarmal hunderttausend derlei Pfunde die Blutrenner sind, gewonnen, und zwar von einem Manne gewonnen, für dessen ganze Garderobe und Einrichtung, wenigstens hier in diesem Zimmer, kein Schacherjude den tausendsten Teil der Summe gäbe. Nicht wahr, der Gedanke ist bewildernd, noch bewildernder dadurch, daß diese Summe im Grunde von einem elenden, darbenden Volke bezahlt wird? Ei, der Gedanke ist, so was man sagt, gräßlich; denn wie viele hunderttausend Schweißtropfen liebender Ehegatten, wie viele Seufzer und Zähren trostloser Witwen und Waisen und zärtlicher Eltern mögen nicht an diesen fünftausend Pfunden hängen? Aber, lieber Morton! Die Schlacht ist gräßlich, das Schlachtfeld mit seinen Toten und Verwundeten ist gräßlich, aber der Sieg ist herrlich, der Triumph göttlich. Ei, dieses Gold ist Aristokraten-Gold, und wir nehmen es einstweilen in unsere Verwahrung. Aber Ihnen sollte ich dies ja nicht sagen; denn Sie sind ja selbst ein Aristokrat.«

Diese letztern Worte waren mit einem unbeschreiblich feinen Hohne gesprochen, und während sie der Schatten von einem Manne gesprochen, durchzuckte es ihn, wie inneres Feuer den Krater durchzuckt und aus demselben in einzelnen Stößen hervorbricht.

»Und doch sind Sie düster, Mister Lomond, so düster und gedankenvoll, als am Tage, wo ich Sie warnte.«

»Das haben Sie getan, junger Mann!« versetzte der Alte. »Ihre Warnung ist mir sehr zu Statten gekommen. Ich habe eine große, eine sehr große Summe gerettet, eine mehr als zehnmal so große Summe als diese – gewonnen. Ich halte es für meine Schuldigkeit – ja, ich bin noch immer Ihr Schuldner. Ich werde aber bezahlen. Lassen Sie die Interessen anwachsen, ja vermehren Sie sie durch solche Kapital-Warnungen, zu denen Sie in Ihrem Kontrakte mit dem großen Stephy eigentlich nicht verbunden sind, und Sie werden es nicht bereuen. Sie haben ein scharfes Auge, ein amerikanisches Auge. Ihr Amerikaner beschäftigt euch als Kinder mit der Politik, und werdet daher zeitlich Männer, während wir ewig Kinder bleiben. Geht wie mit der Religion, haben Sie die nicht in Ihrer Jugend eingeprägt erhalten – im späten Alter wurzelt sie nicht mehr. Auch mit den Völkern ist's so; die Narren wollen Republiken, und fallen immer in ärgern Despotismus zurück. Pah! merken Sie sich das, der alte Stephy und ich wollen keine Republik in Europa; taugt nicht für Europa – so wenig als für ein Linienschiff oder eine Fregatte oder ein Kriegsschiff – gibt bloß Jakobinern, die kein Eigentum respektieren, die Gewalt. – Ah, Sie sind ein Aristokrat; aber der alte Stephy weiß seine Leute zu wählen, er ist ein Gott in Menschenkenntnis. Ja, ich werde bezahlen.«

»Sprechen Sie nicht davon, Mister Lomond, Sie haben überreichlich bezahlt.«

Der Alte streckte statt der Antwort seine fleischlose Hand herüber und preßte die des Jünglings; sie lag gleich einem Stücke Eises in seiner Palme.

»Ist Ihnen vielleicht etwas Unangenehmes zugestoßen?« fragte dieser; denn der Alte hatte etwas ungemein Düsteres, sinnend Unheimliches in seinem ganzen Wesen.

Dieser sah den Fragenden einige Augenblicke mit seinem durchdringendsten Blicke an, der zu fragen schien, was soll diese eigentümliche Teilnahme? Dann wurde sein Blick sanfter, freundlicher. Nochmals fuhr er auf, warf wieder einen forschend mißtrauischen, ertappenden Blick auf den jungen Mann und sprach dann:

»Sehen Sie, ich unterhalte mich.«

»Sie unterhalten sich?«

Etwas wie Verwunderung, wenn nicht Spott, lag in der Betonung, mit der diese Worte gesprochen waren.

Der Alte zuckte die Achseln und warf dem Fragenden einen mitleidsvollen Blick zu.

»Glauben Sie, es gibt keine Unterhaltung, als die mit Pfunden und Sovereigns erkaufte? – auf Ihren Almacks und Routs und Bällen, in Ihren Theatern und Partien? Keine Lebenspoesie, als die aus des Tropfes Murray oder des hölzernen Longmanns Großverstandshandlung gekommen ist? Was ist die ganze Poesie, ja Gelehrsamkeit anders, als Gedanken und Erfahrungen und Träume und Phantasien und Räsonnements oder, wie sie es heißen, Systeme Gescheiter, Alberner und Phantasten, kurz, sogenannter Büchermacher? Und wenn ich nun selbst gescheitere Gedanken, größere, edlere Empfindungen, richtigere Räsonnements, haltbarere Systeme, höhere Phantasieschwünge und Flüge habe als diese Büchermänner, soll ich meine Sehkräfte mit dem Geschreibsel und Druckwerke von Tröpfen, Narren, Phantasten und gelehrten Kälbern plagen? Und das sind unter tausend Bücherschreibern wenigstens neunhundert und achtzig. Ei, junger Mann! Poesie hatte ich im Gemüte eben jetzt; Poesie, gegen welche die Lord Byrons bloße Dünste eines von Geneverbranntwein besoffenen Gehirnes sind.«

Die Miene des jungen Mannes schien zu sagen: Poesie! Dieses Gerippe und Poesie! Doch verzog sich das Hohnlächeln, das um seine Lippen spielte, sogleich wieder, und sein Auge heftete sich erwartend auf den Alten.

»Poesie«; fuhr dieser fort, »glänzende Poesie, mein junger Freund! Byron war nie in höherer Verzückung, als ich gerade jetzt bei Ihrem Eintritte war.«

Und wieder glänzten seine Augen und erglühten hinter den grünen Gläsern, die er aufgesetzt hatte; seine Lippen waren seltsam zusammengepreßt.

»Es tut mir denn sehr leid, Sie unterbrochen zu haben, Mister Lomond«, entschuldigte sich Morton.

»Im Gegenteile, ich bin froh, daß Sie gekommen sind; Sie sollen hören und selbst urteilen. Ich will Ihnen bloß die Vorfälle dieses Morgens erzählen, an dem ich, wie Sie wissen, von Bankgeschäften frei war, und die ich deshalb auf diese Exkursion verwenden konnte. Doch verzeihen Sie noch einen Augenblick.«

So sagend, zog er die Klingel, worauf die schwerfälligen Tritte der Haushälterin auf der Treppe hörbar wurden.

»Eine der Bouteillen mit der Chiffre G–, und zwei Gläser«, befahl er zur Türe hinaus.

Es erfolgte eine Pause, während welcher das Weib das Geforderte brachte und beides zur Türe hineinreichte.

»Ziehen Sie den Kork und füllen Sie die Gläser gefälligst, Mister Morton«, sprach der Alte mit ungemeiner Artigkeit. »Der König«, fuhr er fort, »hat keinen Madeira, der es mit diesem aufnehmen könnte; aber was ist auch ein König von England für ein König? Jetzt ist der alte Eisenfresser König. Pah! er hat«, sprach er, indem er auf den Wein hinwies, »dreimal die Fahrt um das Kap der Guten Hoffnung gemacht, in den Fässern eines Mannes, dessen Vermögen hier in diesem Pulte liegt. Er trinkt jetzt keinen Wein mehr; denn er hat sich die Gurgel abgeschnitten. Trinken Sie! Hundert Fässer von diesem Weine liegen noch in den Docks; sie sind hunderttausend Pfund unter Brüdern wert, gehörten ursprünglich dem herzoglichen Wüstlinge von Q–y, dann dem Hause G–; nun sind sie mein, und sollen es bleiben.«

»Ich habe des Königs Wein nie versucht«, versetzte lächelnd Morton; »aber dieser da ist der beste, der noch je über meine Lippen gekommen.«

Und die beiden stießen an, und tranken ihre Gläser aus; Morton füllte sie wieder, und der Alte begann:

»Diesen Morgen«, er nippte an seinem Glase, »habe ich mir, wie gesagt, ein Vergnügen gemacht, das ich schon seit Jahr und Tag nicht mehr genossen; denn obwohl ich es früher täglich hatte, so gab ich das Geschäft schon deshalb auf, weil ich mit Größerem zu tun habe, mit Weltgeschäften. Lasse es jetzt gewöhnlich durch meinen Agenten, Coldheart, besorgen. Kam mir aber just die Lust, die Bills selbst zu präsentieren, und eine Art Inkognito zu spielen. Wie gesagt, habe mich von diesem Geschäfte zurückgezogen, dem ich jedoch immer noch den ein und andern Tag widme, gleichsam als Tribut der Dankbarkeit, da ich demselben eigentlich mein bißchen Gut verdanke. Ist für Anfänger eine sehr gute, trefflich abhärtende Schule, beiläufig was Euklids Elemente für den beginnenden Mathematiker sind, der Denkkraft erlangen will. Hatte unter meinen Bills drei, die ich selbst präsentieren wollte.«

Er nippte wieder an dem Glase.

»Die erste dieser Bills war mir von einem Anhängsel unserer Auserwählten und Exklusives präsentiert worden, dessen Residenz zu Crockford's ist. Er mag da noch ein paar Monate Unterkunft finden; dann wird Newgate sein Logis, und das Ende der Strick. Er kam in einem Curricle; der Wechsel war endossiert von Seiner Gnaden – *of* –; eine Kleinigkeit von fünftausend Pfunden, eine Bagatelle von Spielschuld, gewonnen und verloren an einem trüben Abend, wie es gerade Mode ist.«

»Der zweite meiner Wechsel kam durch einen prächtigen, jungen Schwenkflügel, der sein Tilbury trieb, einen der zierlichst elegantesten Fashionables, und doch schien er mir nicht ganz fashionable zu sein. Der Mann aber – er war noch mehr Jüngling als Mann – überreichte mir seinen Wechsel mit einem hocharistokratischen Anstande, sprach jedoch kein Wort. Das Blättchen war unterkritzelt von einer unserer prachtvollsten Weiberausgaben, der Lady Mylords –; ein schönes Besitztum, aber ein wenig verpfändet. Dieser Wechsel war bloß für vierhundert Pfund. Der dritte, für hundert Pfund, sollte von einer Dame honoriert werden, die sich Mary L– unterschrieben hatte. Er war meinem Agenten durch einen Spitzenhändler zugekommen.«

»Der erste Gegenstand meines Besuches lebt, Sie wissen wo; der zweite bewohnt ein palastartiges Haus in –square, den dritten sollte ich in einem der verlorenen Vorwerke unseres überblähten Babylons – dem großen Pensionsquartiere Chelsea finden.«

Der Alte fuhr lächelnd fort. »Wie gesagt, bloß zum Vergnügen machte ich die Exkursion; wobei jedoch nichts destoweniger so manche Konjekturen und Suppositionen meinen Kopf durchkreuzten in Betreff des Herzogs, und besonders der Dame, welch' letztere mich eigentlich bewogen hatte, das lange Pflaster zu messen.«

Er hielt wieder inne und nippte.

»Ah, dieses Weib! Welche Ouvertüren! Welche Verlegenheit, Qualen! Welches Beben und Erzittern! Welch' Herzpochen! Mich freuen nun einmal derlei Herzpochen; just so, wie es dem Schulmeister zuweilen Freude macht, seinem Körper durch ein paar Dutzend Querhiebe einige Bewegung zu verschaffen.«

Und dabei nippte der Alte so behaglich an seinem Glase, und seine Augen leuchteten wirklich so seelenvergnügt, daß der Jüngling kaum seinen Abscheu bezwingen konnte. Er fuhr fort:

»Hundert und fünfhundert Pfunde sind eine pure Bagatelle, für mich weniger als eine Bagatelle – und doch, was würde oft, was könnte ein Weib, und selbst eine Lady, nicht für sie tun, elender fünfhundert und hundert Pfunde wegen tun. Ah, Morton, es ist eine ungeheure Wonne in dieser Art Rache, dieser herrlichen, höllisch phantastischen Rache, wenn man gehungert und gedurstet hat nach dem Blicke eines Weibes, gedurstet wie der in der Wüste Verschmachtende nach einem Tropfen Wasser – so lange man grün war – und ihn doch nicht erbetteln konnte, den Blick – und nun man grau ist und veraltet – Ah!« rief er, und sein ganzes Wesen zuckte zusammen. »Ah! doch zur Sache. Ich habe Achtung vor hoher Geburt, denn ich selbst –«

Der Alte hielt plötzlich inne. Morton aber sah ihn starr an; denn die Worte »ich selbst« waren in einem Tone gesprochen, mit einer Miene, die eines Zaren würdig gewesen wären.

»Natürlich«, unterbrach er den Jüngling mit einem Blicke, der diesem sagte, seine Gedanken seien erraten; – »war mein erster Besuch bei Seiner Gnaden, dem Herzoge of – – –«

Wieder hielt der Alte inne.

»Ich trat in den eingeschlossenen Vorhof des Palastes, der, *en passant* sei es bemerkt, gleichfalls meiner Beihilfe bei seiner Renovierung bedurft hatte. Ist jedoch zurückbezahlt worden. Die Zeiten sind gerade jetzt sehr günstig in diesem Territorium. Waren es nicht ganz so noch vor zwölf Monaten. Das Jagdrevier ist groß. Sonst war es anders. Verstehen Sie, wird wieder anders werden.«

Morton nickte mechanisch.

Der Alte fuhr fort:

»Ich passierte also durch den Vorhof, die Kolonnade, das Portal, wo mich ein halbes Dutzend grinsender, hohnlächelnder, gähnender, goldbordierter, aufgedunsener Taugenichtse von faulen Lakeien anschnarchte, und mich einem anderen Halbdutzend eben so unnützer Tagdiebe überantwortete – die mich zu einem dritten vorschoben, alle hohnlachend und mich vom Kopfe zu den Füßen messend. Meine gerade nicht überelegante Garderobe ist Ihnen nicht mit Gold zu bezahlen, Mister Morton. Für mich war es so ein wahrer Seelengenuß, diese Spießrutengasse im Gefühle zu passieren, daß ich wenigstens noch einmal so schwer wiege, wie Seine Gnaden mit allen ihren Besitztümern, Orden, Silber- und Porzellan-Servicen zusammengenommen.

»Seine Gnaden sind noch nicht aufgestanden, bedeutete mir ein bepuderter, wanstiger Maulaffe mit ungemein großtuerischer Wichtigkeit.«

»Wann kann ich ihn sehen? fragte ich.«

»Das ist ungewiß, gähnte der Kammerdiener, oder Kellermeister, oder Haushofmeister, oder was er war, indem er mir den Rücken wandte.«

»Hier ist meine Karte, sprach ich lächelnd, indem ich meine schmutzige, in einem schmutzigen Papier versiegelte Karte ihm reichte, die der

Taugenichts nicht eher nahm, als bis er die Handschuhe angezogen hatte, und dann erst mit den beiden Fingerspitzen. Schlag drei Uhr werde ich hier sein.«

»Halt, Mann! rief auf einmal eine zweite Lakaienseele, die vielleicht mit Seiner Gnaden geheimen Sünden mehr vertraut war, und der meine trockene Ankündigung und mein ominöses Lächeln nicht ganz geheuer schienen. Ich werde sogleich sehen.

Ich wartete und sah dem Galgenschwengel durch den Korridor nach. Fünf Minuten darauf kam er um vieles geschmeidiger, ja ängstlich, freundlich grinsend, wie ein Fragezeichen zusammengekrümmt.«

»Seine Gnaden haben Muße, und wünschen sogleich Mister – Mister – zu sehen, bemühen sich Mister – darf ich um Ihren Namen bitten? – herauf –«

»Meinen Namen braucht kein solcher Taugenichts, wie Ihr, zu wissen, gab ich zur Antwort, und stieg dann die Treppe hinan, trat in ein prachtvolles *drawing room*, und wurde aus diesem in eine Suite von Gemächern geführt, die mit mehr als königlicher Pracht ausmöbliert waren; was sage ich, königlicher Pracht? Die Zimmer im St.-James-Palaste sind bloße Wachstuben gegen diese. Gerade als ich durch diese Enfilade ging, schwand eine Figur hinter eine Glastüre, wie sie mich mit ihrem Blicke erhaschte. Sie war mir aber nicht entgangen. Es war der – der – der – dessen Weib – ei, dessen Weib mehr Verstand hat als unser Kabinett und mehr Gewalt als unser George, samt seiner dicken Marchioneß; ein Weib, das unserem alten England ein Zugpflaster aufgelegt hat, das ihm früher oder später die Wassersucht auf den Hals bringen wird. Könnte Ihnen mehr sagen; diese letzte Seeschlacht – eine wahre Sotise. – Und dazumal war gerade Ebbe in gewissen Stadtvierteln; wir machten die Flut mit einigen hunderttausend Pfunden. Ja, ja.«

Er nippte wieder an dem Glase, und fuhr dann fort:

»Ah, dachte ich mir, als ich den stattlichen Mann einer stattlicheren Frau ersah, bläst der Wind wieder aus dieser Himmelsgegend? Ost-Nordost; ein trockener Wind. Ist er's nicht? Es ging aber eine zweite Türe auf, und Se. Gnaden, der Herzog, in leibhafter Gestalt und hoher eigener Person traten auf mich zu.«

»Fassen Sie sich kurz, Mister Lomond, sprach der mächtige Mann, meine Zeit ist kostbar.«

»Ich tat es, und zog statt aller Antwort, meinen Wechsel aus dem Taschenbuche, den ich ihm vor seine endlose Nase hielt.«

»Seine Gnaden, sagt die öffentliche Stimme, sind eisern und erzern, und hart wie Stahl, aber sie zuckten doch zusammen und entfärbten sich.«

»Ah, teurer Mister Lomond, meinen Wechsel auf fünftausend Pfund – gestern fällig. – Der Spitzbube hat ihn also doch versilbert.«

»Ich war nun der teure Mister Lomond, verstehen Sie, lieber Morton.«

»Hoffe doch, meinten Seine Gnaden, sich verbindlich leicht verbeugend. Sie werden gefälligst ein paar Tage Geduld haben.«

»Schlag drei Uhr, drei Minuten, drei Sekunden, erwiderte ich, indem ich meinen Wechsel in seinen vorigen schmutzigen Behälter schob.«

»Bis drei Uhr, murmelten Seine Gnaden – bis drei Uhr. Das ist kaum noch drei Stunden, teurer Mister Lomond!«

»Genau drei Stunden, war meine Antwort.«

»Sie wollen doch nicht – Sie würden doch nicht? Die eiserne Gestalt, das erzerne Gesicht zuckte zusammen.«

»Und wären Euer Gnaden der Bruder des Königs, so hülfe nichts. Bis drei Uhr, oder – – Als ich so sprach, schlüpfte der Kammerdiener des mächtigen Mannes herein, und wisperte ihm etwas in das Ohr. Es betraf den schüchternen Besuch, den ich erwähnte.«

»Aha, sehr wohl, sehr wohl, stehe zu seinem Befehle. Alles recht, Mister Lomond, bedeuteten mir Seine Gnaden mit wieder etwas von ihrer gewöhnlichen Trockenheit, und, wie mir schien, geheimer Freude. Um drei Uhr werden wir also das Vergnügen haben.«

»Das eiserne Antlitz der herzoglichen Gnaden klärte sich immer mehr in helle, freundliche Zuversicht auf, als ich ihm den Rücken wandte.«

»Mein zweiter Morgenbesuch galt der prächtigen Lady E–. Die Turmuhr von St. Bartholomä schlug gerade zwölf, als ich aus dem herzoglichen Palaste trat. Der Weg war etwas lang; aber ihre Herrlichkeit waren doch noch in den Federn. Es wurde mir bedeutet, sie wäre absolut nicht zu sehen.«

»Wann kann ich kommen? fragte ich.«

»Um zwei Uhr.«

»Hier ist meine Karte, geben Sie dieselbe Ihrer Herrlichkeit. Schlag zwei Uhr, zwei Minuten, zwei Sekunden werde ich hier sein.«

»Und ich ging. Mein Weg führte hinab nach Chelsea durch Kingsroad in eines der Gäßchen, wohin ein Wagen sich selten oder nie verirrt. Das Landhäuschen, das ich erst auszuspähen hatte, lag, wie eine Schnecke in einem Winkel zurückgezogen, so bescheiden unter einer Gruppe von Ulmen und Silberpappeln und Linden, geschützt vor Wirbelwinden der Fashion und des Verderbens! Allerliebst lag es. Ich ward von einem frischen, reinlich gekleideten Mädchen in die hintere Wohnung eingelassen, und mir die Türe zu einem allerliebsten Besuchzimmer geöffnet. Nichts einladender, nichts heimischer, himmlischer, als diese Wohnungen unserer sogenannten Mittelklasse. Diese konnte als Muster gelten. Nirgends eine Spur von Reichtum oder Üppigkeit, aber auch nirgends eine von Mangel oder Dürftigkeit. Alles an seinem Platze, im schönsten Ebenmaße, Einklange; – lieblich, süß duftend, reinlich, wohnlich, bequem. Ich liebe Ordnung und Reinlichkeit, und hier fand ich sie nach Herzenslust. Kein Stäubchen; durch das ganze Besuchzimmer schimmerte ein gewisser Zug von Jungfräulichkeit, von edler Einfalt und Tugend – wahre englische Tugend schimmerte hindurch. Ich seufzte unwillkürlich. Wäre ich doch fünfzig Jahre jünger. Auf einem Sofa lag das Gebetbuch unserer Kirche, in der andern Ecke eine in Maroquin gebundene Bibel, und dazwischen Wäsche wie frisch gefallener Schnee, der Ausbesserung harrend. Die Türe ging mir viel zu frühe auf, und ein Mädchen von etwa achtzehn Jahren kam aus dem Nebenzimmer, aus dem zugleich ein röchelnder Keuchhusten nachklang.«

»Das Mädchen war ein wunderliebliches Geschöpf, zart wie Milch und Blut, schwellend elastisch. Die schönste Röte der Gesundheit, die frischeste Weise der reinsten Jungfräulichkeit. – Ah!«

»Stoßen Sie an, Mister Morton! – Auf ihre Gesundheit. Ich gäbe etwas darum, wenn Sie dieses Mädchen –«

»Ich?« fragte Morton verwundert.

»Lassen Sie uns fortfahren. Sie war einfach, aber ungemein nett und geschmackvoll in einer leichten *indienne déshabillé* gekleidet. Ihr kastanienbraunes Haar zu beiden Seiten *à la Marie Stuart* hintergekämmt, den Knoten *à la couronne* geschlungen.«

Morton lächelte bei dieser Beschreibung.

»Selten habe ich etwas Schöneres, Reineres gesehen«, fuhr der Mann fort.

»Wie wissen Sie, daß sie?« fragte stotternd der Jüngling.

»Ei, ich weiß, daß auch Sie, obwohl dreiundzwanzig vorüber, noch rein und unbefleckt sind. Erröten Sie nicht; – das hat Ihnen meine Gunst gewonnen. Es zeigt, daß Sie den wahren Egoismus besitzen und Kraft; und nur diese vereinigt führen bei ungeschwächtem Verstande zum Ziele. Wo Leidenschaft braust und glüht, schmilzt der eisige Verstand. Ah, wenn an einem siebzig Jahre vorübergegangen sind, dann fliehen so ziemlich alle Täuschungen.«

»Siebzig Jahre!« versetzte der Jüngling mit einer achtungsvollen Verbeugung.

»Siebzig und zwei Jahre«, bekräftigte der Alte, indem er sein Glas leerte.

»Das Mädchen«, fuhr der Alte fort, »stand eine halbe Minute, und sah mich erwartungsvoll, und als ich kein Wort sprach, verlegen an. Meine Mutter ist krank, und kann daher nicht die Ehre haben. Darf ich bitten?«

»Ich präsentierte ihr den Wechsel. Sie ging ins Nebenzimmer, und kam bald darauf mit einer Anweisung auf das Haus C–tts zurück.

»Wenn Sie, Miß, vielleicht – Sie verstehen mich? sagte ich.«

»Ich verstehe Sie nicht, mein Herr, sprach das Mädchen etwas scheu, und mit einer fragenden Betonung.«

»Wenn die Bezahlung Ihnen schwer werden sollte, war meine Antwort, so kann ich warten; ich will gerne warten.«

»Sie fiel uns schwer, erwiderte sie mit einem leisen Seufzer; aber die Mutter ist nun um vieles besser. Nein, nein, sprach sie schnell, und wie erschreckend, und dabei zog sie sich verschüchtert zurück, als fürchtete sie meine weitern Anträge. Das Mädchen wurde mir immer interessanter.«

»Ich war gerührt, wirklich gerührt. Es kam mir sogar in den Sinn, als sollte ich die hundert Pfund zurücklassen; aber beim zweiten Überlegen fand ich es besser, geratener, vorteilhafter für uns beide, sie in mein Taschenbuch zu legen. Sie arbeitet und es fällt ihr augenscheinlich schwer, sich und ihre Mutter auf einem halb und halb anständigen Fuße zu erhalten. Einhundert Pfund auf diese Weise ihr in den Mund geflogen, gerade wie gebratene Tauben, ei, sie könnten Unheil stiften. Man muß alles erwägen, ermessen. Ei, vielleicht gäbe es mittelst dieser hundert Pfund einmal eine Milton- oder Gravesend-Wasserpartie, oder einen Richmond-Picknick; oder die hundert Pfund fänden ihren Weg in die Oper, oder in das *Drury-lane*, oder *Coventgarden*. Nein, besser, sie lassen, wie sie ist, und selbst wenn die Familie darunter ein wenig leidet. Um so besser; viele kleine Leiden geben ein großes, und je größer das allgemeine Leiden ist, desto besser für uns, und desto näher sind wir am Ziele. Sie ist die Tochter eines Handelsmannes, der vor einigen Jahren falliert hat, und dessen Nachlaß nun in der Chancery des Erlösungstages harret. *A propos*, diese Chancery! Es wäre jammerschade, wenn es Lord Tenterden gelingen sollte, eine so wunderbar zusammengesetzte Gerichtsordnung zu dislozieren. Sie hat manches Tausend Pfund in meine Koffer gebracht. Aber das Mädchen würde ein herrliches Weib werden für Sie, lieber Morton. Doch lassen Sie uns weiter. Sie sind aus einem republikanisch aristokratischen Blute, das sich der Verwandtschaft mit Englands ältesten und stolzesten Geschlechtern rühmt. – Sie warten auf etwas Hohes. Lassen Sie uns daher weiter.«

»Als ich in Kingsroad einlenkte, schlug die Glocke eins. Ich besah mir die Karikaturläden in Piccadilly, wo ich einige recht drollige Stücke auf unsern George und seine Marchioneß sah; und mit Schlag zwei Uhr, zwei Minuten, zwei Sekunden war ich auf der Haustreppe Ihrer Herrlichkeit der Lady E–.«

Und nun nippte der Alte an seinem Glase mit einer eigenen Art Wollust im Blicke, hielt eine Weile inne, und fuhr dann fort:

»Ich stieg die Treppe hinan in das Portierzimmer Ihrer Herrlichkeit, und schaute mich vorläufig in diesem um. Einer der Lakaien bedeutete mir, zu warten, und ließ mich stehen, während er sich in einen Armsessel warf.«

»Ihre Herrlichkeit hat gerade zum ersten Male die Klingel gezogen, sprach das eintretende, blasse, schmachtende Kammermädchen mit ihren blauen Ringen um die Augen und ungemeiner Wichtigkeit in ihrer Miene; ich zweifle, daß Sie, Mister – was ist Ihr Name? vorgelassen werden.«

»Sagen Sie Ihrer Herrlichkeit, oder geben Sie ihr die versiegelte Karte, die ich zurückgelassen habe, verstehen Sie, die schmutzige versiegelte Karte, bedeutete ich ihr.«

»Die schmutzige versiegelte Karte mußte das Mädchen erschreckt haben; denn sie sah mich einen Augenblick forschend an, und trippelte dann eilig aus dem Vorzimmer. Nach einigen Augenblicken kam sie zurück, und, wie es schien, in Eile; denn sie winkte hastig, und trippelte wieder vor mir her aus dem Vorsaale die Stiege hinan in das obere Geschoß, wo sie mich in ein prachtvolles Kabinett einführte. Kaum war ich eingetreten, als die Türe aufflog, und ein Mädchen – ein Weib wollte ich sagen – heraus kam, ein Weib, Mister Morton! – Ah, was war die arme Venus, als sie dem Meere in ihrem Muschelwagen entstieg, gegen dieses Weib? Eine armselige Seespinne. Hören Sie! Ein wunderbares Paar hell glänzender und wieder in einem Fluidum schwimmender Augen, bei denen es schwer zu bestimmen war, ob sie nußbraun oder dunkelblau waren. Entzückend! Nein Mister Morton, als ich sie sah, wurde es mir auf einmal klar, daß ich vor dem schönsten Weibe Londons stand, dem schönsten Weibe Englands – der Welt vielleicht; – kaum noch Weib, denn ihr alter Ehekrüppel von Lord kann nicht viel mehr als ich.«

»Und dieses prachtvolle Weib war in einem Zustande – in einem *déshabillé*. Ah, hunderttausend, dreimalhunderttausend hätte ich gegeben, wäre ich vierzig oder fünfzig Jahre jünger gewesen.«

»Über ihre bloßen Schultern hatte sie einen Kaschmir geworfen, auf den die kastanienbraunen Locken und Flechten des mehr als Venuskopfes zu liegen kamen. In der unverstellten Angst, in die sie mein Name versetzt, bedeckte dieser Schal nur zur Hälfte die prachtvollen Schultern, den

Marmorbusen, dieses wunderbare Gebilde einer prachtvollen Schöpfung. Ihr Morgenkleid war so übergeworfen, als wäre es berechnet gewesen, die zartgeblümten Gewebe Hochasiens und die zarteren Formen in Kontrast zu bringen. Das Farbenspiel war wirklich entzückend schön. Ah, Mister Morton, wenn man so etwas sieht, selbst wenn man siebzig Jahre vorüber ist, dann, auch dann macht man noch Narrenstreiche. Sehen Sie dieser alte Esel Coutts. Ah, Mister Morton, diese Gestalt, dieser Busen, diese Schultern, diese – denn in der Verwirrung, vielleicht auch *ad captandam benevolentiam*, wurden ihr Busen, Schultern und selbst die Hüften so widerspenstig, und Schal und Peignoir so enge und heiß! Hören Sie, es zitterte alles an ihr. Sie war Wollust, und nichts als Wollust. Und so waren es ihre Umgebungen. Alles prächtig, üppig, verführerisch. – Pah, was ist Wollust in einer Hütte? Nichts als ekelhafte Bestialität! Ja, diese Großen haben den Himmel auf Erden!«

»Ah, sie«, fuhr er nach einer Weile fort, »war ein wunderbares, schönes Gebilde der Schöpfung, das lieblichste Bild namenloser Lust, fieberischer Glut, zitternden Verlangens und unaussprechlicher Wollust, die mit sanften Armen umfängt und mit Riesenarmen festhält, um zu erwachen, ruhe-, rastlos. – Pah! eine wütende Galoppade – ins Verderben.«

Der Alte war beinahe fieberisch geworden, als er so sprach. Er nahm das Glas, das Morton wieder gefüllt hatte, und trank. Auf einmal fragte er:

»Haben Sie sie nicht gesehen, diese herrliche Lady E–? Sie können sie sehen; sie fährt mit zwei schneeweißen welschen Ponnys.«

»Ah, diese Lady! sie war es, wie sie leibte und lebte. Ich hatte bereits von ihr gehört, und mich immer gewundert, wie ihr ihr alter Lord so viele Freiheit lassen kann; doch jetzt wundert es mich nicht mehr. Ein solches Weib kann einem alten Manne wohl den Kopf verdrehen, und selbst wenn er Minister wäre. Machte sie doch auch auf mich einen tiefen Eindruck, brachte mir das Herz zum Klopfen; werden Sie es glauben? Ah, es war mir ein köstlicher Wollustschauer, eine herrliche Empfindung, die mich in meinen alten Tagen bei ihrem Anblick durchrieselte – eine der wenigen süßen Stunden meines grünen Lebens vor die erstorbene Phantasie gebracht.

»Mister Lomond, sprach sie mit einer Silberstimme, wollen Sie gefällig einen Sessel nehmen? Wollten Sie wohl gefällig einige Geduld – nur wenige Tage Geduld haben?«

»Sie hatte diese Worte abgebrochen und etwas weniger bestimmt dargebracht, als Damen von ihrem Stande zu tun pflegen; denn ich hatte den angebotenen Sessel nicht angenommen.«

»Bis morgen, Madame, antwortete ich, den Wechsel zusammen legend. Bis morgen zwei Uhr, zwei Minuten, zwei Sekunden; und dann wollen wir weiter sehen.«

»Mein Blick mußte ihr gesagt haben, was in meinem Innern vorging. Pah, dachte ich, Deine Lüste und Zeitvertreibe und Wollüste mitbezahlen helfen, und zwar wegen eines holdselig huldreichen aristokratischen Blickes bezahlen helfen? Deine Verschwendung, Dein Taumel, in dem Du schwimmst? Für den Elenden, den Dein wollüstig tränendes Auge zu schauen sich nicht herab läßt, gleichsam als wäre er ein Aussätziger – für ihn sind Newgate und die Geschworenengerichte, und Gevatter Ketch und sein Galgen; und doch versündigt er sich an seines Gottes Schöpfung nicht den zehnten Teil, wie Du mit Deiner Lust und Üppigkeit; die Du auf Seiden- und Brüsseler Spitzen Dich wälzest, gewoben unter den Tränen von Hunderten, erkauft mit dem Leben von Tausenden. – Denn merken Sie wohl, ihr Mann ist der blödeste, eingefleischteste Tory, und sie das maliziöseste, leichtfertigste Weib, das je einen alten Narren am Gängelbande herum zog. Für Dich, dachte ich, gehört das Hohngelächter der Welt, für Deinen Leib die Skorpionenzangen der Schande und des – Chirurgen. – Und das wird ihr Schicksal sein.«

»Lassen Sie uns anstoßen, Mister Morton«, sprach der Alte. Er trank und fuhr fort:

»Ein Protest! rief das wunderschöne Weib. – Mister Lomond, Sie können nicht so grausam sein. Nein, Mister Lomond, und in der Heftigkeit ihrer Angst glitt ihr der Shal, und mit diesem das Peignoir von Schultern, Busen, und – sie stand beinahe ganz, wie sie Gott erschaffen, vor mir.«

Der Alte hielt inne und schlürfte abermals von seinem Wein; dann fuhr er fort:

»Ich aber sah auf meine Gebeine: denn so mag ich wohl meine *quondam* Schenkel und Waden nennen. Sie fühlte, was dieses Schauen zu bedeuten habe; denn sie schrak zurück und verhüllte sich und verstummte. Es sagte ihr, was sie zum erstenmale erfuhr – daß sie für Gold bereits feil sei. Zugleich aber war in dem unsäglich verachtenden Mitleiden, mit dem sie dieses mein Gebein einen Augenblick maß, für uns beide etwas ungemein Trostloses.«

»Auf einmal wurde stark an die Türe geklopft.«

»Nicht jetzt, nicht jetzt, rief sie, stieß sie vielmehr heraus – nicht jetzt, nicht jetzt. Ich bin beschäftigt. Ich habe nicht Zeit – ich verbiete es.«

»Meine Teure, ich muß Sie sehen, sprach eine männliche, durch einen starken Keuchhusten gebrochene Stimme. Meine Teure, ich muß Sie sehen.«

»Es war ihr alter Ehekrüppel, was ich schon aus dem Epithet, meine Teure entnahm; denn ein junger Ehemann hätte sie bei ihrem Taufnamen gerufen.«

»Unmöglich, mein Teurer, erwiderte sie in einem mildern, aber noch immer sehr bestimmten Tone.«

»Das ist doch sonderbar und kann unmöglich Ihr Ernst sein, versetzte der mißtrauische Lord. Mit wem sind Sie?«

»Und unter diesen Worten ging die Türe auf, und ein Mann, stark in den Fünfzigen, trat ein. Armer Lord! Er war zum wenigsten fünfunddreißig Jahre älter, als seine medizeische Venus. Sie warf mir einen flehenden, verstohlenen Blick zu, den ich wohl verstand; denn ich knitterte den Wechsel in meiner Hand zusammen. Sie war meine Sklavin, ganz meine Sklavin. Aber was hilft es einem zweiundsiebzigjährigen Manne, eine zwanzigjährige Sklavin zu haben? Pah, der alte Narr, der Coutts, mit dieser Person! Mich ärgert es nur, daß der alte Esel das Geld in den Schoß der Aristokraten warf. Hätte er nur ein wenig gesunden Menschenverstand gehabt, so konnte er wohl voraussehen, daß irgendein bettelhafter Lord oder Herzog den sündhaften Leib dieser preziosen Personnage als Zugabe zu ihrem Gelde nehmen würde. *No Sir!* Mein Geld ist zu höhern Dingen bestimmt.«

Und indem er so sprach, nippte er wieder an seinem Glase.

»Wer ist dieser Mann? sprach der eintretende Lord barsch, indem er mich vom Kopfe zu den Füßen maß.«

»Mein – mein – mein Gott! Du weißt doch, daß wir ein neues Ameublement brauchen.«

»Die Stirne der Dame begann sich in Falten zu legen. Sie zitterte vor Zorn und Ungeduld.«

»Der Lord maß mich mit einem zweiten Blick; er schien sich meiner dunkel zu erinnern; denn auch er war bereits in meinen vier Pfählen gewesen. Nach einem dritten Messen vom Kopfe zu den Füßen trat er zum Fenster, und dann ins Schlafkabinett der Dame. Der Wechsel war noch in meiner Hand, die arme Lady unbarmherzig anstarrend. Sie stierte ihn wieder ihrerseits an. Auf einmal haschte sie nach etwas auf ihrer Toilette, rannte auf mich zu, und mit einem unterdrückten Seufzer preßte sie mir einen Solitär in die Hand. Nehmen und gehen Sie ums Himmelswillen.«

»Ich warf einen Blick auf den Solitär. Er war seine fünfhundert Pfund unter Brüdern wert. Natürlich ging ich.«

»Als ich vor der Haustüre angelangt war, fand ich zwei glänzende Equipagen vor derselben auf die Herrlichkeiten warten, die eine mit den berühmten schneeweißen Ponys bespannt, ein paar breitschulterige, gepuderte Faulenzer mit Flachsperücken und spanischen Rohren zur Seite und auf den Kutschböcken, andere die goldbordierten Livreen sich ausbürstend, aber so träge, daß ich ordentlich eine Freude daran hatte, alle lachend und pfiffig einem Paar um die Augen bronzierten Kammerzofen zunickend. Siehst Du nun, dachte ich so bei mir, was den Herzog und den Marquis und die Marchioneß und den Grafen und die Viscounts als Supplikanten vor Deine Türe bringt; was die Weiber zu Buhlerinnen, und endlich zu –, die Thronbesitzer zu Landesflüchtigen, die Staatsmänner zu Verrätern ihres Vaterlandes macht! Aber heut zu Tage, lieber Mister Morton, gibt es keine Staatsverräter mehr, weil es kein Vaterland, keine Religion mehr für Große gibt. Diese existieren bloß für die Kanaille; für Große gibt es nur Interessen. Das ist die Kette, die die Aristokratien der Geburt und des Geldes, nämlich uns, die Herrscher der Erde, umschlingt. Nur der Pöbel hat heut zu Tage ein Vaterland, eine Religion. Wir Große haben nur Interessen, die uns verbinden und an einander knüpfen, Franzosen und Briten, und Amerikaner und Deutsche, und selbst die Russen.«

Der Jüngling sah den Mann erstaunt an. Seine Miene, ganz verändert, hatte einen Ausdruck von Hoheit angenommen. Er fuhr fort:

»Und so meditierend schlenderte ich wieder hinab, zum Palaste des Herzogs of – – –. Wieder zog ein halbes Dutzend goldbordierter Lakaien vor mir her, und ich trat in das Sanctuarium Seiner Gnaden ein. Alles prachtvoll, königlich, kaiserlich; mehr als kaiserlich, aber strenge wie der Besitzer, und bei alle dem ein starker Widerschein von Verschwendung, Ausschweifung.«

Seine Gnaden blieben dieses Mal sitzen und präsentierten mir einen Scheck auf –. Nein, ich kann es nicht sagen, aber dieser Scheck! – Während sein starres Auge auf mir ruhte, sah ich diesen Scheck trocken an.«

»Sie verstehen, Mister Lomond. Vielleicht bedarf ich Ihrer bald wieder. Seine Gnaden legten den Zeigefinger auf die Lippen. Können Sie schweigen?«

»Ich wußte, aus welcher Himmelsgegend der Wind blies. Ich wußte, was passiert war. Was kommen sollte – mußte. Sie wissen es ohnedem, Mister Morton. Die hohen und mächtigen Köpfe auf einer gewissen Seite des Kanals haben einiges Interesse für ein gewisses Land. Ei, ein sehr bedeutendes Interesse. Zuviel Interesse nehmen sie an diesem Lande. Sie verstehen mich ohnedem. Sie schießen Böcke zu unserem Vorteile. Und –.«

»Mister Lomond!« unterbrach ihn der Jüngling kopfschüttelnd.

»Sagte ich Ihnen nicht so eben«, verwies ihn der Alte, »daß es heut zu Tage für Große weder eine Religion, noch ein Vaterland gibt; daß der amerikanische Unitarier und der russische Grieche, der bischöfliche Engländer und der protestantische Deutsche, der atheistisch materialistische Franzose und der presbyterianische Schotte nur Interessen haben, die sie verbinden?«

»Ah, Seine Gnaden waren und sind noch immer in unserer Gewalt. Dieses Scheck soll Interessen tragen. Seine Gnaden sind hellsehend, tiefblickend. Ich liebe Seine Gnaden. Sie haben mehr für unser künftiges Reich getan, als alle Tories seit der Thronbesteigung Williams des III. Ah, der Bock, den Seine Gnaden so eben geschossen, diese sogenannte Katholiken-Emanzipation! –«

»Nicht der erste«, meinte Morton. »Ich wundere mich nur, wie man ihn N–n zur Seite stellen kann, oder ihn gar über ihn erheben.«

»Darüber wundere ich mich nicht«, versetzte der Alte.

Morton schien frappiert.

»Der Franzose hatte mehr Genie, einen hellern, durchdringendern Verstand; der nüchterne Brite übertrifft ihn an richtiger Urteilskraft. Der große Fehler jenes war, daß er seine Zeit nicht richtig beurteilte, die Menschen nicht richtig beurteilte, und daher regierte er achtzehn Jahre, und schlug doch keine Wurzeln – sonst wäre er nicht gefallen. Bei ihm war alles Ruhm, – Blüte. Die letzten Bourbone, so elendiglich sie waren, hinterließen Wurzel; die Republik, so jung sie starb, schlug Wurzel; Napoleon keine. Er lebte isoliert, starb isoliert. Schade um ihn! Er war das größte schaffende Genie, das je die Schicksale einer Nation leitete – ein wahrer Nachhall der Römerzeit, und ihrer ungeheuren, großartigen Selbstsucht. Gegen diese Selbstsucht ist die des Herzogs kleinlich, aber sie ist solider – reeller. Beide nehmen eine Prise Tabak, während Hunderttausenden die Gedärme aus dem Leibe geschossen werden; aber der Herzog, ein so engherziger Egoist er auch ist, arbeitet für seinen König, seine Mitaristokratie, er arbeitet in Verbindung mit beiden; und sehen Sie, ein Mann, der nicht allein, und für sich allein, sondern für und mit andern arbeitet, und wären es nur zwei, hat schon unendlich viel vor dem isoliert Stehenden voraus. Darin liegt das Geheimnis des Sieges des Herzogs. Er gilt für einen unschätzbaren Diener, für einen unschätzbaren Aristokraten; wogegen N–n als Feind des ganzen Menschengeschlechts dastand, als Feind der Republik, die er zerstörte, als Feind der Monarchie, die er aufrichtete, ohne dafür den Dank eines einzigen seiner Mitmonarchen zu gewinnen. Sehen Sie, daß der Herzog Geistesstärke hat, nichts als Diener sein zu wollen, mit und für die Aristokratie zu kämpfen, statt sich über dieselbe zu erheben, das zeigt, daß er kein gewöhnlicher, sondern ein fester, besonnener Charakter ist. Übrigens ist er, als geborener Aristokrat, verpflichtet, für die Rechte seiner Mitaristokraten zu kämpfen; seine Stellung ist nicht falsch, sie ist natürlich. Es gibt Narren, die da meinen, er sollte, um recht groß zu sein, liberal und, weiß der Himmel, was alles werden; ja, die sich recht naiv wundern, daß er es nicht ist, und ihn einen Tyrannen schelten, und tausend derlei Ehrennamen geben, weil er dem Volke nicht seine angeborenen Rechte, wie sie es nennen, zurück gibt, ihnen, den rasenden Jakobinern, mit einem Worte, nicht die Macht in die Hände gibt, auf daß – sie ihm dafür den Kopf nehmen. Ihr Esel! Wenn ihr wartet, bis Euch der Herzog oder irgend ein Regent die Macht in die Hände gibt, müßt ihr lange warten, vorausgesetzt, er ist bei vollen Sinnen, und nicht vom Sonnenstiche irgend einer genialen teutonischen Tollhäusler-Idee angezapft. Just so gibt es Menschen, die da glauben, wir großen Geldleute sind von Stein oder geschmolzenem Metalle, weil wir unser Geld nicht mit vollen Händen unter sie auswerfen. Ihr Narren, verdient es Euch, erwerbt es Euch, legt euere Hände nicht in den Schoß, stellt Euer Licht nicht unter den Scheffel. Wir kämpfen für unser Eigentum, andere mögen für das ihrige kämpfen; und so tut der Herzog, er kämpft für seine und seiner Aristokraten Rechte, und hat recht daran, und nur Kinder und Toren werden ihn deshalb tadeln.«

»Die französischen Windbeutel«, fuhr er fort, »plappern das *bon mot* nach, das ein superkluges altes Weib von sich gegeben – *er habe bloß eine Idee im Kopfe*. Ei, die Französin hat ihm da, ohne es selbst zu wissen, ein Kompliment gemacht; denn ich schätze einen Mann, der Geisteskräfte genug hat, eine Idee festzuhalten und sie durch sein ganzes Leben zu verfolgen. Sie wird ein Grundstein, auf dem sich ein Prachtgebäude aufführen läßt. So hatte die römische Kirche bloß Idee, so hat die Legitimität bloß eine Idee; aber diese Ideen haben Jahrhunderte bestanden und Wurzeln für Jahrtausende geschlagen, die nicht ausgerottet werden können. Es kömmt mir nur lächerlich vor, mit ihrem Republikenwesen in Europa. Als die Reformation unter Luther ausbrach – hier liegt ein Buch darüber – glaubte die ganze Welt, die römische Kirche würde in acht Wochen über den Haufen sein. War sie es? Ist sie es? Und sind die protestantischen Völker weiter? Pah, sie sind in so argen Geistesfesseln als die Katholiken; dürfen so wenig ihrem eigenen Kopfe folgen als diese. Wissen Sie, was die römische Kirche emporhielt? Die Mönche? Nein, die Dummheit, die Beschränktheit, der Aberglaube – die unzertrennlich vom Menschengeschlecht sind; denn sonst gäbe es keine Aufklärung, keine Weisheit, keine Frei- und Helldenker. Wissen Sie, wer die Stützen der Monarchien, der Aristokratien sind? Die Kroaten, die Kosaken, der Londoner Pöbel, die Pariser Kanaille. Solange sie den russischen Leibeigenen nicht zu einem aufgeklärten Amerikaner, die Pariser Kanaille zu rechtlichen Bürgern, den Londoner Pöbel nicht zu Freisassen umwandeln können, müssen sie starke Regierungen haben, zum Schutze guter Bürger; und diese guten Bürger werden ihre Regierungen unterstützen, *nolentes volentes* – denn ihre eigene Existenz hängt davon ab. So lange es Menschen geben wird, die Trüffelpasteten – Kartoffeln vorziehen, Eiderdaunen einem Brette, und Eastindia Madeira schlammigem Wasser, wird es Aristokraten, gleichviel ob des Geldes oder der Geburt, geben – Stützen der Monarchien; und wenn sie sich um das Ihrige wehren, so haben sie recht. Sehen Sie, dieses sind Erfahrungssätze – ewige Wahrheiten, die sich zu allen Zeiten, unter allen Völkern, bewährt haben und bewähren werden. Erfahrungssätze, auf die herabzublicken der Herzog, bei all seinem Stolze, nicht stolz genug ist; die aber eben, weil sie gemein und stets sich bewährt haben, von sogenannten Universalgenies übersehen werden. Glauben Sie mir, nichts Schlimmeres, als ein sogenanntes Universalgenie zum Herrscher, zum Leiter der Menschheit zu haben. Es sieht, wie der Dichter durch eine verklärte Linse, und erkennt in die Länge weder sich, noch seine Umgebungen. Napoleon war ein solches Universalgenie, und was war das Ende? Er ist auf einem nackten Felsen verdorben, und mit ihm sein System.«

Und der Mann hielt nach dieser sonderbaren, grob praktischen, aber im Tone der bestimmtesten Zuversicht vorgebrachten Abschweifung inne, und nahm dann sein Glas, aus dem er einen langen Zug tat. Bisher hatte er abgebrochen, kurzatmend gesprochen, und bei jeder Periode eine längere oder kürzere Pause gemacht, sichtlich um seinen Atem zu schonen. Jetzt hob er mit stärkerer Stimme an.

»Und begreifen Sie nun, mein junger Freund! warum und worüber ich sann?«

Er sah Morton starr an, und indem er die grünen Augengläser auf den Tisch legte, schwollen seine mumienartigen Züge zusehends, seine scharfen, rotgrünen Augen funkelten wie phosphorische Kugeln; sein ganzes Wesen begann etwas unnennbar Unheimliches anzunehmen.

»Ahnen Sie nun«, hob er wieder an, »etwas von meinem, von unserem Vergnügen? Denn der große Stephy genießt es in demselben, in noch höherem Grade, weil er der Stützpunkt, das Fundament von uns allen ist – unser Kaiser. Das ist der genialste Franzose, den ich kenne.«

»Ahnen Sie etwas?« fragte er mit bedeutungsvoll betonter Stimme. »Ahnen Sie etwas von der Seelenfreude, die wir sogenannten Geldleute genießen? Rechnen Sie es für nichts, in das innerste Heiligtum, in die tiefsten

Winkel des menschlichen Herzens zu dringen? Die gekrümmten Schleichwege der Staatsmänner zu erforschen, die verborgensten Falten der bürgerlichen Gesellschaft zu enthüllen, den Königssohn, den stolzen Herzog, den hochadeligen Baron, den Tapfern, den Listigen, die Schönste der Schönen in ihrer ganzen Nacktheit, in ihrer hoffnungslosen, hilflosen Ohnmacht, vor sich auf den Knien liegend, zu schauen? Diese Szenen immer und immer wechselnd, und immer wieder sich erneuernd, im hundertfältigen Kreisläufe sich erneuernd! Diese schrecklichen Spiele, diese verzweiflungsvollen Gelüste, diese rasenden Freuden, die zum Schafott führen! Diese hysterischen Gelächter der Verzweifelnden, bereits auf dieser Erde Verdammten! Diese schwelgerischen Gelage, die das grünste Leben in wenigen Jahren, was sage ich Jahren, Monaten – grau machen! Hier ein Staatsmann, dem seine Gurgel zu lange ist, dort ein Vater, der nicht länger den gebrochenen Stolz des Failliten ertragen mag; wieder ein Weib, das in der Verzweiflung das einzige Kleinod darbietet – aufdringt, das ihr sonst um keinen Preis feil gewesen wäre! O diese Schauspiele! Diese herrlichen Schauspiele!«

Und wie der Alte so sprach, entfuhr ihm ein heiseres, aber entsetzliches Kichern.

»O, diese Schauspiele und Schauspieler!« kicherte er wieder, »diese unnachahmlichen Schauspieler! Hier könnten Garrik und Kemble und Kean in die Schule gegangen sein; aber an uns ist ihre Kunst verloren. Wenn so ein liebekrankes Mädchen, ein alter Handelsmann, der mit grauen Haaren an den Bettelstab gebracht worden, – eine Mutter, die ihr unglückliches Kind vom Verderben retten wollte, – ein edler Lord an der Schwelle der ewigen und zeitlichen Verdammnis, wenn sie kamen, und ihnen die Haare gen Berg standen, wie einem geschreckten Rosse die Mähne gen Berg steht – da ward mir anfangs wohl ein wenig seltsam zu Mute. Aber alles ist vergangen, so wie der Geist Gottes – des unterirdischen Gottes – mich durchdrungen. Jetzt bin ich einer *derer*, die nichts mehr täuscht, die helle sehen, die diese Szenen recht gemütlich anschauen können. Ich kann sagen, junger Mann, nichts täuscht mich mehr, nichts kann es. Ich durchdringe Herzen und Nieren, besitze den Schlüssel zu allem. Wir können Armeen und Soldaten kaufen – Staatsgeheimnisse – und die Werkzeuge, sie zu unsern Endzwecken zu lenken. Was die Bourbonen einst in ihrem Stolze von sich sagten: kein Kanonenschuß dürfe ohne ihre Einstimmung fallen – das, junger Mann, können wir mit mehr Wahrheit sagen; denn wir sind zehn, die unsichtbaren Decemviri, die nun die Welt regieren.«

»Ja, junger Mann! Die schönsten Weiber sinken vor mir auf die Knie, und beten mich an, brünstiger, als sie je die Gottheit anbeteten. Hier in diesem Zimmer, Morton!« Er deutete auf die Türe der ersten Pièce, »hier haben Schönheiten sich gekrümmt, vor denen Könige sich auf die Knie niedergeworfen haben würden; hier haben sie ihr Teuerstes, ihr Bestes angeboten, aufgedrungen, Schönheiten, deren Reize das kälteste Männerherz hätte rasend machen können. – Und Lomond? Lomond stand kalt und unerschüttert, hohnlachend in seinem Innern. Diese Rasereien haben für ihn längst ihre Reize verloren. Meine Aufgabe ist die der Rache, diese ist meine Ehrenschuld, die ich abtragen muß – habe sie abgetragen, dann gehe ich gerne hinüber. Rache und Gewalt und Herrschaft, das ist meine, unsere Aufgabe. Ah, diese Großen – jetzt stoßen sie mich nicht mehr zurück; aber einst taten sie es – wie auf einem Wurme traten sie auf mir herum, als ich noch jung war und kräftig – aber hilflos, pfenniglos, ohne Obdach, mich zu schützen; ohne Freund, mich zu trösten; ohne eine mitleidige Seele, mir eine Träne zu weihen. Wäre das nicht die Rache, beim lebendigen Gott!« rief der Mann mit entsetzlich funkelnden Augen, »ich würde mein Gold glühend werden lassen und es in meine eigene Kehle hinabgießen; denn was wäre es mir jetzt nütze, nachdem ich allen Freuden des Lebens abgestorben bin? Eine Höllenqual wäre es.«

Der Alte hielt wieder inne und fuhr dann fort:

»Ei, ich habe die Milde der christlichen Liebe, die Sanftmut der hohen Welt empfunden, und sie sollen sie sicherlich wieder empfinden.«

Wieder hielt er inne, und fuhr nach einer Weile in einem leisern, aber erschütternd schneidenden Tone fort:

»Vom Trödler bin ich zum Mäkler, vom Mäkler zum Wucherer, vom Wucherer zum Großhändler, vom Großhändler zum Staatspapierhändler gestiegen, und durch alle diese Lebenswege hat mich, wie den alten Stephy, nur ein Gedanke begleitet – der der Rache, der Herrschaft. Aber die Zeit unserer Herrschaft war noch nicht gekommen; die Fesseln der Geburt, des Aberglaubens waren noch nicht gebrochen; für den Reichen gab es in der Welt noch keine sichere Zufluchtsstätte, die Willkür konnte ich selbst in diesem Lande erreichen. Nun aber kann sie es nicht mehr. Auf Eurem Boden, junger Mann, ist die Zitadelle, die den Hafen verteidigt, in dessen Busen die Reichtümer der ganzen Welt in Sicherheit liegen können. Auf Eurem Boden ist der mächtigste Selbstherrscher schwächer, als der winzigste Großhändler; dort ist der Damm, an welchem sich die Willkür bricht; dort der Fokus, wo sich die Strahlen vereinigen, und von wo sie wieder ausgehen; dort der Fels, an welchem sich alle Herrscher die Schädel zerstoßen würden, von wo aus die Freiheit der Welt, die Sicherheit des Eigentums ausgehen muß. Nicht jene jakobinische Freiheit von Narren und Bluthunden – die Freiheit der Person und Sicherheit des Eigentums; und diese sind die Grundlagen aller wahren Freiheit.«

»Zehn sind wir«, sprach der Mann mit erhabener Stimme; »über die ganze Welt zerstreut, und doch täglich, ja stündlich beisammen; durch kein Bande, und doch wieder durch die innigsten Bande verschlungen, die des gemeinschaftlichen Interesses, das der Welt eine neue Gestaltung geben soll, früher oder später geben soll, wird, muß. In London sind wir fünf. Alle Wochen versammeln wir uns, vergleichen Noten und bestimmen den Gang der Weltverhältnisse. Die Mysterien der Finanzen dieses und aller Reiche und ihrer Existenz liegen klar vor unsern Augen. Kein Reich, keine Familie, kein Stand, der je mit uns in Berührung gekommen, ist unserem anatomischen Messer entgangen. Wir halten die Bindungsfäden der Existenz jedes Staates, jeder Familie, von der allerhöchsten bis zu niedrigsten, in unserer Hand. In unserem Soll stehen Milliarden, stehen Staaten und Familien, Könige und Kaiser; es sind Noten, wie die in dem Buche des ewigen Richters. Der öffentliche Kredit und das häusliche Wohl, die Wohlfahrt der drei Königreiche und aller Reiche der zivilisierten, das heißt der schuldenden Welt, des Handels und Wandels, hängen von unserem Winke und Willen ab. Was ist die erbärmliche geheime Polizei des ganzen Kontinentes gegen die unserige, die wir bezahlen, wie die Herren der Welt; denn das werden wir sein, früher oder später; früher oder später werden wir die Stelle dieser Aristokraten ganz und gar einnehmen, wir die nächsten an den Thronen sein, Mister Morton! Und nicht weniger fest sollen deshalb diese Throne stehen. Und das tanzende und in seinen Fesseln knirschende Frankreich, und das phlegmatisch mondsüchtige Deutschland, und das träg bigotte Spanien, und das elendigliche, an den Knochen seines dreitausendjährigen Ruhmes nagende Italien müssen sich beugen und fügen, und alle Länder der Erde müssen folgen; denn unsere Mineurs sind tätig. Wir senden unsere Botschafter täglich, stündlich; jeder Sack Kaffee, jede Büchse Tee, jeder Warenballen, jede Anleihe gründet unser Reich fester. Pah! und es gibt Narren, die da sagen, wir lieben das Gold um des Goldes willen! Ei, wir lieben das Gold, aber die Herrschaft lieben wir noch mehr, denn sie ist süßer noch als Gold; an ihr verderbt man sich den Magen nimmermehr, und wäre er auch noch so blöde. Andere meinen gar, wir arbeiten für das Volk, den schweinischen Haufen – Pah!«

Und der Alte brach wieder in sein unheimliches Kichern aus.

»Wir? der *monied interest*[9], die *moneycracy*[10] für den schweinischen Haufen kämpfen! Wir kämpfen gegen die Aristokratie der Geburt; aber

[9] Geldinteresse, Kapitalisten, Staatspapierhändler.
[10] Die Aristokratie des Geldes.

wir kämpfen für uns. Immer aber gewinnt die Menschheit dabei, junger Mann! Denn aus dieser *manus mortua* der Aristokratie, dem toten Meere des Bürgertums, in dem alle Flüsse und Fische ersterben, zu gelangen, ist für die Welt ein Gewinn, mit dem sie schon einstweilen zufrieden sein kann. Es gibt keinen Sprung in der Natur. Alles geht langsam.«

Und wieder hielt er inne, und fuhr erst nach einer geraumen Weile, rings umher auf die Wände deutend, fort:

»Hier«, sprach der verwitterte Greis, »innerhalb dieser armselig trostlosen Mauern ist der größte Held, der Schlachten zu Dutzenden gefochten, weich und sanft geworden, wie der arme Sünder, der auf dem Punkte steht, in die Ewigkeit hinüber geschnellt zu werden. Hier ist oft der tollste Liebhaber, den ein Wort von den Lippen seiner Schönen in Entzücken und wieder in Raserei versetzt, auf seinen Knien gelegen; hier hat sich der hochfahrende Staatsmann, der Millionen auf den Nacken tritt, gekrümmt; hier der Kaufmann, der Millionen gebietet. Hier haben Atheisten, die den Namen Gottes nie anders als höhnend über ihre Lippen gebracht, zu dem ewigen Gott beten gelernt. Hier werden noch Königssöhne und Herzoge beten lernen, junger Mann, und das auf das schönste; denn hier«, er fuhr mit der Hand über die Stirn, »ist die Waagschale, die das Schicksal von Millionen und abermals Millionen aufwiegt.«

»Und Sie glauben«, sprach er lächelnd, »daß wir keine Freuden haben, keine Poesie, keine hohen Empfindungen? Daß unter unsern kalten, verschrumpften Außenseiten keine großen Herzen schlagen, kein warmes Blut fließe? Sie glauben, daß Byrons Poesie kühner war, als die meiner, des alten Stephy Phantasie – seine Aussichten glänzender? Pah! Er gründete bei Narren einen Namen. Wir gründen in der Wirklichkeit ein Reich – eine Kirche, die glänzender als die römische Kirche werden soll, herrlicher und dauerhafter, als die des römischen Vatikans, die die Pforten der Hölle nicht überwältigen sollen; denn auf ihren Fundamenten ist sie ja errichtet.«

Und nachdem der Alte so gesprochen, erhob er sich und richtete sich auf lang und langsam, und legte seine Hand auf des Jünglings Schulter, und sein durchdringendes Auge ruhte einen Augenblick prüfend auf ihm; dann, ohne ein Wort weiter zu sagen, verschwand er in ein anstoßendes Schlafkabinett.

Von Mortons Zügen aber war das ironisch höhnische Lächeln ganz gewichen. Seine Augen kreisten sich, indem er sich nach dem Bilde des Alten wandte; er taumelte der Türe zu, wie ein vor dem Bösen Fliehender. Ihm war Hören und Sehen vergangen. Der verwitterte graue Mann war vor ihm aufgeschwollen zum Ungeheuer, zum Riesen, zum irdisch-höllischen Gespenst. Er war verwandelt in ein horribles, phantastisches Zerrbild, der eingefleischte Repräsentant des Fürsten der Finsternis, des Gottes der Hölle, der auf die Erde gestiegen. Existenz, Schönheit, selbst die Freiheit und Zukunft des Menschengeschlechtes erschienen ihm schauderhaft abschreckend; denn alles war ja, oder sollte ihm zinsbar werden, dem Höllenfürsten.

Indem schlug die Glocke eilf.

Der Alte erschien nochmals zwischen der Türe.

»Morton, Morton, eilen Sie mit dem Ankleiden; Sie sind ja noch auf den Ball in D–ehouse geladen.«

»Diesen habe ich ganz vergessen«, murmelte der Jüngling in die Türe.

»Aber unsere Nobility nicht; denn die ist erst jetzt in ihren leichten Intervallen«, lächelte der Alte. »Gute Nacht! Sie fahren in Ihrer eigenen neuen Equipage.«

Erst, als er in seinem Ankleidezimmer vor seinem Spiegel stand, verließ ihn einigermaßen der Taumel, in welchen ihn die unbeschreiblich ergreifende Nachtszene versetzt hatte; immer noch stand jedoch der verwitterte, funkelnde Alte vor seinem Blicke.

»Pah!« sprach er, sich rüttelnd, »haben heute Neumond, und der wirkt immer auf derlei Köpfe. Der – und die alte Aristokratie Englands über den Haufen werfen! – Ich wenigstens will nicht die Hand dazu bieten.«

Es wurde das entfernte Rasseln einer Karosse gehört, und bald darauf verkündeten ein halbes Dutzend Schläge, die die Grundfesten des Hauses erschütterten, einen späten und hohen Besuch.

III.

Die drei Lords.

orton, ums Himmels willen, wo stecken Sie?«
»Mister Morton, was lassen Sie alle Welt auf sich warten?«
»Morton, mein Teurer, wo sind Sie?«
Unter diesen Ausrufungen waren zwei der lieblichsten Stutzer, die je englisches Pflaster getreten, in das Zimmer geschlüpft. Mehr Mädchen als Männer, waren ihre Formen zart, ihre Hände klein, ihre Wangen lilienblaß mit einer schmachtenden Röte, ihre Augen blau; zwei Zephyre, wie sie in der Glashausatmosphäre des englischen Hochlebens umher flattern. Der dritte, der hintendrein kam, war der etwas männlichere Lord Flirtdown. Die beiden erstern hatten sich, nach einer kurzen Begrüßung, wie erschöpft auf das Sofa und die Ottomane geworfen. Lord Flirtdown war vor Morton stehen geblieben.

»Dem Himmel sei Dank! Die Toilette doch wenigstens gemacht, mein Diplomatiker!« rief Lord Flirtdown, der jedoch erst jetzt das Lorgnon erhob, um genauer zu prüfen.

»Und nennen Sie das Toilette gemacht, Flirtdown?« rief Lord Ormond vom Sofa herüber.

»Und das Ding da eine Krawatte?« lachte der dritte, der von der Ottomane aufgesprungen, und das Lorgnon auf die fashionabelste Weise in die Augen gedrückt, mit komischem Entsetzen die Krawatte beschaute.

»So kommen Sie doch her, Mono, kommen Sie her, Flirtdown!«

Und die drei Herrlichkeiten stellten sich vor Morton hin, und schlugen ein lautes Gelächter auf.

»Nein, *'pon honour*[11], Mister Morton«, rief Lord Ormond mit einer Flötenstimme, »diese Krawatte, sie sieht aus, als wäre sie in einer wahren Hänglaune um den Hals gedreht.«

»In wahrer Verzweiflung, lieber Morton, *'pon honour*!« bekräftigte der Marquis Mono.

»Versichere Sie, Morton, sähe man Sie in Westend, alle Welt bliebe stehen, *'pon honour*!«

»Sie wären indamissible mit dieser Krawatte in D–ehouse, *'pon ho-*

---

[11] *'pon honour*, statt: *upon honour*. Auf Ehre.

nour! Gestehen Sie es nur, in diesem so wie in vielen andern Punkten seid Ihr Yankees mit Euerer gepriesenen Freiheit noch hundert Jahre zurück.«

»Pompey, frische Krawatten!« rief Morton.

»Sie geben es also stillschweigend zu? Sie tun wohl daran, lieber Morton! Besehen Sie sich nur im Spiegel. Ein Ungetüm, versichere Sie, *'pon honour!* Ich sage Ihnen, die Krawatte ist der Probierstein, an dem man den Gentleman erkennt; sie ist dem Manne, was der Gürtel, die Coiffüre, den Damen ist. Zeigen Sie mir eine Krawatte auf hundert Schritte, und ich will Ihnen sagen, ob der Kopf, unter dem sie sitzt, der eines Gentleman ist. Keine Täuschung möglich, *'pon honour!* Aber erlauben Sie, daß ich Ihren *valet de chambre* mache. Ist das Ihr – wie heißen Sie das Ding da?« fragte er mit einem spöttischen Seitenblicke auf Pompey, den er mit seinem Lorgnon fixierte – »doch nicht Ihr *valet de chambre?*«

»*Varlet de shame*[12]!« schrie der entrüstete Pompey. »Pompey kein *shame varlet* sein.«

Und die drei Lords schlugen ein hell lautes Gelächter auf.

»Aber wissen Sie, Morton«, rief Lord Flirtdown, »daß Pompey mit muß. Versichere Sie, Mylords«, wandte er sich an den Marquis und Viscount, »ist gar kein übler Alter, hat ein ungemein aristokratisches Air. Man sieht ihm an, daß er in einem Hause, das seinen Adel nicht vergessen, gelebt hat. Morton, nehmen Sie ihn auf alle Fälle mit. Und lassen Sie die Krawatten sehen, und erkennen Sie unsere ungeheuchelte Freundschaft, die wir Crockfords verließen, um Sie hier in diesem horriblen Erdenwinkel abzuholen.«

»Seid liebe Leute«, versetzte Morton mit einem frostigen Lächeln, das die Lords einen Augenblick stutzen machte. Sie hatten ihre gelb glacierten Handschuhe abgezogen, und prüften die von Pompey gebrachten Krawatten mit Kenneraugen.

»Alle, was wir sagen, *raides mortes*«, bemerkte der Marquis Mono, »für einen Gehängten nicht übel passend.«

»*Raide* ginge noch«, versicherte Lord Ormond. »Es verrät einen gewissen Grad von Bestimmtheit, etwas Positives, einen kecken Egoismus, die große Triebfeder, die Potenz der heutigen Zivilisation.«

»Dem Piston«, fügte Lord Flirtdown bei. »Es liegt etwas Geniales in der Selbstsucht, etwas Erhabenes, etwas Exklusives – *'pon honour!*«

»Die Krawatte steht dann wie wegwerfend, isoliert«, versicherte der Marquis Mono.

---

[12] Schamloser Schelm.

»In gewissen, großartigen Verhältnissen, streng aristokratisch, – starr, wie der Herzog«, meinte Lord Ormond.

»Es ist eine eigene Kunst, *'pon honour*!«, fiel der Marquis Mono mit wichtiger Miene ein.

»Nicht Kunst, nichts von Kunst darf dabei im Spiele sein, lieber Mono«, belehrte ihn Lord Ormond. »Takt ist die Sache; nicht wahr, Morton?« fragte er diesen, mit einem spöttischen Seitenblick auf seine beiden Gefährten.

Und die drei brachen wieder in ein lautes Gelächter aus, und überreichten, noch immer lachend, Morton die ausgelesene Krawatte.

Dieser war ungemein ernst geblieben.

»Nach meinem Gout«, versicherte Lord Ormond, »ist sie noch immer zu *raide*. Mein Gout ist der leichte, naive, ein gewisses Air von Naivität, von Originalität. Meine Krawatte soll gleichsam wie auf den Hals hingezaubert sein, wie durch Inspiration. Mir wenigstens scheint sie noch immer zu steif; aber Ihr Yankees liebt das Steife.«

»Flirtdown«, sprach Morton, der, die Krawatte in der Hand, in die Türe des anstoßenden Kabinettes getreten war, »bemerken Sie Lord Ormond, daß ich ein Virginier bin, und Hotspurs Blut in meinen Adern habe. Einstweilen, Gentlemen, excüsieren Sie mein Entfernen.«

»Alle Teufel, was ist das?« riefen der Marquis Mono und Lord Ormond.

»Pompey, was soll das?« fragte Lord Flirtdown. »Hat dein Master die *blue devils*?«

»Nein, aber die *blue fools*«, grinste der Alte.

Und die drei Lords sahen sich einander an, und brachen wieder in ein lautes Gelächter aus.

»Inzwischen«, flüsterte Lord Flirtdown, »muß ich Euch nur im Vorbeigehen bemerken«, er legte den Zeigefinger auf den Mund, »daß Ihr den Spaß nicht zu weit treiben dürft. Er ist zwar ein Yankee, aber einer der Unsrigen, und Lieutenant in ihrer Marine, und das will etwas bedeuten. Schießt Euch, *'pon honour*! die Schwalbe im Fluge herab.«

»Mit Pistolen?« fragte Lord Ormond.

»Sah ihn zwanzig, ohne zu fehlen, nacheinander herab bringen.«

»Pah! und was kümmert das uns; *sans souci* ist mein Wahlspruch. Wer wird da Rücksichten nehmen? Ich tue, als bemerkte ich nichts. Wird doch Spaß verstehen.«

»Sagen Sie mir doch zum Teufel, Flirtdown, was er eigentlich hier in London will, und dann in diesem detestabeln Verstecke?«

»Pah!« meinte der Marquis, »so eine Art Mission, wegen ihrer Zwiebel und Whisky- und Mehlfässer und Schinken, mit denen sie unser Westindien zu beglücken gedenken. Man sollte ihnen den Bettel gönnen. Sind eine wahre Krämernation, diese Yankees. Und, sagt mein Alter, zanksüchtig und krakeelisch. Man hat mehr Plage mit ihnen, als mit all den Großmächten zusammen genommen. Gäbe es nur ein halbes Dutzend solcher Republiken in der Welt, sagt er, möchte der Teufel regieren. Je absoluter eine Macht, desto angenehmer die diplomatischen Verhältnisse, sagt er, *'pon honour!*«

Morton war wieder eingetreten.

»Hören Sie, Morton, Sie sind also ein *slip* von einem Diplomaten. Wissen Sie die letzte Neuigkeit, mit der man sich in den exklusiven Zirkeln herumträgt?« fragte der Marquis.

Morton gab keine Antwort.

»Ist aber ein prächtiges Mädchen, diese Sonntag«, versicherte Lord Flirtdown.

»Eine Deutsche zwar«, bemerkte Lord Ormond, »hat aber doch ein wunderschönes Gestelle. Mir unbegreiflich, wo sie die niedlichen Füße her hat.«

»Der einzige Artikel, in dem die deutschen Schönen groß tun«, kicherte der Marquis.

»Nun wissen Sie aber«, fuhr Lord Ormond fort, »daß unser Count Paul, wie ihn die Damen der – – nennen, ihr ganz rasend die Cour macht; hat ihr einen prächtigen Schmuck von Smaragden präsentiert.«

»Pardon! Es waren Saphire«, berichtete ihn Lord Flirtdown.

»Sie wird sich heute in D–ehouse mit der Malibran und Pasta hören lassen«, bemerkte Lord Ormond.

»Unsere Alten klubten[13] den ganzen lieben Vormittag in Charles Street. Warum kamen Sie nicht, Morton? Lady Warnhall wollte sie Miß Wicliffe aufführen.«

»Aber der Herzog«, fiel Lord Ormond ein, »hat den *Tippoo Sahib* gekauft; *'pon honour!* ein prächtiges Tier, im Bau ganz die Eclipse, versichern die ältesten Gentlemen vom Turf.«[14]

»Wird in D–ehouse sein, mit einem ganzen Gefolge deutscher Prinzen.«

»Huldreich und bettelarm«, lachte der Marquis.

»Sind ein eminenter Kopf, Seine Gnaden der Herzog – ein Kraftgenie, der erste Mann des Jahrhunderts, *'pon honour!*« versicherte Lord Flirtdown.

---

[13] Waren im Klub (Casino) versammelt, beratschlagten, intrigierten.
[14] Die Gentlemen vom Klub der Wettrenner.

»Hat es bewiesen der Herzog, wissen Sie?« bekräftigte wieder Lord Ormond.

»Hat verdammt Haare auf den Zähnen, hat es Winchelsea gezeigt«, setzte wieder Flirtdown hinzu.

»Hat Proben abgelegt, bei W–loo und in Spanien«, Lord Ormond.

»Wenn der mit Ihrem alten Jackson anbinden würde, dürfte ihn *Mores* lehren. Ist ein alter Halbbarbar, Ihr Jackson.«

»Ja«, bemerkte Morton trocken, »hat sich vor New Orleans sehr barbarisch gegen Euch benommen. Pompey, den Ballhut und Mantel!«

»Pah!« gähnten die drei Lords, die, nachdem sie Mortons Toilette nochmals durch ihre Lorgnons geprüft, mit einer graziösen Tournure, die ein Dutzend Zeitungen und Broschüren von einem Lesesessel zur Erde brachte, das Appartement verließen. Auf der Schwelle der Haustüre hielten sie an, lachten nochmals laut auf, und schlugen dann den Weg durch das enge Gäßchen ein, auf dem ihnen der alte Pompey bis zum Wagen vorleuchtete.

»Alles erstorben, wie tot die Cockneys«, kicherte Lord Ormond, indem er auf die öden Häusermassen deutete, »*'pon honour*! Ein schönes Ding, das Leben da zu beginnen, wo die andern aufhören. Nicht wahr, Mister Morton? Eigentlich ist nur der englische Gentleman frei, das heißt, er kann tun was er will – *Queensbury*! Grandioser Kerl! Mehr Jungfern ent–t, als er Haare auf dem Haupte hat – sich dessen vor George selbst gerühmt. Dürften Sie das in Ihrem Philadelphia tun? Pah! Unsere Herrlichkeit war nahe daran, in diesem verdammten, quäkerischen Neste in einer Ihrer Wachstuben für eine Nacht Quartier nehmen zu müssen; und warum? Weil wir einer einfältigen Quäkerin einige handgreifliche Zärtlichkeiten zu Teil werden ließen. Aber der Herzog, teurer Morton!«

»Welcher?« fragte dieser, »der von *Queensbury*,[15] oder –?«

»Mister Morton weiß vielleicht nicht, daß der Herzog von D–e seinen heutigen Ball vorzüglich zur Feier des Sieges gibt, den der große Herzog in beiden Häusern erfochten hat«, bemerkte Lord Ormond wichtig.

»Über wen?« fragte Morton lakonisch.

»*'pon honour*!« erwiderten die Lords, mit einem mitleidigen Blicke auf den Virginier.

»Ah, meine Lords!« fiel der Marquis im spöttischen Tone ein, »Mister Morton ist selbst ein Diplomat.«

»Allen Respekt«, entgegnete Lord Ormond, in demselben spöttischen Tone; »aber man kann ein großer, ein bedeutender Diplomat sein, ohne

---

[15] Der berüchtigte Wüstling und Freund Georg des IV.

deshalb den Geist des großen Herzogs zu ergründen. Wissen Sie, Mister Morton«, setzte er belehrend hinzu, »das Oberhaus hat heute einen Sieg davongetragen – einen Sieg, der die Gewalt und das Reich für die kommenden siebenzig Jahre abermals in unsere Hände gibt. Und diesen Sieg verdankt das Oberhaus Seiner Gnaden dem Herzog *of – –n*, der ihn erfochten hat für die Peerage.«

»*'pon honour*! Es war eine sublime Rede, die er vorgestern hielt. Wissen Sie, Mono, wie er gesagt hat, daß unsere Konstitution das *non plus ultra* menschlicher Weisheit ist?«

»Ein prächtiger, erhabener Gedanke das – nicht wahr, Mister Morton! Der Herzog! *'pon honour*!«

»Sie werden ihn sehen, Mister Morton, den großen Herzog, den Beherrscher der Welt, der Rußland mit seinem kleinen Finger und Frankreich mit seinen Sporen regiert.«

»Wird aber oft abgeworfen; sah ihn erst gestern im Regent Circus das Pflaster küssen«, versetzte Morton.

»Pah!« meinten die Lords gähnend.

Und unter dieser geistreichen Unterhaltung waren sie vor dem Wagen Lord Flirtdowns angekommen, der am Eingange von –street, einem armseligen Genèvre-Laden gegenüber hielt, in dessen verpesteter Atmosphäre ein einsames Talglicht kümmerlich schmachtete, um dasselbe herum gruppiert, wie Schatten der Unterwelt, einige jener unglücklichen Nachtwandlerinnen, die die nächtliche Sintflut in diesen traurigen Winkel zurückgedrängt hatte. Die drei Lords warfen einen fastidiösen Blick auf die gespenstigen Dienerinnen der Wollust und brachen abermals in ein gellendes Gelächter aus. »*Look A-gin-court! – Look Agincourt!*« riefen sie mit einer Stimme. »*Look Agincourt*[16]!« schrien sie abermals, die greulichen Sünderinnen durch ihre Lorgnons beäugelnd.

Morton war mit allen Symptomen des Ekels an den Wagen geeilt, und im Begriffe in diesen einzusteigen. Ein Lakai in reicher Livree hielt ihn am Arme zurück. Neben ihm stand ein elegant gekleideter Fremder.

»*Mister Morton of Morton Hall*!«

»Das ist mein Name.«

»Ist dieser Ihr Wagen«, sprach der Fashionable, auf eine elegante Karosse mit zwei prachtvollen Pferden bespannt deutend, die hinter der Ecke stand.

Morton starrte den Fremden und dann die Equipage an.

---

[16] Wortspiel, das einen Genèvre-Laden, und die Schlacht gleichen Namens bedeutet.

»Sie ist aus dem *Atelier Walkers*«, sprach der Fashionable, »und ich zweifle, ob Seine Majestät eine in Ihren Remisen haben, die mit ausgesuchterem Gout gebaut ist.«

Morton erwiderte kein Wort.

»Steht samt den Pferden zur Verfügung Mister Mortons, und zwar auf Befehl des sehr achtbaren Mister Lomonds.«

Morton schaute auf den Kutschenschlag. Das Wappen seiner Familie glänzte ihm in goldener Emaille entgegen.

»Ich werde die Ehre haben«, fuhr der Fremde fort, »*Mister Morton of Morton Hall* zu begleiten.«

Dieser stand noch immer wie träumend. Mechanisch, kopfschüttelnd stieg er endlich in den Wagen, dessen Türe eben zugeschlagen wurde, als die drei Lords heranprallten.

»Alle Teufel! Was ist das?« schrie Lord Ormond.

Die drei Lords standen mit offenen Mäulern.

»Ich glaube, der Yankee hat uns eine Nase gedreht.«

»Der große Herzog selbst hätte es nicht in noblerm Stile tun können«, lachte Lord Ormond.

»Ich sagte Euch so«, sprach Lord Flirtdown. »Ihr habt den Scherz zu weit getrieben. Ist nicht zu spaßen mit den Amerikanern. Sie werfen Euch statt des Glases die ganze Bouteille an den Kopf.«

Morton hörte noch die Lords nachrufen; aber im Schnauben und Brausen der Pferde und dem Rollen des Wagens verschallten die Stimmen, und er warf sich, betäubt von den widersprechenden Empfindungen, in die Ecke.

IV.

Eine Nacht in Westend.

Auf den schwellend elastischen Kissen gewiegt, begannen die Bilder und Entwürfe des Riesengeistes, der auf eine so entsetzliche Weise in das Rad der Weltereignisse einzugreifen sich berufen fühlte, auch wieder vor seiner Phantasie heraufzusteigen, die gestaltlosen Umrisse der gigantischen Schöpfung deutlicher hervorzutreten. Das Menschengeschlecht sollte ihr verfallen, der Riesengewalt dieser zehn! Er lächelte und schauderte zugleich; denn, war er nicht bereits ganz in ihrer Gewalt? Hatte sie ihn nicht mit ihren Vampirkrallen erfaßt, diese unsichtbare Gewalt? Woher stammte sie? Wie wirkte sie, diese entsetzliche Gewalt, die ihn, den stolzesten der stolzen Virginier, von den Ufern des Delaware an die der Seine, der Themse geworfen, ihm die Paläste der Könige, der Großen geöffnet, diese vor seine Türe gebracht – ihn in ihre glänzenden Hallen, in ihre prachtvollen Salons eingeführt, ihn, den Selbstmörder, den noch vor wenigen Monaten die Blackstones von sich gewiesen!

Und wieder traten die Karikaturbilder der drei geckenhaften Lords dazwischen, wie Schatten sich an die gestaltlosen Phantome hängend, und mit diesen kämpfend, und dann stieg, wie der Piston, von der Gewalt des Dampfes gehoben, ein neuer großer Gedanke in seiner Seele herauf, der Gedanke, eines der furchtbaren Werkzeuge der unsichtbaren Springfedern dieser Weltumgestaltung zu sein; und in den elastischen Schwingungen der aristokratisch vornehm dahin rollenden Karosse wurde sein Gedankenflug kühner, die Bilder, die ihm der Riesengeist vorgehalten, traten frischer, deutlicher vor seine Phantasie; der Alte kam ihm vor, wie jener entsetzliche Erzengel, der mit seiner Posaune alle, die da sind in den Gräbern, auferwecken soll, um sie der ewigen Herrschaft seines Gottes zu unterwerfen.

»Ist der Mann«, murmelte er in sich hinein, »nicht wirklich ein Poet! Eine Hütte bewohnt er, er, der in Palästen thronen könnte! Und wie ein König regiert er aus den dumpfen Mauern seines Versteckes, und Hohe und Niedrige, und Reiche und Arme eilen herbei, um seinen Winken Gehorsam zu leisten! Und Du, Morton! Willst Du Dich gleichfalls zu seinem Werkzeuge hergeben? Du, der Enkel –« Er hielt inne. »Pah! Bin ein Aristokrat, ein geborner Aristokrat. Will es bleiben. Der Höllenkönig wird unser Blut nicht versengen!«

»Ihnen ist heiß, *Mister Morton of Morton Hall*!« sprach sein formeller Begleiter, der Fashionable, der in der andern Ecke des Wagens saß. »Soll ich eines der Wagenfenster herablassen?«

Morton gab ein »Ja« zur Antwort, und mit der frischen Luft, die um seine Schläfe zu säuseln begann, verschwanden auch die Phantome, und die nackte Wirklichkeit trat wieder vor seine Augen. Und wahrlich, es war Wirklichkeit, was er nun schaute, prosaisch starre, und doch wieder poetische Wirklichkeit.

Er fuhr Cheapside und Cornhill hinab – nicht Cornhill, in dem Hunderttausende von Pilgern auf- und abziehen, alle wandernd, eilend, wogend, rasselnd, rollend zum großen Schreine des Tempels des Höllengottes, der am Ausgange dieser großen Pulsader des riesigen Londons den Gläubigen entgegenblinkt, so wie das Grabmal des Propheten in der Sandwüste seinen Anhängern. – Das Cornhill, das er durchfuhr, war zur Einöde geworden; die Straße glich einer Königsgruft, in der die Totenlampen brennen, oder dem erlähmten, bereits erkalteten Gliede eines Wassersüchtigen, dessen äußerste Teile der Erstarrung anheim gefallen sind, und denen nur noch zuweilen die fieberische Aufregung des innern Organismus Wärme und Bewegung zuführt.

Morton überrann ein heimlicher Schauer beim Anblicke dieser Abgestorbenheit, dieser finstern Wohnungen, die wie die Grüfte der Vorzeit die ungeheure St.-Pauls-Kirche umgeben, das letzte Denkmal königlicher Frömmigkeit. Endlose Reihen rot und grell schillernder, im Nebeldunste verschwimmender Gaslichter, deren Widerschein nur selten von einem flüchtigen Nachtschatten gebrochen ward; keine Stimme zu hören, kein lebendiges Wesen zu sehen; der Wagen rollte und rasselte dumpf dahin, und mißtönig gellte die Klapper des Polizeimannes dazwischen; kein Lichtstrahl in den Fenstern, alles öde und trostlos in diesen gespenstigen Straßen, durch die der Engel des Todes gezogen zu sein schien.

Und indem der Jüngling so die Straße der alten City hinab rollte, stieg die Vergangenheit der mächtigen Stadt – die Vorwelt des glänzenden Kaiserreiches, vor seiner Seele herauf[17] – und gleitete an seinem beschauenden Blicke vorüber, so wie Bäume, Felder und Wälder, Städte und Dörfer vor unsern Augen während der schnellen Fahrt vorüber gleiten.

---

[17] Die Gesamtbesitzungen der Krone werden in der Parlamentssprache und in öffentlichen Urkunden bekanntlich *empire*, Kaiserreich, so wie das Parlament das kaiserliche genannt.

Es stieg vor seiner Phantasie herauf der unglückliche Richard, und der tückische Heinrich – und neben beiden seine Vorfahren – der kräftige Hotspur, die hochherrliche Käte, der tolle Welsche, alle umgarnt vom gleißnerischen Plantagenet; und es folgte den edeln Percys der wüste Heinrich, der Sohn, und um ihn herum die Falstaffs, die Poins, die Tearsheets, die Quicklys; und darauf kam nach langem Zwischenraum der entsetzliche buckelige Richard, und die unglückliche verblendete Anna, und der betörte Buckingham. Und wie er hinab rollte durch Templebar dem Strande zu, trat ihm der Metzger Heinrich entgegen, und der pedantisch alberne James, und der schwach starre Charles, und wie er umher blickte, sah er Whitehall zur Linken, und bedeutsam vor sich Charles, den letzten Stuart, der mit dem Volke Englands sein Spiel trieb; und es war ihm auf einmal, als ob er aus der düstern Vergangenheit in das Bereich der hellen Gegenwart träte – aus den Zeiten des starken Königtums in die der stärkern Aristokratie. Er blickte auf, er hatte Charingcroß hinter sich.

Er war im aristokratischen London angekommen.

Und alles war wie durch einen Zauberschlag verändert. Es war keine Stadt mehr, es war eine unabsehbare Reihe von Hoflagern, von oligarchischen Residenzen. Vom gewöhnlichen Leben und Treiben der Städte war auch keine Spur mehr zu sehen. Vor ihm lagen die prachtvollen Klubhäuser des Athenäums und *united service*, links neigten sich die Baumgruppen des Jamesparks in magischem Helldunkel herüber; gerade vor ihm und rechts öffneten sich die herrlichen Straßen von *Pall Mall* und *East*, und herüber von Piccadilly ließ sich ein Tosen vernehmen, wie Gebrülle eines Kataraktes. Der Nebel hing blutrot über den Häusern. Endlose Reihen glänzender Equipagen, zahlreiche Gruppen in Gold und Silber starrender Diener, die sämtlichen Hotels erleuchtet, die Tore geöffnet, und aus den Vestibüles und Vorhallen eine Pracht heraus schimmernd, ein Luxus, der das Staatsgemach eines orientalischen Despoten beschämt haben würde, der die Kräfte ganzer Nationen, die Arbeiten von Menschenaltern sich untertan gemacht hatte; ein imposanter Anblick, diese prachtvoll erleuchteten Straßen mit dem Heere goldbordierter Lakaien, imposanter durch den Kontrast mit der erstorbenen, in Schlaf und Siechtum begrabenen City.

»*Mister Morton of Morton Hall* sind sehr düster gestimmt für den glänzendsten Ball, den London dieses Jahr sehen dürfte«, sprach der fashionable Begleiter. »Ist es vielleicht gefällig, vorläufig auf eine halbe Stunde bei der Counteß I–y einzukehren, die heute gleichfalls ihren Ball gibt?«

»Ich dachte, die fashionable Welt sei ganz in D–ehouse konzentriert.«

»Die Counteß ist eine Hochtory«, versetzte der Gentleman bedeutsam, »und so ist der Earl von L–l ein Hochtory.« – Er deutete auf ein glänzend erleuchtetes Hotel, aus dessen Innerem Ballmusik zu hören war. »Lebt zwar noch«, fuhr er fort, »im alten Stile der Graf, zwei Geigen, zwei Klarinette, eine Oboe und Pianoforte; die Gesellschaft aber ist glänzend.«

»Da drüben«, hob er nach einer Weile wieder an, »gibt der Herzog von N–e seinen Rout.« »Westend lebt geschwind«, bemerkte Morton.

»Aber methodisch«, versetzte sein Begleiter.

Der Jüngling überhörte die Worte; denn abermals stieg vor seiner Phantasie der Alte herauf, mit der Zähigkeit eines Tigers auf Tod und Leben gegen die ungeheure Anaconda – diese Aristokratie kämpfend, deren Riesenmacht und furchtbare Schwungkraft dieses Reich so großartig umklammert hält, deren unerschöpfliche Reichtümer so siegend aus allen Straßenecken hervortreten. Diese herrlichen Reihen von Mansionen, mit ihren einfach anspruchslosen, und doch wieder so stolzen Portalen, ihren glänzenden Hallen, aus denen die Blüten und Blumen und Gewächse aller Zonen dufteten, und im Hintergrunde links die öden Türme und Erker des verlassenen, erblindeten Königspalastes, der unter den glänzenden Wohnungen der hochmütigen Barone da stand, finster, trostlos und verwittert, wie ein tausendjähriges Gerippe; diese Marmortreppen, mit den reichsten orientalischen Teppichen belegt und von tausend Künstlerhänden verschönert! Diese endlosen Reihen von Dienern – Werkzeugen der absolutesten Willkür, die dastanden wie Automate, regungslos, bewegungslos, der Winke hochmütiger Gebieter harrend – seit Jahrhunderten zur absolutesten Selbstverleugnung herangezogen; sie waren sprechende Belege einer Herrschaft, die zur höchsten Potenz gesteigert, die den Thron in den Schatten gestellt, die die Quellen der Macht in ihr Bereich geleitet, die zum Systeme geworden war.

»Pah!« murmelte sich Morton zu, »dieses Reich ist in seiner zweiten Phase – es nähert sich seiner dritten; alles zieht gegen Westen – im Osten ist's Nacht; – Glück zu, mein teures Vaterland!«

»*Gare gare! Take care! Hallo ho! A hoy!*« schrie es auf einmal aus tausend Kehlen, und eine Szene bot sich dar, die kein Pinsel zu malen, keine Feder zu beschreiben im Stande wäre. Der Wagen war, um ungehindert an den Palast des herzoglichen Ballgebers zu gelangen, *Pall Mall* hinab, James Street hinauf und rechts in Piccadilly eingefahren, und rollte in demselben Augenblicke einem Strudel von Menschen und Tieren, Wagen und Pferden zu, einem Chaos von Licht und Finsternis, einem Brausen und Brüllen, Heulen und Wimmern; das Pandämonium der Hölle hatte seinen Tummelplatz da aufgeschlagen; eine Feuersäule stieg vor ihnen auf, die aus den greulichen Abgründen emporzulodern schien, in deren Flammen die Verdammten toben und wüten. Tausende von Flambeaux, Tausende von Wagen und Tausende von Lampen, die in einem Nebelmeere schwammen und in jedem Luftzuge wie feurige Zungen umherschossen, und unter dem grausigen Flammenschleier Tiere und Menschen, heulend, schreiend, brüllend, stoßend, treibend – und dazwischen das Krachen der Räder, das Brechen und Klirren der Wagenfenster, das Gestöhne der Rosse, das Geheul der Weiber – alle Teufel schienen Piccadilly zu ihrem Sammelplatze erkoren zu haben.

Der Wagen war mit einer raschen Wendung durch eine kaum sechs Fuß breite Öffnung durchgebrochen, hatte ein halbes Dutzend Staatskarossen aus ihren Fugen und mit sich fortgerissen, und hielt im nächsten Momente vor einer Nebenpforte, durch die Morton in den hell erleuchteten Vorhof der herzoglichen Mansion eintrat.

Wahrlich, es ist etwas Großes um englische Herrlichkeit; denn alles ist hier groß – großartig – nichts niedrig, gemein. Alles bezeugt die seit Jahrhunderten fest stehende, unbestrittene Herrschaft – nicht die Herrschaft des königlichen Leibdieners, dem, wie dem Hunde, der gekrönte Meister einen Brocken von der üppig besetzten Tafel zuwirft – eigene Herrschaft, die auf selbst gelegtem Grundsteine ruht, die wie der göttliche Funke, dem Königsblitze entrissen, mit der Kraft eines Donnerers festgehalten wird; wahre englische Herrschaft, schwer lastend, nimmer den Takt verlierend! Diese tausend dienstbaren Geister, diese des leisesten Winkes harrenden Willensboten, diese besoldeten Wächter der öffentlichen Sicherheit, Befehle von dem letzten Lakaien annehmend; – diese stolze Ruhe der Herren – diese Unbeweglichkeit der marmorkalten Gesichter, aus denen Bewußtsein fest gegründeter Macht hervorleuchtete – sie sagten noch mehr, als das stolze Portal, die edlere Halle, mit ihrem großartigen Luxus, ihren vergoldeten Cornichen und Täfelwerken, an denen Hunderttausende verschwendet worden; alles war hier großartig – alles reich, prächtig, würdig, in den Tempel der Freude eines Peer des mächtigsten Reiches der Erde einzuführen!

Aus dem ersten Salon wirbelte Malibrans Zauberkehle das *Che sento! A chi quel nome!* der schmerzvollen Desdemona. Morton wurde von dem Aufschwunge der Töne mit fortgerissen. Ein leiser Seufzer stahl sich aus seiner Brust herauf.

»Diese drei Sängerinnen würden dem Festmahle eines Kaisers die Krone aufsetzen; hier sind sie bloß – bezahlte Musikantinnen – Nebensache. Sehen Sie, das ist systematisch raffiniertes Hochleben. *Nil admirari!*«

Und mit diesen Worten zog ihn sein Begleiter weiter durch Säle, Kabinette, Gemächer, die einer Königspracht spotteten, alle, wie es hieß, *thrown open for the reception of the fashionable world.*
Jetzt hielten sie an. Sie waren vor einer ungeheurn Pforte angekommen; noch einen Schritt, und sie standen am Eingange.
Es war eine entzückende Landschaft, die sich vor ihren Blicken öffnete, eine südliche Landschaft, in der die Dattel grünte, die goldgelbe Banane funkelte, die Papageien auf den Orangebäumen hingen und der schweigsame Indianer unter dem Nopalstrauche mit seinem Federwische saß, wo duftende Blumen im Grase glänzten und Milliarden von Rubinen und Diamanten aus den Grotten hervorblitzten. Tausend Wachskerzen und tausend bunte Lampen spiegelten sich in den ungeheurn Trumeaux, und tausend Gestalten bewegten sich in diesem Zaubergarten, der, in weiter Perspektive durch die Cordilleras begrenzt, im Glanze der untergehenden Sonne wie gen Himmel emporgetürmte Silberwogen auftauchte.
Diese Schöpfung würde die Zivilliste eines kontinentalen Monarchen verschlungen haben, und doch verschwand sie gegen die Herrlichkeit der Gestalten, die unter dem seidenen Dache im Tanze verschlungen auf und nieder wogten, oder in Gruppen unter den duftenden Lauben und Gebüschen beider Indien saßen und standen.
Dieser Kranz von Schönheiten! – Er blendete das Auge, ein einziger Blick machte trunken, brachte das Blut in fieberische Wallung. Es war ein Wirbel, ein Gewirre der entzückendsten Geschöpfe, der lieblichsten Formen, die im höchsten Zauberreize der verführerischsten Toilette, der üppigsten Jugend, die Sinne berauschten, die Weisheit eines Gottes in Torheit verwandeln konnten. Es war ein Anblick, der die Geschichte eines Jahrhunderts, eines Jahrtausends, die Endstufen der Kultur von dreißig Menschenaltern in einem einzigen umfassenden Blicke darbot. Der Geist der Zeit dieses mächtigen Reiches lag in dieser Vereinigung von Pracht und Üppigkeit, Schönheit und Reichtum, kaltem Hochmute und hohnlachender Selbstsucht, und einschmeichelnder Luft, umschleiert vom Nimbus einer grenzenlosen Verschwendung.
Es glänzten Millionen an diesen prachtvollen Gestalten, diesen herrlichen Köpfen, Armen und Busen; die Einkünfte des mächtigsten Reiches der Welt würden nicht den Schmuck bezahlt haben, der auf diesen stolzen Köpfen schimmerte, und der nur wieder durch den sanften Glanz der englischen Augen überstrahlt wurde, dieser herrlichen englischen Augen, die da schwammen, wie die Sterne am blauen Firmamente schwimmen, und zitterten, wie diese Sterne zittern, und glühten, feuriger, durchdringender, je länger man in sie hinein sah. Die Poesie war herabgestiegen von

ihrem Göttersitze und zur Handwerkerin geworden, um diese prachtvollen Köpfe, diese üppigen Schultern, diese idealen Formen würdig zu schmücken.

Es waren die eigentümlichsten Reize – die Schönheiten aller Länder Europas standen hier gruppiert als Repräsentantinnen, um die stolze Aristokratie des weltbeherrschenden Englands.

Es lag etwas Bedeutungsvolles in dieser Gruppierung.

»Nicht wahr, Morton«, flüsterte diesem Lord Ormond in die Ohren, »das habt Ihr nicht in Euerm Hoboken[18]?«

Morton gab keine Antwort. Sein Blick haftete auf den hellblau glänzenden Sirenenaugen einer Französin, die mit graziöser Impertinenz das Lorgnon gehoben hatte und ihn fixierte; ein holdes, zartes Bild, leicht, gefällig, eine unnachahmliche Grazie über die ganze wie durchsichtige Gestalt ausgegossen, lachend, schäkernd, herzlos, perfid, mit Leidenschaften spielend, eine Talleyrand in *petticoats*[19]. Neben ihr stand die hohe Form einer stolzen Britin, mit der Haltung einer Zenobia; die rabenschwarzen Locken, die sich auf dem Alabasternacken wiegten, gaben mit dem kostbaren Kranze von Brillanten der Gestalt etwas Königliches; die üppig schwellenden Umrisse dieser Formen rissen unwiderstehlich hin, berauschten die Phantasie.

»Pah! So sprich doch nur«, flüsterte ihm Flirtdown zu, »und stehe nicht da wie eine Bildsäule – Lady Arabella, die könnte Tote aufregen und Lebende begraben.«

Und des Jünglings Blick fiel auf ein Paar glühend schwarze Augen, mit Brauen, hoch und gebieterisch gerundet – die Augen bohrten wie Pfeile mit südlicher Glut in ihn hinein.

»Die Prinzessin oder Marquis L–«, wisperte ihm der Lord zu. »Ist aber nichts zu machen. Komm' doch weiter.«

Morton blieb stehen; denn sein Blick war auf eine Gestalt gefallen, eine Gestalt, bei deren Vollendung die Natur sich erschöpft zu haben schien.

»Ja, dies muß sie sein«, murmelte er sich zu.

Und wahrlich, sie war ein entzückendes Geschöpf, ein vollendetes Meisterstück. Eine Taille, so zart, so luftig, so *svelte*; eine Form so üppig, begehrend, wollüstig, und doch wieder so holdselig mit der Frische der reinsten Jungfräulichkeit angehaucht. Die deliziöse Kreatur saß unter dem Schatten eines Orangebaumes, ihren Arm nachlässig auf die Lehne der prachtvollen Moosbank gestützt, – ein ältlicher Mann stand neben

---

[18] Ein Belustigungsort, gegenüber New York, im Staate New Jersey.
[19] Im Unterröckchen.

ihr, im Begriffe eine der goldenen Früchte zu pflücken; sie, halb sinnend in graziöser *nonchalance* hinschmachtend, ein unaussprechliches Etwas im idealen Gesichte, der Busen leicht gehoben – und leise erseufzend, so wie ihr Blick wieder auf die halb verwitterte Ehemannsgestalt vor ihr fiel. Wie sie sich herumbog, wölbte sich der herrliche Schwanenhals, der wunderliebliche Nacken erschien durch das zarte Brüsseler Gewebe, die orientalischen Perlen an Zartheit, Durchsichtigkeit überglänzend.

Ja, sie war es; denn Leichtsinn hatte seinen Schmetterlingsschmelz diesem Gesichte angehaucht, mehr denn Leichtsinn – Leichtfertigkeit. Alles war wahr, was der Alte von dieser Göttergestalt gesagt hatte; aber tausend Züge, tausend Schönheiten hatte er übersehen. Wie sie die Frucht aus der Hand des alten Ehemannes nahm und den Schwanenhals bog, ersah sie Morton; ihr flüchtiger Blick schweifte weiter, kehrte aber wieder auf ihn zurück, die schwimmenden Augen fixierten ihn, der schöne Busen hob sich stärker – ein unterdrückter Seufzer ließ sich hörbarer vernehmen; das Lorgnon war ihr entsunken, ihr Blick senkte sich, sinnend, verloren, zur Erde; Sehnsucht, Verlangen spiegelte sich in diesem Blicke, diesem Sinnen. Jetzt hob er sich wieder – er fiel auf den alten Ehemann, und es überflog das göttergleiche Gesicht ein Ausdruck – ein unnennbarer Ausdruck – die ganze Lebensgeschichte, die Zukunft dieses Weibes lag in diesem Ausdrucke von Verlangen, Übersättigung, Ekel, unerfüllten Hoffnungen, Wünschen.

Morton lehnte noch immer an der mit bronzefarbiger Seide überkleideten kannelierten Kolonne, seiner selbst vergessend, mit virginischer *insouciance* die schöne Sünderin und die prachtvollen Gruppen betrachtend.

»Sieh' einmal, das herrliche Geschöpf unter dem Bananenbaum, mit dem Perlenschmucke in den kastanienbraunen Haaren. Hast Du je etwas Deliziöseres geschaut? Wer ist sie?« fragte er Lord Flirtdown.

»Das weiß ich nicht.«

»Du tust mir einen Gefallen, wenn Du mich ihren Namen wissen lässest.«

»Pah!« versetzte Flirtdown, »gibt ihrer noch genug hier – hundert statt einer!«

»Du bist doch ein –« stockte Morton.

Und wieder schweifte sein Auge hin über die glänzende Konstellation der herrlichen Gestalten, die sich wie Blumen aus duftenden Beeten erhoben, in tausendfaltigen Strahlen von Brillanten und Rubinen erglänzend, und den Lichtstrom der tausend Wachskerzen und Lampen verdunkelnd.

»*Mister Morton of Morton Hall!*« redete ihn eine wohlklingende Stimme an.

Er wandte sich zum Sprecher – einem Gentleman im mittlern Alter, mit hocharistokratischen Zügen.

»Teurer Herzog!« versetzte er.

Es war der herzogliche Ballgeber; an seiner Seite stand der schwarze Gentleman; der erstere sah den stolzen Amerikaner einen Augenblick mit achtungsvoller Aufmerksamkeit an und verbeugte sich. – Und es trat ein zweiter Herzog heran – ihn zu begrüßen – ein dritter, ein vierter – und es folgten Marquise, Earls, Viscounts. Die Brust des Virginiers hob sich stolzer.

»Man erweist Ihnen Ehren«, flüsterte ihm der schwarze Fashionable zu, »die keinem königlichen Herzoge heut zu Tage mehr widerfahren. Werden Sie nun noch an der Macht Lomonds zweifeln, Mister Morton?« fragte er bedeutsam.

V.

Eine Nacht in Westend.

ie Glocke im gotischen Saale des Earls L–e schlug halb nach drei, als Morton, Arm in Arm mit Flirtdown auf eine Ottomane hingestreckt, aus einem viertelstündigen Schlummer aufwachte.

»Wo sind wir, Flirtdown?«

»Pah! Beim Earl L–e. Wach auf, teures Bruderherz«, lachte der Lord. »Du träumst Dich noch immer in D–ehouse. Wir sind bereits am dritten Orte.«

»Verdammtes Leben!« murmelte Morton. »Wollen zu den übrigen«.

Und sie schritten auf einen Saal zu, in dem das Delirium seinen Kulminationspunkt erreicht, alle in seine berauschenden Arme genommen hatte. Das Chaos der Stimmen glich dem brüllenden Donner, dem Crescendo des Sturmgeheules; es erhob sich auf den Fittigen des Champagnerrausches und riß alles mit sich fort im tobenden Sinnenwirbel. Alle schwammen in dem köstlichen Zustande des Halbrausches, wo der Geist, den Lockungen des Weines und der Sinne nachgebend, alle Fesseln entledigt, im fröhlichen Aufschwunge blitzartig Funken sprüht. Herzoge und Marquise, Whigs und Tories, Ultras und Radikale hatte der Champagner in die schönste Harmonie verschmolzen. Im Zustande der gänzlichen Trunkenheit war höchstens ein Drittel der dreißig Gäste, die sich im hintersten Salon der gräflichen Mansion zusammen gefunden hatten; aber die Zungen der meisten begannen zu lallen; ihre Witze sprudelten nicht sehr geistreich; die Gesetze des Anstandes wurden mehr und mehr übersprungen; englische Laune hatte sich Bahn gebrochen und feierte eines ihrer bizarren Festgelage. Alles drehte sich im Wirbel. Metaphysik und Geschichte, Moralphilosophie und Poesie, Politik und Rhetorik wurden nasengestübert, gegeneinander – über den Haufen geworfen; sie bekämpften sich wie gereizte Boxer. Jeder hatte zehn Stimmen. In allen Stellungen, Lagen sah man Ihre Herrlichkeiten: liegend, sitzend, stehend, lehnend, die Füße auf den Tischen, Sesseln, hüpfend, springend.

Morton und Flirtdown lachten laut auf, als sie, an der Schwelle des Saales haltend, die turbulente Gruppe übersahen.

»Ein Hurra den Yankees!« rief ihnen der junge Fregatten-Kapitän, Lord Preble, entgegen.

»Ein Damn!« schrien fünf andere.

»Hoch lebe der Herzog!« überschrie sie ein gemäßigter Tory, das Madeiraglas erhebend. »Hoch lebe der Gesetzgeber! Der –«

»Der neue Salon, der Lykurg, der uns alle zu Spartanern machen will«, lachte ein Whiglord.

»Um selbst als persischer Satrap zu prassen«, fiel ein anderer ein.

»Was schwatzt Ihr vom neuen großen Gesetzgeber?« rief ein Radikaler. »Was Gesetz? Es lebe die goldene Freiheit, das goldene Zeitalter, das wir wollen!«

»Wo die Evatöchter nackend gehen; herrliche Zeiten für die englische Peerage und Gentry«, lachte ein anderer.

»Ihr predigt Aufruhr, Rebellion, Verbrechen!« schrie ein dritter.

»Was Aufruhr, Rebellion, Verbrechen?« kreischte der Radikale. »Was ist, was nennt Ihr Verbrechen? Ein Schreckbild, das Despoten, Betrüger und winzige Geister Narren und Kindern vorhalten, ein Bugbear, der Einfaltspinsel im Zaume halten soll.«

»Verbrechen ist eine Übertretung der Schranken, gesetzt von einem höhern Willen, einer höhern Geistespotenz«, fiel ein liberaler Lord ein.

»Einer Geistespotenz, die die Eurige beschränkt? Pshaw! Alles was beschränkt, ist verdammlich«, brüllte der Radikale. »Freie Briten nennt Ihr Euch, und habt nicht einmal Stärke und Kraft genug, die Schranken niederzureißen, die Euch von Despoten vor die Nase hingepflanzt werden!«

»Despoten?« schrie ein High-Tory. »Nennt Ihr unsere Väter Despoten? Despoten die Chathams – die –?«

»Despoten. Was für Recht hatten sie, uns Gesetze zu geben, die wir noch nicht geboren waren? Und, was ärger ist, Schulden zu machen, die wir bezahlen sollen? Pah! Tyrannen und Despoten waren sie, – und Punktum. Könnte Westminster und St. Paul anzünden, wenn ihre Asche brennen wollte; ist aber lauter Stein ihre Asche.«

»Ah du adorables Paris!« schrie ein Fashionable am nächsten Tische, mit seinem Lafitteglas liebäugelnd, »du Stadt aller Städte und Sitz einer Charte und vieler Karten, der Jesuiten und Grisetten, der schönen Weiber und der Hall-Weiber, der Ehrenlegion und der Legion der Ehrlosen und der Ohnehosen, des guten Weines und der Trüffelpasteten und der schlechten Beefsteaks und detestabeln Fische!«

»Mylords«, hob ein sechster an, der sich vom Sessel erhob, und mit dem allerverlegensten Gesichte zu stammeln begann: »*Mylords, allow me to say, that is Mylords! If ever I meant – Mylords! I say, that if ever I thought – Ah –*[20]«

Und der Lord fiel stammelnd in den Sessel zurück, und zehn Stimmen schnarrten ein lautes Bravo – Bravissimo! –

»Ah«, kicherte ein siebenter. »Bin ich nicht in meiner Inn und soll ich mir in meiner Inn nicht gütlich tun[21]?«

»*Pah stuff*, gehört nach Spitalfields.«

»Und ich sage Ihnen, Mylords, daß England das erste Volk der Welt ist – gewesen ist – sein wird, in alle Ewigkeit, Amen.«

»Pah, und die Juden? Sie sind das erste Volk – zur Emanzipation.«

»Hoch lebe die Emanzipation der Juden!«

»Hoch lebe Lord Enoch, Jesajas, Jeremias!«

Und alle brachen in ein lautes Gelächter aus.

»Und warum nicht?« schrie der Radikale. »Und wer war unser Lord?«

»*No my Lord you must come – you must dance*«, flötete eine Stimme von der Schwelle in den Saal hinein – »*You must, Lord Window – only that single quadrille – you must*[22].«

»*Cut dancing*[23]«, gähnte Lord Windown, der Garde-Kapitän.

»*Then come to a game.*«[24]

»*Cut gambling*[25]«, gähnte die Herrlichkeit wieder.

»*But you must dance with Miss Harriet*[26]!«

»*D–n your Miss Harriet! – Well, trott her in, let's look at her*[27]!«

»*Go to, go to*[28]!« schrie ein Dutzend Stimmen.

»*No let's go to East-Indies*[29]!«

»*To East-Indies*[30]!«

»Nach Ostindien!« schrie es von allen Ecken und Enden, und alle tau-

---

[20] Mylords erlauben Sie mir zu sagen – das ist, Mylords – wenn ich jemals meinte – Mylords, ich sage, daß wenn ich jemals im Sinne hatte – Ah – (Siehe Oberhaus-Debatten vom Jahr 1827.)
[21] Sir John in Henry IV.
[22] Nein mein Lord, Sie müssen kommen – Sie müssen tanzen – Sie müssen, Lord Windown; nur die einzige Quadrille – Sie müssen.
[23] Mag nicht tanzen.
[24] So kommen Sie zu einem Spiele.
[25] Mag nicht spielen.
[26] Aber Sie sollen mit Miß Harriet tanzen.
[27] Verdammt sei Ihre Miß Harriet! Wohl, traben Sie sie herein – wollen Sie beschauen.
[28] Gehen Sie zu, gehen Sie zu.
[29] Nun laßt uns nach Ostindien!
[30] Nach Ostindien!

melten auf- und durcheinander; und Lakaien und Diener flogen herbei mit Mänteln und Hüten und, ihre Herren an das Schlepptau nehmend, bugsierten sie sie durch die Hallen dem Portale der Mansion zu. Da angekommen, gaben alle nochmals ein *Hurrah let's take a trip to East-Indies!* Und dann ließ sich das Gerassel der Equipagen hören, und die hochherrlichen Nachtschwärmer rollten Ostindien zu.

Ostindien aber war die Mansion des reichen Nabob M–, der in dieser morgenländischen Goldgrube die Sklavenpeitsche zehn Jahre hindurch geschwungen, und nun, seine Schätze mit Würde genießend, sich in dieser Nacht durch einen glänzenden Fancyball verewigte.

Die Glocke schlug vier, als die Lords vor der hellerleuchteten Mansion ankamen und in die glänzenden – in Armidas Zaubergärten umgewandelten – Salons eintraten, die alle Ostindien in Miniatur darstellten. Der letzte und größte zeigte in grandioser Perspektive die Himalayagebirge im Norden, und am Fuße derselben einen durchsichtig klaren See, so täuschend, so schwellend, daß die Dattel- und Lorbeerbäume an den Ufern sich kosend in seinem Wasser spiegelten, die riesigen Steppen der Schneeberge mit ihren fliegenden Wolken sich schaukelten. Gegen Westen zackte der See in viele Buchten aus, die landeinwärts sich sanft erhoben und wieder sanken, so malerisch mit Laubwerk und Gebüsch besprenkelt, als wenn ein Zauberer diese Schöpfung sich zum Wohnsitze geschaffen hätte. In einer der Buchten lag eine zierliche Miniaturfregatte schaukelnd vor Anker, und die sechsunddreißig Schlünde ihrer metallenen Kanonen spielten in den Lichtstrahlen der reichen Beleuchtung anmutig drohend herüber.

Rechts sah man eine gewaltige Königsburg ihre Zinnen in die Wolken erheben, von deren höchster das Panier des heiligen Georg seinen gewaltigen Wimpel majestätisch über die Türme und Kastelle hinwallen ließ.

Einen Augenblick standen die Lords, das herrliche Ensemble mit ihren Lorgnons fixierend, und dann fielen ihre kecken Blicke auf die Anwesenden – nußbraune Brahminen und leichte Peones, bronzierte Briten und rabenschwarze Malaien, leicht gekleidete Sepoys und girrende Parsies, die hie und da unter künstlichen Laubendächern saßen, aber im ganzen ging das Fest seinem Ende zu, alle waren mehr oder weniger müde und übersättigt. Die Ankunft der Lords brachte neues Leben in die Säle. Im wirren Sinnentaumel des Champagnerrausches schienen sich die Herrlichkeiten wirklich in dem erschlafften und erschlaffenden Ostindien zu wähnen.

»Pah, was jetzt?« fragten mehrere.

»Einen Palanquin, um nach Hause getragen zu werden. Ich fühle meine Leber bereits schwellen«, gähnte Lord Ormond.

»Müssen zuvor etwas tun, das die Leute verdrießt.«

»Etwas, was die Leute verdrießt«, riefen die Right Honourables.

»Alle Teufel!« schrie der Marquis de Mono.

»Was gibt es?«

»Eine Entdeckung – der alte Earl Wellbarn mit seiner Ehehälfte – *vino somnoque sepulti.*«

»Mylords! Mylords! Wollen den alten Earl zum Nizam machen, zum Nizam machen[31]«, lachten alle.

Hinter einem der Mangrovebäume saß der sehr ehrenwerte Earl Wellbarn in all der trägen Behaglichkeit eines Gastes, der, überzeugt, seinem Wirte eine besondere Ehre durch seine hochgräfliche Gegenwart zu erweisen, sich herabläßt recht comfortable zu sein. Der edle Lord war umgeben von mehrern Dienern in reicher Livrée, die ihn sanft unter den Armen hielten, während er sich einem leichten Schlummer überließ, der nur zuweilen in ein lautes Schnarchen überging. Ihm zur Seite saß die edle Gräfin in liebenswerter Eintracht nickend, und zuweilen die Augen öffnend und einen huldreichen Blick auf die Gesellschaft werfend.

Morton und Lord Flirtdown hielten vor der Gruppe.

»Aber sage mir nur«, sprach der erstere, »ist das die neueste Fashion?«

»Pah, das alte Ledergesicht, der Nabob, hat halb Asien ausgeplündert, will nun mit aller Gewalt in fashionable Zirkel, und – glaube, er reüssiert zuletzt. Er spielt hoch, und der Herzog selbst soll öfters kommen. Sollte mich nicht wundern, wenn er hier wäre.«

»Pshaw!« schrie der Marquis Mono. »Es gilt hundert Pfund, ich will den alten Earl Wellbarn zum Nizam machen.«

»Zum Nizam machen«, schrie ein Dutzend nach.

»Wollen sehen, wie Mono den alten Wellbarn zum Nizam macht«, lallte Lord Flirtdown, indem er sich mit Morton in eine Ottomane gegenüber dem alten Earl warf, und die von den Dienern präsentierten Gläser ergriff.

»Trink Bruder, trink auf die Gesundheit des alten Nizam!«

»Pah, ich glaube, er ist ein alter Heide.«

»Aber sein Madeira ist christlich – hat die Fahrt dreimal nach Ostindien gemacht.«

Morton brach in ein lautes Gelächter aus.

»Was lachst Du so toll?«

Die Augen Mortons waren auf den alten Earl gerichtet und seine fette Counteß.

---

[31] Dieser Fürst steht bekanntlich unter dem Schutze der Ostindischen Kompanie.

»Bei meiner Seele, der alte Wellbarn ist voll, und die alte Counteß nicht leer.«

»Wovon? Wasser oder Wein?«

»Glaube beiden.« Und wieder lachte er wie toll.

»Zum T–l mit dem Roßgewieher. Kannst Du nicht anständig kichern?«

»So wie ein halb Lungensüchtiger. Geh' zum T–l!«

»Pah! Schau' den alten George und seine fette Marchioneß!«

»Du siehst doppelt. Es ist der Earl Wellbarn und seine Counteß.«

»So sieh' doch nur, sieh'!«

Und der Lord hob das Lorgnon, sank aber über der Anstrengung, es zu den Augen zu bringen, Morton in die Arme.

»Morton, wo bist Du? Du bist in Virginien. Schau', Virginia Water. Dort der See, die Fregatte. Windsor, wie schön es herüberblinkt –«

Mortons Augen waren in Verzückung auf den Plafond gerichtet.

»Es ist wunderbar, lieber Flirtdown; aber die ganze Welt taumelt und schwirrt mir vor den Augen herum; mein ganzes Leben, die Vergangenheit, Zukunft, alles, alles steht vor mir – tanzt vor mir: ein wahrer Hexentanz.«

»Glaube es gerne, wenn man so angestochen ist.«

»Du glaubst mich über Bord. Sage das nicht noch einmal. Versichere Dich aber, ein wahres Guckkastenspiel, in dem die wunderbarsten Gestalten zum Vorschein kommen.«

»Sieh nur den Lord Wellbarn und Lady Well – ah!« lallte Flirtdown.

»Ist es aber nicht skandalös, daß wir in einem fremden Hause –?«

»Pah! Wenn wir ihm alle Fenster einschlügen und seiner Dame alle Bouteillen an den Kopf würfen – würde er es für eine neue Fashion halten. Sieh' da, Yankees! – Das geschieht Dir zu Ehren, Morton. Wollen ihren Spaß mit Dir treiben.«

Und wirklich kamen hinter den Hecken und Gebüschen hervorgesprungen und getorkelt sonderbare Gestalten. Halb Jäger, halb Seemänner, hatten sie Teerhüte und Matrosenbeinkleider, über diese sogenannte *Hunting shirts*[32], darüber Jagd- und Patrontaschen mit Pulverhörnern und langröhrigen Stutzern. Sie sangen den Yankee Doodle, aber so mißtönig, daß die wenigen noch anwesenden Damen sich die Ohren zuhielten und aus dem Saale liefen.

»Bei meiner Seele! Nicht übel«, krächzte Lord Ormond, als das greuliche Gekreische aufgehört hatte. »*Let's have more of that precious yankee-song*[33].«

---

[32] *Hunting shirt* – Jagdhemde – *Blouse*.
[33] Laßt uns mehr von diesem preziösen Yankee-Gesang hören.

Der alte Earl rieb sich die Augen und wachte aus seinem Schlummer auf.

»Wo sind wir, mein Teurer?« stöhnte die Dame.

»Welch' ein erschreckliches Getöse!« jammerte der Lord.

»Guten Abend, Hoheit!« sprach einer der Yankees.

»Hoheit!« wiederholte der alte Earl. »Was soll das bedeuten?«

Und es traten die in Yankees travestierten Lords vor. »Wollen Eure Herrlichkeit einen kleinen Bargain mit uns machen? Just einen kleinen Rest von unserm Kargo.«

»Ich hoffe, Gentlemen«, schrie der entrüstete Earl, »man treibt nicht freventlichen Spott mit einem Peer der drei Reiche?«

»Heilloser Yankee! Wie kannst Du es wagen, dein schmutziges Krämergesicht vor der erhabenen Person Seiner Herrlichkeit zu zeigen?« schrie Lord Heyton in komischer Wut.

»Braucht Ihr einen Cockswain, einen Boatswain für diese Eure Fregatte?« rief der *quasi* Yankee.

Der Lord sah den Fragenden wie träumend an.

»Ich verstehe seine Sprache nicht; sie klingt englisch, aber so gedehnt.«

»Sehr gedehnt«, bemerkte Lord Heyton. »Es ist die Yankeedehnung.«

»Barbarisch«, fiel die alte Counteß ein.

»Braucht Ihr eine kräftige Hand, eine Yawl zu rudern? Hört Ihr, habt Ihr nie in Whitehall eins abstoßen gesehen?«

»Whitehall?« wiederholte der Earl brummend. »Was spricht der Junge von Whitehall? Eine gefährliche, eine sehr gefährliche Sprache.«

»Was meinst Du mit Deinem Whitehall?« fragte Lord Heyton.

»Wißt nicht, was Whitehall ist – wißt das nicht?« schrie der *quasi* Yankee. »Habt Ihr je so etwas in Euerm Leben gehört? Wissen nicht, was Whitehall ist. Ah, da wißt Ihr auch nicht, was die Batterie und Castelgarden ist. Whitehall ist, wo England die Zeche bezahlt hat. Wollt Ihr eine Luftfahrt von Whitehall nach Hoboken anstellen? Die ganze schöne New Yorker Welt sollt Ihr sehen.«

Der Earl schüttelte ungeduldig das Haupt.

»Euer Herrlichkeit«, sprach Lord Heyton mit sehr ernsthafter Miene, »ich halte es für meine Pflicht und Schuldigkeit, Ihnen zu sagen, daß der Mann, den Sie vor sich sehen und der auf eine so unbegreifliche Weise bis vor Ihre Herrlichkeit gedrungen ist, dem Volke angehört, das halsstarrig und zänkisch, weder vor Gott, noch seinem Gesalbten, noch irgend jemand Respekt hat, sehr verstockten Herzens ist, kurz Yankees, die wir nur dadurch beschwichtigen konnten, daß wir ihnen unsern westindischen Handel überließen.«

»Nicht unter unserer Administration. Ah, Huskisson, haben Sie gelesen, was er sagt?«

»Yankees«, fuhr der Lord fort, »die der Herrschaft des höchstseligen Vaters Sr. gegenwärtig regierenden Majestät, Georges des III., zu spotten sich erkühnt, und das ganze Land, welches einst ihrem beglückenden Zepter unterworfen gewesen, nun auf eigene Rechnung verwalten; daher Ihre Herrlichkeit so schonend mit ihnen umgehen muß, als nur immer möglich, maßen sie stark von Knochen und noch stärkere Zungenhelden sind.«

»Morton, hörst Du die Komplimente?« lachte Lord Ormond.

Morton stierte auf den Plafond.

»Also einer der Yankees«, versetzte der Earl gähnend, »derselben Yankees, die Schweinefleisch dem Roastbeef vorziehen, und mit dem Messer statt mit der Gabel essen, und mit der Gabel die Zähne ausstochern, statt ihre Zahnstocher von Mister Leeds, dem patentierten Zahnstocherfabrikanten, zu nehmen, die Tabak kauen und auf die Teppiche spucken.«

»Aber bei dem allem ein seltsames Geschlecht launiger Hunde sind«, versicherte Lord Ormond.

»Ihre Herrlichkeiten«, wandte er sich an die Lady, »erinnern sich, wie unvergleichlich unser Mathews sie in seinem *All's well in Natchitoches*[34] parodierte; wenn es nun Euer Herrlichkeit gefällig wäre, so könnten wir jetzt eine sehr vergnügte Stunde genießen, und uns bei dieser Gelegenheit überzeugen, in wiefern Mathews wahr oder *outré* darstellt.«

»Lassen Sie den Yankee näher treten, mein Teurer!« lispelte die Dame dem Earl zu.

»Habe just noch ein paar Artikel von meinem Kargo übrig«, lachte der *quasi* Yankee. »Wollt Ihr kaufen?«

»Morton! Morton! Yankee-Waren«, lachten alle; »Morton, wollen Sie nicht kaufen?«

Und der *quasi* Yankee holte zwei Schnüre Zwiebeln unter seiner Blouse hervor; ein zweiter brachte einen Schinken zum Vorschein; ein dritter einen Sack mit Mehl gefüllt.

Ein brüllendes Gelächter erhob sich im Saale.

»Also Yankee-Schinken?« fragte der Earl.

»Echte virginische Schinken, Mann!« versicherte der Yankee, »besonders berühmt.«

»Wollen einen zur Probe versuchen; John, nehmt diesen Schinken, und es ist unser ausdrücklicher Befehl, daß er morgen auf unserer Tafel serviert werde.«

---

[34] Alles steht wohl in *Natchitoches*; die bekannte Posse.

»Eure Herrlichkeit dürften dabei einige Schwierigkeiten haben«, bemerkte Lord Ormond.

»Werdet verdammt zu beißen haben«, meinte der Yankee.

»Maßen er mehr Kunst als Natur besitzt«, lachte Ormond – »kurz, eine Yankeeware ist.«

»Wie so?« fragte der verblüffte Earl.

»Maßen dieser Schinken bloß mit einer geräucherten Schweinshaut überzogen und übrigens von echtem Walnußholze ist.«

»Mein Gott, der Mann sollte vor Sir Richard gebracht werden«, versicherte die Counteß.

»Dank Eurer Herrlichkeit«, lachte der Yankee, während er das empfangene Goldstück sorgfältig auf dem Tisch probierte. »Dank Euch für den guten Bargain; *by Jingo!* Will Euch dafür eine herrliche *story*[35] von der Seeschlange zum besten geben.«

»Pah!« schrie Morton, »wie die Wahnsinnigen in geckenhafter Narrheit ihre Steckenpferdchen für Araber halten! Bei meiner Seele, Ihr spielt mit dem Feuer, bis ihr Euch verbrennt.«

»Was ist's, was gibt's, was fehlt Ihnen, Morton?« riefen mehrere Lords laut lachend.

»Mir ist zu Mute, als wollten Euere adeligen Mansionen über Euern Häuptern zusammenstürzen; ich muß reden.«

Und mit diesen Worten sprang er mitten in den Kreis der tollen Lords, zum Entsetzen des alten Earls.

»Morton will uns einen reellen Yankee zum besten geben«, schrien die einen, herumtaumelnd.

»Morton, Sie müssen uns einen Yankee zum besten geben«, stammelten die andern.

»Seid ein verdammt braver Junge, Morton! Wollt uns eine *Yankee story* zum besten geben, etwas von der Seeschlange.«

»Nur einen Gesang.«

Morton sah sie einen Augenblick mit leuchtenden Augen an und sprach dann: »Will Euch einen Gesang, und eine *story* zum besten geben.«

Die Satire auf seine Landsleute hatte einen Zug schneidenden Hohnes um die Lippen des Jünglings gelegt; es war etwas wild Originelles über ihn gekommen, etwas bizarr Geistreiches sprach sich in seinen Bewegungen aus. Die Champagnerdünste waren auf einmal dem luziden Intervalle gewichen, der seinem ganzen Wesen etwas Eigentümliches verlieh, das noch außerordentlich gehoben wurde, als er nun ausholte und aus voller

---

[35] Geschichte, Märchen, Erzählung.

Brust den *Yankee Doodle* sang. Und während die langen Kadenzen heraufstiegen aus tiefer Brust und die wilden Töne lang und langsam wie Orgeltöne hinschwellten durch die prachtvollen weiten Säle – kam ein unbeschreibliches Etwas über den Jüngling; die Begeisterung eines Sehers funkelte aus seinen Augen; dabei schwenkte seine elastische Gestalt mit so wunderbarer Schnelligkeit, und seine Hände hoben sich und fielen mit einer so seltsam ungelenken Grazie, daß die sämtlichen Lord in atemlosen Staunen dem sonderbaren Schauspiele zusahen. Ein einstimmiges Bravo! *Give it a second time*[36]! erschallte. Morton hatte sich unterdessen in eine Ottomane geworfen, und mit der Hand winkend begann er:

»Wohl, so will ich Euch denn eine *story* zum besten geben!«

---

[36] Geben Sie es ein zweites Mal.

VI.

Die Zauberphiole.

hr habt gehört«, begann er mit leuchtenden Augen, »von der großen Stadt, die auf der andern Seite des Wassers, Ost-Südost, glaube ich, liegt.«

»Bagdad oder Damaskus?« fragte der Earl.

»Weiß nicht genau; in meinem Buche heißt es bloß Ost-Südost. Wollen annehmen, Damaskus oder Bagdad; denn die Geschichte spricht von Wesiren und Emiren, und Bonzen und Brahminen. – Wohl, die Stadt ist so groß und größer als Nantucket und New York obendrein. Wenn Ihr da gewesen seid, so werdet Ihr wissen, daß daselbst ein großes, weites Haus ist, mit Flügeln, so lange wie die eines Raubvogels. Sollen gewachsen sein, diese langen Flügel, die man Haifisch- oder Tigerschweife nennen könnte, unter den Enkeln und Urenkeln eines Nizam, der gar kurzweilig mit schönen Dirnen zu tun gewußt hat. Dieses große Haus hat Euch Vorhöfe und Gärten, und Kioske und Statuen, und auf der einen Seite einen Fluß, der nicht ganz so breit wie unser Connecticut bei Hartford ist, aber desto schmutziger; habt eine pittoreske Ansicht auf Waschweiber, Badhäuser und Kohlschiffe. Sieht im ganzen genommen aus, pflegte mein Onkel selig zu sagen, wie *Fleetditch*[37], ehe er unter der Erde vergraben wurde.«

»Was spricht er«, fragte der Earl seinen Nachbar, Lord Ormond. »Ich verstehe ihn und seinen Jargon nicht.«

»Auch ich nicht ganz«, versicherte Lord Ormond; »weiß mich jedoch zu erinnern, von einem Fleetditch gehört zu haben, der vor nicht sehr vielen Jahren unfern einem Stadtviertel, Holborn genannt, stagnierte. Soll ein sehr gemeines Quartier sein, dieses Holborn. Hört, Bruder Yankee!« wandte er sich an Morton, »Seine Herrlichkeit wünschen, daß Ihr fortfahrt in Eurer Erzählung, aber Euch klar und deutlich ausdrücktet.«

»Kann einer sich klarer und deutlicher ausdrücken, als wenn er von seinem eigenen, und dem Lande seiner Väter redet? Warum seid Ihr so unwissend und beschränkt und blind, daß Ihr nicht einmal wißt, wo der

---

[37] Die Antwort, die Lord Chesterfield Voltairen gab, ist bekannt. Von diesem schmutzigen Fleetditch, über dem Holborn sich hinzieht, ist heut zu Tage nichts mehr zu sehen.

Fleetditch unter Holborn begraben liegt? Nach was kann einer messen, als nach seinem eigenen Maße?«

»Er scheint ein Schneider seines Handwerkes zu sein, denn er spricht vom Maß«, bemerkte der Lord.

»Sind alle Schuster, und Schneider, und Krämer, und Töpfer«, kicherte der Marquis Mono.

»Nur mit dem Unterschiede«, verbesserte ihn Morton trocken, »daß bei uns aus Schustern und Schneidern quasi Gentlemen werden, bei Euch jedoch Herzoge, und ihre Kinder Marquise.«

»Ha!« lachte es auf allen Seiten.

»Mister Morton!« sprach der Marquis drohend.

»Marquis Mono!« Morton.

»Ha!« schrie der erstere.

»Pah!« erwiderte der zweite. »Das alte Haus, von dem ich so eben sagte«, fuhr er in ruhigem Tone fort, »war bewohnt von einem alten knochig hagern Herrn mit hängender Unterlippe, der zugleich ein gewaltiger Jäger war. Hatte aber auch Diener, jung und alt, groß und klein, und seine Familie hatte deren gleichfalls, und Trabanten, und Muftis, und Bonzen, und Brahminen aller Art; aber verschieden von den unsrigen; hatten geschorne Häupter wie Samson, als er mit Delila angebunden, und gallsüchtige Gesichter; waren Halbmänner, die weder eigene Felder noch Weiber hatten, es vorziehend, die Zehnten von denen anderer Leute zu nehmen. Auch Wesire hatte der Alte und vieles Volk, das da aß und trank, und mit dem alten Herrn Karten spielte, und besonders mit einer *Charte* spielte, die sie so hin und her rissen, daß sie bereits zwei Löcher bekommen hatte, man auch wohl sehen konnte, sie werde bald ganz und gar zerrissen werden. War ein verzweifelt seltsames Spiel, dieses Chartenspiel; könnt mirs auf mein Wort glauben.«

»Was war es denn eigentlich für eine Charte?«

»Eine wunderbare Charte, die von einem alten, aber sehr gescheiten Herrn verfertigt worden war, teils zur eigenen Kurzweil, teils zur Beschäftigung seiner Leute; doch, werdet noch mehr von dieser Charte hören. War wie gesagt, ein sehr gescheiter alter Herr, der da wußte, daß diese seine Leute wetterwendisch, unruhig, immer etwas zum Steckenpferde haben müssen, und wenn sie es nicht haben, sich raufen mit ihren Nachbarn. Da er nun als ein alter friedfertiger Mann sich nicht mehr aufs Raufen einlassen wollte noch konnte, dachte er, seine Leute auf diese harmlose Weise mit dem Chartenspiele zu beschäftigen.«

»Das war recht«, meinte die Counteß.

»Nicht alle meinten so; denn bekanntlich ist dieses Chartenspiel sehr ansteckend, so zwar, daß kaum ein Beispiel existiert, wo es nicht zur Leidenschaft geworden wäre.

Aber Beschäftigung mußten die Leute haben, und auf alle Fälle war diese besser, als das stete Raufen und Totschlagen unter dem vormaligen Besitzer des großen Hauses. Dieses große Haus nun hatte der alte Herr erhalten, mit noch vielen andern Häusern und Landhäusern und vielen Trabanten und Seiden, ja das ganze Land und alles Volk, das darin wohnt, von seinen Freunden als Eigentum, wie seine Väter es vor ihm besaßen; und obwohl ihm diese seine Freunde zu verstehen gegeben, er solle alles ganz und gar als sein Eigentum betrachten, und er brauche niemanden Rechenschaft zu geben, als Gott allein, was, *by the by*, so viel als gar keine Rechenschaft ist – so war er doch nicht dieser Meinung, sondern dachte hierin ganz anders, und zwar, weil er das Volk kannte und im Grunde voll Mutterwitzes war; ein gar nicht unebener alter Herr, versichere euch, der, obwohl er ziemlich dick war, die Welt viel gesehen hatte, auch in Hartwell war, und gerne Trüffelpasteten buk, die er auch selbst verzehrte.«

»Trüffelpasteten!« rief der alte Earl, mit der Zunge schnalzend.

»Pfui, mein Teurer!« schmollte die Counteß, »Sie vergessen sich.«

»Alle die Herrlichkeiten, Häuser und Ländereien«, fuhr Morton unter dem schallenden Gelächter der Lords fort, »wurden dem alten Manne wieder zurückgestellt von wegen einer Phiole, einer verwitterten alten Phiole, die schäbig genug aussah, und rostig, und vom Zahn der Zeit benagt, und auf welche Phiole seine Vorfahren ungemein stolz taten, sagend, daß in derselben ein gewaltiger Zauber enthalten sei; und seine Freunde und Gebrüder gestanden überall und allenthalben dieses auch öffentlich ein, daß sie nämlich den alten Herrn in den Besitz der Schlösser und Häuser und Landhäuser einzig und allein von wegen der alten Phiole gesetzt hätten, die einen mysteriösen Zauber enthalte, und wegen welches mysteriösen Zaubers sie gehalten wären, ihn zu schützen in seinen Rechten und zu erhalten in seiner Gewalt.

Der alte dicke Herr war aber auch ein sehr kluger Mann darin gewesen, daß er der Zauberphiole doch nicht ganz traute, weil sie bereits bei einer frühern Gelegenheit zerbrochen, und darüber so viel Unheil entstanden war, daß sein Bruder ganz den Kopf darüber verloren.«

»Hatte also einen schwachen Kopf?« bemerkte der Earl.

»So ziemlich, wie alle, die sich auf überirdische oder Zauberhilfe verlassen; deshalb ließ es sich sein jüngerer Bruder, der Trüffelpastetenliebhaber, auch gesagt sein, und traute seinen fünf Sinnen mehr als der Zauberphiole und hatte er in diesem Vertrauen mit den Aufsehern seiner Leute und des ganzen Volkes auch einen Vertrag abgeschlossen, nicht eigentlich einen Vertrag – das hätten seine Freunde nicht zugelassen, aber so einen quasi Vertrag, den er auf Pergament schrieb, und den er dann Charte nannte.«

»Seltsam!« gähnte die Counteß.

»Hatte ein Pergament ausgestellt«, fuhr der Erzähler fort, »in welchem geschrieben stand, daß es dem Volke freigestellt sein solle, sich vierhundertundfünzig oder gar sechzig Säckelmeister zu wählen, die eine Art Kontrolleure seines Haushaltes sein sollten.«

»Vierhundertundsechzig Kontrolleure!« stammelte der alte Earl. »Ihr meint vielleicht Repräsentanten?«

»Waren es nicht so ganz«, meinte der Erzähler, »denn sie hatten nicht viel zu repräsentieren; waren so ziemlich Säckelmeister, und wieder nicht ganz Säckelmeister, so ein Mittelding von allerlei; so wie das Volk nicht ganz dem Alten angehörte, obwohl es nichts weniger als sein eigener Herr war. Wie gesagt, die Freunde und Gebrüder hatten gemeint, er solle dasselbe ganz so als sein unbestrittenes Eigentum betrachten, wie sie es mit ihren Leuten täten; aber sie hatten vergessen, daß diese ihre Leute wenigstens um hundert Prozent dümmer wären. Und so folgte er denn seinem eigenen Kopfe und dem Rate eines gewissen John Bull – eines wahren Querkopfes, der aber wieder zu Zeiten ganz gesunde Einfälle hat, und der ihm sagte, er solle seine Wirtschaft ganz auf dem Fuße einrichten, auf dem er selbst lebe, und es sei dies ein sehr angenehmer Fuß. Ist aber, die Wahrheit zu gestehen, dieser Fuß derselbe, auf dem der Nizam in Ostindien lebt, oder auch der Dechant in Windsor; soll zwar ein nach der neuesten Fashion eingerichteter Fuß sein, sagt John Bull, hat aber vergessen der John Bull, daß Seine Heiligkeit der Dalai Lama und die Nachfolger des Harun al Raschid gerade auf demselben Fuße lebten. Ist übrigens ein gar nicht übler Fuß, bei dem es sich bequem und ohne Sorgen lebt, wo man dick und fett wird, und wo auch das Volk gedeiht, wenn es dabei nämlich nicht verhungert; in welchem Falle es jedoch gewöhnlich noch Maschinen und Heuschober anzündet, während die Säckelmeister sein Geld einnehmen und sich herumbalgen.«

»Verdammter Yankee!« brummte es aus den Ecken des Saales.

»Und sie gaben dem Alten so viel Geld als er brauchte?« fragte die Counteß.

»So viel als er brauchte, und mehr als er brauchte. Verteilte aber ein bedeutendes Quantum wieder unter sie, so daß er mit ihrer Hilfe dem armen Volke die Haut nach Herzenslust abziehen konnte. Mußte so von Brot und Wasser leben, das arme Volk, was dann wieder zur Folge hatte, daß es nicht arbeiten mochte, so wie es denn überhaupt langsam zur Arbeit, aber außerordentlich schnell zum Raufen ist, was der alte Herr verhindern wollte; weshalb er sich gar nicht beeilte, den Kitzel seiner Leute noch mehr durch Trüffelpasteten zu vermehren, es vorziehend, diese selbst zu verzehren. War in jeder Hinsicht ein einsichtsvoller, kluger Herr, der noch lebte, wäre er nicht an dieser heillosen Trüffelpastete gestorben.«

»So starb er?« fragte die Counteß mit weinerlicher Stimme.

»Starb sich mausetot, und nach ihm kam sein oberwähnter langer, hagerer Bruder ans Ruder – ein tüchtiger Jäger vor dem Herrn, der aber das Säckelmeisterwesen gar nicht leiden mochte.

War übrigens im Anfang große Freude im Lande, denn neue Besen kehren gut; war auch ein artiger Mann, dem seine Uniform gar nicht übel stand, hatte auch einst seinen Trabanten, als sie sich grob gegen die Leute anließen, befohlen, höflich zu sein; erlaubte ihnen auch wieder Suppe zu essen, was denn verursachte, daß sie auch Fleisch haben wollten. Kam ihm aber teuer zu stehen.«

»Was – wie – Suppe und Fleisch kam ihm teuer zu stehen?«

»Ja«, fuhr Morton bedeutsam fort. »Waren nicht an Roastbeef gewöhnt, wie John Bull, und hatten sich bisher immer mit Wassersuppe begnügen müssen; aber sobald sie Suppe, versteht ihr geistige Suppe, hatten, wollten sie, wie gesagt, auch Fleisch haben, anfangs bloß ein Stück, beiläufig so groß wie eine Roßzehe, aber bei diesen Leuten heißt es: *l'appétit vient en mangeant*, das will sagen, wenn man ihnen den Finger reicht, so wollen sie die ganze Hand; was denn überall mehr oder weniger der Fall ist.«

»Wie gemein!« gähnte der Marquis Mono.

»Sehr gemein«, sprach Morton, ohne den Lord eines Blickes zu würdigen, »wird noch gemeiner oder vielmehr allgemeiner werden. Ging einige Zeit recht gut; die Säckelmeister gaben dem alten, hagern, stattlichen Herrn Gold, so daß er in Hülle und Fülle lebte, und seine Muftis und Bonzen und Brahminen gleichfalls; aber es ist schwer, Bonzen und Brahminen zu sättigen, weil sie nie genug haben. Und wie es nun zu gehen pflegt, daß der Sack des Bettlers nimmer voll wird, weil er nämlich statt eines Loches, deren zwei hat, eines oben und das andere unten – so hatten diese Muftis und Bonzen nimmer genug, und wollten immerdar mehr, und sagten, sie wollen nicht die Narren sein, umsonst das Himmelreich aufzuschließen. Denn seltsam! Diese Leute glauben in allem Ernste, sie könnten das Himmelreich aufschließen. Die andern aber lachten dieser Schlüssel, und sagten, sie wollten nicht hinein in das Himmelreich. Anders aber dachte der alte Herr, der sie zwingen wollte hineinzugehen, glaubend, daß er da wieder Haus und Hof, und Trabanten und Diener finden würde. Darüber nun setzte es einen gewaltigen Lärm. Viele schrien, man wolle den Kontrakt brechen, und statt der Säckelmeister Muftis zu Kontrolleuren einsetzen; worüber dann diese erstern gewaltig rappelköpfisch wurden.«

»Was für seltsame Leute!« bemerkte der Earl.

»Ja wohl seltsame Leute!« bekräftigte, laut lachend, Morton. »Ein ewig unruhiges Wespennest; können nimmer stille sitzen; wurden aber auch, die Wahrheit zu gestehen, ganz abscheulich bei der Nase herumgezogen von ihren Muftis, die an allen Orten und Enden zu sehen, auf allen Straßen zu hören waren, und ihnen die Erde zur Hölle machten.

Hatte aber, der alte Mann, unter seinen Dienern einen Flachkopf, der keiner der Fettesten war. Nun sollen zwar die magern Wesire in der Regel nicht auf den Kopf gefallen sein; aber keine Regel ohne Ausnahme, und dieser war wirklich auf den Kopf gefallen, und zwar so sehr, daß ihm darüber alle Haare grau und weiß geworden. Glaubte in der Einfalt seines Herzens fest an die Zaubergewalt der Phiole, so fest, daß er darüber ganz vergaß, wie sie schon einmal zerbrochen und nur durch die Beihilfe der Freunde des seligen Herrn wieder notdürftig zusammengeflickt worden, und ihm bei dieser traurigen Veranlassung die schwarzen Haare grau geworden. Bei dieser Zusammenflickung war ein anderer langer hagerer Mann, den John Bull näher kennt, ganz besonders geschäftig gewesen, für welche Geschäftigkeit er auch Geld und Gut in Menge bekam, und Silber- und Porzellan-Services; von einigen, weil er ihre beschädigte Zauberphiole ausbessern geholfen, von den andern, weil er die ihrigen auf die kunstvollste Weise zu beschneiden verstanden, ohne daß sie deshalb ihre magische Kraft eingebüßt hätte.

Der alte Herr tat nun ein für allemal nichts ohne diesen Wesir, bei dem der Flachkopf in großen Gnaden stand, und schrieb ihm jeden Vorfall, und fragte ihn um Rat, was denn seinen Säckelmeistern gar nicht lieb war, da sie wußten, daß er sie nicht viel höher halte, als Hunde. Waren auch immer wie Hunde und Katzen die Leute dieses Wesirs und des alten Herrn, obwohl ihr Land durch einen bloßen Meeresarm von einander getrennt war, und lachte der Wesir von ganzem Herzen und schlug Schnippchen, und mit ihm alle die Seinigen, daß sie den Säckelmeistern einmal einen tüchtigen Possen gespielt und ihnen einen Stein in den Garten geworfen, den sie alle Tage ihres Lebens nicht herausbringen würden. Dieser Stein war aber der Flachkopf, und ein wahrer Stein des Anstoßes war er und seine ganze Sippschaft für die Säckelmeister und das ganze Land, über das er auf den Rat des Wesirs sofort als Oberaufseher der Wirtschaft gesetzt wurde.«

»Und weiter?« fragte der Earl gähnend.

»Der Flachkopf wurde Oberaufseher. Er war es kaum geworden, so sagte er dem alten Manne geradezu ins Gesicht, wie es sich für einen so großen Herrn, wie er wäre, gar nicht wohl schicke, sich von vierhundertundsechzig Säckelmeistern die Ohren voll schreien zu lassen, und einen Vertrag zu haben mit Leuten, die verglichen mit ihm, nicht viel besser als das liebe Vieh wären, – zu mäkeln des elenden Geldes wegen, das ihm von Allahs und Rechts wegen gebühre, ihm, der durch die Gnade des Propheten regiere und die Phiole besäße, und daß er seinen Haushalt ohne die Säckelmeister führen müsse, und wenn er sie ja haben wolle, so möge er sie besser wählen, nicht aber sie von andern wählen lassen.«

»So sollte ich auch meinen«, versetzte der Earl.

»Finde es ganz natürlich«, lachte Morton, »ist Geistesverwandtschaft – der alte Herr dachte dasselbe, hatte auch deshalb den Flachkopf zum Oberaufseher genommen – der auch wirklich sogleich Anstalten traf, die Säckelmeister selbst zu ernennen.«

»Wohlgetan!« rief der Earl.

»Nicht so ganz; denn obwohl der Alte viele dieser Säckelmeister auf seiner Seite hatte, so hatte er sie doch nicht alle, und die Leute gaben keine *twopence* um seine Säckelmeister; ja sie erklärten ihm so höflich trocken als möglich, sie würden ihm nur dann Geld zur Bestreitung seiner Wirtschaft geben, wenn die Kontos von ihren gewählten Säckelmeistern unterschrieben wären.«

»So höre doch ums Himmelswillen auf mit deinen Säckelmeistern«, rief Lord Flirtdown von einem gegenüberstehenden Fauteuil herüber.

»Laßt ihn!« schrien andere, »er erzählt gar nicht übel, – schnurriger Kerl!«

»*Truly a longwinded Yankee*[38]!« lallte ein dritter.

Es war eine seltsame Gruppe, die sich um den erzählenden Morton herum gelagert hatte. In der Tiefe saß der Earl mit seiner Counteß, nun die Augen weit aufstierend, wieder schließend, um sie herum Lords und Gentlemen, sitzend, stehend, lehnend, mit geöffneten Augen, schnarchend, den Amerikaner mit jener Leerheit von Ausdruck anstarrend, die der letzten Phase des Rausches so eigentümlich ist. Alle schienen wie gebannt in den Kreis.

»Und die Säckelmeister«, fuhr er fort, »begannen den Mund voller zu nehmen und ihm ziemlich trocken zu verstehen zu geben, wie er den von seinem Bruder gemachten Vertrag nicht brechen und sich nicht in Dinge mischen solle, die ihn nichts angingen; er solle absolut kein Geld mehr haben, wenn er sich in anderer Leute Geschäfte mischen würde.«

---

[38] Ein langgewundener, langweiliger Yankee

»Seltsam!« rief der Earl.

»Immerhin möchte die Takelage zusammengehalten haben; aber wie gesagt, es waren unter diesen vierhundertfünfzig oder sechzig Säckelmeistern sehr viele, und dies heillose Schreier, die darauf drangen, daß man absolut nichts geben solle, falls der alte Herr nicht den Flachkopf aus dem Haushalte entferne und bei dem Buchstaben des Vertrages stehenbleibe. Dieser Vertrag nun war, wie ihr gehört habt, vom seligen Herrn Trüffelpastetenliebhaber abgeschlossen und bei Allah beschworen worden.

Wohl, als die Vierhundert sich so herumzankten und für und wider den Vertrag und den Oberaufseher stritten, kamen sie endlich darin überein, mit dem alten Herrn selbst zu reden und ihm ernstliche Vorstellungen zu machen. Sagten ihm auch, daß es übel getan sei, dem Elefanten einen Führer zu geben, den er nicht leiden möge, und daß darüber ein Unglück entstehen könne, nicht nur für den Führer, sondern auch für den Herrn und alle Welt. So gaben sie dem alten Herrn zu verstehen. War aber dieser alte Herr ein eigensinnig schwacher Mann, der von dem, was in der lieben Gotteswelt vorging, gerade so viel wußte, als ihm seine Wesire, Emire, Bonzen und Brahminen zu sagen für gut befanden. Hatte auch wirklich die Schwachheit, zu glauben, daß er von Allah eingesetzt und nur zu wollen brauche, und der Elefant, das Volk, würde sich geduldig von seinem Flachkopfe reiten und lenken lassen. Als er nun hörte, daß die rappelköpfischen Säckelmeister draußen vor der Türe waren, wollte er sie anfangs gar nicht sehen, ließ sie aber zuletzt doch vor sich und sagte ihnen im zierlichsten Fränkisch, daß es sein Pläsier wäre, zu tun, wie es ihm gefiele, und nicht wie es dem Elefanten gefiele, und sie, die Säckelmeister, sollten sich dieses wohl zu Gemüte führen und tanzen nach seiner Pfeife, und nicht nach der ihrigen. Und nachdem er so gesagt, verbeugte er sich ganz artig und ließ sie ziehen des Weges, den sie gekommen waren.«

»Wohl getan; denn wenn ich mich nicht irre, so liebt dieses Volk übermäßig den Tanz«, bemerkte der Earl.

»Liebt wohl den Tanz«, erwiderte Morton, »aber nicht nach fremder Pfeife. Deuchte ihnen seltsam, daß sie nach der Pfeife eines fremden Wesirs tanzen sollten, der es nie gut mit ihnen gemeint, und nicht nach der ihrigen, die so gut pfiff als eine, und viel weniger kostete.«

»Halt!« rief der Earl, »war der alte Herr nicht, was wir einen Sultan nennen?«

»So eine Art von Sultan allerdings.«

»Und wenn er das war, warum ließ er nicht den ganzen Pack greifen und pfählen?«

»Und so würde er getan haben, wenn er sich getraut hätte; aber Ihr vergeßt, daß die Zauberphiole, durch die er es allein hätte tun können, gebrochen und zum Teil ihre Kraft verloren hatte.«

»Aber was hat denn diese Zauberphiole mit dem Pfählen zu schaffen?« fragte die Counteß.

»Viel, sehr viel, Mylady, wie Sie hören werden, wenn Sie nur noch eine kleine Weile Geduld haben wollen.

Der alte Herr war so bitterböse, daß er wirklich damit umging, einigen der lautesten Schreier den Mund zu stopfen; aber diese Schreier waren, wie gesagt, gerade die lautesten Schreier, und großen Lärm durfte er auf keine Weise verursachen. Wollte in der Stille die Geschäfte abfertigen; einen Strick, oder eine Dosis, oder noch lieber ein kleines Zimmerchen, sechs Schuh lang, sechs breit, wohl mit Riegeln und Vorhängeschlössern versehen, das wäre ihm das Liebste gewesen. Ging aber nicht, würde noch immer zu viel Lärm verursacht haben. So sandte er dann zu seinen Emiren und Wesiren rings umher, und ließ ihnen sagen, er wolle sich künftighin ganz und allein auf seine Phiole verlassen; sandte auch zu gleicher Zeit Boten an seine Freunde, die ihn in den Besitz der vielen Höfe und Güter gesetzt hatten, um sie zu fragen, ob sie ihn auch im Besitze derselben schützen und erhalten wollten, falls es zu einem Donnerwetter kommen würde.

Sagten die meisten ja. – Einige klatschten laut vor Freude in die Hände, und rieten ihm auf alle Weise zu tun nach seinem Pläsier; andere schüttelten die Köpfe. Und einer, der weit über die See gekommen, raunte ihm in die Ohren, er solle ja bei Leibe seinen Vertrag nicht brechen, der von seinen Freunden garantiert wäre; die Hauptsache wäre, daß er den Vertrag hielte, so müßten ihn die Leute, sie möchten wollen oder nicht, auch halten; die Phiole komme hier gar nicht in Anbetracht; auch möchte er ja den Oberaufseher weggeben, es sei kindisch, einem Elefanten einen Führer, der ihm widerwärtig, aufzudringen, da es ihn bloß einen Rüsselschlag koste, sich desselben und seines Herrn zu entledigen.

Schüttelte aber der alte Herr vornehm den Kopf über diesen Rat, und hielt den Zweifel an der Allmacht seiner Phiole beinahe für eine Beleidigung, und wurde er in dieser Halsstarrigkeit nicht wenig von seinen Bonzen und Brahminen bestärkt, die ihm, weiß der Himmel was, von übernatürlicher Hilfe vorschwatzten. Und schlug ihm auch der Flachkopf vor, ohne weiters einen neuen Vertrag aufzusetzen, nach welchem er die Säckelmeister selbst ernennen würde.«

»Und der Alte?« fragte der Earl.

»Tat es wirklich, zerriß den alten Vertrag, und kündigte aller Welt an, daß er einen neuen gemacht habe, und gab zu verstehen, es sei so sein Pläsier; und wenn es ihnen nicht recht wäre, so würde er es höchlich ungnädig nehmen. Und war darüber ein großes Frohlocken unter seinen Bonzen und Muftis und Trabanten, die sich nun den Himmel auf Erden versprachen, wenn sie nicht mehr von den Säckelmeistern kontrolliert würden.

Als die rebellischen Säckelmeister, wie der alte Herr sie nannte, hörten, daß der alte Vertrag gebrochen und ein neuer aufgerichtet worden, bei dem ihre Herrlichkeit zu Ende sein würde, schrien sie gewaltig, und ließen ihre Leute rufen, die einen noch größern Lärm erhoben. Aber als es zur Hauptsache kam, ob man dem alten Manne seinen Willen lassen sollte, oder nicht, da steckten sie die Köpfe zusammen, und wußten nicht, was zu tun; denn sie dachten an die Phiole.«

»Aber was hat es denn eigentlich mit dieser Phiole für eine Bewandtnis?«

»Es muß auf alle Fälle irgend etwas mit ihr vorgefallen sein; denn es heißt, daß ihre Besitzer zu ihrer Zeit durch sie wunderliche Dinge vollbracht hatten – durch sie Gewalt über Leben und Tod der Leute, ja des ganzen Volkes hatten, so daß sie hängen, köpfen lassen konnten, so viel es ihnen gefiel, und rädern und verbrennen und vierteilen alle diejenigen, die der Phiole entgegen waren oder ihren Besitzern. Dieses wußten nun die schreisüchtigen Säckelmeister, und es fing sie an zu jucken; dachten, würden zuletzt die Zeche bezahlen müssen. Einige befühlten ihre Hälse, ob sie auch noch am Rumpfe säßen, andere wurden bleich, und wieder andere gaben das Fersengeld, an welchem dieses Volk zu Zeiten einen ungemeinen Vorrat hat. Viele jedoch hielten aus bei ihren Leuten, die größtenteils waren, was wir den schweinischen Haufen, die ungewaschene Menge nennen.

Diese hatten kaum gehört, daß der alte Mann seinen Vertrag gebrochen habe, als sie auch ganz toll wurden, und ihren Säckelmeistern sagten, sie möchten nur geradezu gehen, und dem alten Herrn sagen, er solle seinen Vertrag nicht brechen, sonst würden sie ihm das Genick brechen.«

»Sehr unartig«, bemerkte die Counteß.

»Das war es«, bekräftigte der Erzähler, »und die Säckelmeister beeilten sich deshalb eben nicht sehr, ihm die Botschaft zu hinterbringen, in Anbetracht, daß der alte Herr nichts weniger als zum Scherzen aufgelegt wäre. Sie gingen jedoch, und sprachen mit ihm so höflich als möglich; denn diese Leute können die gröbsten Dinge in einer sehr zierlichen Sprache sagen; und so sagten sie ihm ihre Meinung sehr artig, wie sie glaubten, aber nicht, wie er glaubte; denn er geriet in eine wahre Wut, und in einen so heftigen Fieberanfall, daß er, so ritterlich galant er auch sonst war, wie rasend um sich schlug, und in seinem Zorne die Phiole ergriff, und sie den Säckelmeistern an den Kopf warf.

Und es ließ sich ein schriller, durchdringender Ton hören, anfangs nicht stärker und lauter als der einer Saite, die im Luftzuge springt; aber dann erhob sich der Klageton stärker, und drang schneidender durch die Lüfte – durch alle Nerven drang er, und durchschauerte die Körper, und der Alte und die Säckelmeister und alle Leute standen wie durchschnitten von diesen Tönen, und schauderten; und es war ein Schauder, ein entsetzlicher Schauder: denn die Töne durchfuhren die Lüfte, und wurden zum Grabes- und Sturmgetöne, und durchfuhren Städte und Dörfer, und alle schauderten ob den Tönen. Aber es war noch nicht alles. Der Ton war kaum der Phiole entfahren, so zischten aus derselben schlängelnd blaue Flammen heraus, die spielend und leckend sich auf die Köpfe der rebellischen und nur der rebellischen, Säckelmeister setzten, so daß diese entbrannt davon liefen. Und wie sie zum großen Hause hinaus liefen, tanzten die Flammen auf ihren Häuptern, und es lösten sich Funken von diesen Flammen, und diese Fünkchen und Flämmchen sprangen wieder auf die Köpfe der Leute, die ihnen in den Weg kamen; und immer zahlreicher wurden die Flämmchen, so daß sie Zungen bildeten, die zu Tausenden in allen Richtungen durch Stadt und Land hinfuhren, in alle Städte und Dörfer fuhren, und sich auf die Köpfe von Männern, Weibern und Kindern setzten. Und seltsam! Diese Männer, Weiber und Kinder, in deren Ohren der Ton gedrungen, und die berührt von diesem erschütternden Tone noch schaudernd gestanden waren, sie fingen, so wie sie von den feurigen Zungen beleckt wurden, an zu springen; wie rasend sprangen sie, und wie die Säckelmeister entbrannten sie, und in ihren Gesichtern loderte wildes Feuer, in ihren Herzen war Mord und Totschlag. Und die Flammen tanzten und hüpften weiter in Städte und Dörfer, auf alle Landstraßen und Seitenwege, und sie breiteten sich aus, daß das ganze Land von ihnen erfüllt wurde.«

»Das ist eine seltsame Geschichte«, sprach die Counteß. »Diese Flamme muß denn in der Phiole gewesen sein. Muß denn also doch einen Zauber enthalten haben?«

»Das ist schwer zu bestimmen. Die Phiole war ganz kugelrund, nicht viel größer als ein Apfel mit einem Kreuze darauf. Ward auch Reichsapfel genannt, diese Phiole. Und sagen welche, daß sie einen Zaubergeist enthalte, genannt das göttliche Recht oder die göttliche Gnade; andere, daß es das legitime Recht sei. Wieder andere halten dafür, es sei darin verschlossen eine höchst geistige Substanz, raffiniert seit Jahrhunderten – ein Zaubergeist, der seinen Besitzer zum unwiderstehlichen Meister über die dem Zauber Unterworfenen mache; so wie er im Gegenteil, wenn er nicht sorgfältig aufbewahrt wird, die Menge sucht und Millionen die

Köpfe verbrennt, auch sich schwer wieder einfangen läßt. Noch andere meinen, es sei der sogenannte revolutionäre Geist, den auch mehrere den Zeitgeist heißen, in die Phiole gebannt. Ist auch eine vierte Partei, die da behauptet, das Ganze sei, was wir *humbug* nennen; aber diese letztern gelten hier zu Lande für wenig besser, als Ungläubige. Daß irgend etwas dahinterstecken müsse, dafür bürgt wohl am meisten der Umstand, daß jene alten Herren, die diese Phiole noch ganz und ungebrochen besitzen, eine wahre Zaubergewalt über ihre Völker haben, so zwar, daß diese ihnen nicht nur Hab und Gut, sondern auch Leib und Leben, kurz, alles aufopfern – und dabei noch glorieren.«

»Haben wir eine solche Zauberphiole?« fragte der Earl gähnend.

»Es ist wirklich eine bei euch vorhanden«, erwiderte Morton; »aber sie ist so geflickt und repariert, daß von ihrer ursprünglichen Form wenig oder gar nichts mehr übriggeblieben ist. Ist mehrmal zerbrochen worden und der Zaubergeist ausgefahren, ist aber sorgfältig von euren Emiren, Wesiren und Muftis aufgesammelt worden, die sich nun damit gütlich tun; ja, tun, was kein Sultan in seinem Lande tun dürfte; – sagen zwar, sie bleiben innerhalb des Gesetzes und seiner Schranken; bedanke mich aber für Schranken, die *Tom* selbst gemacht und also überspringen kann, während ich mir die Nase daran zerstoße. Soll auch über diesen Zaubergeist-Diebstahl eurer Muftis und Emirs ein blutiger Krieg ausgebrochen sein, der Hunderttausenden das Leben gekostet, der aber, sagen unsere alten Bücher, zum Heile der Menschheit glücklich die Flämmchen der Zauberphiole in eurer Verwahrung belassen hat.«

»So!« sagte der Earl.

»Haben sich jedoch seit einiger Zeit Rostflecken an die glänzende Kugel gesetzt, die ungeachtet aller Mühe, die man sich gibt, nicht wegzubringen sind, die aber, versichert der Mufti, leicht durch Rebellenblut weggebeizt werden.«

»Aber Morton!« schrie Flirtdown, »wie kannst Du nur solchen Unsinn zusammenschwatzen?«

»Dann sollte man«, meinte der Earl, »bei nächster Gelegenheit den Versuch machen. Gibt so schöne Gelegenheiten, und es ist von Wichtigkeit, daß diese Phiole auch in ihrer ganzen Reinheit erhalten werde. Nicht wahr, meine Teure?« wandte er sich an die Counteß.

»Ohne Zweifel, mein Teurer!«

»Aber nun sagen Sie doch, Bester«, stammelte der alte Earl, »ob diese Flammen und Zungen noch weiteres Unheil unter der ungewaschenen Menge anrichteten?«

»Ja wohl richteten sie Unheil an«, lachte Morton. »Entsetzliches Unheil, das mögt Ihr wohl glauben. Wo sie immer hinkamen, diese feurigen Zungen, da wurden die Leute entbrannt und wüteten und tobten. Sie schlugen zuerst, wie Verzweifelnde, laute Lachen auf, und dann erhoben sie ein Geschrei, ein Geheul, und stürzten umher, und griffen nach dem ersten, besten, was ihnen unter die Hände kam und dann begann der Row in vollem Ernst.«

»Was ist ein Row?«

»Je nun, ein Row ist, wo man sich die Hälse und Beine bricht und man mit Prügeln, Knitteln und Pflastersteinen, auch Bank- und Stuhlfüßen, alten Degen, Musketen ohne Schlösser und dergleichen ficht, bis man eindringlicherer Dinge habhaft werden kann. Ist recht lieblich zu schauen ein derlei Row. In diesem Falle jedoch war es ein bißchen zu toll; denn die Leute begannen in vollem Ernste gegen die Trabanten des alten Herrn zu fechten, und seinen Janitscharen, Spahis und *Sëiden* ging es übel. Mehrere Tage dauerte dieser Row, der zur Schlacht geworden war; und als die Schlacht vorüber war, sah man auch von dem Alten und den Seinigen keine Spur mehr in dem großen Hause; war mit allen seinen *Sëiden* und Bonzen und Muftis verschwunden. Ehe er geflohen, hatte er die Fragmente der Phiole sorgfältig gesammelt und sie in seinem Busen recht ängstlich verwahrt; – aber der Geist war entwichen, entwichen auf eine Weise, die wirklich schrecklich für den alten Mann sein mußte; denn die Flammen umkreisten und umtanzten ihn in so höllischer Bosheit, daß es schien, jede derselben sei eine Dämonszunge, und zischten diese Flammen, wie Schlangen zischen, und brannten und stachelten ihm Löcher in seinen Rücken, so daß er es schier nicht mehr aushalten konnte und von der Stadt weg mußte.

Es war seltsam zu schauen, glaubt mir – gräßlich, wie er schritt, die tausend und tausend Flämmchen ihn umzischend, und er sich ihrer erwehrend auf alle Weise, und die Scherben seiner zerbrochenen Phiole darstreckend, in der Meinung, daß die Flämmchen sich sammeln lassen werden; – aber nichts dergleichen; verbrannte sich nur die Finger, ja Hände; – zischten so teuflisch an ihn heran diese Flämmchen und Züngelchen, daß sie ihm eine Menge Löcher in den Leib brannten. Sie leckten ihn an und umtanzten ihn, und umzischten ihn, und trieben ihn fort, bis er an den Meeresstrand gekommen war; da hoffte er Ruhe zu finden. Vergebliche Hoffnung! Als er im Angesichte des erbsengrünen Wassers angekommen war, rang er die Hände, und dasselbe tat seine Familie, und besonders eine alte Frau, die gescheiter war, als die ganze Familie zusammen genommen; und eine junge, die, wie wir sagen, *gidier* war. Half aber alles nicht. Er mußte fort, und sie mußte fort, über See in ein anderes Land, wo sie schon einmal gewesen, und wo sie wieder ihr Absteigequartier nahmen; die Flammen noch, obwohl nicht mehr so stark, um sie herum zischend; immer aber trieb sie's noch vorwärts, ruhelos – rastlos. Es war erbärmlich zu schauen, wie der alte Mann mit seinen langen Beinen vorwärts schritt – Schritt für Schritt, nimmer ruhend, nimmer rastend. Er fing nun an ganz und gar melancholisch zu werden, was bei Leuten seines Standes und Volkes nicht oft der Fall ist. Ganz traurig war er geworden. Seine einzige Hoffnung waren noch die Fragmente der Phiole, mit denen er vor dem alten Herrn, der im Lande herrschte, und seinem fatalen Wesir zu erscheinen dachte; denn dieser Wesir war, wie Ihr nun wohl merken werdet, mit seinen guten Ratschlägen wohl die ganze Ursache des Unglückes gewesen. Und so erschien er wirklich vor dem alten Herrn und diesem Wesir, und erinnerte ihn an die Freundschaft, die zwischen den Familien bestanden, und den Beistand, den einst einer seiner Vorfahren dem seinigen geleistet, und wie er die Phiole zerbrochen, und nun hoffe, daß er ihm wieder helfen werde, sie zu reparieren.«

»Und der alte Herr –?«

»Zeigte sich auch nicht ganz unwillig, und so der Wesir, der da glaubte, man müßte sogleich ans Werk und die Phiole wieder ganz zu Stande bringen, und mit dem Rebellenblute von ein paarmal hunderttausend Köpfen ließe sich schon das Ganze wieder zusammenkleistern. Rief auch deshalb die Säckelmeister, um zu hören, ob sie Geld zu dieser Reparatur hergeben würden.«

»Und?« – fragte der Earl.

»Die kratzten sich aber hinter den Ohren, und sagten, die vorige Reparatur habe ihnen so viel Geld gekostet, daß sie mehr Goldpfunde schuldeten, als sie alle zusammengenommen Haare auf den Köpfen hätten. Und sie müßten nun dieser Reparatur wegen das Volk brummen hören, und das wollten sie nicht.«

»Und der Wesir –?«

»Schnitt Gesichter, und sagte ihnen, wenn sie nicht wollten, so sollten sie v–t sein, und es bleiben lassen.

Und wurden die Säckelmeister über diese derbe Antwort böse und sagten, sie wollen nicht länger einen solchen Wesir haben, und bedeuteten ihrem alten Herrn, er solle ihm sofort den Dienst aufkünden, denn sie wollten nichts mehr mit ihm zu tun haben; auf alle Fälle wollten sie keine *twopence* zur Reparatur der alten Phiole geben; und sie dankten ihm gar nicht dafür, daß der Wesir dem Herrn den gescheiten Rat gegeben.«

»Was ging das sie an?«

»Je nun, weil sie Säckelmeister waren, aber nicht gewählt von dem

Volke, sondern von den Emirs und Bonzen, und so den Säckel so ziemlich nach ihrer Willkür verwalteten, auch sich dabei sehr wohl befanden; nun aber die Flämmchen auch ihre Leute rebellisch zu machen anfingen, so zwar, daß sie andere Säckelmeister haben, und nichts mehr von denen der alten Muftis und Emirs wissen wollten. Wie gesagt, die Flämmchen tanzten immer weiter, Tausende von Meilen, in alle Länder, und verrückten den Leuten die Köpfe, und richteten unglaubliche Verwirrung an. An einigen Orten trieben die toll gewordenen Leute ihre Säckelmeister weg, an andern ihre Wesire, ihre Emire und selbst ihre alten Herren. Überall war mehr oder weniger Blut vergossen, und den Wesir selbst machte die Flamme von seinem Wesirstuhle tanzen.«

»Und der alte Herr –?«

»Hatte weder Ruhe noch Kraft, und die Flammen trieben ihn weiter in ein kaltes trostloses Land und ein trostloseres altes Schloß, wo einst eine Familie gehauset, die gerade dasselbe Schicksal gehabt und zweimal ihre Phiole zerbrochen, worüber einer der ihrigen gleichfalls den Kopf verloren. Da nun verbarg sich der alte Herr, der aber kein Herr mehr war; und – sonderbar, die Flammen lagerten sich in einiger Entfernung, aber im Schlosse selbst und der Stadt hatte er Ruhe. Ist nämlich ein sehr bedächtiges Volk das Volk, das da hauset, dreht den Schilling zehnmal um, und fürchtet einen Row wie das höllische Feuer, nicht von wegen der blutigen Köpfe und zerschlagenen Glieder, aber von wegen der Schillinge, die es kostet, sie wieder ganz zu machen und welche Schillinge der Shawney[39] nicht gerne weg gibt.«

»Und die Flamme im Lande des alten Mannes –?«

»Brennt fort und fort lichterloh, und setzt sich auf die Köpfe; und wenn sie das Gehirn aus diesen heraus gebrannt hat, fährt sie wieder auf andere, und richtet immer mehr und mehr Unheil an. Ist aber ein Cousin des alten Herrn da, von dem man sagt, daß er das Gras wachsen hört und weit sieht, und der einigermaßen an der Halsstarrigkeit der Säckelmeister mit Schuld sein soll, so wie denn schon sein Vater, selig kann man wohl nicht sagen, an dem Bruche der ersten Phiole mehr Anteil hatte, als – war ein kurioser *Blutsfreund*. Auch der Sohn ist ein seltsamer Herr, und seine Zunge ist noch seltsamer, sagt ein alter Fuchs, der bereits dreizehnmal den lieben Herrgott *en cavalier* behandelt hat.«

»*En cavalier* behandelt –«

»Das heißt, ihm etwas versprochen, und nicht gehalten hat.«

»Und was ist das für eine Zunge?«

---

[39] Spottname der Schottländer.

»Eine Zunge, die ganz das Gegenteil von den Zungen anderer Leute ist, die die ihrigen haben, um, wie Ihr wißt, ihre Gedanken zu offenbaren, während er die seinige gebraucht, sie zu verheimlichen.«

»Und wird«, fragte die Counteß, »dieser Brand noch lange währen?«

»Wohl haben Wesire und Muftis und die Alten von den Bergen und den Tälern Tag und Nacht sich abgemüht, des Brandes Meister zu werden; ob es helfen wird, muß die Zeit lehren. Verbreitet sich immer mehr und mehr – *macht die große Tour*. Hoffen zwar die Leute, daß, so wie die Flammen weiter hinauf gegen Norden kommen, sie in den eisigen Dünsten dieser Polarländer erlöschen werden; muß aber die Reihe zuvor an euch kommen.«

»*Cut that longwinded Yankee*[40]«; schnarrte eine Stimme aus der hintern Ecke des Saales heraus.

»Glaube gar, er erlaubt sich Anspielungen.«

»Bei *Jove*!« schrie ein anderer. »Ich glaube, Du hast recht Meadville. Wollen 'mal den vulgären Burschen zur Türe hinaus werfen.«

»Ihr mich zur Türe hinauswerfen!« schrie Morton. »Mich, der die Phiole hat! Ich habe die Phiole, heda – holla!«

»Wach auf, Morton!« schrie Flirtdown, »Du sprichst im Schlafe – Du träumst wachend – Du siehst Geister. Mit einem Worte, Du hast einen kapitalen Rausch.«

»Rausch!« schrie Morton, »*mind what you say, Flirtdown!* Ich, einen Rausch!«

»So halt doch ums Himmelswillen das Maul, Du bist in einem fremden Hause!«

»Pah! bin in meiner Inn, und soll ich mir in meiner Inn nicht gütlich tun?«

Und so sagend sprang er auf, und ergriff eine der vollen Bouteillen.

»Meine Phiole, meine Phiole!«

Und die Lords sprangen herbei, um ihm die Bouteille zu entreißen.

»Habe die Phiole«, schrie Morton. »Was ist das?«

Und plötzlich stand er still, und die Augen des Jünglings öffneten sich weit, und drehten sich im Kreise.

»Das ist der Wesir, das ist der Flachkopf«, murmelte er Flirtdown zu.

»Zum Teufel mit Deinen Narrheiten. – Der H–g ist's – der P–r ist's der Prinz –a– ist's der Marquis von E–e ist's! Denke doch an Deinen öffentlichen Charakter!«

Und Morton stand stier und stumm, und schaute die drei Großen mit einem unbeschreiblichen Blicke an.

---

[40] Mag nicht länger diesen langweiligen Yankee.

»Prachtvoll! Mister Morton«, sprach der H–g, und das ätzend saure Gesicht verzog sich in ein höhnisches Lächeln, »haben Ihre ganze Story hinüber gehört.«

»Unvergeßlich haben Sie den *longwinded Yankee* produziert«, lachte der Marquis von C–e; »habe noch immer eine trübe Erinnerung seit meinem Aufenthalte in New York.«

»*Quel drôle de conte?*« kicherte der Prinz. »*Ah, mon cher* Morton!«

Morton rieb sich die Augen, und sah den drei Großen mit offenem Munde nach.

»Wo kommen diese her?«

»Pah! spielten im Nebenkabinette Ecarté; hörtest Du sie nicht? Du kömmst mir vor, Morton, als ob Du in Deinem Leben noch nie einen Rausch gehabt hättest.«

Und die Sonne brach herein durch die Gardinen, und in ihren Strahlen erbleichte die nächtliche Pracht – die jugendlichen Gesichter wurden zu greulichen Larven – die herrlichen Formen zu gespenstigen Nachtgestalten. – Noch einen Blick warfen sie auf einander – ein grausig wildes Gelächter schallte durch die öden Säle, und dann fuhren alle, wie gepeitscht von unsichtbaren Händen, aus den Türen und Toren hinaus.

Es war unter sonderbaren Gefühlen, daß Morton den folgenden Abend in das Appartement des Geldmannes eintrat.

Er saß in seinem Fauteuil. Ein kleiner Tisch ihm zur Seite, über welchen ein weißes Tuch gebreitet war. Kein Zug war verändert in dem impassablen Gesichte. Er winkte dem Jüngling, Platz zu nehmen.

»Ah, Sie haben gestern aus der Tiefe Ihres Gemütes kolossale Gestalten heraufbeschworen. Nur im höchsten Sinnestaumel können solche Träume sich gestalten und ins Leben treten. *In vino veritas*[41], Mister Morton, sagt ein altes Sprichwort.«

Der Jüngling schwieg.

»*Aus Ihnen hat die Stimme Gottes – verstehn Sie, unseres Gottes, des Erdengottes – gesprochen. Sie sind voll von ihm. Jetzt noch an Ihrer Tüchtigkeit zur Vollbringung des großen Werkes zu zweifeln, wäre Sünde. Sie sind hiermit einer der Unsrigen. – Ihre Lehrzeit ist vorüber. Ihre Instruktion!*«

Und mit diesen Worten zog er das Tuch von dem Tische weg; ein Bogen Seidenpapier lag auf demselben.

[41] Im Wein ist Wahrheit.

Morton warf einen Blick darauf, und ein leichter Schauder durchfuhr ihn. Ein Pinsel, gegen welchen der grell scharfe Crayon Cruikshanks ein bloßer Kritzel war, hatte in phantastischer Laune Karikaturen darauf gezeichnet, die ihn einen Augenblick erstarren machten. Es war der knochig hagere Alte, wie er ihn gesehen, fortschreitend mit ungeheuern Schritten, umtanzt, angeleckt von der Flamme; ihm zur Seite hohnlachend der H–g. – Darunter stand Wort für Wort, was er im Nachtrausche gesprochen.

Er sah den Alten sprachlos an.

»*Das ist Ihre Instruktion! Trauen Sie dem Gott, den Sie in Ihrem Innern tragen, und bauen Sie auf, was Sie aus den Tiefen Ihres Gemütes heraufbeschworen.*

Sie gehen morgen nach Paris, Ihre Equipagen werden Sie in Calais treffen.

Hier sind zwei Schreiben für Sie.«

Eines war vom alten Stephy, der ihn zu seinem Bevollmächtigten ernannte, das andere vom alten Isling, in welchem der wackere Deutsche ihn benachrichtigte, daß sein Cyrus nach seiner gänzlichen Herstellung auf den Long-Island-Races sechzigtausend Dollar gewonnen, und zwar eines gegen zehn gewonnen, daß diese Summe, nach Abzug von sechstausend Dollar, zu seiner Disposition bereitliege.

Einen Augenblick stand der Jüngling in tiefes Sinnen verloren. – Weit herüber vom Westen lächelte ihm in den Strahlen der untergehenden Sonne das heitere, tugendhafte Familienpaar mit der reinen, idealischen Jungfrau an – Sie, die Hände bittend erhebend. Aber vor ihm stand der Höllengott in seiner ganzen Herrlichkeit.

»Ich habe mich ihm verschrieben«, murmelte er sich dumpf zu. »Ich will sein eigen sein. Morgen gehe ich nach Paris.«

Nachwort

s ist keineswegs die Handlung, die den Reiz des *Morton*-Romanes von Charles Sealsfield ausmacht – eine Einsicht, die für alle dichterischen Texte des Autors gilt. Zuweilen vermag man nur mit Mühe einen »roten Faden« zu rekonstruieren, da der Fortgang der Ereignisse immer wieder durch eingeschobene Geschichten und Visionen, die die Grenze zum Traumhaften überschreiten, unterbrochen wird. Das Geschehen selbst, so es denn im *Morton*-Roman überhaupt eine erzählbare Geschichte vergegenwärtigt, läßt sich vielmehr in wenigen Sätzen schildern.

Der im Jahre 1829 durch den Verlust seines unversicherten Schiffes »Mary« hochverschuldete Kapitän Morton wird vom betagten Obersten Isling am Selbstmord gehindert. Ein kurzer Aufenthalt auf dem Besitz des deutschstämmigen Retters, der zu den Männern der ersten Stunde im Kampf um die Unabhängigkeit der Vereinigten Staaten zählt, vermag durch die Vorzüge des Landlebens und die kraftvoll-besonnene Existenz des allseits geschätzten Isling und seiner Familie in gewisser Weise das Selbstbewußtsein Mortons wiederherzustellen Letztlich befindet sich jedoch der Kapitän wegen seines großen finanziellen Verlustes in der Hand des »Geldmannes« Stephy (Stephen Girard), von dessen Geld und Wohlwollen er abhängig ist. Stephy ist einer jener »zehn« Finanzmagnaten, die mit Hilfe des Geldes die Herrschaft über die Welt anstreben. Von ihnen berichtet sein Kollege Lomond im II. Teil des Romans. Ausgerechnet zu diesem Stephy schickt Isling den mit einem Empfehlungsschreiben und einem namhaften Wechsel ausgestatteten Morton. Auf den unberechenbaren Stephy übt indessen das Schreiben des Obersten eine erstaunliche Wirkung aus: Er nimmt sich des finanzielle Not leidenden und von ihm abhängigen Morton an, läßt ihn an einer für den Plutokraten charakteristischen Audienz teilhaben und bietet ihm sogar an, als Gesandter für ihn in London zu arbeiten. Stephy erwartet von dem jungen Kapitän, daß er ihm von dort alles mitteilt, »was auf Politik und merkantile Geschäfte, besonders auf Staatspapiere Bezug hat«.(S. 91) Dabei soll er dem Schutz seines Londoner »Geld-Kollegen« Lomond unterstehen, der Morton auch finanziell und fachlich unterstützen wird. Diese Tätigkeit als abhängiger

Gesandter und Reiseagent im Umkreis der Macht und des Geldes zieht Morton dem Vorschlag Islings vor, der ihn bei der Errichtung einer Pflanzung am Mississippi großzügig unterstützen wollte. Mit einer dramatischen Szene, die Mortons Einschiffung nach Europa vergegenwärtigt, endet der erste Band des *Morton*-Romans.

Im noch geschehensärmeren zweiten Band findet der Leser den offensichtlich zu einer gewissen Bedeutung gelangten Morton in der Hand jenes Lomond, – ein noch teuflischer und unheimlicher als Stephy gezeichneter Wucherer, der sich als einflußreicher Geldmann sogar die politischen Herrscher untertan gemacht hat. Nachdem in einigen Szenen die gewonnene Bedeutung Mortons vorgestellt wird, der nun merkwürdig widersprüchlich, kalt und gefühlsbetont, anziehend und abstoßend, »adlig« und berechnend zugleich erscheint, wird der Leser Zeuge sprechender Konstellationen, in denen Lomond seine auf dem Geheimnis und dem Geld beruhende Macht unter Beweis stellt. In seinem die ganze Welt umfassenden, auf die Hilfe der »Mysterien der Finanzen« (S. 152) setzenden Machtstreben scheint er als »Fürst der Finsternis« (S. 154) dämonischer und radikaler zu sein als Stephy, auch wenn er ihn zu jenen zehn Weltherrschern rechnet, deren düstere Pläne er in einer Vision entwirft. Mit einer grandiosen, vieldeutigen Szene, in der Traum und Wirklichkeit in beeindruckenden Bildern für Abhängigkeit und Freiheit ineinandergeblendet werden und Morton sich, dem »Höllengott« (S. 198) des Geldes verschrieben, auf den Weg in die Metropole Paris macht, bricht der zweite Teil des Romanes ab.

Charles Sealsfield, von dem keinerlei Skizzen zu seinen Dichtungen existieren, läßt den Leser ohne jeden Hinweis auf den Fortgang des Geschehens zurück. Möglicherweise sollte Morton in Paris selbst zu einem jener zehn Weltbeherrscher werden, denkbar wären auch andere Handlungsfortsetzungen; vielleicht aber ist das Ende der Ereignisse, das uns der Autor vorenthält, gar nicht so wichtig: In den meisten seiner Texte verzichtet Sealsfield bewußt auf die Schilderung eines Geschehens, das sich spannungsvoll, dynamisch und unerbittlich zu einem lösenden Schluß bewegt. Eingedenk der von ihm in der *Zuschrift* (S. 9) vertretenen Romanpoetik und hinsichtlich der im abgeschlossenen Teil vergegenwärtigten Themen und Probleme ist möglicherweise im *Morton*-Fragment sogar schon alles anwesend, ›unausgesprochen ausgesprochen‹ worden, so daß unter dieser Perspektive der Text vielleicht gar kein unvollendeter Teil eines größeren Ganzen ist.

Eine andere Erklärung für die mögliche Fragmentarizität des *Morton*-Romans bietet der wichtige und dennoch mit Vorsicht zu lesende Sealsfield-Biograph Eduard Castle. Er äußert den Verdacht, daß die Freimaurer, in deren Abhängigkeit er den Autor sieht, Sealsfield verboten hätten, den Text zu vollenden, da »die Entlarvung der Weltplutokratie, mit der die Freimaurerei zur ›Völkerbefreiung‹ zusammenarbeitet, unwillkommen war.«[1] Castles phantasievolle Schilderung – entstanden in den vierziger Jahren, publiziert aber erst 1952 – jener Gängelungen des Autors durch die Freimaurer, mit denen er ihn zugleich verquickt sieht, wird man heute nicht mehr akzeptieren können; gleichwohl deutet dieser Hinweis auf eine durchaus richtige, indessen wohl auf immer geheimnisvoll bleibende Nähe zwischen den Logen und Sealsfield, dessen Leben sich ohnehin wie ein Roman liest. Wer war dieser Charles Sealsfield?

Geboren am 3.März 1793 als Sohn des Obst- und Weinbauern Anton Postl in mährischen Poppitz bei Znaim, besucht Karl Postl von 1802 bis 1808 das Gymnasium in Znaim, bevor er 1808 das Studium, das ihn zum Ordensgeistlichen führen wird, in Prag aufnimmt. Entscheidende Einflüsse empfängt er dort in erster Linie von Bernard Bolzano und auch von dessen Schüler Michael Joseph Fesl. Es sind dies Prägungen, die sich keineswegs nur auf ein Fachwissen in Philosophie, Religionswissenschaft oder Mathematik beziehen, wenngleich auch in dieser Hinsicht die Wirkungen, die Sealsfield empfängt, unabsehbar sind. Bolzano als wohl wichtigster Vertreter der katholischen Spätaufklärung vertritt für die damalige Zeit erstaunlich liberale Einschätzungen, die in vieler Hinsicht der Gedankenwelt Herders nahestehen.[2] Von größter Bedeutung sind seine Sonntagspredigten, in denen der Religionsphilosoph immer wieder, ausgehend von geeigneten Bibelstellen, auf hoch aktuelle Probleme seiner Zeit, wenn auch zuweilen nur in Andeutungen, zu sprechen kommt. Amerika, die Zukunft der Menschheit, die Möglichkeiten irdischen Glücks, Weisen humanen Zusammenlebens sind bevorzugte Themen in seinen »Erbauungsreden«, denen die Studenten beizuwohnen die Pflicht hatten. Anders als in einer eher konservativen Richtung der katholischen Kirche vertritt Bolzano die Ansicht, daß der Mensch auch im Diesseits ein Recht auf Glück und Zufriedenheit habe; er scheut sich ebensowenig wie Fesl, bibelexegetische Schriften des protestantischen Theologen Eberhard Gottlob Paulus den Studenten zur Lektüre zu empfehlen – Sealsfield erwähnt die Schriften dieses Theologen im Brief vom 31.10.1826 an Cotta –, pflegt Kontakte zum aufgeklärten Adel und zu den liberal eingestellten Freimaurern, die nach Bolzano immerhin eine Loge benennen, obwohl der Philosoph selbst nicht Mitglied war. Dies alles wagt er in einer Zeit, in der nach dem Wiener Kongress 1815 die Restauration mit ihrem Legitimitätsprinzip, das in der Einschätzung vieler die Zeit gleichsam zurückdrehen wollte, für jene geistige Unfreiheit und Enge sorgte, die viele bedeutende Geister ins Ausland oder aber in die innere Emigration trieben. Den konservativen Kräften der Wiener Zentralregierung, die schon immer in Prag ein Zentrum des Widerstands wahrnahmen, konnte die Haltung Bolzanos und Fesls nicht gleichgültig sein: Nach den Karlsbader Beschlüssen 1819 verschärften sie die politische Überwachung, enthoben Bolzano des Amtes und strengten einen Prozeß gegen ihn an, – ein Vorgang, auf den Sealsfield später in seiner Schrift *Austria as it is*,[3] eine bittere Abrechnung mit Metternich, ausführlich eingeht.

Es kann nicht ausbleiben, daß eine solche Persönlichkeit wie Bernard Bolzano sowohl in philosophisch-theologischen und ästhetischen Fragen, aber auch in seiner Darstellung der politischen und gesellschaftlichen Zusammenhänge auf Sealsfield gewirkt hat.

Es gibt natürlich noch andere prägende Kräfte. Mittlerweile läßt sich sehr genau rekonstruieren, was in der Studienzeit Karl Postls, die 1815 endete,[4] Gegenstand des Studiums war, was er also gelesen hat, was er lesen mußte. In erster Linie spielten – neben der Bibelexegese – Rhetorik, die katholische Kirchenpredigt und die Kunst der disputatio für angehende Geistliche eine wichtige Rolle. Ernst Wangermann und Wolfgang Neuber haben minuziös das Programm an Gymnasien und Universitäten in den verschiedenen Fächerrichtungen rekonstruiert.[5] Dabei hat Neuber darauf aufmerksam gemacht, daß die »Institutio ad eloquentiam« in der ersten Hälfte des 19.Jahrhunderts das vorgeschriebene Lehrbuch für Rhetorik und Poetik an höheren Schulen der Donaumonarchie war: auch Sealsfield muß dieses Werk bekannt gewesen sein. Neben einer Reihe von antiken Autoren – besonders oft vertreten ist der von Postl häufig in seinen Schriften erwähnte Horaz – finden in diesem Lehrbuch Texte von Kleist, Schiller, Klopstock und Goethe einen Platz. Es sind dies in der Tat Autoren, die von Postl entweder öfter genannt werden wie Schiller und Goethe, oder aber – wie etwa Kleist – nicht namentlich aufscheinen und dennoch vor allem in der Schein-Sein-Problematik und in der Frage der Rechtsordnungen einen gewichtigen Einfluß ausgeübt haben.

1814 legt Karl Postl das Ordensgelübde ab und wird dann recht bald Ordenssekretär im Prager Kreuzherrenorden mit dem roten Stern – eine schnelle und sehr beachtliche Karriere. Briefe aus dieser Zeit zeigen, daß Postl in erster Linie für Verwaltungsaufgaben und für Rechnungsprüfungen bei Höfen zuständig war. In ihnen offenbart sich ein ausgeprägter, zuweilen gar pedantisch anmutender Sinn für das Finanzwesen; überdies zeigen sich Kenntnisse im Weinbau wie in der Landwirtschaft überhaupt und auch eine auffallende Neigung für die schönen Künste (vgl. etwa den Brief vom 23.9.1822).

Wie sehr die eher freiheitlichen Gedanken und die Oppositionshaltung Bolzanos gegenüber der Restauration eines Metternich und dem in dieser Zeit ausgeprägten Spitzelsystem auf Postl wirkten, zeigt der Umgang, den der Ordensgeistliche in der damaligen Zeit pflegte. Aus seinen Briefen wie zeitgenössischen Dokumenten geht hervor, daß Postl, sehr zum Mißfallen staatlicher wie kirchlicher Stellen, intensiven Kontakt mit dem aufgeklärten böhmischen Adel (etwa mit der Familie Clam-Gallas) und der politischen Opposition um Gubernialrat Böhm pflegte und dort offensichtlich ein gern gesehener und in deren Diskussionen einbezogener Gast war. Es ist von großer Bedeutung für das weitere Leben Postls, daß dieser Umgang wohl auch seine Kontakte zu den Freimaurern verbesserte, die ja recht eigentlich seit der deutschen Aufklärung und Klassik eine wichtige humane und liberale Kraft darstellten.

Der weitere Lebensweg Postls liegt zu einem erheblichen Teil im Dunkeln: 1823 bricht er aus dem Kloster aus, offensichtlich, weil ihm die Enge und Unfreiheit unerträglich geworden ist. Während er steckbrieflich gesucht wird, gelingt ihm die Flucht nach Amerika. Spätere Briefe an Cotta in Stuttgart lassen es wahrscheinlich werden, daß ihm dabei die Freimaurer geholfen haben. Als »Charles Sealsfield«, zuvor noch als »Sidons«, versucht er, für Europa aus Amerika zu berichten, führt ein unstetes Leben zwischen beiden Kontinenten, schreibt seine Texte dann in der Schweiz, in die er übersiedelt, verstummt 1843 nach dem Roman *Süden und Norden* und stirbt als recht wohlhabender Privatmann 1864 in Solothurn. Erst durch sein Testament wird offenbar, daß der berühmte Schriftsteller Charles Sealsfield jener entflohene Ordensgeistliche Karl Postl war, der 1823 nach seiner Flucht steckbrieflich gesucht wurde. Ein Leben hinter der Maske des Charles Sealsfield ging zu Ende; es ist das Leben eines Autors, der während seines Schriftstellerdaseins und auch danach alles daran setzte, seine Herkunft zu verstecken. Dies scheint ihm in seinen Texten so gut gelungen zu sein, daß in der Literaturwissenschaft lange behauptet wurde, die Romane ließen nichts von der Herkunft des Verfassers erkennen. Gewiß hat er versucht, seine Wurzeln zu verbergen, doch vergessen hat er sie nicht: Dies bezeugt nicht nur seine Übersiedlung in die Schweiz, die dafür steht, daß ihm das ›Experiment Amerika‹ mißlungen scheint und er in jedem Falle im deutschsprachigen Raum leben wollte; es wird auch nicht nur durch sein Testament offenkundig, in dem er sein beachtliches Vermögen seinen Brüdern und deren Kindern und nicht seinen späteren Freunden und Bekannten vermacht, sondern noch weit eindringlicher zeigen seine Texte, daß die Herkunft des Charles Sealsfield in entscheidendem Maße die Dichtung bestimmt, daß er seine Wurzeln eben nicht abschlagen konnte: Auch wenn Sealsfield über Amerikaner, Indianer und Mexikaner schreibt, entwirft er eine Wirklichkeit, die Deutschland und Österreich einbezieht, und zwar in umfassendem Sinne.

So prägen nicht nur die durch Erfahrungen im Umgang mit der Neuen Welt gewonnene Authentizität in der Schilderung ferner Länder und Lebensumstände seine Texte, sondern auch zumindest gleichgewichtig dasjenige, was seine Herkunft ausmacht. Daß die Bibel ein bedeutsamer Prätext für alle Werke des studierten Theologen Sealsfield ist, leuchtet selbst bei oberflächlicher Lektüre ein; auch im *Morton*-Roman wird dies an exponierter Stelle deutlich, wenn dort am Ende des 2.Teils eine Freiheitsvision geschildert wird, die ganz aus den biblischen Pfingstereignissen heraus entworfen wird. Aber auch Bolzano, Herder, die deutsche Literatur und antikes Denken gestalten ebenso seine Werke wie die bedrängenden politischen und gesellschaftlichen Fragen im restaurativen Europa, der Abscheu vor der klösterlichen Enge, die Geheimnis- und Machtstrukturen der Freimaurer wie auch die Erinnerung an das bäuerliche Leben in Mähren.

Lange Zeit wußte die Sealsfield-Forschung nicht so recht, wie man dem *Morton*-Roman begegnen sollte. Im tradierten Bild eines unkritisch an Amerika glaubenden und die Restauration in Europa bekämpfenden Sealsfield wollte dieser Text ebenso wenig aufgehen wie in der sicherlich berechtigten Einschätzung des Autors als eines grandiosen Landschaftsschilderers, selbst wenn zumindest im ersten Teil die Vereinigten Staaten und deren Natur eine erhöhte Bedeutung gewinnen. Erst in den letzten Jahren hat man andere Dimensionen in den Texten erkannt, die vielleicht noch entschiedener als die bis dahin wahrgenommenen Vorzüge für den hohen Rang eines Autors verantwortlich sind, über den Hofmannsthal weitblickend äußerte:

»In Sealsfield ist etwas vorgebildet und nichts Geringes: der deutsche Amerikaner. Die Seele ist deutsch, aber durch eine fremde große Schule durchgegangen. Er reiht sich an die andern, und ist doch besonders. Haben sie ihn drüben vergessen, so ist es traurig, hier durfte er nicht fehlen, er erzählt in einer Weise, daß keiner ihn vergißt, der ihm einmal zugehört hat.«[6]

Ein ungemein dichtes Netz literarischer Bezüge, die durch die Fülle von in den Romanen wirksam werdenden Voraussetzungen Sealsfields begünstigt werden, eine im Laufe seines Lebens immer schärfer werdende Amerikakritik, ein kenntnisreicher, präzise beobachtender Blick für die Zusammenhänge zwischen Macht, Ohnmacht und Geheimnis, eine ins 20.Jahrhundert vorausweisende Romanstruktur und ein erstaunlicher Perspektivismus, der nicht mehr von einer unveränderlichen Wirklichkeit und einem festgefügten Ich ausgeht, sondern gleichberechtigte Wirklichkeiten und Ichdispositionen im Entwurf von Ich und Welt wahrzunehmen geneigt ist, – dies sind wesentliche Züge einer lange nur einseitig gesehenen Dichtung. Vor diesem Hintergrund findet der Roman *Morton oder die große Tour* nun auch einen Platz in einem trotz der eigentlich kurzen Schaffensphase recht umfangreichen Werk, mehr noch: vielleicht offenbart sich dieser Text hinsichtlich jener neuen Einsichten in das Werk Sealsfields als ein besonders zentrales dichterisches Zeugnis, in dem viele für den Verfasser charakteristische Dimensionen dicht und beispielhaft vergegenwärtigt werden.

Natürlich gewinnt das Wagnis Amerika, der Aufbruch in ein freies, vornehmlich agrarisches Leben im 1.Teil des *Morton*-Romanes eine besondere Bedeutung. Der deutschstämmige Oberst Isling verkörpert jenen Aufbruchsgeist, die Kraft und das Engagement, die in der Neuen Welt zu einem Leben fern jeder restaurativen Beharrung und Enge geführt haben. Gerade die Existenz von Isling und seiner Familie, ihr Leben auf einer Planzung bedeuten für Sealsfield die Realisierung seiner Utopie einer agrarischen Demokratie, die ihm als Idealbild erscheint und deren Kraft, Bewegung und Tätigkeit in freier Selbstbestimmung er in seinem gesamten Werk der verknöcherten Unfreiheit und Enge im restaurativen Europa entgegenhält. Dies geschieht durchaus in pädagogischer Absicht und durchzieht in dieser Kontraposition beinahe sein gesamtes Werk, wenngleich sich das anfänglich leuchtende Vor-Bild Amerika doch zunehmend verdüstert. Bereits seine frühe Schrift *Austria as it is* (1827/28) wird mit dieser erzieherisch eingesetzten Gegenüberstellung eröffnet, die er hier freilich im Bild des Schiffes vorstellt: Die Beweglichkeit und der Unternehmungsgeist der freien Welt repräsentieren sich hier in den »schlanken amerikanischen Handelsschiffen«, denen »eine plump gebaute französische Brigg«[7] gegenübersteht, die das dumpfe Brüten und die Beharrung der europäischen Restauration verkörpert. Für Sealsfield ist der Roman der geeignete Ort, dieses pädagogische Anliegen zu vergegenwärtigen mit dem Ziel, Aufklärung für Europa zu betreiben. Auskunft darüber gibt er selbst in seiner wichtigen Vorrede zum *Morton*-Roman, die übrigens Sealsfields umfänglichsten poetologischen Text überhaupt darstellt.

In der Vorrede, die der Autor in einem für ihn bezeichnenden Rollenspiel[8] als *Zuschrift des Herausgebers an die Verleger der ersten Auflage* getarnt hat, bezeichnet er die Gattung des Romans in Bezug auf den für ihn vorbildlichen »Historischen Roman« von Sir Walter Scott als einen »Bildungshebel«. Dies sei er dadurch geworden, daß Scott – und damit natürlich auch Sealsfield selbst[9] – dieser Gattung »einen geschichtlichen Anklang gab« (S. 9). Erinnert man sich angesichts dieser Bestimmung noch des Einsatzes zum Vorwort, in dem Sealsfield hervorhebt, daß seine Texte »Bilder des Lebens aus beiden Hemisphären« darstellen, und zwar in jener bestimmten »Tendenz« (S. 9), für die er Scott sodann zum Kronzeugen beruft, dann wird unmißverständlich deutlich, was Sealsfield mit seinem *Morton*-Roman und schließlich mit beinahe allen anderen Texten aus seiner Feder beabsichtigt: Auf der Basis einer »historischen«, in diesem Falle das Zeitgenössische betreffenden, keineswegs aber sklavisch an das bloß Deskriptive sich bindenden Genauigkeit, die das »Leben aus beiden Hemisphären« zum Gegenstand hat, will er mit seinen Romanen einen »Bildungshebel« schaffen, der erzieherisch wirken soll. Aus der Geschichte, auch wenn sie sich in der Zeit des Erzählers abspielt, soll in der Gegenwart für die Zukunft gelernt werden. Sealsfields Romane erschöpfen sich also keineswegs darin, den Zeitgeist darzustellen, vielmehr sollen sie durch die Kraft des Historischen, seine Gesetzmäßigkeit in der Gegenwart und Zukunft wirken. Damit aber öffnet sich das Zeitgemäße gleichsam dem Zeitlosen, und gerade hier zeichnet sich jenes entscheidende poetologische Gesetz der »faktischen Poesie«[10] ab, unter das der Autor sein Schreiben gestellt hat. Sealsfield beläßt es niemals beim bloßen Beschreiben der deskriptiven Wirklichkeit, die ihm schon im Hinblick auf das erzieherische Anliegen nicht ausschließlich bedeutsam sein kann. Vielmehr wird in allen seinen Texten die Wirklichkeitsvergegenwärtigung im Sinne seiner Intentionen poetisch überhöht, ohne aber die Notwendigkeit des Authentischen zu verleugnen.[11]

Die *Zuschrift des Herausgebers* gibt auch präzise darüber Auskunft, welche politischen Veränderungen Sealsfield mit seinen Romanen anstrebt, wenn er, die Restauration kritisierend, hervorhebt, daß jener von ihm realisierte »klassisch-historische Roman« nicht in einem Lande geschrieben werden kann, in dem die »Preßfreiheit« derart eingeschränkt ist wie im Europa Metternichs, »denn der Roman kann nur auf ganz freiem Boden gedeihen, weil er die freie Anschauung und Darstellung der bürgerlichen und politischen Verhältnisse in allen ihren Beziehungen und Wechselwirkungen bedingt«. (S. 13) Keineswegs aber redet Sealsfield hier etwa der Französischen Revolution das Wort,[12] vielmehr nähert sich seine Haltung sehr derjenigen der österreichischen Spätaufklärer, zumal Bolzanos, des liberalen Adels in Böhmen und in vieler Hinsicht auch der Grillparzers, den er in *Austria as it is* rühmend hervorhebt.[13]

Exemplarisch zeigt sich die politisch-erzieherische Gegenüberstellung jener beiden Hemisphären, von Amerika und Europa, Bewegung und Beharrung auch in unserem Text: in der Begegnung zwischen Isling, dem aufgewühlten Morton und der deutschen Auswandererfamilie im 2.Kapitel *Die deutschen Emigranten*. Der vorbildliche, durch Freiheit und Unternehmungsgeist zur Selbstbestimmung gelangte deutschstämmige Oberst Isling, der bereits durch die große fremde Schule Amerikas gegangen ist, stößt hier unter der Zeugenschaft des noch auf den richtigen Weg zu bringenden, verzweifelten Morton auf eine Gruppe deutscher Auswanderer, deren Deformiertheit noch aus der europäisch-restaurativen Enge und Unfreiheit herrührt. Soeben aus dem von Metternich bestimmten Europa in den Vereinigten Staaten angekommen, vereinigen sie noch alle jene für Sealsfield notwendigen Folgen einer Politik in sich, denen er selbst entflohen war:

»Beim ersten Anblicke gewahrte man, daß es Kinder des unglücklichen Landes waren, die seit so vielen Jahren die Erde mit ihrem Blute zu düngen, die Welt mit ihrer Nacktheit und ihrem Elende anzuekeln bestimmt zu sein scheinen; eines jener Bilder serviler Unterwürfigkeit […].

Die beiden Eheleute, die auf den Stangen des Karrens niederhockten, erhoben sich und kamen näher; der Mann, seine Lederkappe in beiden Händen, das Weib, die ihrigen auf der Brust gefaltet, beide in der demütigsten Stellung. Das unsägliche Elend, das aus ihren Gesichtern und Umgebungen sprach, schien den Reiter festzuhalten, obgleich in seiner Miene eben nicht besondere Teilnahme zu verspüren war. […].

Es war der stupideste und wieder der sprechendste Blick, ein Blick, in dem sich die konzentrierten Leiden einer ganzen Nation malten, die Schläge und die Verachtung und die Fußtritte von Freunden, Fremden, Gebietern, allen.« (S. 31-33)

Ihr Elend und ihre Unterwürfigkeit, Zeichen fehlenden Selbstbewußtseins und Weltbesitzes, rufen indessen bei Isling nicht nur Mitleid, sondern auch eine gewisse Verachtung hervor: unausgesprochen wirft der alte Oberst den Auswanderern vor, sich nicht selbst für Freiheit und Selbstbestimmung auch gegen eine bedrängende Staatsmacht eingesetzt zu haben: »Jeder Mensch ist frei und als Ebenbild Gottes geboren; die bürgerliche Erziehung und Gesellschaft allein machen ihn zum Sklaven oder freien Weltbürger.« (S. 35) Freiheit und Selbstbestimmung sind auch Aufgaben, Forderungen, denen man sich zu stellen hat, die selbst zu erkämpfen sind, und die Erziehung unterstützt dieses notwendige Unternehmen. So stehen sich in diesem Romankapitel in der freien Welt zwei Arten von Europäern, Deutschen gegenüber, die in dieser Kontraposition genau das verkörpern, was der politische Autor Sealsfield in pädagogischer, weckender Absicht den deutschen Lesern mitteilen möchte. Er schreibt diese für seine Zeit ungemein brisanten Intentionen einem romanhaften Geschehen in einem fernen Land ein. Hier zeichnet sich jenes besondere Vermögen Sealsfields ab, im vermeintlich Entlegenen Aktuelles, Politisches aus Europa mitschwingen zu lassen, im Einen das Andere zu sehen. Die Bildlichkeit der Texte wurde im zensurgeplagten deutschsprachigen Raum jedenfalls gut verstanden.

Wie geschickt und unaufdringlich Sealsfield in seinem Schaffen überhaupt Abwesendes zu vergegenwärtigen, sogar Europäisches in Mexiko zur Anwesenheit zu bringen vermag, wird in *Der Virey und die Aristokraten*, einem anderen Roman des Autors, exemplarisch deutlich: Hier gleichen der Virey, d.i. der spanische Vizekönig in Mexiko, und seine Familie physiognomisch den Habsburgern; auf diese Weise vermag schon die Physiognomie Bezüge herzustellen, im Entlegenen auf Nahes zu verweisen. Sealsfield erwähnt bei der Beschreibung der Gattin jenes Virey deren herunterhängende Unterlippe. Mit dieser Anspielung auf eine allgemein bekannte Familieneigenheit der Habsburger gelingt es Sealsfield unaufdringlich zu zeigen, daß die Zustände und Verhältnisse am Hof des Virey, wie überhaupt diejenigen im vom Autor geschilderten Mexiko, zugleich immer auch ein Bild Österreichs sind. Dies wird noch dadurch begünstigt, daß der Vizekönig im Roman, auf Metternich deutend, als »alter ego« des Königs bezeichnet wird.

Die vergegenwärtigende und stellvertretende Kraft des Physiognomischen bewährt sich auch in unserem Text bei der politisch ungemein aufgeladenen Begegnung zwischen Isling, Morton und den deutschen Auswanderern. Für Sealsfield ist das Gesicht »der Spiegel der Seele«[14], – eine Einsicht, die derjenigen Hofmannsthals sehr nahe kommt, der schreibt: »Wo soll ich eines Menschen Wesen suchen, wenn nicht in seinem Gesicht, [...] in seinen Gebärden?«[15] Im *Morton*-Roman, exemplarisch sichtbar in jener Begegnung, aber auch in allen anderen Texten stellt Sealsfield seine Gestalten, deren Regungen, die inneren Zustände, Bewußtseinslagen und selbst Gedankengänge nicht in direkten Beschreibungen oder durch die Taten der Figuren dar, sondern durch Hinweise auf deren Physiognomien. Die »Physiognomie«, ein auffallend häufig verwendetes Wort in allen seinen Schriften, verweist nicht nur auf Gewesenes wie Kommendes, vergegenwärtigt nicht nur Fernes, sondern aus ihr lassen sich sogar umfängliche Geschichten, ganze Lebensläufe erschließen, die freilich keine Verbindlichkeit haben müssen. Von hier aus wird einsichtig, daß für Sealsfield die Sprache des Sichtbaren derjenigen der Worte überlegen ist, besonders dann, wenn es um divergierendes, vielschichtiges Inneres geht. Vielleicht liegt hierin sogar der wichtigste Grund für den Autor, sich derart von Balzac angezogen zu fühlen, daß er sich ganze Passagen aus dessen *Gobseck* im 2.Teil des Morton-Romans anverwandelte, denn gemeinsam ist beiden »die Wahrnehmung alles Sinnfälligen an Gestalt und Gebärde«[16] der Figuren. Hugo Friedrichs Erkenntnis bei Balzac trifft auf Sealsfield in gleicher Weise zu: »Das Sehen übernimmt die Funktion des Wissens auch gegenüber zeitlich vergangenen Sachlagen. Man kann bei Balzac von einer visuellen Charakterologie sprechen.«[17] Bei aller aufschließenden Kraft des Physiognomischen hält sich Sealsfield jedoch wie Lichtenberg, Goethe, Immermann, Hofmannsthal oder Kassner von allen »vereinfachenden Gleichsetzungen, [...] gängigen Entsprechungen zwischen Eigenschaften und Merkmalen« fern, weil er darum weiß, daß sich »Individuen nicht [...] in Eigenschaften zerlegen lassen«.[18] Eingedenk dieser Erkenntnis halten sich die von Sealsfield geschilderten Physiognomien offen und bieten zugleich – dies zeigt sich exemplarisch im Kapitel *Die deutschen Emigranten* aus dem *Morton*-Roman – entscheidende Hinweise auf Inneres, auf den Zustand, auf die im Ich wirksamen Kräfte und Spannungsverhältnisse.

Keineswegs geringer einzuschätzen sind die schon von den Zeitgenossen hochgerühmten Landschaftsschilderungen Sealsfields, die sich auch im *Morton*-Roman mit bezwingender szenischer Kraft und Vielfältiges verdichtend vorstellen. Das »geniale Sehvermögen«[19] des Autors, der in besonderer Weise sich der Möglichkeiten Bildender Kunst versicherte, indem er sich verändernde Farb-, Licht- und Schattenverhältnisse subtil in seine Natur- und Landschaftsbeschreibungen einbezog, versetzte ihn in die Lage, Genauigkeit im Deskriptiven beim Entwurf der Natur mit poetisch-bildlichen Intentionen zu verknüpfen, so daß die Naturbeschreibungen trotz aller Aufgeladenheit, Vorausinterpretationen und Verdichtungen immer noch in einem hohen Maße authentisch sind, Erfahrung und Erfindung hier erneut eine Synthese gemäß dem Gesetz der »faktischen Poesie« eingehen. So vermag etwa die Schilderung des Sturmes zu Beginn des *Morton*-Romanes einerseits jene Urgewalt der Naturkräfte ungemein angemessen darzustellen, gewinnt die Beschreibung entfesselter Elemente, deren Wirkung auf die Schiffe und die Szenerie im Hafen eine bezwingende Überzeugungskraft. Zugleich aber spielt sich hier, weit über das bloß Deskriptive hinausgehend, Künftiges ab, wird in einem vorausinterpretierenden Akt der Untergang jenes nicht versicherten Schiffes »Mary« vorweggenommen, der Morton in tiefste Verzweiflung stürzt. Erst 12 Seiten später bestätigt sich dann der tatsächliche Untergang des Schiffes.

Neben dieser werkimmanenten, vorausdeutenden Funktion ist eine weiterer Zug in Sealsfields Natur- und Landschaftsschilderungen auffallend, – eine Besonderheit, die auch im *Morton*-Roman begegnet: Ähnlich wie bei Stifter gewinnt die Natur bei Sealsfield stellvertretende Bedeutung, steht sie für Menschliches, vermögen sich in ihr menschliche Dramen zu ereignen, während die Gestalten selbst nicht selten erstarrt sind oder vom Autor kaum mehr erwähnt werden, weil eben deren Bezüge, Konstellationen und Befindlichkeiten sich in der dichterisch entworfenen Natur abspielen. Nach Mortons erster Erregung und seinem kopflosen Lauf durch Philadelphia verharrt er zuweilen in dumpfer Erstarrung; in diesen Augenblicken übernimmt gleichsam das Naturgeschehen seinen Gemütszustand, spielt sich in Vorgängen des Sturmes sein Inneres ab. Diese Vertretbarkeit und Übertragbarkeit wird von Sealsfield auf den ersten Seiten des Romans geradezu programmatisch vorgestellt, wenn er anfänglich Mortons »düsteres Gestöhne« und »Schmerzenslaute« hervorhebt, – Vorstellungen, die er unmittelbar danach auch dem Sturm und den durch ihn bedrängten Schiffen zuordnet, die »gleich belebten Wesen Klagelaute von sich gaben, die weit hinauf in die Straßen wie die zu Tode geängstigter Tiere erklangen« (S. 19).

Daß sich solche Vertretungen keineswegs nur in einer an Salvator Rosa erinnernden Sturmlandschaft zu ereignen vermögen, belegt nachdrücklich jene beziehungsreiche Landschaft zu Beginn des bereits angesprochenen Kapitels *Die deutschen Emigranten*, die, trotz aller Verdichtung und Zuspitzung, im Sinne des Deskriptiven immer noch authentisch bleibt. Souverän gestaltet der Autor hier im Wissen um deren innere Dramatik Polaritäten, denen zugleich Licht- (später auch Farb-)spannungen eingeschrieben sind: die Sonne ruht »bleich und kalt«, während der Fluß »klar und heiter« einem »freundlichen« (S. 27) Ziel zuströmt. Die Natur nimmt hier den Gegensatz zwischen dem mittlerweile erstarrten und selbstmordbereiten Morton und der so ansprechenden Gestalt des freundlich-heiteren Isling vorweg, dem man wenig später erstmals im Roman begegnen wird. Auf des Protagonisten Welt- und Ichverlust wird ebenso gedeutet wie auf dessen Kommunikationslosigkeit.

Wie umfassend Sealsfield die Vertretbarkeit des Menschlichen durch Natur versteht, wird auch darin deutlich, daß der Autor den Elementen das Vermögen zu reden zudenkt, und zwar in der großen Bandbreite vom undeutlichen »Gemurmel« bis zu differenzierten Spielarten des verstehbaren »Redens«, der »Wellensprache« (S. 27). Natur erscheint hier als ein Beziehungsgeflecht voller menschlicher Empfindungen und Möglichkeiten: sie vermag unverständlich und verständlich zu sprechen und scheint selbst die kleinsten Regungen menschlich zu empfinden; voller innerer Dynamik deutet sie zudem bereits weitere Entwicklungen des Geschehens mit Morton und Isling an, wobei nicht selten Vergleiche (z. B. »wie zitternd vor Frost«, S. 27) auf Künftiges weisen, – Vergleiche, die fern jeder bloßen Illustration weit über sich hinausweisen und neue Sichtweisen, mögliche Entwicklungen andeuten und auch antizipieren. Alleine schon aus den hier in Sealsfields Landschaftsentwurf geschilderten Kämpfen zwischen Hell und Dunkel, Farbe und Licht, den Witterungsverhältnissen und Tageszeiten läßt sich das künftige menschliche Geschehen beinahe vollständig erschließen. Zudem bindet Sealsfield in seine Landschaft auch noch eine historische Dimension ein, die ganz spezifisch – und damit wiederum authentisch – die amerikanische Situation, das Lokalkolorit trifft, wenn ihn die »murmelnde Wellensprache« an die Sage erinnert, »daß die Häuptlinge des riesigen Volkes der Susquehannas noch immer trauern und wehklagen über das Verschwinden ihres Volkes vor den mächtigen weißen Eindringlingen« (S. 27): Dem Autor gelingt es auf diese Weise, der gedichteten Landschaft nicht nur die kurze Geschichte der Vereinigten Staaten einzuschreiben, einen Zeitverlauf im Augenblick kulminieren zu lassen, auf die für Amerika spezifische Westbewegung zu verweisen, sondern zugleich auch eine ethische Dimension zu vergegenwärtigen.

Vor allem durch diesen Bezug zur Geschichte des aufstrebenden jungen Landes gewinnen Sealsfields Landschaftsschilderungen eine große Nähe zu den Bildern eines Thomas Cole (1801-1848), dem wichtigsten Vertreter der amerikanischen Hudson River School.[20] Allerdings greift Sealsfield in vielen anderen panoramatischen Landschaftsentwürfen weit über die Geschichte Amerikas hinaus, indem er in ihnen auch Europäisches vergegenwärtigt. Letztlich sind bei ihm Mensch, Natur, Landschaft, Welt und Geschichte unablösbar, in Wechselwirkung zueinander stehend, verknüpft.[21]

Waren alle diese angedeuteten Züge, die sich im Morton-Text mühelos nachweisen lassen, schon einem traditionellen Verständnis des Autors durchaus geläufig, so sind doch noch einige Dimensionen in diesem Roman gegenwärtig, die sich erst einer moderneren Lesart Sealsfields fügen wollen. Dazu gehört sicherlich die lange beim Autor übersehene Kraft des Szenischen, das Vorstellen sprechender Konstellationen, Blickbahnen, von Auf- und Abtritten oder auch vielbezüglicher Konfigurationen, – Entwürfe, die sich nicht selten der Möglichkeiten des Theaters versichern. Geradezu programmatisch setzt ja auch der *Morton*-Roman mit der ungeheuren Kraft und Bewegtheit einer Szene ein, die mit wesentlichen Möglichkeiten des Theaters gestaltet ist; dazu gehört etwa die Vielstimmigkeit, die szenische Bewegtheit, das Einsetzen retardierender und beschleunigender Kräfte, mehr noch: der Verfasser macht selbst die szenisch-theatralische Herkunft dadurch deutlich, daß er die erregenden Geschehnisse in eine Shakespeare-Aufführung hineinwebt. Auf diese Weise kommt es zu einer Wechselwirkung zwischen aktuellem und bühnenhaftem Geschehen, beinahe schon zu einer Art Theater im Theater, – eine Wirkung, die Sealsfield bewußt dadurch begünstigt, daß er während Mortons atemlosen Irrens durch die Stadt immer wieder auf Shakespeare, das Theater hinweist.

Die Vergegenwärtigung solcher aufgeladener Szenen ist Sealsfield wichtiger als die Darstellung einer nachvollziehbaren, schlüssigen Chronologie, auf die er in seinem letzten Werk *Süden und Norden* beinahe vollständig verzichtet. Schon im *Morton*-Text ist ihm die konsequente Folge von Ereignissen nicht wirklich bedeutsam, sondern es sind weit mehr die sprechenden Szenen, die Exemplarisches vorstellen. Eindringlich läßt sich dies an jener bereits im Hinblick auf die politischen Intentionen erwähnten Begegnung zwischen Morton, Isling und den deutschen Auswanderern ablesen, – eine Szene zudem, die man sich gleichfalls sehr eindrücklich auf dem Theater vorstellen könnte. Diese Konstellation im Kapitel *Die deutschen Emigranten* erschöpft sich keineswegs in jener bereits hervorgehobenen Kritik an der europäischen Restauration, die sich in der Kontraposition von Aufbruch und Selbstbewußtsein einerseits sowie sklavischer Beharrung und Selbstverlust andererseits offenbarte. Es gibt noch andere, partiell sogar gegensätzliche Lesarten, die sich in dieser Szene verdichten, – Dimensionen, die alle angelegt sind und gleichzeitig gegenwärtig bleiben; keine kann für sich allein Geltung beanspruchen, vielmehr zeigt sich Verschiedenes, sogar Widersprüchliches und Paradoxes im Zugleich, – eine Eigenart Sealsfields und der anderen Autoren des sogenannten »Vormärz«, deren Texte sich für unterschiedliche Lesarten gleichermaßen legitim offenhalten und die damit schon auf einen modernen perspektivischen Weltentwurf deuten.

Die gesamte Begegnungsszene, die in das fahle, enthüllende Mondlicht getaucht ist, entwirft der Moralist Sealsfield aus Gegensätzen: der Stille der Nacht stehen die unharmonischen Töne des Auswandererzuges gegenüber, der reichen Kleidung des Morton, die die völlige Verarmung nur scheinbar überdeckt, das abgerissene Äußere der Gruppe, dem edlen Pferd Cyrus der Schubkarren, der von den Reisenden selbst gezogen wird, der herrischen Geste des Morton, die ihm eigentlich gar nicht mehr zusteht, die demütigen, hündischen Blicke der deutschen Auswanderer, die selbst wiederum »gräßlich« und »possierlich« zugleich sind. In dieser auf den ersten Blick unscheinbar anmutenden Passage, die noch durch die beeindruckende, hier indessen zuweilen merkwürdig widersprüchlich sich vorstellende Gestalt des Obersten Isling erweitert wird, verdichtet sich neben jener bereits erwähnten restaurationskritischen Haltung gleichzeitig auch eine schwerwiegende Kritik an den sozialen Zuständen in einer Gesellschaft, in der das Geld und seine Macht – dies sind ja die zentralen Themen des *Morton*-Romans – die alleinige Herrschaft angetreten haben. Bewußt überzeichnet Sealsfield seine über zwei Seiten ausgebreitete Schilderung, bewußt setzt er die Wirkung von Gegensätzen ein, bedenkt er Bewegungszüge; der Text *Die deutschen Emigranten* bezieht sich auf eine Reihe von Fakten, so etwa auf die Situation der Einwanderer in den Vereinigten Staaten, auf die der deutschstämmigen im besonderen, auf das Redemptionistenunwesen,[22] die überhebliche Haltung der bereits in den Vereinigten Staaten Geborenen, – Anspielungen, die man zureichend nur bei genauester Kenntnis der amerikanischen Verhältnisse in den 20er und 30er Jahren des 19.Jahrhunderts verstehen kann. Den vielleicht entscheidenden Hinweis auf diese sozialkritische, auf Amerika bezogene Lesart bietet ein bedeutsamer Ausgriff des Autors in die Bildende Kunst, – eine der wesentlichen Kennzeichen Sealsfields, dessen Sehvermögen sich immer wieder im intermedialen Zugriff der verschiedenen Vorzüge der anderen Kunst in unterschiedlicher Weise zu versichern trachtete.[23] Sealsfield vergleicht den Zug der deutschen Auswanderer mit Darstellungen aus der »Meisterhand Cruikshanks« (S. 30), und zweifellos ist eine derart entworfene Szene dem Geist des ebenso gefürchteten wie bewunderten Karikaturisten und späteren Illustrators verpflichtet, der selbst wiederum ohne den von Sealsfield an anderer Stelle erwähnten Hogarth und Rawlandson nicht denkbar ist. Sealsfields Hinweis auf diesen sozial engagierten, seiner Gesellschaft den Spiegel vorhaltenden Moralisten und damit auf dessen bewegte, vielfigurige Bühnen-Szenen voller politischer und sozialkritischer Anspielungen, sein vieles vergegenwärtigendes Andeuten, bestätigt nicht nur die konstitutive Bedeutung Bildender Kunst für die Texte Sealsfields, sondern auch die große Kenntnis des Autors im

Bereich der anderen Kunst; denn: das Erwähnen Cruikshanks in dieser *Morton*-Stelle trifft exakt das Wesen dieses Künstlers, und Sealsfields Schilderung jener Begegnung zwischen den Auswanderern und Morton liest sich wie die Beschreibung eines der detailreichen altkolorierten Blätter seines Zeitgenossen, mit dem hier deutlich werdenden Sinn für die auf Inneres wie auf die Lebensgeschichte verweisenden Physiognomien.

Betrachtet man diese Szene noch ein letztes Mal, nun im Zusammenhang mit dem Beginn des Romans, dann erschließt sich noch eine weitere Lesart, die auf eine für Sealsfield entscheidende, indessen erst in den letzten Jahren entdeckte Dimension verweist.

Wenn man sich vergegenwärtigt, worin letztlich der Grund für das Außersichsein Mortons, seinen Selbst- und Weltverlust bis hin zum Selbstmordversuch liegt, dann wird man unweigerlich auf den Untergang seines Schiffes »Mary« verwiesen; ein solcher Verlust vermag aber nur dann zu diesen außergewöhnlichen Folgen für Morton zu führen, wenn in ihm mehr als der bloße finanzielle Schaden wahrgenommen wird. Morton ist deshalb völlig verarmt, weil sein Schiff nicht versichert war; noch reich gekleidet und im Besitze seines wertvollen Pferdes Cyrus, beides Zeichen seines soeben verlorenen Besitzes, tritt er bei seiner Flucht der Gruppe völlig mittelloser Auswanderer entgegen. Diese abgerissenen Deutschen erscheinen dem unvermutet verarmten Morton wie sein eigenes künftiges Spiegelbild, das er gerade auch deshalb mit bitterstem Haß verfolgt, weil sich in ihm der vollkommene Gegensatz zu dem verkörpert, was in einer offensichtlich ausschließlich an Geld und Besitz orientierten Gesellschaft Ansehen gewinnen kann. Es ist doch auffallend, daß später der *besitzlose* Morton von seinen früheren Freunden und Bekannten nicht mehr gegrüßt wird, daß man ihn wie einen Aussätzigen meidet, und das doch, vordergründig betrachtet, nur, weil er sein Schiff verloren hat. Mit diesem Schiff, dem Schiff überhaupt, hat es indessen bei Sealsfield noch eine besondere Bewandtnis, durch die erst seine scharfe gesellschaftskritische Haltung in vollem Umfange sinnfällig wird, – eine Kritik am aufstrebenden jungen Staat, die deutlich werden läßt, daß hier die gerade erst gewonnene Freiheit und die Abschaffung der Privilegien des Geburtsadels von einer neuen Unfreiheit, nämlich der Abhängigkeit vom Geld, das offensichtlich alles gesellschaftliche Ansehen bestimmt, abgelöst worden ist: In dieser Szene verdichtet sich eine Sittengeschichte der Neuen Welt wie in einem Brennpunkt. Es gibt in Sealsfields Werken wohl kein bedeutungsgeladeneres Bild als das des Schiffes, das niemals nur ein auf dem Wasser sich bewegendes Gefährt darstellt. In ihm kulminierte ja schon der erwähnte Gegensatz zwischen dem unbeweglichen Europa (jene plumpe Brigg) und dem fortschrittlichen Amerika (das schlanke Handelsschiff), das im *Morton*-Text in einer Sealsfield kennzeichnenden Gegensätzlichkeit auch in einem sehr kritischen Licht erscheint. Im Bild des Schiffes konzentrieren sich beim entflohenen Ordensmann Karl Postl theologische wie historische, zeitgeschichtliche wie dichtungsästhetische Dimensionen: Im *Nathan*-Roman erscheint das Schiff in der seit Tertullian bekannten Weise als Sinnbild der Kirche, als Arche des Heils, wenn Nathan und Asa sich auf dem Red River in einer »zweiten Arche«[24] Noahs befinden. Zudem führen die an Moses erinnernden Nathan und Asa, altbiblisch-historische Vorgänge berufend, ihre Familien über weite Strecken auf dem Schiff, bis sie das »gelobte Land«[25] erreichen. Das Schiff ist Sealsfield Zeichen des Aufbruchs in die Freiheit des Westens, was sich noch im Titel seines bekanntesten Romanes *Das Kajütenbuch* niederschlägt. In den *Deutsch-amerikanischen Wahlverwandtschaften* hingegen, einem Roman, der den Osten Nordamerikas scharf kritisiert, erscheinen die Dampfschiffe als Gefährte des Teufels. Für die vom Pauperismus in die Neue Welt Getriebenen wurde das Schiff zum Sinnbild für Freiheit, weil es sie nach Amerika führen mußte; zugleich aber konnten sie die Überfahrt nicht bezahlen. Findige Geschäftsleute nutzten die Abhängigkeit von diesem Verkehrsmittel aus, und so entstand das Redemptionistenwesen: den mittellosen Auswanderern wurde die Überfahrt bezahlt, doch dieser Betrag mußte durch eine mehrjährige Leibeigenschaft bei dem »Gönner« nach der Ankunft in Amerika schmerzhaft zurückerstattet werden. Für viele stand deshalb am Beginn der neuen Freiheit eine Abhängigkeit, die die Auswanderer zuvor in Europa in dieser Form niemals erlebt hatten, – ein Problem, das etwa in der Gestalt des Simon Martin im *Morton*-Roman aufscheint. Gerade diese Schwierigkeiten ließen die Bedeutung des Schiffes als Hoffnungsträger nur noch steigen: je unerreichbarer es für die Armen war, desto größer wurde sein Symbolwert.

Am Beispiel des Redemptionistenwesens zeigt sich noch etwas anderes, das nicht nur bei Sealsfield, sondern in allen amerikakritischen Texten besonders des 19. Jahrhunderts eine entscheidende Rolle spielt: der schon bei Hesiod aufscheinende und auch bei Hegel offenkundige Zusammenhang[26] zwischen Schiff und Geld, Schiffahrt und finanzieller, ökonomischer Abhängigkeit und damit die Verknüpfung des Schiffes mit der Macht. Diese Beziehungen galten vor allem für ein Handelsland wie die Vereinigten Staaten, an deren Selbstverständnis »der Mythos von der List des Handelsgeistes«[27] geknüpft war.

Bei Sealsfield wird gerade im Einsatz zum *Morton*-Roman dieser Zusammenhang in der Vergegenwärtigung einer scharfen Amerika-Kritik sichtbar. Das Schiff, die Macht und das Ansehen hängen unablösbar zusammen; dem geschäftlichen Erfolg wird ein derart hoher Stellenwert eingeräumt, daß von ihm die Reputation eines Menschen abhängt. Gerade hierin liegen die eigentlichen Gründe für die tiefe Verzweiflung Mortons nach dem Untergang der »Mary«: Der Verlust des Schiffes ist für Morton zugleich der aller Güter, der Macht wie der gesellschaftlichen Akzeptanz, und gerade deshalb spricht in Philadelphia niemand mehr mit ihm, nachdem der Schiffsuntergang bekannt geworden ist.

Die Motivkonstellation von Schiff, Macht und Ansehen bleibt während des gesamten *Morton*-Romanes in verschiedenen Spielarten gegenwärtig. Sie zeigt im ersten Teil des Romanes eine scharfe Kritik an der Entwicklung der Neuen Welt, die mit soviel Hoffnungen verbunden war, denn der Macht des Geldes, das im Osten konzentriert ist, ist die agrarische Demokratie des Westens schutzlos ausgeliefert. Stephy, der Morton anstellt, verkörpert diese Macht des Geldes, und gerade deshalb vermag der respektable Oberst und Plantagenbesitzer Isling mit seinem Hilfsangebot an Morton gegenüber Stephy nicht mitzuhalten: Morton entschließt sich, zum Zögling des Finanzmagnaten zu werden, weil die Aussicht auf Geld mit der Hoffnung auf Macht und Ansehen verbunden ist. Dieser Beschluß zeigt sich im zweiten, in London spielenden Teil des Romanes als die Vorstufe zu einem Pakt mit dem Teufel, als der Lomond, der Freund Stephys, erscheint: Morton ist der Macht des Geldes, das hier in einer vollständigen Verkehrung als »Erdengott« (S. 197) erscheint, verfallen; er ist nunmehr in den Kreis der wenigen, die Welt beherrschenden Geldleute aufgenommen worden, von deren unseligem Handeln Sealsfield im Roman am Beispiel Stephys und Lomonds einige Kostproben geboten hatte. Es kann angesichts dieser Zusammenhänge nicht verwundern, daß der Autor im *Morton*-Text stets das vielsagende Bild des Schiffes gegenwärtig hält. So hebt er mehrfach hervor, daß Stephy sogar eine ganze Handelsflotte besitzt und er durch diese Schiffe über Geld, Ansehen und Macht verfügt, – eine Macht zudem, die sich durch die Beweglichkeit der Schiffe bis nach Europa erstreckt.

In beiden Teilen des *Morton*-Romans führt Sealsfield, Georg Simmels *Philosophie des Geldes* und Elias Canettis *Masse und Macht* in wesentlichen Aspekten präludierend, geradezu Lehrstücke darüber vor, wie man mit Geld und einem geschickten Einsetzen von Geheimnissen[28] Strategien erfolgreich zu entwickeln vermag, die zum Machtgewinn führen: Von Stephy, seiner Herkunft, seinen Beweggründen des Handelns weiß man ebensowenig wie später von Lomond. Beide Geldleute haben mit diesen Spielarten des Geheimnisses und dem Geld ein Imperium aufgebaut.

Sealsfield weitet in diesem Roman den amerikakritischen Gedanken, daß durch das Geld neue Abhängigkeiten entstehen zu einer grandiosen, düsteren Vision aus: er entwirft eine Welt, die sich zehn reiche Machthaber unterworfen haben, wobei das Zentrum der Macht in Amerika liegt und von Stephy Girard verkörpert wird (vgl. S. 152 ff.). Gegenüber dem in der Schiffsflotte sinnfällig werdenden Besitz und der daraus resultierenden Macht eines Stephy erscheint Islings agrarische Welt, die doch die eigentliche Amerika-Utopie von Sealsfield darstellt, merkwürdig überlebt zu sein, denn sie hat den Reiz und den Einfluß in der Gegenwart eines Morton verloren. Angesichts dessen verwundert es nicht, daß Kürnberger in seiner gnadenlosen Abrechnung mit Amerika im *Amerikamüden* weite Passagen aus dem *Morton*-Roman übernommen hat, und zwar auch jenen bei Sealsfield beinahe ostinat wiederkehrenden, fortwährend ironischer anmutenden Satz »We are in a free country«. Bei Sealsfield wird zwar in diesem Roman immer noch jene andere, begrüßenswerte Seite der Vereinigten Staaten, die für Europa vorbildliche Freiheit, gesehen, doch zeichnen sich fraglos schwere Bedrohungen einer möglichen freiheitlich-agrarischen Idylle in Amerika ab, – Gefahren, die in seinem letzten Text *Süden und Norden* zu einer resignierten Lossagung vom ›Experiment Amerika‹ führen und den Autor selbst schon lange veranlaßt hatten, nach Europa zurückzukehren.

Im Eingang zum Roman zeigt sich geradezu exemplarisch die bis zum Widerspruch reichende Vielstimmigkeit der Texte Sealsfields: Amerikabewunderung und Amerikakritik, Utopie und Überlebtes, Armut und Reichtum, Selbstbewußtsein und Selbstverlust, Amerika und Europa, Geld, Macht, Geheimnis, die Authentizität der Neuen Welt bis zur Zuverlässigkeit der Landschaftsschilderung und zugleich die Handlung, Geschichte und bildende Kunst vergegenwärtigende ästhetische Konstruktion einer Landschaft, – um nur einige Aspekte anzudeuten, die merkwürdigerweise stets Widersprüche bis zur Paradoxie mit sich führen. Damit ist ein für das Leben wie das Werk Sealsfields generell wichtiger Grundzug angedeutet. Man wird diesen Paradoxien nur gerecht, wenn man in ihnen ein Schaffens- und Strukturprinzip erkennt, das in vieler Hinsicht die gesamte Literatur des sogenannten »Vormärz« bestimmt. Die deutsche Literatur von 1815 bis 1848 läßt sich wahrscheinlich nur auf diesem Wege angemessen erklären; denn nur so wird man der völlig unzulänglichen Vereinfachung entgehen können, im Vormärz habe es die »fortschrittlichen« Autoren der Bewegung gegeben, die denjenigen der bloßen »rückschrittlichen« Beharrung feindlich und einander ausschließend gegenüberstanden. Der Widerspruch liegt nicht im Gegensatz feindlicher Lager, sondern läuft durch jeden einzelnen Autor hindurch, – ein Widerspruch, der sich als Paradox im Leben wie im Werk aller Autoren des Vormärz offenbart. Und von hier aus versteht man dann auch die merkwürdigen Antinomien wie die des traditionalistischen Fortschrittlers Heinrich Heine, des humanitätssüchtigen Kämpfers Börne, des aufrührerisch-jungdeutschen Burgtheaterdirektors Laube, des reaktionären Saint-Simonisten Immermann, des partiell religionsphilosphisch restaurativen, ansonsten kritisch-skeptischen Bolzano und auch des konservativen Revolutionärs Grillparzer.

Diese Paradoxien als zeugende Prinzipien bei Sealsfield sind natürlich nur dadurch möglich, daß, im Unterschied zum formal-logischen, im binnenweltlich-menschenbezogenen Bereich nichts mehr eine absolute Gültigkeit beanspruchen kann, daß sich hier im Felde menschlichen Verhaltens und Beziehens nichts in einer bloßen zweiwertigen Logik von »Richtig« und »Falsch« zu erschöpfen vermag. Sealsfield läßt deutlich werden, daß die Intentionalität, die Voraussetzungen und Dispositionen der Menschen letztlich darüber entscheiden, was wann als wahr oder falsch zu gelten hat, das indessen schon im nächsten Augenblick wieder vollständig anders erscheinen kann. Die unterschiedlichen Sichtweisen, der Perspektivismus im Zugang zu den Dingen lassen verschiedenartige Einschätzungen möglich werden, die durchaus gleichberechtigt nebeneinander zu stehen vermögen, – ein Perspektivismus, der das Schillernde, Vieldeutige und Widersprüchliche von Urteilen begünstigt und damit jedem dogmatischen Denken diametral entgegesteht. Auch dies charakerisiert nicht nur Sealsfield, sondern die ganze Spätaufklärung bis in die Mitte des 19. Jahrhunderts.

Jede einseitige Auslegung Sealsfields geht völlig an den Texten vorbei, weil sie das Paradoxe als den entscheidenden Grundzug seiner Dichtung nicht berücksichtigt. Kein Satz, keine Einschätzung bleibt in seinem Werk unwidersprochen, alles stellt sich in seinen Texten widersprüchlich vor. Das gilt, wie der *Morton*-Roman eindrücklich zeigt, auch für jene oft beschworene Amerikabegeisterung wie das Demokratieengagement Sealsfields: In den *Deutsch-Amerikanischen Wahlverwandtschaften* und in *Süden und Norden* wirkt das Amerikabild äußerst verdüstert, und in den *Lebensbildern* wie auch im *Virey* scheint weit eher eine Art aufgeklärter Monarchie als eine Demokratie begrüßt zu werden, für die sich wiederum andere Texte aussprechen. Dies kann jedoch im Hinblick auf die sich aus dem perspektivischen Weltzugang herleitende facettenreiche bis widersprüchliche Erscheinungswelt, die sich in Sealsfield selbst verdichtet und sich in seinen Schriften als Vielstimmigkeit niederschlägt, keineswegs verwundern: Der Autor steht gleichsam in einer fortwährenden disputatio mit sich selbst. Betrachtet er die innneramerikanische Entwicklung unter der Pespektive der Machtstrategien, dann sieht er große Gefahren für dieses Experiment in der Neuen Welt und wendet sich verbittert davon ab; sieht er hingegen mit dem Blick auf die restaurative Enge in Europa die Situation in den Vereinigten Staaten, dann wird ihm die Neue Welt zum erzieherisch eingesetzten Vorbild für Freiheit und Beweglichkeit. Erst die Fülle gegensätzlicher Sichtweisen ergibt zusammen einen vielleicht angemessenen Eindruck von der Vielfalt des Wirklichen, – eine Einschätzung, auf die Sealsfield selbst in der Vorrede des *Morton*-Romanes hinweist, wenn er die Wahrheit dessen hervorhebt, was »paradox erscheinen« (S. 13) mag.

Die sich aus dem Geist des Paradoxen ergebenden Wesenszüge seiner Texte sind Elemente im Schaffen Sealsfields, die weit vorausweisen auf den Roman des 20. Jahrhunderts. Bei Sealsfield findet sich vieles vorgeprägt von dem, was die moderne Dichtung ausmacht: angefangen von einer Romanform, die nicht mehr einem »roten Faden« des Geschehens gehorcht, über die Eigenart eines pluralen, nicht mehr homogen geschlossenen Wirklichkeitskonzeptes bis hin zur beginnenden Destabilisierung der Instanz des Ich. Auch und gerade der hier vorgelegte *Morton*-Roman vermag diese bedeutsamen Züge des zu Unrecht vergessenen Autors Charles Sealsfield eindrücklich zu vergegenwärtigen.

Günter Schnitzler

Anmerkungen

1. Eduard Castle: Der große Unbekannte. Das Leben von Charles Sealsfield (Karl Postl). Mit einem Vorwort von Günter Schnitzler. Hildesheim 1993, (Nachdruck der Ausgabe von 1952) S. 386.
2. Es sei nicht verschwiegen, daß Bolzano als ein typischer Vertreter der »Vormärzepoche« zugleich in manchen anderen Bereichen – die Gegensatzstruktur bis zum Selbstwiderspruch in seiner Zeit dokumentierend – eher konservativeren Einschätzungen folgte. Vgl. dazu Günter Schnitzler: Josephinismus und Reformkatholizismus in Freiburg 1826. Bernard Bolzanos Ruf auf den Lehrstuhl für Moraltheologie. In: Achim Aurnhammer und Wilhelm Kühlmann (Hg.): Zwischen Josephinismus und Frühliberalismus. Literarisches Leben in Südbaden um 1800. Freiburg 2002, S. 639-657.
3. Charles Sealsfield – Karl Postl: Austria as it is or Sketches of continental courts by an eye-witness. London 1828. Österreich, wie es ist oder Skizzen von Fürstenhöfen des Kontinents. Wien 1919. Hg. von Primus Heinz Kucher. Wien u. a. 1994.
4. Er wird allerdings auch später noch an der Prager Universität gehört haben.
5. Ernst Wangermann: Aufklärung und staatsbürgerliche Erziehung. München 1978, besonders S. 36ff und S. 68ff. Wolfgang Neuber: Zur Dichtungstheorie der österreichischen Restauration. In: Die österreichische Literatur. Ihr Profil an der Wende vom 18. zum 19.Jahrhundert (1750-1830). Hrsg. von Herbert Zeman. Bd. I, Graz 1979, S. 23-54, vor allem S. 23-24, 34, 37-40.
6. Hugo von Hofmannsthal: Deutsche Erzähler. In: Ders.: Reden und Aufsätze I 1891-1913 (Hg. Bernd Schöller), Frankfurt 1979, S. 425-431, S. 427.
7. Charles Sealsfield: Österreich, wie es ist (vgl. Anm. 3), S. 116.
8. Dem Autor, der seit seiner Flucht aus dem Kloster unter mehreren Pseudonymen bis zu seinem Tod lebte, war ein solches Rollenspiel natürlich sehr vertraut. Im Vorwort schlüpft er in die Rolle des Herausgebers, der als eine Art Instanz zwischen dem Autor und dem Verleger vermittelt. Durch kundige Kommentare des Herausgebers, in die Briefausschnitte des Verfassers eingebunden werden, wird der Leser über die Poetik Sealsfields unterrichtet. Der Autor spricht also nicht direkt, sondern durch einen anderen, der den vorgelegten Erwägungen einen höheren Grad an Gültigkeit und Objektivität verleihen soll; zudem stärkt dieses Rollenspiel die Anonymität und Unangreifbarkeit des in Distanz gerückten Verfassers, der auf diese Weise sich selbst zum deutschsprachigen »Großen Unbekannten« in der Art eines Scott in England hochzustilisieren vermochte.
9. Auf S. 16 heißt es dementsprechend, daß die vorgetragenen Gedanken über die Gattung des Romans »zugleich die Grundsätze [angeben], nach denen ich selbst verfahren bin«.
10. Charles Sealsfield: Das Kajütenbuch (1841). Hg. von Günter Schnitzler und Waldemar Fromm. München 2003, S. 107.

[11] Von hier aus wird es auch sofort einsichtig, wie unsinnig die Vorwürfe gegenüber Sealsfield sind, die hervorheben, daß der Autor historische Fakten oder naturhafte Gegebenheiten entstellt habe, – Vorwürfe, die in der frühen Sealsfield-Forschung immer wieder erhoben worden sind. (Etwa von Norman L. Willey: Sealsfield's Unrealistic Mexico. In: Monatshefte für Deutschen Unterricht 48, 1956, S. 127-136) Eine Verzerrung der Wirklichkeit strebt Sealsfield jedoch keineswegs an; dies belegen seine Äußerungen über Chateaubriand (S. 14); über den Umgang mit der Wirklichkeit im Sinne der »faktischen Poesie« (vgl auch S. 17 ff.).

[12] Dies zeigt sich unmittelbar in der Folge der gebotenen Textstelle, wenn er etwa in Frankreich Louis Phillipp und dessen Bedeutung für Victor Hugo hervorhebt (S. 13).

[13] Vgl. dazu Günter Schnitzler: Grillparzer und die Spätaufklärung. In: Gerhard Neumann, Günter Schnitzler (Hg.): Franz Grillparzer. Historie und Gegenwärtigkeit. Freiburg 1994, S. 179-201, bes. S. 179-184.

[14] Charles Sealsfield: Der Virey und die Aristokraten Bd. III. In: Charles Sealsfield: Sämtliche Werke. Unter Mitwirkung mehrerer Fachgelehrter hg. von Karl J. R. Arndt. Kritisch durchgesehene und erläuterte Ausgabe in 26 Bänden, Hildesheim 1972 ff.

[15] Hugo von Hofmannsthal: Briefe des Zurückgekehrten. In: Ders.: Erzählungen, Erfundene Gespräche und Briefe, Reisen (Hg. Bernd Schöller), Frankfurt 1979, S. 551.

[16] Hugo Friedrich: Drei Klassiker des französischen Romans. 8. Aufl. Frankfurt 1980, S. 76 f.

[17] Ebd. S. 98.

[18] Gerhart Baumann: Rudolf Kassner – Goethe, Sehen und Gesicht. In: Gerhart Baumann: Entwürfe. München 1976, S. 147-163, S. 148.

[19] Josef Nadler: Literaturgeschichte Österreichs. Linz 1948, S. 287.

[20] Durch den 1991 erschienenen 24.Band der Sämtlichen Werke Sealsfields, in dem u. a. dessen journalistische Arbeiten abgedruckt sind, läßt sich belegen, daß Sealsfield Bilder und Texte Coles gekannt haben muß, denn der »New York Morning Courier«, in dem viele Diskussionen um Coles Schaffen abgedruckt wurden, war die Zeitschrift, für die Sealsfield gerade in den frühen 30er Jahren als Autor und Korrespondent tätig war. Vgl. dazu Charles Sealsfield: Sämtliche Werke (vgl. Anm. 14). Bd. 24, S. 2, 4, 95 ff.

[21] Vgl. hierzu Günter Schnitzler: Erfahrung und Bild. Die dichterische Wirklichkeit des Charles Sealsfield (Karl Postl). Freiburg 1988, S. 129-165.

[22] Die wenig später in der eingelegten Erzählung Islings beschriebene Gestalt des Simon Martin ist bezeichnenderweise ein ehemaliger Redemptionist.

[23] Vgl. hierzu Günter Schnitzler: Erfahrung und Bild (vgl. Anm. 21). S. 43-165.

[24] Charles Sealsfield: Nathan. In: Charles Sealsfield: Sämtliche Werke (vgl. Anm. 14), S. 33.

[25] Ebd. S. 47.

[26] Vgl. Georg Wilhelm Friedrich Hegel: Die Vernunft in der Geschichte. Hrsg. von J. Hoffmeister. Reprint der 5. Aufl. von 1955. Hamburg 1963, S. 197.

[27] Egon Menz: Die Humanität des Handelsgeistes. In: Egon Menz: Amerika in der deutschen Literatur, Stuttgart 1975, S. 56.
[28] Gerade die von den Jesuiten wie den Freimaurern gleichermaßen virtuos eingesetzten Machtstrategien, die in vieler Hinsicht sich der Kraft des Geheimnisses zu bedienen wußten, scheint für Sealsfield nicht nur im *Morton*-Roman Vorbild gewesen zu sein. Deshalb ist ihm, neben anderen Argumenten, eine Nähe zu den Freimaurern durchaus überzeugend zugesprochen worden. Vgl. dazu etwa Edelgard Spaude: Das Foucaultsche Pendel des Charles Sealsfield. Über Macht und Geheimnis im Morton-Roman. In: Schriftenreihe der Charles-Sealsfield-Gesellschaft. Hrsg. von Alexander Ritter und Günter Schnitzler. Bd. VI (1991). Stuttgart 1994, S. 63-82.

Zu dieser Ausgabe

Unter dem Titel *Lebensbilder aus beiden Hemisphären* erschien bei der Buchhandlung Orell, Füßli & Cie 1835 der vierte Roman des damals noch »großen Unbekannten« Charles Sealsfield. Der Verlag hatte dem Fragment gebliebenen, 1834 geschriebenen Werk jedoch noch einen Nebentitel gegeben: *Die große Tour*. Den Verfassernamen ersetzte folgender Hinweis auf die Autorschaft: »Vom Verfasser des Legitimen, der Transatlantischen Reiseskizzen, des Virey, usw.« Der Roman umfaßte zwei Teile, die in den Vereinigten Staaten und in London spielten; damit war zwar der Anspruch des Titels eingelöst, »Lebensbilder aus beiden Hemisphären« vorzustellen, indessen brach der Text nach dem zweiten Teil des Romanes ab. Hinweise im Text deuten darauf, daß die Ereignisse eines wohl geplanten dritten Teils nach Paris verlegt werden sollten.

1844 erschien bei Metzler in Stuttgart eine zweite Ausgabe dieses Romanfragmentes, nun unter dem Titel, der gültig geblieben ist: *Morton oder die grosse Tour*. Bereits zwei Jahre später legte Metzler den Text erneut vor, nun als die Bände sieben und acht der zweiten Ausgabe von Sealsfields *Gesammelten Werken*. Dies sollte die letzte Ausgabe des Werkes zu Lebzeiten des Autors bleiben. Da Sealsfield alle Handschriften seiner Romane offensichtlich mit Bedacht vernichtet hat, bietet die Edition von 1846 den verläßlichsten Text. Unsere Ausgabe folgt dieser Druckfassung. Offensichtliche Setzfehler wurden stillschweigend berichtigt. Gesperrter und in Antiqua gesetzter Druck wurden kursiviert.

Lehnwörter aus dem Französischen oder Englischen wurden der heutigen Schreibung angepaßt. In Fällen, in denen die Schreibweise Sealsfields auch heute noch gebräuchlich ist, wurde diese übernommen. Die Schreibung von Orts- und Straßennamen sowie geographische Bezeichnungen wurde dem heutigen Stand angepaßt. Unbestimmte Zahlwörter werden klein geschrieben.

Die Interpunktion folgt der Ausgabe von 1846, Ausnahmen: nach einem Ausrufe- oder Fragezeichen wird groß weitergeschrieben – es sei denn, es handelt sich im folgenden um einen Teilsatz.

Die vorliegende Textfassung wurde von Andreas Katsimardos erstellt.